Jack Cavanaugh

Sie suchten das verheißene Land

Südafrika Saga - Band 2

FRANCKE
Verlag der Francke-Buchhandlung GmbH

Die Deutsche Bibliothek – CIP-Einheitsaufnahme

Cavanaugh, Jack:
Südafrika-Saga / Jack Cavanaugh. [Dt. von Reimer Dietze]. –
Marburg an der Lahn : Francke
(Francke Lesereise)
Bd. 2. Sie suchten das verheißene Land. – 1999
ISBN 3-86122-390-2

Originaltitel: Quest for the promised Land

Published by Moody Bible Institute of Chicago, USA

Deutsch von Reimer Dietze
Umschlaggestaltung: Reproservice Jung, Wetzlar
Umschlagillustration: Chris Cocozza
Satz: Druckerei Schröder, 35083 Wetter/Hessen
Druck: St.-Johannis-Druckerei, Lahr 32385

Francke-Lesereise

1

Nicht zum erstenmal hatten sie dem Tod ins Angesicht geschaut. Im südafrikanischen Grenzland war man mit ihm ebenso vertraut wie mit dem Anblick einer Herde flinkfüßiger Springböcke oder eines Schwarms von Blaukranichen. Hier trat der letzte Feind jäh und dazu oft gerissen auf den Plan: Er konnte fauchend wie ein Leopard aus einem Gebüsch hervorspringen, mit weitaufgerissenem Maul eines Krokodils aus dem Fluß auftauchen oder einen mit dem lästigen Summen einer Tsetsefliege bedrohen.

Heute kam das Schreckgespenst des Todes von der grasbewachsenen Hügelkuppe herab, die das Anwesen der van der Kemps von dem schlammig-braunen Wasserlauf des Fish Rivers trennte, und zwar in Gestalt einer Horde schwarzglänzender Xhosa-Krieger. Hunderte schienen es zu sein.

Schulter an Schulter, Schild neben Schild standen sie abwehrbereit, die nach oben weisenden Speerspitzen in der Sonne schimmernd, während ein paar von ihnen das Vieh Christiaan van der Kemps über den Fluß trieben, der die Grenze zwischen dem Siedlungsgebiet der Kapkolonie und dem Land der Xhosa-Stämme bildete.

Die Flinte im Anschlag, sah Christiaan van der Kemp aus einem Fenster seines Hauses, wie seine Rinderherden hinter dem Höhenzug verschwanden. Er hörte die Tiere brüllen und ihre Hufe ins Wasser platschen, während sie durch den Fluß getrieben wurden.

„Wollen wir sie nicht aufhalten?" rief Oloff Klyn.

Christiaans zweiundsiebzigjähriger Nachbar kauerte hinter der Brüstung eines zweiten Fensters, das den Blick zur Hügelkuppe freigab. Sein wettergegerbtes Gesicht legte sich angesichts der Untätigkeit seines Nachbarn in ungläubige Falten. Neben ihm kniete Henry, sein achtzehnjähriger Sohn, und hantierte nervös an der Büchse, die er soeben für seinen Vater geladen hatte.

„Es ist nur Vieh!" antwortete Christiaan und zuckte dabei zusammen, so abwegig kam ihm sein eigener Satz vor.

„Nur Vieh!" brüllte Oloff. Dann kamen nur noch unverständliche Wortfetzen über seine Lippen. Er hob den Kolben seiner Muskete an die Wange. „Diese Halbaffen!" hörte man ihn murmeln. „Dies ist die einzige Sprache, die sie verstehen." Dabei kniff er sein linkes Auge zusammen und zielte am Lauf seiner Waffe entlang. Ohne Zweifel richtete er ihn auf den Brustkorb eines Xhosa-Kriegers.

„Oloff – nicht feuern!" warnte Christiaan.

Der alte Mann zog die Schultern hoch und drückte ab.

„Ich sagte, nicht schießen!" donnerte Christiaan. Seine Stimme dröhnte derart gewaltig, daß nicht nur alle innerhalb des Hauses davon aufgeschreckt wurden, sondern sogar durch die Reihen der Xhosa-Krieger auf der Kuppe etwas wie eine Welle des Erschreckens lief.

Oloff ließ das Gewehr sinken. Seine Lippen wurden zu einem dünnen Strich, sein weißscheckiger Bart zitterte. Er schwenkte das Gewehr in der Hand und sagte: „Wenn wir sie heute nicht zur Strecke bringen, holen sie morgen mein Vieh und übermorgen Pfeffers!"

Am anderen Ende des großen Zimmers kauerte ein verängstigt dreinschauender Adriaan Pfeffer, wie Christiaan und Oloff unter einem anderen offenen Fenster. Neben ihm kniete sein pockennarbiger Sohn, ein Pulverhorn in der Hand. Pfeffers Frau und seine Zwillingstöchter, Kleinkinder noch, hatten nicht weit entfernt auf dem Boden Schutz gesucht.

„Oloff hat recht", sagte Pfeffer leise. „Wenn wir sie heute nicht aufhalten, kommen sie morgen wieder – das ist so sicher wie der Sonnenaufgang."

Niemand sonst im Raum sprach. Alle Gesichter wandten sich Christiaan zu und erwarteten seine Antwort.

Christiaan wollte, er wäre draußen auf seinem Acker und pflügte – dabei haßte er Pflügen. Jetzt den Führer abgeben zu müssen ging ihm aber noch viel mehr gegen den Strich. Er war ein kräftiger Mann mit breiten Schultern und muskulösen Armen, höher gewachsen als die meisten anderen. Und irgendwie schlossen die Leute aus seiner Körpergröße auf seine Führereigenschaften. Diese Schlußfolgerung verabscheute er.

Doch dies hier war sein Haus, und es waren seine Nachbarn. Pfeffer war ein guter Mann, aber zurückhaltend bis zur Unentschlossenheit, was hier im Grenzland bedeuten konnte, daß man schon mit einem Fuß im Grab stand. Oloff dagegen war hart und verbittert. Für ihn gab es eine einfache Lösung für das Grenzlandproblem: Man müsse die Xhosa und alle anderen, die den Kolonisten das Recht streitig machten, hier zu leben, einfach plattmachen.

Seufzend kratzte sich der fünfundvierzigjährige Nachfahre holländischer Einwanderer das bärtige Kinn und sah zu seiner Frau und den Kindern hinüber, die neben den Pfeffers am Boden kauerten.

Johanna war eine stattliche Frau und fühlte sich sichtlich unwohl, wie sie da gebückt auf dem Fußboden lag. Ruhelos nahm sie mal diese, mal jene Stellung ein, aber das hatte weniger mit ihrer Körperhaltung zu tun als mit dem Kampf, der sich in ihr abspielte.

Johanna drängte es zu sagen, was sie dachte. Unter normalen Umständen hätte sie das auch getan, ohne mit der Wimper zu zucken. Nun aber, wo sie angegriffen wurden und Oloff ihren Gatten in dessen eigenem Haus herausforderte, zwang sie sich zu schweigen.

Christiaan konnte sich ein leichtes Grinsen nicht verkneifen. Er liebte sie um so mehr wegen ihrer Zurückhaltung, zumal er wußte, daß es ihr alles andere als leichtfiel.

Johanna van der Kemp als „freimütig" zu bezeichnen, wäre eine Untertreibung. Sie war nicht nur die Verkörperung der offenherzigen Wesensart der Grenzlandfrauen, sie war deren Oberhaupt. Ihre Zunge glich einem wilden Hengst, der die Dressur verweigerte. Wenn es die Umstände erforderten – wie gerade jetzt –, konnte sie ihn eine Zeitlang einpferchen, doch dann würde er sich unweigerlich voll aufgestauter Wut und unbändiger Kraft aufbäumen.

Johanna jedoch war auch eine praktisch denkende Frau. Und in einer Krise wie dieser war es geboten, daß nur einer das Sagen haben konnte. Also legte sie ihrer Zunge festes Zaumzeug an und wartete darauf, daß ihr Gemahl sagte, wie sie vorgehen sollten. Freilich hoffte sie, daß er sie nach ihrer Meinung fragen würde, bevor er etwas tat, was hinterher bedauert werden könnte.

Neben Johanna, mit dem Rücken gegen sie gelehnt, saß ihre Tochter Sina, sechzehn Jahre alt. Sie hatte dunkelbraunes Haar, helle Haut und war schlank gewachsen, viel zu schlank für ein Mädchen aus dem Grenzland. Obwohl ein Trupp von Xhosa-Kriegern vor dem Haus aufgezogen war, schien ihre Aufmerksamkeit viel mehr von der Nähe des jungen Henry Klyn beansprucht zu sein. Von Zeit zu Zeit, immer wenn sie glaubte, niemand würde es bemerken, warf sie ihm verliebte Blicke zu.

Auf der anderen Seite der Mutter kauerte ihr jüngerer Bruder Kootjie, gerade mal zwölfjährig. Seine weitaufgerissenen Augen waren erwartungsvoll auf seinen Vater gerichtet. Er wartete auf eine Geste, irgend etwas, das er als Erlaubnis auslegen könnte, sich zu den Männern an den Fenstern zu schleichen. Zwar war Kootjie für sein Alter groß, aber noch viel zu unreif, als daß sein Vater ihn als Mann hätte ansehen können. Kootjie sah das natürlich ganz anders. Er war ein guter Schütze und gut im Sattel, beherrschte aber noch nicht die Kunst, während des Ritts nachzuladen und zu schießen, eine Fähigkeit, in der die burischen Männer alle anderen übertrafen.

Christiaan entging der erwartungsvolle Eifer in den Augen seines Sohnes nicht. Dabei war es noch gar nicht so lange her, daß er nicht wußte, was der Junge fühlte. Jetzt aber brannte er fast zu sehr darauf, gegen die Xhosa zu kämpfen.

Im übrigen, soweit man sich auf die jüngere Geschichte des Grenzlandes verlassen konnte, würde Kootjie mehr als genug Gelegenheit finden, Xhosa-Krieger zu erschießen. Aber nicht heute. Nicht, solange Christiaan hier das Sagen hatte.

An Oloff gewandt, aber mit einer Stimme, die laut genug war, daß jeder im Zimmer ihn verstehen konnte, sagte Christiaan: „Heute wird niemand getötet."

„Du bist ein Trottel!" schnauzte Klyn. „Denk an meine Worte, van der Kemp: Wenn wir dieses heidnische Pack heute mit deinem Viehzeug übern Fluß ziehen lassen, kommen die zurück und bringen uns alle im Schlaf um, bevor die Woche rum ist!"

Beim Klang seiner bellenden Stimme brachen die Pfeffer-Zwillinge in Tränen aus. Angenitha Pfeffer hatte alle Hände voll zu tun, die Mädchen zu beruhigen.

Neben Christiaan sagte eine Stimme: „Sosehr es mir zuwider ist, *Mynheer* Klyn recht geben zu müssen – aber wir dürfen die Xhosa nicht einfach das Vieh stehlen lassen, ohne was zu unternehmen."

Christiaans Blick verriet Überraschung, als er den Farbigen ansah, der neben ihm kauerte.

Eigentlich hatte Jama einen schokoladenbraunen Teint, aber schwarz oder braun – das machte für niemanden im Siedlungsgebiet einen Unterschied, auch nicht, daß er zu den Nachfahren einer langen Reihe freier Männer gehörte, die ihre Geschichte bis zu den Anfängen Kapstadts zurückverfolgen konnten. Unter den Kolonisten war Jama immer nur „Christiaans Neger".

Zwischen Christiaan und Jama freilich gab es keine Über- oder Unterlegenheitsgefühle. Die beiden Männer kannten einander ein Leben lang, so wie sich vor ihnen ihre Väter und Großväter gekannt hatten. Die Freundschaft zwischen ihren Familien hatte Generationen bestanden. Und im ganzen Grenzland gab es niemanden, den Christiaan mehr respektierte als Jama. Trotz ihrer unterschiedlichen Hautfarbe waren sie wie Brüder.

„Den Xhosa ist persönliches Eigentum nicht heilig", sagte Jama. „Diebstahl ist ehrbar, solange der Dieb sich nicht erwischen läßt. Und wer sich seinen Besitz stehlen läßt, gilt als Trottel."

„Was redest du da?“ erwiderte Christiaan. „Stimmst du Oloff etwa zu, auf sie zu schießen?“

Jama zuckte die Schultern. „Wenn wir auf sie schießen, werden sie angreifen.“

„Dann laß sie angreifen!“ donnerte Klyn.

„Aber es sind Hunderte da draußen!“ widersprach Christiaan. „Und wir haben bestenfalls sechs Schützen, und das auch nur, wenn du die Jungs mitrechnest.“

„Sieben mit mir!“ schrie Kootjie, doch der Eifer verging ihm, als ihn der strenge Blick seines Vaters traf.

„Spielt doch keine Rolle, wie viele wir sind“, grollte Klyn. „Gott ist mit den Gerechten. Sagt nicht die Schrift: ‚Ihr aber stehet nicht still, sondern jagt euren Feinden nach und schlagt ihre Nachzügler und laßt sie nicht in ihre Städte kommen; denn der Herr, euer Gott, hat sie in eure Hände gegeben‘?“

Während Oloff noch redete, hörte Christiaan schon gar nicht mehr hin. Jama hatte recht. Und Oloff auch, wie sich Christiaan widerstrebend eingestehen mußte. Es mußte etwas unternommen werden. Das Leben an der Grenze schien sich wieder einmal auf die simple Alternative zu reduzieren: töten oder getötet werden.

Warum mußte es immer wieder dazu kommen? Er wollte doch nichts weiter als ein Stück Land, auf dem er sich ein Haus bauen, seine Kinder großziehen, sein Vieh züchten und in Frieden leben konnte. War das denn zuviel verlangt?

In der Zimmerecke schnieften die Pfeffer-Zwillinge vor sich hin. Von der Seite sah ihn Jama in Erwartung seiner Entscheidung an, genau wie Adriaan und Conraad Pfeffer. Klyn blickte ihn an wie ein alter Schulmeister, der auf die richtige Antwort wartete. Selbst Sina hatte für einen Augenblick aufgehört, Henry Klyn anzuhimmeln, um den Entschluß ihres Vaters mitzubekommen, was ihm die Sache auch nicht gerade erleichterte. Christiaan fragte sich, was seine Tochter wohl von Henry denken würde, wenn sie sähe, wie ihm die Hosenbeine flatterten. Nur Kootjies Gesichtsausdruck hatte sich nicht geändert – er brannte darauf zu kämpfen. Johanna sah aus, als ob sie jeden Moment explodieren würde.

„Meine Liebe“, spach Christiaan sie an, „hast du einen Ratschlag für deinen Gemahl?“

Johanna straffte sich, bevor sie sprach. Sie wollte nicht übereifrig wirken. „Mein lieber Mann“, sagte sie schließlich, „niemand kennt dein Herz besser als ich. Und du hast zu oft deinen Mut bewiesen, als daß jemand mutmaßen könnte, daß sich deine Abneigung zu kämpfen auf Furcht gründe. Aber ich möchte dich fragen: Wäre es recht, deine Familie vor den Speeren der Xhosa zu schützen, damit sie hinterher aus Mangel an Vieh Hunger leidet?"

Christiaan lächelte. Praktisch denkend wie immer, das war Johannas Gabe. Wo andere sich durch Emotionen und Leidenschaften vernebeln ließen, besaß seine Frau die Fähigkeit, der Sache auf den Grund zu gehen und das entscheidende Körnchen Wahrheit zutage zu fördern. Doch während er ihren Rat einerseits schätzte, war er darüber zugleich ein wenig betrübt. Sie hatte die Partei der anderen ergriffen.

„Das nenne ich 'ne gute Frau!" dröhnte Oloff. „Genug geredet jetzt! Unser Kurs steht fest!" Damit brachte er erneut seine Waffe in Anschlag.

„Tu dein Gewehr runter, Oloff!"

Verdattert blickte Oloff Klyn ihn an und rief: „Der Mann spinnt! Komplett verrückt ist der!"

Christiaan stand brüsk auf und legte seine Muskete beiseite. Dann sagte er: „Jama, bitte komm mit."

Jama zog fragend die Augenbrauen hoch, legte aber auch die Waffe weg.

„Nein", sagte Christiaan, „nimm sie mit."

„Was für einen Schwachsinn hast du jetzt wieder vor?" rief Klyn.

Zwischen Johannas Brauen zeigte sich eine Sorgenfalte. „Christiaan ..."

Ohne weitere Erklärung stieß Christiaan van der Kemp die Vordertür seines Hauses auf und ging hinaus, um den Xhosa-Kriegern entgegenzutreten.

„Ziel mit der Waffe auf meinen Rücken", flüsterte er Jama über die Schulter zu.

„Wie bitte?" stotterte Jama.

„Du hast's gehört! Stoß mir den Lauf in den Rücken und schieb mich vorwärts."

Christiaan spürte den Gewehrlauf zwischen seinen Rippen.

„Es wär' nicht schlecht, wenn ich auch wüßte, was wir hier eigentlich machen", flüsterte Jama.

„Wir erwecken ihre Aufmerksamkeit."

„Na ja, das machen wir ganz gut", sagte Jama.

So war es. Verwirrtes Erstaunen zeichnete sich auf den Gesichtern der Xhosa ab. Vorsichtig abwartend sahen sie zu, wie der unbewaffnete Weiße mit dem Gewehrlauf zu ihnen hingeschoben wurde. Als

Christiaan und Jama nicht mehr weit von ihnen entfernt waren, traten drei Krieger aus der Reihe heraus.

Einer der drei, ein junger Mann, angetan mit Leopardenfellen und einem Kopfputz aus Straußenfedern, sagte etwas laut zu den Kriegern. Die Xhosa brachen darüber in Gelächter aus, genau wie Jama.

„Was hat er gesagt?“ fragte Christiaan.

„Er sagte“, übersetzte Jama, „er habe gewußt, daß es nur eine Frage der Zeit sei, bis die Schwarzen der Kolonie die Weißen in ihre Hände bekommen.“

Christiaan grinste breit und nickte.

Auf der Stelle verflog die Heiterkeit des Xhosa-Häuptlings. In seine scharfen Augen trat ein harter Ausdruck. Schweißperlen glänzten auf seinen Schläfen. Sein Brustkorb hob und senkte sich.

Auch das Lachen der Krieger erstarb. Ihre Mienen spiegelten den Zorn ihres Häuptlings wider. Manche traten nervös von einem Fuß auf den anderen, andere verharrten regungslos wie Panther, die zum Sprung ansetzten.

„Jama“, sagte Christiaan leise, „bitte sag ihnen, daß wir ihnen nichts Böses wollen.“

Jama übersetzte das.

Der Häuptling schnaubte: „Das sind leere Worte. Fürchtet der Elefant den Schakal?“

„Wir können es nicht dulden, daß sie uns unser Vieh wegnehmen“, sagte Christiaan.

Jama übersetzte.

Die Augen des Xhosa-Häuptlings wurden zu schmalen Schlitzen. Er sah erst Jama, dann Christiaan, dann die Waffe und schließlich wieder Jama an. An diesen gewandt, sagte er: „Der Mann da ist überhaupt nicht dein Gefangener.“

„Nein“, antwortete Jama und senkte seine Muskete.

Erregung packte den Häuptling. Sein Blick schnellte von einer Seite zur anderen und suchte das Terrain hinter den beiden Männern ab. „Schon wieder weißer Verrat!“ schrie er und trat einen Schritt zurück. „Wie der Tabak auf der Erde!“

Die Xhosa-Krieger saugten die Wut ihres Häuptlings in sich auf und stießen ihre Speerspitzen gegen die Schilde.

„Nein!“ rief Jama. „Nicht wie der Tabak! Nicht wie der Tabak!“

Seit Jahren war der Tabak-Zwischenfall wie ein Pulverfaß im Verhältnis der Xhosa und der Siedler. Die Xhosa behaupteten, beim Eintreffen der ersten Kolonialisten im Gebiet von Zuurveld habe ein Siedler als Friedensangebot gegenüber einer Gruppe von Xhosa Tabak auf dem Boden ausgestreut. Als diese sich gebückt hätten, um den Tabak einzusammeln, seien sie gnadenlos abgeschlachtet worden. Die Siedlerfamilie, der diese Schandtat zugeschrieben wurde, bestand allerdings darauf, daß die Geschichte nicht wahr sei.

Christiaan und Jama interessierte im Moment wenig, ob die Geschichte stimmte oder nicht. Es kam darauf an, daß die Xhosa sie für wahr hielten.

„Kein Verrat!" beharrte Jama. „Ihr habt uns unser Vieh weggenommen. Wir hätten vom Haus aus auf euch schießen können. Statt dessen sind wir friedlich gekommen, um mit euch zu reden."

„Reden?" Der Häuptling klang verächtlich. „Die Worte von Siedlern sind so schlüpfrig wie Schlangen. Man kann ihnen nicht trauen!"

Christiaan verstand von den Worten, die zwischen Jama und dem Häuptling gewechselt wurden, kaum etwas. Ton und Haltung des Xhosa machten zur Genüge klar, daß es einer außergewöhnlichen Geste bedurfte, um seine Zuneigung zu gewinnen.

„Sieh dir meine Farbe an!" rief Jama. Er wischte mit der Hand über seinen Unterarm. „Ich sehe genauso aus wie du! Meinen Worten kannst du trauen!"

„Du bist sein Sklave!" höhnte der Häuptling. „Du bewegst zwar die Lippen, aber was rauskommt, sind *seine* Worte!"

„Du irrst dich!" widersprach Jama. „Wir reden mit einer Zunge. Wir reden als Brüder."

Christiaan begriff, daß Jamas Handbewegungen irgendwie die Verbindung zwischen ihnen beiden ausdrücken wollten. Das letzte Wort in Xhosa-Sprache wiederholend, das er aufgeschnappt hatte, sagte er: „Brüder!" Dabei zeigte er auf Jama und sich selbst.

Der Häuptling lachte.

Doch Jama ließ nicht locker. „Sagt nicht ein Xhosa-Sprichwort: ‚Erst durch Menschen werden Menschen zu Menschen'?"

Der Häuptling schien überrascht, daß Jama es kannte, und gestand zögernd ein: „Ja, das ist eine Weisheit der Xhosa."

Jama fuhr fort: „Also glaube mir, wenn ich sage, daß dieser Mann mich als seinen Bruder behandelt. Daran, wie er mit mir umgeht, kannst du erkennen, daß er und seine Familie gute Leute sind."

Ganz allmählich wurden die strengen Züge des Xhosa-Häuptlings weicher. Irgend etwas, das er sagte, ließ Jama lächeln.

Jama übersetzte: „Er hat gesagt: ‚Rede nur. Ich höre zu.'"

Christiaan nickte dem Häuptling feierlich zu. Die nächsten Augenblicke gingen wortlos vorüber, während die drei Männer sich gegenseitig musterten.

„Also?" flüsterte Jama Christiaan zu. „Was soll ich jetzt sagen? Das hier war deine Idee!"

Christiaan sprach direkt zum Häuptling: „Makana." Er hielt inne, um die Reaktion abzuwarten.

Die kam auf der Stelle. Zorn überschattete die Gesichtszüge des Xhosa. Es schien, als hätte Christiaan lästerlich über einen Xhosa-Gott gesprochen.

Er hatte auf eine Reaktion gehofft, aber nicht auf eine so feindselige. Schnell sagte er zu Jama: „Sag dem Häuptling, daß wir im Geist von Makana kommen!"

Jama übermittelte die Botschaft.

„Was weißt du von Makana?" grollte der Häuptling, direkt an Christiaan gewandt.

Der antwortete: „Ich halte Makanas Namen in Ehren für das, was er für das Volk der Xhosa getan hat, und trete dir im selben Geist entgegen, in dem Makana sich den weißen Siedlern vorstellte. Ich hoffe, die Xhosa sind weiser als die, denen sich Makana auslieferte."

Jama riß ängstlich die Augen auf, als er die Worte Christiaans hörte, die er übersetzen sollte. „Bist du sicher, daß ich das sagen soll?" flüsterte er Christiaan zu.

„Sag's ihm", erwiderte Christiaan.

Während Jama Christiaans Worte weitergab, verlosch langsam der Zorn in den Augen des Häuptlings. Makana der Linkshändige, wie man ihn zu nennen pflegte, war ein geachteter sowohl religiöser als auch militärischer Führer der Xhosa. Früher hatte er in Port Elizabeth und Grahamstown sein Volk in Schlachten gegen die Briten und die Kolonisten geführt. Die Krieger der Xhosa freilich waren den britischen Waffen weit unterlegen. Zu Tausenden wurden sie durch Kartätschen niedergemäht. Als Vergeltungsmaßnahme waren die Briten später mehrmals ins Xhosa-Territorium eingefallen, hatten die Bevölkerung ermordet und ihre Hütten in Brand gesteckt. Die Xhosa hatten keine Chance. Hilflos mußte Makana zusehen, wie sein Volk abgeschlachtet wurde.

Verzweifelt lieferte Makana sich schließlich den Briten aus in der Hoffnung, dem Land Frieden zu bringen. Man fesselte ihn, warf ihn auf die Ladefläche eines Fuhrwerks und verfrachtete ihn ins Gefängnis von Robben Island. Jahre später ertrank er bei dem Versuch, anderen Häftlingen zur Flucht von diesem Ort des Elends zu helfen.

„Ich stelle mich euch“, sagte Christiaan, „so wie Makana sich den Briten übergab; und ich tue das in der Hoffnung, daß dadurch der Kampf zwischen eurem Volk und meinem Volk zu einem Ende kommt.“

Lange starte der Häuptling Christiaan an. Dann sprach er spöttisch: „Was soll ich bloß mit einem weißen Mann anfangen? Unser Land ist vertrocknet. Unser Vieh ist verendet. Mein Volk ist geschwächt und hungert. Wir brauchen Vieh und Nahrung zum Leben.“

Christiaan nickte. Also hatte der Überfall nichts mit Traditionen oder dem Drang eines jungen Mannes zu tun, sich seinen Führern zu beweisen, sondern es war der verzweifelte Versuch zu überleben. Er wußte um die Auswirkungen der Trockenheit auf die Bauernwirtschaft diesseits des Fish Rivers, aber er hatte bisher nie einen Gedanken darauf verwandt, daß die Menschen auf der anderen Seite des Flusses vermutlich denselben Kampf durchzustehen hatten.

Er drehte sich zum Haus um und rief: „Kootjie!“

Das tatendurstige Gesicht des Jungen zeigte sich am Fenster.

„Komm hierher!“

Kootjies Kopf verschwand. Christiaan wartete, daß die Haustür aufging und sein Sohn zu ihm herauskam. Doch die Tür blieb fest verschlossen. Dann tauchte Kootjie wieder am Fenster auf, doch diesmal erschien seine Mutter hinter ihm.

„Was hast du gesagt?“ gellte Kootjies Stimme.

„Komm hierher!“ Plötzlich fiel Christiaan noch etwas ein, und er fügte hinzu: „Und bring Conraad und Henry mit!“

Mit einer jähen Bewegung verschwand Kootjies Kopf wieder im Haus. Dann ertönte wieder seine Stimme: „Sollen wir Gewehre mitbringen?“

„Nein!“ brüllte Christiaan.

Kootjie wandte sich nach hinten, hörte jemandem zu und rief dann wieder: *„Mynheer* Klyn will nicht, daß Henry herauskommt ohne Flinte.“

„Dann komm du mit Conraad!“

Einen Augenblick später wurde die Tür des Hauses zögernd geöffnet, und die zwei Jungen traten heraus. Gleichzeitig erschienen Vater Pfeffer und Klyn mit ihren Musketen in den Händen in den Fensteröffnungen.

Kootjie kam näher, ohne daß er Angst zu haben schien, Conraad hingegen zögerte. Mehrmals drehte Kootjie sich zu ihm um und zog ihn am Arm vorwärts.

Christiaan ging ihnen auf halbem Weg entgegen und sagte, was er von ihnen wollte.

„Los jetzt! sagte er. Der Tag ist fast rum."

Die Jungen rannten in zwei verschiedene Richtungen, während Christiaan dem Häuptling sagte, welche Anweisungen er ihnen gegeben hatte. Darauf zog der Häuptling sich zu der Reihe seiner Krieger zurück und besprach sich leise mit ihnen.

Es dauerte nicht lange, bis Kootjie mit Pferd und Wagen zurückkam, ebenso Conraad nach ihm. Beide Fuhrwerke waren mit Lebensmitteln beladen.

Christiaan bot die Lebensmittel dem Häuptling an, und während Xhosa-Krieger sich auf die Vorräte stürzten, sprangen die Jungen von den Kutschböcken und traten ein paar Schritte zurück.

„Kootjie", fragte Christiaan, „hast du mitgebracht, was ich dir sagte?"

Der Junge nickte und bahnte sich durch die Krieger einen Weg zurück zum Wagen. Christiaan beobachtete, wie die Xhosa und Kootjie sich dabei musterten. Aus dem Wagen zog Kootjie einen kupfernen Kochkessel hervor, der durch eine Decke verborgen unterm Kutschbock gestanden hatte.

Aus dem Haus ertönte ein Schrei. „Kootjie! Was in aller Welt machst du mit meinem besten Kessel?" Die Hände in die Hüften gestemmt, füllte Johanna die ganze Türöffnung aus.

„Bring ihn her", sagte Christiaan, ohne auf seine Frau zu achten, und ging auf den Häuptling zu: „Bitte – ein Geschenk. Von einem Freund."

Jama übersetzte.

Der Xhosa-Häuptling nahm den Kupferkessel. Unsicher, was er von der Geste des weißen Mannes halten sollte, starrte er Christiaan an. Dann machte er kehrt und rief seinen Männern einen Befehl zu. Wenige Minuten später hatten er und seine Krieger den Fish River überquert und zogen sich in ihr Gebiet zurück.

Oloff Klyn kam aus der Tür ins Freie geschossen. „Was hast du gemacht – ihnen Essen gegeben?" dröhnte er.

„Sie haben Hunger", sagte Christiaan, während er Kootjie den Arm um die Schulter legte – wobei ihm bewußt wurde, wie groß der Junge schon geworden war – und ging mit ihm zum Haus zurück, gefolgt von Oloff und Jama.

„Seit wann obliegt es uns, die Heiden durchzufüttern?" bellte Oloff. „Und was passiert wohl, wenn das Essen alle ist? Dann kommen die wieder! Und wenn du ihnen dann nicht wieder etwas gibst, werden sie's von dir nehmen!"

„Sie haben Hunger", wiederholte Christiaan. „Wir haben nichts weiter getan, als einem hungrigen Nachbarn unter die Arme zu greifen. Mir schien es richtig so." Und weiter, mit einem Augenzwinkern: „Für dich hätte ich dasselbe getan."

Wie Christiaan erwartet hatte, protestierte Oloff gegen den Vergleich. „Du glaubst doch wohl nicht, es wird lustig, wenn diese Wilden wiederkommen? Und außerdem, was ist mit deinem Vieh? Hast du ihnen das auch geschenkt?"

Christiaans Lächeln verschwand. „Nein, das habe ich nicht."

„Werden sie das Vieh zurückbringen?" fragte Johanna.

„Keine Ahnung. Danach hab' ich sie nicht gefragt."

„Du bist doch ein Trottel!" höhnte Oloff. „Die Tiere siehst du niemals wieder!"

Im Haus angelangt, rief er nach Henry, daß sie gehen wollten. „Wenn deine Familie wegen deiner Blödheit Hunger leidet, komm ja nicht bei mir betteln und denk, daß ich dir helfe! Geh zu deinen Xhosa-Freunden! Dann wirst du schon sehen, wie dankbar die sind!"

Damit stiegen Oloff Klyn und Henry auf ihre Pferde und ritten davon. Sina sah ihnen nach.

Auch die Pfeffers sammelten ihre Habseligkeiten zusammen, um aufzubrechen. „Immerhin sind wir alle gerettet", sagte Adriaan seufzend. „Ich meine, wir sollten dankbar sein." Dann, zu Conraad gewandt: „Schnapp dir die Zwillinge, und ab mit euch auf den Wagen! Mutter und ich reiten hinterher."

Als die Pfeffers die Hofstelle verließen, wandte sich Johanna ihrem Mann zu und raunzte: „Du hast diesem Xhosa-Krieger meinen besten Kupferkessel gegeben!"

„Die Xhosa schätzen Kupfer sehr", sagte ein heiterer Jama.

„Ich auch!"

Christiaan ließ Kootjies Schulter los, damit der Junge den Wagen holen konnte. Dann sagte er zu Jama: „Glaubst du, sie werden uns unser Vieh wiederbringen?"

Kopfschüttelnd zuckte Jama die Schultern.

Johanna drehte sich um und ging ins Haus.

Doch damit war das Thema Kupferkessel noch nicht vom Tisch. Christiaan wußte, daß er davon wieder hören würde, sobald sie allein waren. Aber er wußte auch, daß sie ihm vergeben würde, wenn sie soweit war.

Für den Augenblick war er zufrieden. Er sah Kootjie auf den Wagen zuschlurfen – halb Junge, halb Mann. Die Art, wie sich sein Sohn heute verhalten hatte, machte Christiaan stolz.

Dann schaute er nach Sina und sah sie einer Staubwolke nachstarren, die sich dem Horizont näherte – mehr war von Henry Klyn nicht mehr zu sehen. Er fragte sich, was der Klyn-Junge an sich haben mochte, das sie anzog. Bei dem Gedanken, er könnte eines Tages mit Oloff Klyn verwandt sein, wurde ihm unwohl.

Jama schlenderte davon. „Ich seh' mal nach den Arbeitern."

Aus dem Haus hörte man ein energisches Klappern mit den Töpfen und Pfannen, die man der Hausfrau gelassen hatte.

Christiaan machte sich Richtung Fish River auf. Er war sich nicht sicher, ob er richtig gehandelt hatte. Es hatte keinerlei Zusagen gegeben, daß man das Vieh zurückbringen werde. Aus welchem Grund also sollte er hoffen, die Xhosa würden es tun? Und selbst wenn sie es täten, was dann? Das Essen, das er ihnen mitgegeben hatte, würde nicht lange vorhalten. Wenn es aufgebraucht war, würden die Krieger dann wiederkommen, wie Oloff Klyn vorhergesagt hatte, um mehr zu holen?

Trotz alledem lächelte Christiaan. Er schloß seine Augen, hob den Kopf gen Himmel und dankte Gott für seine Fürsorge. Ob er heute das Richtige getan hatte oder nicht, würde die Zeit erweisen. Doch in einem war er sicher: Sina und Kootjie, Johanna und Jama waren noch am Leben. Und das war kein geringer Segen – für die Menschen im Grenzland.

2

Die Arme zufrieden vor der schmalen Brust gekreuzt, lehnte sich Sina van der Kemp gegen die rauhe, ausgebleichte Wand des Hauses. Immer noch sah sie der sich auflösenden Staubwolke am Horizont nach – Henrys Staubwolke. Ihre Ränder verschwammen im roten Licht der tiefstehenden Sonne. Federleicht sah sie aus, romantisch und beglückend.

In Erinnerung daran, daß Henry noch vor kurzer Zeit in ihrem Haus gewesen war – gerüstet zum Kampf, tapfer seinen Mann stehend und bereit, lieber sein Leben zu geben als zuzulassen, daß die schrecklichen Xhosa ihr etwas antaten –, lief ihr eine Gänsehaut über die Arme. Sie fuhr über die Handknöchel, um das kribbelnde Wohlgefühl auszukosten.

Ein wie von ungefähr kommender Gedanke ließ sie die Augen schließen, den Kopf zurücklegen und lächeln. Hinter ihren Lidern formte sich ein Bild: Henry auf dem Boden ihres Hauses, wie er das Gewehr seines Vaters in den Händen wog. Irgendwas hatte *Mynheer* Klyn gesagt. Sie konnte sich nicht genau erinnern, was es war – na ja, sie hatte ihm sowieso nicht zugehört. Und dann hatte ihr Vater, warum auch immer, ihm widersprochen. Klyn hatte mit lauter Stimme geantwortet, und alle hatten auf ihn geachtet. Sina erinnerte sich, dies sei *der* Augenblick gewesen, einen verstohlenen Blick auf Henry zu werfen. Und sie hatte es getan und konnte dann die Augen nicht wieder abwenden ...

Henry hatte das gespürt und zu ihr aufgesehen!

Jetzt noch konnte sie die Hitze spüren, als ihr Hals puterrot angelaufen war. Und dann, gerade als sie wegsehen wollte, hatte er sie angelächelt! Es war dieses hinreißende jungenhafte Lächeln gewesen, das typisch für ihn war, weil er dabei immer so unwiderstehlich die Mundwinkel hochzog. Henry schien sie mit seinen Augen zu verschlingen, so daß sie ihren Blick nicht senken konnte – so lieb, so zart sah er sie an.

„Sina! Was stehst du da nichtsnutzig herum? Hilf mir mal mit dem Tisch hier!" Unter der scharfen Stimme ihrer Mutter, schrill wie ein Hahnenschrei, zerplatzte ihr rosiger Traum.

Sina drehte sich um und erblickte ihre Mutter an der Tür. Vornübergebeugt, zog sie an einer Ecke des wackligen Tisches, der ihr als täglicher Kommandostand diente. Sie nickte und sah Sina erwartungsvoll an. „Ich warte ..."

Sina packte den Tisch und half ihr, ihn zurechtzurücken.
„Was machst du hier draußen?“ fragte ihre Mutter.
„Ich denk’ nur ’n bißchen nach.“ Sie zuckte die Schultern.
„Sah mir eher danach aus, daß du dir schon wieder nach Henry Klyn die Augen aus dem Kopf glotztest.“
„Nein, das hab’ ich nicht gemacht!“
Indem sie ihre Schürze als Staubtuch benutzte, wischte ihre Mutter die Tischplatte ab. „Einer Staubwolke nachzustarren, wird den Jungen auch nicht dazu bewegen, sich mehr von dir angezogen zu fühlen.“
Sina machte einen Schmollmund.
„Und es ist unschicklich, wie du ihn ansiehst, geradezu ungehörig!“
Sina schob ihre Unterlippe vor. An die Stelle des Schmollens trat wütende Abwehr. „Ich sehe ihn gar nicht an!“ versetzte sie.
Die Hand ihrer Mutter hielt in der Bewegung inne. Sie sah auf. Ihr Blick war fest und ernst. Nicht zornig, aber eindeutig, daß sie keine Unwahrhaftigkeit duldete.
Sina senkte den Blick und sagte leise: „Ich dachte, es sieht keiner.“
„Das schickt sich nicht für ein christliches Mädchen“, entgegnete ihre Mutter, während sie ihre Arbeit fortsetzte.
Verstohlen über ihre Schulter linsend, warf Sina einen letzten Blick auf den Horizont. Die Staubwolke hatte sich aufgelöst. Die Landschaft zeichnete sich nicht länger scharf gegen den rosaroten Himmel ab. Jetzt herrschte Zwielicht, und die Buschreihen, von denen die Landschaft an der Grenze durchzogen war, sahen geduckt und grau aus. Eine leichte Brise wirbelte beißenden Staub hoch. Von fern war Kootjies Stimme zu hören, der seinen Hunden irgendwelche Befehle zurief. Sina ließ die Schultern sinken. Ihr Herz hörte auf, vor romantischen Gefühlen höher zu schlagen.
„Schnapp dir den Besen und feg den Boden!“ sagte ihre Mutter gepreßt. „Ich werd’ nie verstehen, wie diese Männer es fertigkriegen, mir nichts, dir nichts soviel Dreck in ein einziges Haus zu schleppen!“
Den Besen hinter sich herziehend, fing Sina am anderen Ende des Hauses zu fegen an und arbeitete sich zur Tür hin. Ihrer Bewegung war keine Spur von Begeisterung anzumerken.
Als sie allein in dem weiträumigen, scheunenähnlichen Haus war, hatte Sina damit zu tun, den Ärger über ihre Mutter abzuschütteln, der in ihr hochkochen wollte. Im Innersten wußte sie, daß sie ihrer Mutter nichts vorzuwerfen hatte. Ihr die Schuld daran zu geben, wie das Leben im Grenzland nun einmal war, hätte geheißen, den krähenden Hahn wegen des Sonnenaufgangs zu beschuldigen. Und im Herzen

wußte Sina auch, daß ihre Mutter sie liebhatte. Warum aber mußte sie immer so unromantisch sein?

„Sina!"

Beim Klang der mütterlichen Stimme hielt sie mitten in der Bewegung inne und schloß die Augen. „Ja, Mutter?"

„Karel ist da!"

Sinas Augen leuchteten auf. Lächelnd schüttelte sie die trübsinnige Stimmung von sich ab. Der Besen fiel zu Boden, und sie stürzte im selben Moment aus der Haustür, während ein Reiter in Rufweite herangekommen war.

„Alles in Ordnung?" rief eine jugendlich männliche Stimme.

Sina und ihre Mutter tauschten Blicke aus. Die Mutter ging ins Haus zurück und überließ es Sina, dem Mann zu antworten. Sie rannte dem näher kommenden Reiter heftig winkend entgegen.

Kurz vor ihr sprang er ab und kam ihr die letzten Schritte entgegengelaufen. Starke Hände packten Sinas Schultern. „Wir haben gehört, die Xhosa hätten euch angegriffen?"

Sina lächelte warm zu dem hochgewachsenen Mann empor.

Dessen Brustkorb hob und senkte sich keuchend, weil er scharf geritten war. In den braunen Augen unter seiner breiten Hutkrempe stand Besorgnis zu lesen.

„Sie sind schon wieder weg", sagte Sina. „Aber unser Vieh haben sie mitgenommen."

Ohne ihre Schultern loszulassen, sah Karel an ihr vorbei zum Haus. „Wurde jemand verletzt?"

Sina schüttelte den Kopf. „Vater und Jama haben mit ihnen geredet und ihnen was zu essen mitgegeben, und dann sind sie verschwunden."

Karels Gesicht zeigte Verwirrung.

Sina sagte aufgeregt: „Henry und sein Vater sind vorbeigekommen, um uns zu helfen!"

Karel verzog darauf das Gesicht, als hätte er auf etwas Übelschmekkendes gebissen. „Bei *dem* Schutz wundere ich mich allerdings, daß ihr noch am Leben seid", sagte er.

In gespieltem Ärger versetzte Sina ihm einen Schlag auf die Brust. „Schäm dich, Karel de Buys! Ich finde es gut von Henry, daß er hergekommen ist, um mich zu beschützen!"

„Aber ja doch, Kleine", sagte Karel. „Wo ist dein Vater?"

Seite an Seite schlenderten sie auf das Haus zu.

Als der Himmel mit den ersten Sternen der Nacht betupft war, schlug ihr Herz wieder höher vor Glück. Denn solange sie ihn kannte – und das reichte bis in die frühesten Tage zurück, derer sie sich erinnern konnte –, löste Karel ganz bestimmte Gefühle in ihr aus. Gute Gefühle, aber anders als die, die sie Henry gegenüber verspürte. Bei Henry war sie erregt, fast wie berauscht. Bei Karel fühlte sie sich geborgen, angenommen, einfach wohl. Bei ihm konnte sie sich geben wie sie war, ohne irgendwelche Allüren. Sie kannten einander viel zu gut, als daß jemand dem anderen etwas vormachen mußte.

Ihr Vater kam aus dem rückwärtigen Teil des Hauses und begrüßte Karel dröhnend. Sina strahlte, als ihr Vater und dieser Achtzehnjährige sich guten Tag sagten. Es war eine ziemlich neue Erfahrung für sie, daß ihr Vater einen ihrer Freunde als seinesgleichen behandelte. In seinen Augen war ein Zug echten Respekts zu lesen, während er mit Karel sprach. Sina gefiel das, aber gleichzeitig verstörte es sie, weil sie niemals beobachtet hatte, daß er Henry in gleicher Weise begrüßte.

„Tut mir leid, daß du wegen nichts die ganze Strecke geritten bist", sagte Christiaan.

„Sie würden für uns dasselbe tun", antwortete Karel und zog die Augenbrauen hoch. „Sina sagte nur, sie haben Ihr Vieh mitgenommen?"

Christiaan nickte. Es sah ein wenig hilflos aus.

„Sina!" Schon wieder ihre Mutter. „Karel hat Hunger. Komm und hilf mir, ihm etwas zu essen zu machen, während er und dein Vater reden."

Sina sah Karel an, und der lächelte zurück. Ihr Vater nahm ihn am Arm und begann von ihrem Zusammenstoß mit den Xhosa-Kriegern zu erzählen.

* * *

Später saß Sina dicht neben Karel auf einer Felskuppe nicht weit vom Haus. Sie hatten das Essen hinter sich, ebenso die abendliche Bibellese- und Gebetszeit. Von ihrem erhöhten Platz aus konnten sie zur Linken das strohgedeckte Dach des Hauses sehen. Blaßgelbes Licht drang aus Tür und Fenstern nach draußen. Vor ihnen floß der Great Fish River vorbei. Wenn sich, wie jetzt, das Mondlicht in den Stromschnellen brach, sah er aus wie eine silberne Schlange. Über ihnen spannte sich von einem Horizont zum anderen ein dunkler Baldachin voller Sterne.

Weil sich die Felskuppe dicht beim Haus erhob, mußten sie leise reden, wenn sie nicht gehört werden wollten. Obwohl sie darauf immer achteten, wunderte sich Sina manchmal, wieviel von ihren vertraulichen Unterhaltungen ihre Eltern im Lauf der Jahre mitbekommen hatten. Karel hatte sein Gewehr neben sich auf den Boden gelegt. Mochten sie auch noch so nah beim Haus sein, so war es dennoch klug, ein Gewehr in Reichweite zu haben, vor allem bei Nacht.

„Henry war wundervoll", schwärmte Sina. „Als alle anderen das Haus verließen, blieb er zurück, um mich zu beschützen!"

Karel schaute sie kritisch an. „Da hat mir dein Vater aber was anderes erzählt."

„Es war aber so!" rief Sina. Die Hauswände warfen das Echo ihrer Stimme zurück. Sie zog die Schultern hoch und schlug sich mit der Hand auf den Mund, um flüsternd zu wiederholen: „Ja, es war so!"

Karel nickte.

Aus dem Inneren des Hauses waren scheppernde Pfannen zu hören. Im Licht der vorderen Tür tauchten die Umrisse von Jama auf. Er reckte sich und ging dann zum hinteren Teil des Hauses. Entweder sah er die zwei auf der Felskuppe nicht, oder er schenkte ihnen keine Beachtung.

Nachdem er fort war, sagte Sina leise: „Warum kannst du Henry nicht leiden?"

„Darüber möchte ich nicht reden", entgegnete Karel.

„Warum kannst du Henry nicht mit denselben Augen sehen wie ich? Henry ist ein liebenswürdiger, tapferer –"

Karel streckte sich und sagte: „Ich bin nicht den ganzen langen Weg geritten, um über Henry Klyn zu reden. Bitte, laß uns das Thema wechseln."

Karels fest geschlossener Mund schimmerte im fahlen Mondlicht. Sina hatte ihn häufiger so gesehen. Sie war daran gewöhnt, seit er ein kleiner Junge gewesen war. Seine Gesichtszüge selbst aber hatten sich verändert. Seine Kieferpartie war mittlerweile wesentlich kräftiger und zeigte die bläulich-graue Schattierung eines Mannes, der eine Rasur nötig hatte. Sein Ausdruck aber war derselbe geblieben. Wenn Karel diese Miene aufsetzte, war mit ihm nicht gut Kirschen essen.

Sie wußte aus Erfahrung, daß es am besten war, das Thema einfach fallenzulassen. Wäre sie jünger gewesen, hätte sie stur weitergeredet und wäre Karel auf die Nerven gegangen, bis er verärgert davongestapft wäre. Dann hätte sie ihn wochenlang nicht wiedergesehen. Mittlerweile aber war sie klüger geworden. Sie fing lieber von etwas anderem an, aber auch dieses Thema, das war ihr klar, würde ihn nerven.

„Also gut", sagte sie. „Wenn du denn nicht über Henry reden möchtest, worüber dann? Vielleicht über Deborah van Aardt?"

Auf diese Frage erntete sie eisiges Schweigen.

Sina schmunzelte innerlich, zufrieden, daß sie ihm einen ebensolchen Stich versetzt hatte wie er ihr. Voll Genugtuung schlang sie ihre Arme um die Knie und begann sich ein wenig zu wiegen, während sie auf seine Antwort wartete.

Karels Ton klang mühsam beherrscht, als er sagte: „Nein, über Deborah möchte ich auch nicht sprechen."

„Ach?" Sina richtete sich erwartungsvoll auf. „Hast du's endlich aufgegeben mit ihr?"

Ganz kurz flackerte in seinem Blick ein zorniger Funke auf. „Nein, ich hab's nicht aufgegeben", sagte er. „Ich möchte deshalb nicht über Deborah oder Henry Klyn mit dir reden, weil das jedesmal in Streit ausartet. Hätte ich das gewollt, dann wär' ich heute abend besser nach Hause geritten und hätte mich mit meinen kleinen Brüdern gezankt."

Zerknirscht ließ Sina den Kopf sinken. Es war ja wahr: Karel war den halben Tag geritten, weil er geglaubt hatte, ihre Familie sei in Gefahr, und sie hatte nichts Besseres zu tun, als häßlich mit ihm zu reden. Sie wußte genau, daß sie ihm damit Unrecht tat, aber es rührte einfach daher, daß niemand bereit war, Henry eine Chance zu geben. Und das regte sie auf. Warum konnten die anderen ihn nicht so sehen wie sie? Vor allem Karel. Es würde ihr so viel bedeuten, wenn Henry und Karel eines Tages Freunde werden würden.

„Tut mir leid." Ein verhuschtes Flüstern. „Du hast recht. Reden wir von was anderem. Worüber möchtest du dich unterhalten?"

Er antwortete nicht gleich, aber an der Art, wie sich seine Schultermuskulatur entspannte, merkte Sina, daß er ihre Entschuldigung angenommen hatte.

Es war wieder still, aber es war eine entspannte Stille. Schon als Kinder hatten es Sina und Karel nicht nötig, jede Minute mit Wörtern anzufüllen. Sina erinnerte sich an Tage, an denen sie beide auf diesem Felsen gelegen und den oben am Himmel vorbeiziehenden Wolken zugesehen hatten. Manchmal sprachen sie fast eine Stunde lang kein Wort.

Karel räusperte sich.

Sina wandte sich ihm zu und wartete, was er sagen würde.

Ein Schmunzeln zog seine Mundwinkel nach oben. „Weißt du

noch“, sagte er, „wie wir mal hier auf diesem Felsen uns geküßt haben?“

Sina errötete im Gesicht und am Hals, und ihre Haut glühte dermaßen, daß ihr klar war, jetzt hier oben wie ein Leuchtturm auszusehen. „Karel!“ stotterte sie atemlos.

„Was denn?“ rief er. Aber er wußte sehr wohl, was sie bewegte. Auf seinem Gesicht stand jenes spitzbübische Grinsen, das Jungen aufsetzen, wenn sie wissen, daß sie jemanden schockiert haben.

Nie hatte jemand von ihnen bisher an diesen Zwischenfall zu rühren gewagt, seit er vor beinah acht Jahren geschehen war. Kein Wort war darüber gesprochen worden, und geküßt hatten sie sich auch nie wieder.

„Was denn?“ ließ sich Karel wieder vernehmen. „Wir waren doch Kinder!“

„Hm – ja, klar waren wir Kinder, aber ...“, stotterte sie. „Aber – ähm, wie kommst du jetzt gerade *darauf*?“

Karel zuckte die Schultern. „Weiß ich auch nicht ...“ Er lächelte. „Kam mir grade so.“

„Na ja, ich kann dich auch hier sitzen lassen – genauso abrupt, wie dir das kam!“

„Kein Problem für mich“, sagte Karel ruhig. „Du bist diejenige, die mich gefragt hat, worüber ich reden möchte.“

„Ich hab’ ja nicht gedacht, daß du *damit* ankommst!“

Plötzlich wurde sie gewahr, wie laut ihre Stimme tönte, und sie sah verstohlen zum Haus hinab. Im Licht der Haustür erkannte sie die Silhouette ihrer Mutter, die sich gerade die Hände an der Schürze abwischte und ins Dunkel starrte – genau zu ihrer Felskuppe hin.

Sina biß die Zähne zusammen und flüsterte: „Jetzt sieh dir an, was du angerichtet hast!“

Karel grinste befriedigt. „Also, wann brichst du jetzt mit deiner Familie zum *Nachmaal* auf?“ fragte er so laut, daß Johanna van der Kemp es auf jeden Fall hören mußte.

3

„Du brauchst gar nicht so selbstgefällig aus der Wäsche zu gucken." Der Blick, den Johanna ihrem neben ihr sitzenden Mann zuwarf, war voller Mißbilligung.

„Selbstgefällig? Gucke ich selbstgefällig?" fragte Christiaan vergnügt.

Sie saßen nebeneinander auf dem schaukelnden Wagen, der sie zum *Nachmaal* nach Graaff-Reinet bringen sollte. Christiaan hielt die Hände im Schoß gefaltet. Es kam selten vor, aber jetzt genehmigte er sich ein kleines bißchen Genugtuung. Hinter ihnen hatte Sina es sich zum Schutz vor der Sonne unter der Segeltuchplane bequem gemacht, die sich wie ein gewölbtes Zeltdach über die Pritsche des Wagens spannte. Kootjie ging vor dem Fuhrwerk her und führte die Ochsen.

„Deine Haltung steht einem frommen Mann nicht zu Gesicht!" sagte Johanna.

„Ich hab' nichts Verkehrtes getan!" widersprach Christiaan.

„Mich kannst du nicht hinters Licht führen, Christiaan van der Kemp! Dafür habe ich zu viele Jahre mit dir verbracht. Dein Schafsgesicht spricht Bände darüber, daß du es gar nicht abwarten kannst, endlich nach Graaff-Reinet zu kommen, um Oloff Klyn auf die Nase zu binden, daß die Xhosa deine Herde zurückgebracht haben!"

„Bis zur letzten Kuh!" Christiaan war glücklich. „Bis zur letzten Kuh! Nicht eine hat gefehlt."

„Das ist nicht gerade 'ne christliche Haltung."

„Freust du dich denn nicht, daß unser Vieh wieder da ist?"

„Und ob", erwiderte Johanna. „Aber nicht so sehr, wie du dich an der Aussicht weidest, jedermann beim *Nachmaal* wissen zu lassen, im Recht gewesen zu sein und Oloff Klyn im Unrecht."

Christiaan gab sich geschlagen und senkte den Kopf. „Ja, du hast recht, Baas, wie immer", sagte er. Schon bald nach ihrer Heirat hatte Christiaan begonnen, seine Frau *Baas* zu titulieren. Diese Anrede gebrauchen Sklaven gewöhnlich für ihre Herren. Johanna verdankte sie der Art und Weise, wie sie ein wahres Gewitter von Befehlen loszulassen pflegte, das die Bediensteten in alle Himmelsrichtungen davonstoben. In einem Tonfall gespielter Reue sprach Christiaan weiter: „Und ich will auch um Demut beten – aber beim *Nachmaal* werde ich trotzdem jedem erzählen, daß Oloff Klyn unrecht hatte und ich recht!"

„Du bist scheußlich!" sagte Johanna und fügte hinzu: „Wobei ich natürlich, um ehrlich zu sein, zugeben muß, daß ich auch dachte, wir hätten die Herde zum letztenmal gesehen."

Mit nur acht Ochsen vor dem Wagen zog sich die Reise zum *Nachmaal* fast endlos hin. Mehr als sechs bis acht Meilen am Tag schafften sie nicht, wobei sie oftmals noch Umwege in Kauf nehmen mußten, um tiefe Schluchten zu umgehen. Jeden Abend dankte Christiaan seinem Herrn dafür, daß das Kreuz des Südens so deutlich sichtbar am Himmel stand. Mit Hilfe dieses Sternbildes vermochten sie beim Durchqueren der offenen Landschaft nordwestlichen Kurs einzuhalten. Die Reise in die Distrikthauptstadt der Gegend, Graaff-Reinet, erforderte mehrere Tage. Mindestens einmal im Jahr brachten die van der Kemps und alle anderen gottesfürchtigen Familien im Grenzland diese Strecke hinter sich, um *Nachmaal* zu halten.

Nachmaal war die Abendmahlsfeier der Niederländisch-Reformierten Gemeinde. Von Familien, die in der Nähe lebten, wurde erwartet, daß sie Jahr für Jahr daran teilnahmen. Den weiter entfernt lebenden wurde zugestanden, nur alle drei oder vier Jahre zu erscheinen. Dafür blieben sie aber, wenn sie denn schon die weite Reise machten, oft einen ganzen Monat in der Stadt.

Nachmaal war das bedeutendste Ereignis des religiösen und sozialen Lebens. Es war die Gelegenheit für Eltern, ihre Kinder taufen zu lassen. Verliebte Paare ließen sich trauen. Neue Kirchenmitglieder wurden in der Gemeinschaft willkommen geheißen. Und für junge Leute gab es allabendliche Gesangsstunden. Es gab viele Ehepaare, die sich mit warmen Empfindungen dieser Gesangsstunden erinnerten, waren sie sich doch dort erstmals begegnet und hatten sich ineinander verliebt.

Die Ereignisse des *Nachmaals* gruppierten sich um den Gottesdienst, der vier Tage dauerte. Allein die sonntägliche Liturgie nahm vier Stunden in Anspruch. Die Zeit war mit Gedenken und Danksagungen ausgefüllt: Man versammelte sich, um Gott zu danken für ihre Höfe, ihre Familien und füreinander.

In diesen Tagen erinnerten sich die Leute besonders ihres geistlichen Erbes – daran, wie Gott ihre Vorfahren in die Kapkolonie geführt hatte, damit sie ein Volk des Bundes bildeten, das sich auf sein Wort, die Bibel, gründete. Es waren Tage, in denen die Bande der Gemeinschaft gepflegt wurden, indem die Ehefrauen sich in ihren häufigen Schwangerschaften beistanden und die Männer sich Geschichten erzählten, Geschichten vom Kampf gegen das Land, die Elemente, die Briten und die Xhosa.

Aber es war auch die Zeit, in der man die Toten beweinte und die Trauernden tröstete. Es gab keine Familie unter ihnen, die nicht von Leid betroffen war: Da waren Mütter, die ihre Babys verloren hatten, Frauen, deren Männer verstorben waren, und Elternpaare, die eines oder gar mehrere ihrer Kinder hatten zu Grab tragen müssen.

„*Kyk daar!*" rief Sina aus und steckte den Kopf zwischen ihren Eltern durch. „Da drüben – Wagen!" Ihr Finger wies auf einen kleinen Staubwirbel zu ihrer Linken, fast am Horizont.

Christiaan peilte die Richtung. „Sieht so aus, als würden wir Reisegesellschaft bekommen", sagte er.

Den größten Teil des Tages folgten die van der Kemps den Spuren der Wagen, die vor ihnen gefahren waren. Man konnte wahrlich von Glück reden, wenn man so weit weg von Graaff-Reinet andere Reisende traf. Die Gelegenheit, sich zu unterhalten und Gemeinschaft zu haben, ließ es einem so vorkommen, als beginne *Nachmaal* wesentlich früher.

„Drei Wagen!" rief Sina. „Es ist Karel!"

Christiaan zuckte zusammen, als sie es direkt neben seinem Ohr schrie. „Nur weil's drei Wagen sind, müssen es noch lange nicht die de Buys' sein."

„Es ist Karel", rief Sina. „Ich weiß, daß er's ist."

Als sie die Wagen bis auf Rufweite eingeholt hatten, erwies sich, daß Sina recht hatte. Der Ochsenführer neben dem zuvorderst fahrenden Wagen war Karel. Karel war von seiner Tante und seinem Onkel aufgezogen worden, die ihn nach einem Geplänkel mit den Xhosa, in dem seine Eltern beide umgekommen waren, als zusammengeschnürtes Bündel in einem Gebüsch versteckt aufgelesen hatten. Er war der Älteste in einer Familie mit siebzehn eigenen Kindern.

Der Hof der de Buys' lag auf der anderen Seite des Pfefferschen Anwesens. Sie waren also praktisch Nachbarn. Doch da sie zu einem Volk gehörten, in dem man beklemmende Anwandlungen bekam, wenn man den Rauch aus dem Schornstein des Nachbarn aufsteigen sehen konnte, sahen die Familien van der Kemp und de Buys einander nur selten. Freilich hatte das Karel und Sina nicht davon abhalten können, enge Freunde zu werden – engere Freunde, wie einige lose Zungen in der Nachbarschaft behaupteten, als ein Junge und ein Mädel zu sein hatten, die keine romantischen Gefühle füreinander hegten.

Als die Fuhrwerke beisammen waren, begannen die beiden Familien sofort mit einem regen Austausch. Kaum hatten sich die Familienoberhäupter begrüßt, waren sie schon in eine Unterhaltung darüber vertieft, was ihnen auf der Reise aufgefallen war. Da ging es um den Zustand der Zugochsen, die täglich zurückgelegten Entfernungen und die beste Route zwischen dem Ort, den sie gerade erreicht hatten, und Graaff-Reinet. Johanna setzte sich zu *Mevrou* de Buys auf deren Wagen, und die beiden Frauen schwatzten über Kinder und Kleider und den neuesten Klatsch.

Karel und Sina zog es sofort zueinander. Sie entfernten sich ein Stückchen von den Fuhrwerken, um ein bißchen für sich zu sein, wobei sie aber die elterliche Warnung beherzigten, nicht zu weit wegzugehen.

Damit hatte Kootjie die siebzehn de-Buys-Kinder am Hals, die allesamt jünger waren als er. Als sie auf ihn losstürzten wie die Hühner aufs Korn, wünschte er, er wäre zu Hause mit seinen Hunden und Jama geblieben.

Nach dem Kaffee – und einem Pfeifchen für Louis de Buys – vermischten sich die beiden Gruppen und setzten die Reise fort. Die Männer gingen neben dem van der Kempschen Wagen her, während die Frauen auf dem Fahrzeug der de Buys' saßen. Sina und Karel wanderten schwatzend und lachend in diskretem Abstand hinter dem van-der-Kemp-Wagen. Drei der de-Buys-Jungen hatten die Erlaubnis bekommen, neben Kootjie zu gehen, der wieder seine Aufgabe wahrnahm, die van der Kempschen Zugochsen zu führen. Er überragte den größten der de-Buys-Söhne um gut dreißig Zentimeter.

„Wie Küken, die hinter der Glucke herwatscheln", sagte Louis de Buys grinsend und zeigte auf seine Jungs und Kootjie.

Christiaan lachte. Er war überrascht, wie auffällig der Größenunterschied zwischen Kootjie und den anderen Jungen war. Seine Schultern waren im Vergleich zu den ihren so breit, daß er wie ein Mann aussah. Warum bloß fiel es ihm so schwer, in Kootjie etwas anderes als einen kleinen Jungen zu sehen?

„Und was ist mit den beiden?" sagte Louis augenzwinkernd und wies mit der Pfeife in der Hand über seine Schulter.

Christiaan drehte sich um.

Sina lachte und berührte gerade Karels Arm. Beide hatten die Köpfe einander zugeneigt.

„Man könnte denken, sie wären verliebt", sagte Louis.

„Sina hat den Klyn-Jungen im Kopf."

„Tatsächlich? Mein Beileid."

Christiaan und Louis tauschten Blicke aus und mußten lachen.

Christiaan mochte diesen Mann. Unter seiner breiten Hutkrempe war Louis braungebrannt und wettergegerbt, wie die meisten anderen Männer, die tagtäglich an der Grenze ums Überleben kämpften. Doch obwohl er nicht auf Rosen gebettet war, lächelte er meist und legte dabei ein paar Zahnlücken frei. Und es schien, als hätte er Karel gut großgezogen.

Christiaan wagte noch einen Blick nach hinten, und was er sah, gefiel ihm: einen jungen Mann mittlerer Größe, der fest, aber nicht großspurig dahinschritt. Unter seinem Hut, dessen Krempe braune Augen und ein glattrasiertes, ausgeprägtes Kinn überschattete, verbarg sich ein dunkelblonder Haarschopf.

„Ist er immer noch hinter diesem van-Aardt-Mädchen her?" fragte Christiaan.

Louis nickte und sah dabei nicht allzu glücklich aus.

„Glaubst du, du könntest ihn irgendwie dazu bringen, daß er Sina heiratet?"

„Ich hab' 'ne Menge Abende damit zugebracht, genau das zu versuchen", sagte Louis.

„Und?"

„Er sagt, sie sind seit so langer Zeit Freunde, daß sie sich unmöglich ineinander verlieben können."

„Sina redet genauso", seufzte Christiaan.

Schweigend gingen sie eine Weile nebeneinander her.

Louis zündete seine Pfeife neu an und sagte: „Beim *Nachmaal* will Karel bei van Aardt um die Hand seiner Tochter anhalten."

Christiaan schaute die sinkende Sonne an. Bald würden sie das Lager aufschlagen müssen. „Also werden wir nächstes Jahr eine Hochzeit haben?"

„Er sagt, Deborah bestehe darauf. Du weißt ja, wie sie ist. Sie muß aus allem 'ne große Sache machen."

„Sie hat den Stolz ihres Vaters." Christiaan sah sich erneut um und seufzte. „Zu schade. Karel und Sina würden ein gutes Paar abgeben."

„Allerdings – ein gutes Paar", wiederholte Louis.

Kootjie, der vor ihnen herging, wandte sich um. Er war mehr daran interessiert, Karel und Sina zu beobachten, als auf die Ochsen aufzupassen. Die drei de-Buys-Jungen bombardierten ihn mit Fragen, aber er überhörte sie.

Während er den Kopf nach hinten gewandt hatte, stieß er mit dem Fuß an einen Felsbrocken. Beim Versuch, nicht zu stürzen, schlenkerte er unbeholfen mit seinen Armen und Beinen, freilich ohne Erfolg. Er fiel mitten in einen Kuhfladen und mußte sich auch noch darin herumrollen, damit er nicht von den Ochsen getreten wurde.

Die drei de-Buys-Jungen hielten sich die Bäuche vor Lachen. Karel und Sina ebenfalls.

Christiaan stauchte seinen Sohn zusammen. „Kootjie! Hättest du auf deine Arbeit achtgegeben, wäre so was nicht passiert! Und wenn du im Fallen einen der Jungs unter die Läufe der Ochsen geschubst hättest? Du hättest jemanden umbringen können!"

Verlegen lag Kootjie am Boden und sah schweigend zu seinem Vater auf.

„Los jetzt, steh auf!" rief Christiaan. „Es ist so oder so Zeit fürs Nachtlager."

Unter den Augen aller rappelte sich Kootjie auf und bürstete seine Kleider ab. Den Rest des Abends blieb er für sich und redete kein einziges Wort.

4

Als Spandau Kop in Sicht kam, stieg der Grad der Erregung in dem Vier-Wagen-Treck beträchtlich an. Die Höhenzüge von Graaff-Reinet waren wie Gottes Feuersäule in der Wüste: Sie zeigten seinem Bundesvolk den Weg zum *Nachmaal.*

Für Menschen, die nichts als die flache Landschaft des *Veld* kannten, war schon das äußere Bild der Bergkette, die Graaff-Reinet die Lage eines natürlichen Amphitheaters verlieh, atemberaubend. Jedesmal wenn die Berge erstmals in Sicht kamen, war es nicht ungewöhnlich, viele Berichte zu hören, die alle mit dem Satz anfingen: „Ich weiß noch, wie ich zum erstenmal Spandau Kop sah ..."

Die Gruppe fuhr in eine Stadt ein, die ganz und gar von Planwagen beherrscht zu sein schien, welche allesamt zum *Nachmaal* gekommen waren. Gleich neben den Wagen hatte man mit Baumwolltuch bespannte Zelte aufgestellt, die den Pilgern als Unterkunft dienten. Nicht weit entfernt gab es Weiden, auf denen die Zugochsen grasten, daneben Schafe, die mitgetrieben worden waren, um auf dem Markt feilgeboten zu werden. Überall konnte man Menschen einander auf die Schulter klopfen und sich in die Arme fallen sehen, wenn die Siedler sich gegenseitig begrüßten.

Christiaan unterwarf sich dem Kommando seines „Baas", war es doch Johanna, die jedem von ihnen seine jeweiligen Pflichten zuwies, damit das Lager zügig errichtet werden konnte. Kootjie rief die Ochsen bei ihren Namen, um sie auf die Wiese zu führen. Christiaan richtete das Zelt auf, während Sina und Johanna ein Feuer machten und den Kaffee aufsetzten. Es wäre undenkbar, sollten Freunde vorbeischauen und man könnte ihnen kein Täßchen Kaffee zur Begrüßung anbieten.

Über der weiten Fläche der vielen Zeltbahnen lag etwas Festliches. Als Sina das Feuer anzündete, schlug ihr Herz bis zum Hals. Alle Augenblicke hob sie den Kopf in der Hoffnung, Henry Klyn zu sehen.

* * *

Am Abend vor dem *Nachmaal* kamen die Männer auf dem weiten Platz vor der Kirche um ein großes Gemeinschaftsfeuer zusammen.

„Nicht die Xhosa sind unser Feind", sagte Louis de Buys. „Sie sind bloß lästig. Der Feind sind die Briten."

Zustimmendes Murmeln pflanzte sich im Kreis der Männer fort. Die Versammlung war überlagert von Rauchschwaden und dem Aroma von kräftigem Pfeifentabak.

Christiaan lehnte sich zurück und hörte zu, wie er es oft bei solchen Zusammenkünften tat. Er hörte sich lieber die Meinungen anderer an, als seine eigene zu sagen. Nicht daß seine Zurückhaltung Schüchternheit entsprang – nein, er wollte dazulernen. Er war ein nachdenklicher, nach innen gekehrter Mann. Wie sollte er irgendwas lernen, wenn er selbst derjenige war, der redete?

„Blödsinn!" ereiferte sich Oloff Klyn. „Wer von uns hätte nicht den Verlust eines Angehörigen zu beklagen! Bei mir war es, wie ihr alle nur zu gut wißt, meine geliebte Frau, die einem Xhosa zum Opfer fiel. Wie kannst du sagen, sie seien nicht unsere Feinde, wenn sie unsere Lieben ermorden und unsere Höfe niederbrennen?"

Diesmal wurde das zustimmende Murmeln lauter.

„Ich will bloß sagen", verteidigte sich de Buys, „wenn die Briten anständig für unseren Schutz sorgten, die Xhosa kein Problem wären."

„Die Briten für etwas anständig sorgen?" rief Klyn. „Sie sind nichts anderes als Wichtigtuer, Lügner und Tyrannen!"

Lauthals wurde Zustimmung bekundet. Mochten die Buren auch als streitlustiges Volk – selbst unter sich – bekannt sein, wenn es irgend etwas gab, worin sie sich alle einig waren, dann war es ihr Ärger über die Briten.

Die ersten Siedler waren 1795 unter britische Kolonialherrschaft geraten, als Britannien die Kapkolonie annektiert hatte. Diese Politik rechtfertigten die Briten damit, sie übernähmen lediglich die Schutzmacht über das Kap. Europa wurde von Napoleon beherrscht, und die Briten wollten sicherstellen, daß dieser berühmte strategische Hafen auf dem Weg nach Vorder- und Hinterindien nicht unter französische Kontrolle geriet. Nach dem Sieg über Napoleon gaben sie das Kap an Holland zurück, bloß um es wenige Jahre später, als Napoleon die Feindseligkeiten wieder aufnahm, diesmal mit Spanien, erneut zu annektieren. Von dort an blieben sie.

Nur eine kurze Periode brachten es Briten und Buren fertig, sich zu ertragen. Ja, sie schlossen sich sogar zusammen, um ein paar verarmte landlose Burenabkömmlinge unschädlich zu machen, die die Kolonie in den Aufruhr treiben wollten. Doch wie auch immer, mit der Autonomie, derer sich die Bauern unter dem Regiment der Niederländisch-Ostindischen Kompanie erfreut hatten, war es bald zu Ende. Stück für Stück sicherten sich die Briten in der ganzen Kolonie die Herrschaft, wobei sie großen Wert auf die Durchsetzung britischer Kultur und die Etablierung britischer Institutionen legten.

Das holländische Bezirksverwaltungswesen, das durch Männer geschah, die von der bäuerlichen Bevölkerung gewählt wurden, ersetzte man durch die britische Magistratsverwaltung, deren Amtsträger keinerlei Bindungen zur örtlichen Einwohnerschaft hatten. An die Stelle der niederländischen Schöffengerichte setzte man eigens aus Britannien angereiste Rechtskundige. Das gesamte Prozeßwesen wurde britisch aufgezogen.

Was die Niederländisch-Reformierte Kirche anbetraf, so erfreute sie sich zwar grundsätzlich der weiteren Unterstützung der Regierung, die aber gleichzeitig die Aufsicht über die Kirche beanspruchte. Obendrein wurde Englisch zur Amtssprache in Rathäusern, bei Gericht und an den öffentlichen Schulen, obwohl die Mehrheit der Afrikaander-Bevölkerung dem nicht mächtig war.

Hunderte von Afrikaander-Familien, unter ihnen die van der Kemps, versuchten sich dem britischen Würgegriff dadurch zu entziehen, daß sie die Kapregion verließen und sich weiter im Binnenland ansiedelten. Allein, die britische Herrschaft folgte ihnen. In Graaff-Reinet errichteten die Briten eine Bezirksverwaltung.

Neben Klyn saß ein Mann mit einem schweren Vollbart, der jetzt langsam aufstand und sagte: „Die Briten lügen ihre eigenen Leute an – wie können wir da erwarten, daß sie uns gegenüber ehrlich sind? Denkt daran, was sie 1820 gemacht haben!“

„Jawohl!“ stimmte Klyn zu. „Ich kenne einen britischen Schuster und Fuhrmann, der sich uns mit Kußhand anschlösse, wenn wir gegen die Briten die Waffen erheben würden!“

Christiaan zuckte unter Klyns Worten zusammen. Als der von einem Aufruhr sprach, wurde es auf der Stelle laut unter den Männern. Von allen Seiten ertönten Rufe.

1820 war es zu Feindseligkeiten zwischen burischen Grenzlandsiedlern und den Xhosa gekommen. Die Briten hatten sie niederzuschlagen versucht, indem sie eine Pufferzone zwischen den verfeindeten Volksgruppen einrichteten. Die Pufferzone sah so aus, daß weite Ländereien enteignet und mit Engländern besiedelt wurden. Um diese Siedler zu gewinnen, wurde das betreffende Land in den höchsten Tönen angepriesen, daß man es geradezu für den Garten Eden halten mußte.

Die Männer und Frauen, die dem Aufruf zur Siedlung folgten, waren zumeist keine Bauern, sondern Händler auf der Suche nach einem Neuanfang. Als die Neusiedler eintrafen, brachen viele von ihnen beim ersten Anblick des Landes in Tränen aus. Dieses Land war alles andere als der Garten Eden! Man konnte es mit Mühe und Not als Grasland, keinesfalls jedoch zum Ackerbau nutzen. Niemand konnte das Wetter voraussagen: Mal war es jahrelang knochentrocken, dann wieder regnete es sintflutartig. Und das Brunnenwasser war den größten Teil des Jahres mehr als brackig – und ungenießbar. Die Engländer konnten soviel Geld in diesen Landstrich pumpen, wie sie wollten: Aus der Puffer-Idee war kein Erfolg zu machen. Enttäuscht zogen die Möchtegern-Bauern in die nahe gelegenen Städte ab und nahmen ihre vormaligen Handelsgeschäfte wieder auf.

Und das Xhosa-Problem blieb ungelöst.

„Wie, bitte schön, sollen wir unsere Herden und das Land bewirtschaften ohne Sklaven?" schrie ein Siedler.

Zur Antwort erhob sich wacklig ein schmächtiges Männlein mit einem riesigen Mund und rief mit nachgeahmtem britischen Akzent: „Seid Ihr denn nicht extra nach London gereist, um Euren gerechten Ausgleich zu erlangen?"

Er erntete brüllendes Gelächter.

Auf das Drängen von Londoner Missionaren, die in der Gegend tätig waren, hatte die britische Regierung einen Plan zur Sklavenbefreiung entwickelt. Das Vorhaben lief darauf hinaus, daß die Regierung jeden Sklaven seinem Besitzer mit einem Drittel seines geschätzten Wertes ersetzen wollte. Erstattungsanträge waren in London zu stellen.

Oloff Klyn setzte einen leeren Bierkrug auf die Tischplatte und donnerte: „Dazu fällt mir nur noch ein einziges Wort ein: *Slachtersnek!*"

Das hatte zu einem kleinen Aufstand geführt. Etliche Männer sprangen auf. Rufe und Pfiffe hallten von beiden Seiten der baumbestandenen Straße wider, die sich an den Kirchplatz anschloß.

Das Ereignis, dessen Erwähnung eine so lebhafte Reaktion auslöste, hatte sich 1813 zugetragen. Ein halsstarriger burischer Bauer namens Bezuidenhout setzte sich über das britische Gesetz hinweg, indem er einen Tagelöhner aus dem Stamm der Khoi nach Ablauf von dessen Arbeitskontrakt nicht entließ. Obendrein behielt er den Lohn und das eigene Vieh des Mannes ein mit der Begründung, er habe durch dessen Ungeschicklichkeit Verluste erlitten.

Laut Bezuidenhout hatte man von dem Sklaven mehr Ärger als

Nutzen. Er habe einundzwanzig Schafe seines Herrn durch Vernachlässigung eingehen lassen, Arbeitsgerät zerbrochen und andere Schäden verursacht.

Der Khoi-Sklave beschwerte sich bei der britischen Obrigkeit, die ihrerseits Bezuidenhout vorlud, um eine Aussage zu machen. Bezuidenhout schenkte diversen Vorladungen keine Beachtung. Für ihn wie für die burische Bevölkerung war es unannehmbar, daß ein weißer Mann wegen der Klage eines schwarzen Knechts vor Gericht erscheinen sollte. Zwei Jahre gingen ins Land, während derer Bezuidenhout sämtliche amtlichen Ladungsbescheide bewußt ignorierte.

Es war an einem heißen Oktobermorgen, als eine Heeresabteilung aus zwei weißen Offizieren und sechzehn farbigen Mannschaften auf dem Hof Bezuidenhouts eintraf, um ihn festzunehmen.

Darauf aber war der starrköpfige Burenbauer vorbereitet gewesen. Er hatte Vorräte und Munition in einer Höhle an einem nahen Abhang gehortet, und als die Abteilung zu Pferde anrückte, nahm er sie von dort aus mit einer langläufigen Elefantenflinte unter Feuer. Der Schußwechsel hielt mehrere Stunden an, bis Bezuidenhout tödlich getroffen wurde.

Empörung über seinen Tod packte die Gemeinschaft der Buren. Es dauerte nur ein paar Tage, bis eine Schar Bauern denen, die am Tod ihres Nachbarn schuld waren, Vergeltung schwor. Doch bevor sie zur Tat schreiten konnten, erreichte die Nachricht von der Verschwörung die britischen Behörden. Eine Einheit Dragoner wurde gegen die Verschwörer in Marsch gesetzt und nahm sie auf einer Paßhöhe namens Slachtersnek fest.

Während die anderen Verschwörer sich ergaben, eröffnete Bezuidenhouts Bruder das Feuer. Mit Hilfe seiner Frau und seines zwölfjährigen Sohnes, die unablässig sieben Musketen für ihn nachluden, gelang es ihm, die Soldaten eine Zeitlang in respektvollem Abstand zu halten. Doch schließlich wurde auch er erschossen, seine Frau und sein Sohn schwer verwundet.

Siebenundvierzig Aufrührer wurden vor Gericht gestellt und dreiunddreißig zu verschiedenen Strafen – von Verbannung und Geldstrafen bis hin zu Haft – verurteilt. Fünf Angeklagte ereilte die Todesstrafe durch öffentliches Hängen.

Am Tag der Exekution beging der Henker einen folgenschweren Fehler. Im Glauben, es nur mit einem Hinrichtungskandidaten zu tun zu haben, hatte er nicht genug Stricke dabei. Zwar gelang es rasch, vier weitere Stricke zu besorgen, die sich aber als verrottet erwiesen. So kam es, daß nur ein Mann starb, als die Falltür aufgezogen wurde. Die anderen Stricke rissen ab, und die Männer stürzten lebend zu Boden.

Inmitten der aufgebrachten Trauernden sprangen die Männer auf und baten um Gnade. Tränenüberströmte Angehörige machten geltend, Gott habe in seiner Güte wundersam eingegriffen, um das Leben der Männer zu retten. Doch ihre Appelle trafen auf harte Herzen. Die Männer wurden einer nach dem anderen mit dem tauglichen Strick gehängt.

Jetzt schrie Henry Klyn: „Denkt an Slachtersnek!“

Überall um Christiaan herum standen Männer auf und forderten Widerstand gegen die britischen Tyrannen. Je mehr sie schrien, um so stärker kamen sie sich vor, und Christiaan stellte sich darauf ein, daß wohl an diesem Vorabend des *Nachmaals* eine Revolte losbrechen könnte.

5

Sina van der Kemp hatte einen immer wiederkehrenden Alptraum: daß sie sterben würde, ohne jemals richtig von einem Mann geliebt worden zu sein. Der Alptraum war aber mehr vage Angst als die düstere konkrete Vorstellung ihres vorzeitigen Ablebens.

„Er wird niemals Notiz von mir nehmen!" klagte sie Karel flüsternd ihr Leid. „Ich werde vorher sterben! Ich weiß es – ich werde sterben!"

Karel saß neben ihr und schaute sich unter den jungen Leuten um, die sich im Freien auf einer Ansammlung hölzerner Bänke zusammengefunden hatten, um eine Singstunde abzuhalten. Schließlich erblickte er das Objekt von Sinas Zuneigung: Henry Klyn, der gerade drei seiner Freunde königlich unterhielt, indem er ihnen eine Geschichte zum besten gab, die sie derart zum Lachen brachte, daß man sie auch bei dem zunehmenden Geräuschpegel der Versammlung heraushören konnte.

Karel stupste Sina spielerisch mit der Schulter an. „Möchtest du, daß ich ihn zu uns bitte?"

Sina funkelte ihn an. Ihre Pupillen glichen schwarzen Tupfen auf einer weißspiegelnden Fläche. „Wag das ja nicht! Er würde mich für vorwitzig halten, und eine vorwitzige Frau würde Henry niemals heiraten!"

Karel entgegnete: „Henry Klyn würde jede Frau heiraten, die ihn auch nur halb so sehr lieben würde wie er sich selbst!"

Sina gab ihm einen Klaps auf die Schulter. „Du hast gesagt, du wolltest nett sein!"

„Das war nett!" protestierte Karel. „Es war das Netteste, was ich überhaupt über ihn sagen könnte!"

„Mann!" Sie rempelte Karel so heftig, daß er das Gleichgewicht verlor und vom Ende der Sitzbank plumpste. Irgend etwas Unverständliches murmelnd, schlug er dumpf auf den Boden auf. Daß er dabei mit den Armen in der Luft herumfuchtelte und ein Mädchen, das hinter ihnen stand, einen überraschten Aufschrei ausstieß, sicherte ihnen jedermanns Aufmerksamkeit.

Alle Augen waren auf ihn gerichtet, wobei sich einige Anwesende ein Kichern nicht verkneifen konnten. Karel rappelte sich wieder auf, breitete die Arme aus, verbeugte sich und sagte: „Ich könnte zu eurer weiteren Belustigung auch Vogelstimmen nachahmen."

Seine gutmütige Reaktion brachte die jungen Leute zum Lachen;

sogar Applaus ertönte. Während die unterbrochene Unterhaltung allgemein wieder aufgenommen wurde, setzte er sich erneut neben Sina und zeigte ihr mit gesenktem Kopf eine Grimasse.

„Guck mich nicht so an! Du hattest es verdient, das weißt du genau!" verteidigte sie sich. „Du hast versprochen, du würdest nichts Gemeines über Henry sagen, solange ich nichts Gemeines über", und hier senkte sie die Stimme zu einem tiefen, leicht anzüglichen Tonfall, „Deborah van Aardt sagen würde!" Um den dramaturgischen Effekt ihrer Worte noch zu steigern, faltete sie die Hände über dem Herzen und blinzelte heftig mit den Wimpern.

Aus Karels Gesicht verschwand das Lächeln. Zornig preßte er die Lippen zusammen – aber nur einen Augenblick lang. Dann gestand er ein: „Du hast recht. Wenn du deine Meinung über Deborah für dich behältst, will ich den Mund darüber halten, daß Henry Klyn ein aufgeblasener ..."

Ein warnender Blick Sinas traf ihn.

Karel hob die Hände und sagte entschuldigend: „Tut mir leid, das ist mir grade so rausgerutscht."

Beide saßen dann schweigend nebeneinander. Sina blickte mit aufgesetzter Fröhlichkeit in die Runde und gab sich alle Mühe, als durch und durch zufriedene junge Frau zu erscheinen, die wegen nichts anderem hergekommen war, als in aller Unschuld einen lustigen Gesangsabend zu erleben. In Wirklichkeit waren ihre Sinne wie elektrisiert auf Henry Klyn gerichtet, um auch nicht die geringste seiner Bewegungen zu verpassen.

Für Sina war der Gegenstand ihres Schwärmens eine atemberaubende Gestalt: großgewachsen, nicht zu schlank, aber auch nicht plump. Unter dem nächtlichen Sternenhimmel wirkte sein braunes Haar dunkler, als es tatsächlich war. Bei Tageslicht gefiel Henrys Anblick Sina noch besser, dann hob die Sonne seine blonden Strähnen hervor. Er trug ein arrogantes Selbstbewußtsein zur Schau, das sie äußerst attraktiv fand. Dadurch stach er aus den anderen jungen Männern seines Alters hervor, die sich in ihrer Haut nicht richtig wohl fühlten, ihr Aussehen, ihre Stimme, sogar ihre eigene Körperhaltung nicht leiden konnten.

Auch durch seine Kleidung hob sich Henry Klyn von seinen Altersgenossen ab. Wie sein Vater gehörte Henry zu den *Doppers,* einer strengen, fanatischen Calvinistensekte Südafrikas, die ohne jedes Abweichen an den Gepflogenheiten der Alten festhielten. Im Unterschied zu den anderen Buren trugen die *Doppers* keine Gürtel und konnten auch mit neumodischen Hosenträgern nichts anfangen. Ihre Hosen hatten dafür hinten eine Schnalle. Überdies trugen sie kürzer geschnittene Röcke. Da die Hosen zum Rutschen neigten und die Jakken nicht bis auf den Hosenbund hinabreichten, bestand zwischen beiden stets ein deutlicher Abstand, der das unter der Jacke getragene weiße Hemd zum Vorschein kommen ließ. Es gab Leute, die die *Doppers* wenig freundlich mit den weißspiegligen Springböcken verglichen, weil man sie wie diese schon von weither erkennen konnte. Henrys Jacke war aus blauem Nanking gefertigt, drapiert mit einem roten Streifen. Dazu trug er passende lange Hosen aus weichem Kordsamt, gerade so geschnitten, daß sie die nackten Knöchel über den Lederschuhen frei ließen.

Die anderen jungen Männer auf dem Fest trugen meist Moleskinhosen – die ärmeren auch lederne –, die vorne geknöpft waren, bis auf die Schuhe hinabreichten und mit Gürteln gehalten wurden. Ihre Jakken und Westen bestanden aus wollartigem Düffelgewebe von brauner oder gelblicher Färbung. Ausnahmslos alle hatten ihre besten Leinenhemden angezogen.

Den jungen Damen bot das *Nachmaal* die Gelegenheit, ihre schlichte, schmucklose Alltagskleidung gegen etwas Farbenfroheres einzutauschen – selbstredend im Rahmen von Anstand und gutem Geschmack. Sina strich über den weichen grünen Seidenstoff des Kleides, das sich über ihrem Schoß spannte. Fast ein halbes Jahr Arbeit hatte dieses Kleid gekostet, für den überaus bedeutenden Anlaß extra angefertigt. Es hatte einen Umschlagkragen, ziemlich weite Ärmel mit Bündchen an den Knöcheln und Volants am Rocksaum. Weiße Strümpfe, Schuhe und Handschuhe vervollständigten die Kleidung. Auf ihrer Frisur – sie trug ihr Haar in der Mitte gescheitelt, nach hinten gekämmt und mit einer Klammer aus Schildpatt geknotet – thronte ein grünes Hütchen mit langen Bändern.

Ähnlich waren auch die anderen jungen Damen gekleidet. Man sah alles von Seiden- und Leinenkleidern in dezenten Farben bis zu weichen Wollstoffen oder Leder. An gebührender Stelle, knapp über den Knöcheln, konnte man hier und da den Saum eines Petticoats entdekken, selbstverständlich ebenfalls in dezenter Farbe. An Hüten trug man zu festlichen Anlässen nur kleine Ausführungen, nicht die ausladenden, vor den glühenden Sonnenstrahlen schützenden *Kappies* des Alltags, die aus feinem weißen Leinen gefertigt waren. Bei einer Gelegenheit wie dieser durften auch Handschuhe nicht fehlen, ja, einige Mädchen trugen sogar dazu passende Sonnenschirmchen. Keine jedoch hatte das Haar offen, nicht einmal die kleinen Mädchen. Loses Haar galt als sittenwidrig.

Sina rückte dicht an Karel heran und flüsterte: „Da ist Deborah!"

Flankiert von zwei Mädchen, die weniger hochgewachsen und nicht so hübsch wie sie waren, betrat Deborah van Aardt den Ort des Geschehens. Karel, lächelnd und seufzend, schmolz bei ihrem Anblick sichtlich dahin. Sina hingegen mußte sich auf die Zunge beißen, um nicht auszusprechen, was sie dachte.

Es war nicht mal so sehr Deborah selbst, die Sina nicht leiden konnte, es waren Mädchen *wie* Deborah – schöne Mädchen, die unverhohlen kokettierten. Würde man ein bißchen an Deborahs Oberfläche kratzen, käme keine schlechte Persönlichkeit zutage, sondern überhaupt keine. Dieses Mädchen mußte man nur ansehen, und schon blickte man in die Tiefen ihrer Seele.

Ein Problem, das Sina mit Deborah hatte, war, daß Deborah ihre Rolle so überaus gut beherrschte. Alles, was sie tat, geschah instinktiv. Daß sie sich zudem mit weniger attraktiven Mädchen umgab, beruhte auf der planvollen Berechnung, die eigene Schönheit noch mehr herauszustellen. Irgendwie wußte sie, daß eine einzelne Rose nicht in einem Garten mit vielen anderen Rosen besonders zur Geltung kommt, sondern in einer Umgebung von Unkraut.

Was Sina aber am meisten aufregte, war die Tatsache, daß sich Karel – und mit ihm die Mehrzahl der männlichen Siedlerbevölkerung im östlichen Südafrika – von jemandem wie ihr angezogen fühlte. Sie hatte Karel mehr Intelligenz zugetraut, als daß er sich von rein äußerlicher Schönheit hinters Licht führen ließ.

„Entschuldige bitte", sagte er, ohne die Augen von Deborah zu wenden. Er stand auf und eilte ihr entgegen, angezogen wie die Biene von der Blüte.

„Sag mir, daß er nicht wiederkommt."

Sina fuhr herum, um zu sehen, wem die tiefe Stimme gehörte, die sie so ansprach. Sie gehörte Henry Klyn, der nur ein paar Zentimeter hinter ihr stand und sie mit seinen blauen Augen betörend anschaute.

„Wer – ähm ...", stammelte Sina, indem sie Karel nachsah, dann wieder zu Henry aufblickte und aufs neue von der Klarheit seiner Augen und seiner Nähe schier überwältigt wurde. „Ähm, äh – Karel? Nein, ich denke nicht – jedenfalls, ich glaub' nicht ... Ähm, nein, er kommt nicht wieder." Ärgerlich, daß ihre Zunge sie in diesem alles entscheidenden Moment im Stich ließ – jetzt, wo ihre erträumte Zukunft so nahe war.

„Gut!“ sagte Henry mit einem nicht zu freundlichen Blick in Karels Richtung. „Dann hast du wohl nichts dagegen, wenn ich mich setze?“

„Nein!“ rief Sina aus. „Nein, natürlich hab' ich nichts dagegen. Ich wollte sagen, ja, natürlich kannst du dich setzen. Setz dich!“ Es klang wie ein Befehl. Jetzt, ausgerechnet jetzt stotterte sie! „Ähm, äh – bitte, setz dich. Wenn du möchtest, mein' ich natürlich.“

Henry schien über ihr Stammeln hinwegzusehen und ließ sich an ihrer Seite nieder. Dicht neben ihr. Dabei berührte sein Arm den ihren. Durch ihren Ärmel fühlte sie seine Wärme.

Beiläufig ließ Henry seinen Blick über die Versammlung schweifen. Man hörte Instrumente, die gestimmt wurden, was anzeigte, daß die Singstunde jeden Augenblick beginnen würde.

Sina ahmte Henrys lockere Haltung nach und setzte wieder jenes Lächeln auf wie zu Beginn dieses Abends. Auch sie ließ ihren Blick wandern. Doch ihre Augen wollten sich nirgendwo festsehen, denn was Henrys Berührung in ihr auslöste, hatte absoluten Vorrang. Alles verschwamm unter der Empfindung seiner Wärme, die ihr Körper aufnahm. Nichts sonst, im Himmel oder auf Erden, zählte in diesem Augenblick.

Die Singstunde begann. Neben ihr sang Henry mit kräftiger Stimme die Choräle mit, während Sina nur die Lippen bewegte. Sie spürte nur beglückt, daß Henry Klyns Arm den ihren berührte.

6

Das Dorf Graaff-Reinet lag in einem Talkessel zwischen Bergen, die die Ansiedlung und die in ihr versammelten *Nachmaal*-Pilger wie eine gewaltige steinerne Hand umgaben. Zusammen mit dem lammfrommen Adriaan Pfeffer saß Christiaan auf einer hölzernen Bank. Beide Männer nippten an ihrem Kaffee. Der Schwall gehässiger Schmähreden, die von allen Seiten an sein Ohr drangen und sich an den düsteren Felswänden brachen, bereitete Christiaan zunehmend Sorge. Die „*Denkt an Slachtersnek!*"-Rufe gellten ihm immer noch in den Ohren. Zu seinem Leidwesen hatte sich Christiaan einen Platz inmitten der Männerversammlung ausgesucht.

Ein Redner nach dem anderen erhob sich, um die britische Herrschaft zu verdammen. Christiaan und Pfeffer reckten die Köpfe hin und her. Nach einer Weile fanden sie diese Verrenkungen lästig, und Christiaan beschränkte sich fortan aufs bloße Zuhören.

Er schloß die Augen und rieb sich den schmerzenden Nacken. Als er wieder aufsah, drohte sich ihm der Magen umzudrehen. Er sah sich mit einer aufgeregten Menge dunkelroter Gesichter konfrontiert, die fast bis zu ihm heranreichte und den ganzen Platz vor der Kirche ausfüllte. Die Männer waren wütend – hochgezogene Augenbrauen, zusammengebissene Lippen, glühende Blicke voll Düsternis.

Und es waren viele! Nie in all den Jahren, die er zum *Nachmaal* kam, hatte Christiaan so viele Siedler versammelt gesehen. Der Kirchplatz reichte nicht aus, und die Versammelten füllten noch die angrenzenden Straßen und Gassen.

Alle richteten ihre Aufmerksamkeit auf Oloff Klyn, der hinter ihm stand. Um das zu erkennen, brauchte Christiaan sich nicht umzudrehen; er erkannte ihn an der geifernden Stimme.

Der Proteststurm hatte jetzt eine böse Eigendynamik entwickelt. Einerseits wurde Klyn durch die Zornesglut der Männer angestachelt, andererseits schürte er ihre überbordenden Emotionen durch Brandreden.

Christiaan fühlte sich angesichts dieses aufgepeitschten Brodelbeckens von Gefühlen erschöpft. Er senkte müde den Kopf. Im ersten Moment dachte er, das kommt von der langen Reise mit ihrem veränderten Lebensrhythmus, dem ungewohnten Essen und dem Schlafen auf dem Erdboden. Doch heute war erst der Vorabend vom *Nachmaal!* So schnell war er noch nie müde geworden! Vielleicht wurde er alt.

Da durchschoß ihn, einer Offenbarung gleich, ein Gedanke, der ihn frösteln machte. Die Erschöpfung kam gar nicht von der Reise, auch nicht von dem ungewohnten Essen oder dem Schlafen im Zelt. Die Ursache war hier und machte ihm schon seit Stunden zu schaffen, eingelegt in Gift und Galle, die ihm seine ganze Kraft nahm. Sie war hier, inmitten dieses Strudels von Wut und Haß, und entzog ihm wie ein dämonischer Parasit die Lebenssäfte.

Erneut schloß Christiaan die Augen und versuchte seine Umgebung auszublenden, nur für ein paar Minuten. Vielleicht würde es ihm so gelingen, sich vor dem zu schützen, was mit dem Sturm der Erregung über ihn hereinbrechen wollte.

Er nippte an seinem Kaffee und spürte, wie sein Gaumen das Aroma aus der erdigen Flüssigkeit aufnahm. Er atmete tief aus und roch den Kaffee in seinem Atem. Das brachte ihn zum Lächeln, denn er mußte an Sina denken. Eines Abends bei Tisch hatte sie der Familie anvertraut, daß die früheste und liebste Erinnerung, die sie an ihren Vater hatte, der Duft von Kaffee war. Ihr Leben lang würde sie beim Aroma von Kaffee an ihren Vater erinnert werden. Christiaan lächelte. Es gab so viel, woran sie sich erinnern könnte – doch sie erinnerte sich daran, daß er nach Kaffee roch.

Plötzlich war es um ihn still, und er wurde sich wieder bewußt, wo er war. Der Sturm hatte sich jählings, geradezu unheimlich, gelegt. Jetzt hörte man nur noch junge Stimmen, die irgendwo in der Nähe Lieder sangen. Er öffnete die Augen und sah hoch. Nach wie vor waren die Blicke der Männer auf etwas Bestimmtes hinter ihm gerichtet.

Im selben Augenblick durchbrach das Geräusch würgenden Hustens die Stille. Er sah Oloff Klyn vornübergebeugt und keuchend dastehen. Sein Körper wurde von Krämpfen geschüttelt. Ein Helfer war zu ihm getreten, um ihn zu stützen. Ein anderer Siedler reichte Klyn einen Becher Kaffee. Erst nach einigen Mühen setzte der Husten aus, und er konnte einen Schluck nehmen.

Dann richtete er sich auf und gab zu erkennen, daß er wieder wohlauf sei. Noch ein kurzes Husten, ein Räuspern, und er begann weiterzusprechen. Seine Stimme klang jetzt wie ein Reibeisen.

„Land, Arbeit, Sicherheit – das ist eine untrennbare Dreiheit." Klyn hustete wieder und nippte noch einmal an seiner Tasse. Der Mann, der sie ihm gereicht hatte, sagte etwas zu ihm. Christiaan konnte es nicht verstehen.

Klyn schüttelte den Kopf und sagte so laut, daß alle es hörten: „Ich *muß* das sagen!" Dann wandte er sich wieder der Versammlung zu und wiederholte: „Land, Arbeit und Sicherheit! Was das Land betrifft, so haben es die Briten unseren Feinden gegeben. Bezüglich der Arbeit haben sie sich mit den Heiden gegen uns verbündet. Und die Sicherheit ...“

„Was is'n das?“ brüllte ein wuschelhaariger Witzbold dazwischen.

Lautes Gelächter ertönte.

„Das ist es ja, was ich sagen will!“ rief Klyn und brach erneut in Husten aus. Es dauerte eine Weile, dann sagte er: „Im Augenblick kann ich nicht weitersprechen ...“ Er nahm einen weiteren Schluck aus der Kaffeetasse. „Bevor ich mich hinsetze – will ich noch sagen: Niemals werden wir Land haben, niemals Freiheit und niemals Sicherheit, solange wir ohne eigene Regierung sind!“ Hustend nahm er Platz.

Die Versammlung brach in zustimmende Rufe und Applaus aus.

„Revolution!“ schrie der Witzbold. „Die Amerikaner haben das Joch englischer Sklaverei von sich geworfen, also können wir das auch! Es ist an der Zeit, daß *wir* eine Revolution machen!“ Er reckte die Faust in den Nachthimmel und schrie immer wieder: „Revolution! Revolution! Revolution! Revolution!“

Viele Stimmen fielen ein, und die Rufe hallten von den Wänden der umstehenden Gebäude wider.

Die Schreie zum Aufruhr fügten sich so nahtlos an Klyns Schlußsatz, daß Christiaan sich fragte, ob alles im voraus inszeniert war. Er hielt Ausschau nach Klyn, konnte aber den arglistigen Alten nicht mehr sehen. Er wurde von einer Wand von Leibern verdeckt.

Überall war der Platz zum Leben erwacht und hatte sich in einen aufgeputschten Kessel voll Bewegung und Lärm verwandelt. Revolutionsparolen, Fluchrufe auf den König, Forderungen nach Freiheit ertönten.

Dann – Christiaan konnte es nicht fassen – stellte inmitten der Protestversammlung der stille Adriaan Pfeffer seine Kaffeetasse beiseite, kletterte neben ihm auf die Bank und wartete, bis die Anwesenden ihm ihre Aufmerksamkeit zuwandten.

Das war der wundersamste Anblick, den Christiaan je erlebt hatte. Da stand Pfeffer, die Hände scheinbar gelassen über seinem ausladenden Leib gefaltet. Er stand einfach da, bewegungs- und ausdruckslos. Im fahlen Mondlicht nahm seine Haut eine bläßliche Färbung an, so daß er wie das Denkmal eines in Vergessenheit geratenen Würdenträgers der Regierung aussah. Als der Proteststurm allmählich abzuflauen begann, stand Pfeffer immer noch auf seiner Bank.

Schließlich nahmen einzelne Grüppchen Notiz von ihm. Auch sie schienen sich dem merkwürdigen Anblick des Mannes in seiner statuengleichen Pose nicht entziehen zu können. Immer mehr neugierig-belustigte Augenpaare starrten Pfeffer an, und allmählich wurde es totenstill. Bald waren fast aller Augen auf ihn gerichtet, und wohl jeder auf dem Platz fragte sich, was um alles in der Welt Pfeffer jetzt tun würde?

Christiaan zog vorsichtig an Pfeffers Hosenbein. „Alle sehen dich an – jetzt sag was!" flüsterte er.

Pfeffer gab nicht zu erkennen, ob er ihn gehört hatte. Er sagte kein Wort, machte keine Geste, zwinkerte nicht mit den Augen. Er schien nicht einmal zu atmen.

„Pfeffer!" Christiaan probierte es noch mal mit dem Hosenbein. Wieder keine Antwort. Christiaan fing an, sich Sorgen zu machen. „Adriaan?"

Zum erstenmal gab die Statue ein Lebenszeichen von sich – genauer gesagt ein Zeichen von Furcht. Pfeffers steife Hände zitterten, Schweiß tropfte ihm vom Gesicht, wie der Regen von einer verstopften Dachrinne tropft.

Christiaan sprach ihn leise an. „Ist schon gut, Adriaan. Du mußt ja nichts sagen. Setz dich wieder hin."

Pfeffer räusperte sich. Während sein übriger Körper steif blieb und seine Augen in die Ferne gerichtet waren, begann er Wörter zu formen. Zumindest versuchte er es.

Nachdem er zweimal ins Stocken geraten war, gelang es ihm, leise zu sagen: „Ich erinnere mich an ein Gebet, das mein Vater immer sprach ..."

„Lauter!"

„Wir können dich nicht hören!"

Es dauerte eine Weile, aber dann schaffte er es. Diesmal kamen seine Worte lauter: „Ich denke an ein Gebet, das mein Vater immer sprach. Vielleicht paßt es hierher." Dann begann er mit hoher, zitternder Stimme das Gebet aufzusagen:

„Oh, du Herr aller Herren,
du sollst regiern aufs neue hier in Afrika!
All diese Männer, aus England verbannt,
bringen's zur Größe hier;
derweil wir Armen von Hollands Gestaden
zählen bloß noch unsre Rippen.

Herr, willst du uns nicht befrein
von all den Hornochsen, den englischen,
und unser Sehnen erfülln –
sind wir es doch, dein armes,
frommes holländisches Volk
Amen.

Pfeffer hatte es nicht eilig, sich zu setzen. Schweigend blieb er stehen. Die Männer wollten noch mehr hören, aber Adriaan war fertig.

Christiaan sah, wie die steinerne Gestalt wieder Fleisch annahm. Pfeffer kam herab und nahm wieder Platz – bescheiden, wie er sich erhoben hatte.

Aus der Menge ertönte hier und da ein leises *Amen,* worauf sich, lauter, ein paar weitere Revolutionsparolen hören ließen.

Dann sprang Klyn wieder auf. „Ein schönes Gebet, Adriaan", sagte er heiser, aber es war ihm deutlich anzumerken, daß er keine Silbe ernst meinte. Die *Dopper*-Stimme hatte sich ein wenig erholen können, und ihr Besitzer schien es kaum abwarten zu können, wieder in Aktion zu treten. „Es gibt eine Zeit zum Beten", fuhr er fort, „und eine Zeit zum Handeln!"

Ein lauter *Amen*-Chor ermutigte ihn.

Bevor er weitersprach, bedankte er sich für das lebhafte Echo. Dann wandte er sich an Pfeffer. „Also, Adriaan, was meinst du, was wir tun sollen? Ich meine, jetzt, wo du dein Gebet gesprochen hast? Was sollen wir deiner Meinung nach tun?" Grinsend wartete er auf Antwort.

Christiaan blickte finster drein. Das war typisch Klyn. Er köderte Pfeffer, indem er sich auf dessen Kosten in dem ihm eigenen zynischen Humor erging, und das nicht zum erstenmal. Christiaan war schon dabeigewesen, wenn Pfeffer auf Klyns Ironie hereingefallen und dessen wahre Absichten erst durchschaut hatte, als es schon zu spät war. Heute abend jedoch ging er Klyn nicht an den Haken, sondern saß wortlos und gesenkten Hauptes da.

Dann jedoch stand Pfeffer zu Christiaans Erstaunen wieder von seinem Platz auf. Wieder stellte er sich auf die Bank, sah Klyn ins Gesicht und begann wie beim Zitieren des väterlichen Gebets zu sprechen. „Wenn du schon fragst", sagte er, „will ich's dir sagen." Er unterbrach sich und sah auf seine Schuhe. Um sein Zittern unter Kontrolle zu bekommen, hakte er Daumen und Zeigefinger in seinen Hosensaum.

Christiaan fühlte von Herzen mit dem stillen Mann. Ein auswendig gelerntes Gebet vor einer Menschenmenge aufzusagen war eine Sache, aber inmitten seiner Genossen öffentlich zu einer schwebenden Angelegenheit Stellung zu nehmen, noch dazu wenn der entgegengesetzte Standpunkt von Oloff Klyn kam, eine ganz andere. Nein, Christiaan bedauerte Adriaan Pfeffer wegen der Situation, in die er sich hineinmanövriert hatte.

Tief Luft holend sagte Pfeffer: „Seit den frühen Tagen, da meine Familie sich im Grenzland niederließ, habe ich mich von der Bibel und einer einzigen Lebensregel leiten lassen. Zwanzig Jahre ...", er wandte sich zu Christiaan und flüsterte: „Es sind doch jetzt zwanzig Jahre, seit wir Nachbarn sind, oder?"

Die Frage traf Christiaan unvorbereitet. War das zwanzig Jahre her? Es kam ihm nicht so lang vor. Als die Pfeffers ankamen, war Sina noch nicht auf der Welt – oder doch? Er konnte sich nicht recht entsinnen! Doch alles um ihn herum war still, und er spürte das Bleigewicht der allgemeinen Neugierde auf sich lasten, also nickte er.

Pfeffer war zufrieden und sprach weiter. „Wie schon gesagt, zwanzig Jahre lang habe ich mich von der Bibel und einer Lebensregel leiten lassen. Ich bin davon nicht abgewichen und werde niemals davon abweichen, denn Gott hat dadurch meine Familie mächtig gesegnet. Und jetzt fragst du mich, was ich tun wolle angesichts des zunehmenden britischen Drucks? Ich sag's dir. Ich werde tun, was ich immer getan habe. Ich werde Gottes Wort und meiner Lebensregel vertrauen, daß sie mich recht führen."

Klyns Neugier war geweckt, aber er war vorsichtig. Er, der Köderwerfer, spürte anscheinend, daß nunmehr er selbst anbeißen sollte, fragte aber doch: „Was ist denn deine Lebensregel?"

Pfeffer antwortete nicht gleich. Einen Augenblick lang schien seine Ängstlichkeit von ihm zu weichen, und es sah tatsächlich so aus, als genösse er es, ein Geheimnis zu haben, das Klyn zu erfahren suchte.

Und es war beileibe nicht nur Klyn, der neugierig aufhorchte. Auf dem ganzen Platz hätte man eine Stecknadel fallen hören können: Alle Männer warteten gespannt auf Pfeffers Lebensregel. Vielleicht hofften sie, darin ein Körnchen Weisheit zu entdecken, das ihnen den Überlebenskampf an der Grenze erleichtern würde. Auch Christiaan ertappte sich dabei, wie er sich in Richtung seines Nachbarn lehnte, um Pfeffers Geheimnis zu hören.

Der sagte: „Meine Lebensregel lautet: Wann immer ich eine Entscheidung treffen muß, entscheide ich mich wie mein guter Freund hier, Christiaan van der Kemp." Damit verpaßte er Christiaan einen freundlichen Klaps auf die Schulter, nahm wieder Platz und faltete mit befriedigtem Grinsen die Hände über dem Bauch.

Und jeder Mann auf dem Platz richtete die Augen auf Christiaan van der Kemp.

* * *

Nachmaal war für die jungen Leute ein besonderer Höhepunkt, weil sie sonst, da Meilen unwirtliches Buschland zwischen ihnen lagen, herzlich wenig Gelegenheit hatten, zusammenzukommen. Wenn auch die meisten Lieder, die sie während des Festes sangen, Choräle waren, so wurden sie doch alle nach Art der Jugend fröhlich gesungen. Solch ein gesellschaftliches Ereignis „putschte" die Gefühle hoch, und entsprechend plusterten sich die Jungen auf, um die Aufmerksamkeit auf sich zu ziehen, indem sie sich mit unreifen Possen auszustechen versuchten, angestachelt vom albernen Kichern und Kreischen der Mädchen.

Im Augenblick jedoch war Sina unempfänglich für all das: die Musik, die Scherze, das Kichern. Alle ihre Sinne konzentrierten sich auf nur eine einzige Person: Henry Klyn, der neben ihr saß. Als ihre Arme sich berührten – und es war nicht nur der flüchtige Hauch einer Berührung, sondern ein fester Druck, Fleisch gegen Fleisch – begann ihr Herz zu rasen.

Einmal stand die ganze Versammlung auf, um ein bestimmtes Lied zu singen. Dabei berührte Henrys Arm kaum mehr Sinas. Sofort brach ihr Gefühlsüberschwang in sich zusammen. Sie wäre in Leid versunken, hätte sie nicht ein rascher Seitenblick von Henry über Wasser gehalten.

Als das Lied zu Ende war und alles sich wieder setzte, war zwischen ihnen eine Lücke entstanden. Nur eine kleine Lücke, ein paar Zentimeter bloß, aber es war wie eine Schlucht, die sie von Henry unerträglich trennte. Sina erwog, sich an ihn zu lehnen, unwillkürlich, versteht sich. Doch sie erschrak vor ihrer eigenen Kühnheit. Was würde Henry wohl dabei denken?

Lebhaft stimmten die Instrumente ein neues Lied an. Diesmal war es eine flotte Melodie. Der Arm des Geigers bewegte sich immer schneller, während er den Bogen schwang.

Zu jeder anderen Zeit hätte ein solch aufgepeitschter Rhythmus Sinas Lebensgeister angeregt. Ihre liebsten Erinnerungen an frühere

Nachmaal-Feiern hatten mit Musik zu tun. Doch jetzt war alles anders. Keine Musik im Himmel oder auf Erden konnte so mitreißend sein, in ihr so tiefe Gefühle freisetzen, wie es Henrys Nähe vermochte. Der, den sie liebte, hatte sie berührt.

Henry neben ihr fing im Einklang mit den anderen Feiernden an zu klatschen, die beschwingt in den Rhythmus des Liedes einfielen.

Und dann passierte es! Henry beugte sich leicht vor und erhob sich von der Bank, gerade genug, um sich bequemer hinzusetzen. Dabei rückte er näher an sie heran, so dicht, daß sein Arm wieder ihren berührte. Nein – er preßte ihn regelrecht gegen sie!

Sinas Züge schmolzen dahin wie Wachs in der Sonne. Es wäre nur noch Wonne gewesen, hätte sie nicht einen Blick von Karel aufgefangen. Der klatschte auch beschwingt in die Hände, aber sein Gesicht, auf sie gerichtet, war wie eine einzige furchterregende Drohung. Klar hatte er erraten, daß zwischen ihr und Henry etwas vorging. Logisch, daß ihm das nicht paßte.

Sina sah weg. Es war ihr in diesem Augenblick egal, was Karel dachte. Sie schloß die Augen und genoß die Wärme und den Druck von Henrys Arm. Oh, könnte sie doch dieses Gefühl, diesen Abend endlos ausdehnen! Sie erwog sogar zu beten. Wenn Gott den Lauf der Sonne stoppen konnte, um einen Tag zu verlängern, damit die Israeliten einen Sieg über ihre Feinde erringen konnten, sollte er nicht auch den Lauf des Mondes anhalten und die Nacht verlängern können, um mit Henry zusammenzusein?

Doch es schien ihr nicht recht, Gott wegen sinnlicher Dinge anzurufen. Der Rest des Abends ging wie im Flug vorbei, und allzubald hörte die Musik auf. Während andere aufstanden, sich reckten und ziellos herumschlenderten, blieb Sina, den Kopf scheu gesenkt, auf ihrer Bank sitzen, den Arm gegen Henrys gepreßt.

„Sina?“

Es gefiel ihr, wie ihr Name klang, wenn seine Lippen ihn formten: wie ein Flüstern, von einer Wolke getragen. Nie zuvor hatte ihr Name ihr so gefallen. Es war der Name eines kleinen Mädchens, nicht der einer heranreifenden Frau. Aber Henry brachte es irgendwie fertig, ihn betörend klingen zu lassen. Bewußt reagierte sie nicht, so daß er genötigt war, ihren Namen zu wiederholen.

„Sina?“

Mit niedergeschlagenen Augen hauchte sie: „Ja, Henry?“

Er rutschte ein Stück zur Seite. Ihre Arme berührten sich nicht länger. Nicht nur, daß die Lücke wieder da war – sie klaffte wie vorher, als Henry neben ihr Platz genommen hatte. Doch die Enttäuschung war nur von kurzer Dauer. Henry griff nach ihrer Hand.

Ihr Entzücken steigerte sich noch, als er ihre Hand, die Lücke überbrückend, zu sich heranzog und sie sanft umschloß.

„Sina? Du scheinst ein wenig zerstreut zu sein."

Wenn du wüßtest, dachte sie, immer noch ihre Hand anstarrend. Es war die entzückendste Empfindung, die sie jemals erlebt hatte.

„Zerstreut? Nein – na ja, doch, irgendwie schon – ich meine ..." Sie preßte die Lippen aufeinander, damit nicht noch mehr Unsinn herauskam. Erst als sie einen passenden Satz parat hatte, sprach sie weiter. „Ich möcht' nur nicht, daß der Abend zu Ende geht."

„Ich auch nicht."

Hatte sie richtig gehört? Konnte es angehen, daß er ähnliche Gefühle für sie hegte – nicht so stark wie die ihren selbstredend, denn er war ein Mann, und Männer konnten schlicht und ergreifend nicht so tiefe Gefühle entwickeln wie Frauen. Aber wenn man diese Begrenzungen, die sein Geschlecht ihm auferlegte, in Rechnung stellte – sagte er wirklich, was sie ihn sagen zu hören glaubte?

Sina hob den Kopf. Ihr Blick streifte Henrys Brustkorb, strich über das Grübchen an seinem Kinn und glitt an seiner männlich-starken Nase empor, bis er die kristallklaren, tiefen Augen fand. In diesen Augen drohte sie sich zu verlieren. Ohne noch einen Gedanken zu verlieren, hätte sie in diese Augen eintauchen und nicht wieder hervorkommen wollen.

Sie wußte nicht, wie, aber irgendwie fand sie ihre Stimme wieder und sagte atemlos: „Du willst auch nicht, daß der Abend aufhört?"

Unschuldig die Brauen hebend, lächelte Henry und schüttelte den Kopf. „Ich bin ein Dummkopf gewesen, daß ich dich nicht früher bemerkt habe."

Sinas Herz flatterte wie ein Schmetterling.

„Ich weiß nicht, warum", fuhr Henry fort, „aber damals in eurem Haus, beim Angriff der Xhosa – da hast du mich angeschaut, und plötzlich hab' ich dich anders gesehen als vorher."

„Anders?"

Henry blickte auf ihre Hand und nickte leicht. „Anders, irgendwie romantisch."

„Wirklich?"

Sina war von Henrys Bekenntnis und seiner offenkundigen Verlegenheit so überrascht, daß sie nur noch Ein-Wort-Sätze hervorbrachte. Zu jeder anderen Zeit hätte sie sich deswegen verwünschen können. Doch hier und jetzt berührte sie das nicht. Sie war einfach überwältigt.

„Und 'ne Schande ist es auch", sagte Henry.

„Schande?"

Sina begriff. Hier war er also, der Stachel der Rose, und gleich würde sie seinen Stich fühlen. In diesem Moment hörte die Welt auf, sich um ihre Achse zu drehen, Ebbe und Flut standen still, der Great River floß nicht mehr, Regentropfen taumelten in der Luft und weigerten sich, zu Boden zu fallen, die Sterne verhielten ihren Lauf, Tiere erstarrten zu Statuen, Vögel verharrten in der Luft, und Engel hielten den Atem an. Die ganze Schöpfung wartete auf Henry Klyns nächste Worte.

„'ne Schande, wirklich", wiederholte dieser. Dann, mit einem Blick auf die sich verlaufende Menge: „Ich wollte, ich könnte dir sagen, warum, aber nicht hier und nicht jetzt."

„Henry, du *mußt* es mir sagen!" flehte Sina.

Henry schaute auf ihre verschränkten Hände. „Ich möcht's dir ja wirklich erzählen", sagte er mit einem Anflug von Schmerz in der Stimme, „aber doch nicht, wenn so viele Leute dabei sind. Weißt du nicht einen Platz, wo wir allein sein können?"

Diese Frage war so alt wie die Menschheit, und seit Jahrhunderten spukte sie beim *Nachmaal* jungen Paaren im Kopf herum. Die Vielzahl der Festteilnehmer war unannehmlich für die unabhängigkeitsliebenden Buren, denen die Privatsphäre über alles andere ging. Beim *Nachmaal* gab es keine Privatsphäre. Und das empfand niemand bedrängender als die jung verliebten Paare, die miteinander allein sein wollten.

Doch es gab einen Ort, der ein gewisses Maß an Intimsphäre versprach, vorausgesetzt, die Nacht war dunkel genug – die Pfirsichplantage. Diese Plantage hatte im Lauf der Jahre den Ruf gewonnen, ein Ort zu sein, an den sich Paare zurückziehen konnten, wenn sie unter sich sein wollten. Mit diesem Ruf verband sich eine Fülle von Geschichten über junge Männer und Frauen, die der amourösen Versuchung nicht hatten widerstehen können. Das war so bekannt, daß die verheirateten Erwachsenen ihre Witzchen darüber rissen und Mütter ihre Töchter davor warnten, diesen Ort aufzusuchen.

„Es gibt ja einen Ort ...", sagte Henry vorsichtig.

Sinas Augen hellten sich auf.

Er neigte sich zu ihr, bis sich ihre Wangen fast berührten, und flüsterte: „Wir könnten ja in den Pfirsichgarten gehen."

„Oh!" Ihr Schreck hatte sich Luft gemacht, bevor sie über das Angebot nachdenken konnte.

„Nur um zu reden", sagte Henry in beschwichtigendem Ton.

Sein Vorschlag löste in Sina einen kleinen Bürgerkrieg aus. Einerseits gab es ihre Eltern mit einem ganzen Arsenal von Warnungen vor dem Pfirsichgarten. Auf der anderen Seite standen Henry – der liebe, verlockende Henry, den sie anbetete – und seine Bitte, mit ihm dort hinzugehen. Natürlich, ihre Eltern hatten einsichtige Gründe, sie von der Plantage fernzuhalten. Aber Henry wollte mit ihr dort hingehen, um nur ungestört mit ihr zu reden.

Sie glaubte ihm – warum sollte sie nicht? – zögerte aber, seiner Aufforderung nachzukommen. Was wäre, wenn die Eltern herausfänden, daß sie mit einem Jungen im Pfirsichgarten gewesen war?

Aber es war ja nicht irgendein Junge! Es war Henry Klyn! Und hier ging es ja überhaupt nicht um eine Auseinandersetzung zwischen dem, was ihre Eltern wollten, und dem, wozu Henry sie drängte. Die Haltung ihrer Eltern war bloß in dem dummen Ruf des Pfirsichgartens begründet! Wenn es nun um irgendeinen anderen Ort ginge? Würden ihre Eltern dann auch was dagegen haben? Nein! Hatten sie jemals was dagegen gehabt, daß sie mit Karel auf der Kuppe beim Haus gesessen hatte? Nein! Und Karel war auch ein Junge, oder etwa nicht? Was also sollten sie heute dagegen haben? Statt Karel war es eben Henry. Und anstelle einer Felskuppe war es eine Pfirsichplantage.

Sina setzte das süßeste Lächeln auf, dessen sie fähig war, und sagte: „Ich würde sehr gern mit dir in den Pfirsichgarten gehen, Henry, aber nur, um zu reden!"

Henrys bronzefarbenes Gesicht verzog sich zu einem breiten Lächeln, vor dem das letzte bißchen Unsicherheit dahinschmolz, das sich noch in Sinas Herz gehalten hatte.

Er stand auf und bot ihr den Arm. Keiner von ihnen sagte etwas – Worte waren jetzt überflüssig. Sie sparten sie sich für den Pfirsichgarten auf.

7

Jetzt war es an Christiaan, das große Zittern zu bekommen – alle auf dem Platz sahen ihn erwartungsvoll an. Er hatte nichts getan, um diese Aufmerksamkeit zu erwecken, und ganz sicher war sie nicht in seinem Sinne. Doch wie ihm auch zumute war – jetzt war er wider Willen zum Gegenstand allseitiger Neugier geworden.

Was ihn am meisten störte, war die Art und Weise, in der die Männer ihn ansahen. Eine Redensart fiel ihm ein: „wie Schafe ohne Hirten". Stand das nicht in der Bibel? Aber Schafe hatten nicht das unangenehme Temperament dieser Männer hier, deren Hirte Christiaan ganz bestimmt nicht sein wollte.

Pfeffer stieß ihn an. „Steh auf und sag was!"

„Ich will aber nichts sagen!" erwiderte Christiaan mit einer Stimme, die schärfer klang, als er es beabsichtigt hatte. Aber er hatte keinen Grund, sich dafür zu entschuldigen. Schließlich hatte Pfeffer das Ganze angezettelt.

Die Menge begann zu rufen: „Wir wolln was hören! Wir wolln was hören!"

Christiaan lächelte und versuchte abzuwinken.

„Jawoll, Christiaan!" Das war Oloff Klyn, der die anderen übertönte. „Teile uns doch einige deiner goldenen Worte mit, die Pfeffer für genauso kostbar wie die Bibel erachtet!"

„Das hab' ich nicht gesagt!" schrie Pfeffer, von dem niemand erwartet hätte, daß er sich noch mal zu Wort meldete. Er schaute zu Christiaan: „Jetzt sag schon was!"

Christiaan ignorierte es.

Langsam und widerstrebend stand Christiaan auf.

Beifall ertönte, als Christiaan sich aus der wogenden Menge der Köpfe heraushob. Als er die Szene überschaute, erschrak er aufs neue angesichts der vielen Männer, die sich auf dem Kirchplatz drängten. Und immer mehr kamen dazu. Jetzt, wo die Singstunde der Jugend zu Ende war, stießen jüngere Männer und auch ein paar Frauen zu ihrer Versammlung.

„Ich ... Ich hab' eigentlich überhaupt nichts zu sagen", sagte Christiaan.

Einige schrien: „Lauter!", während andere sagten: „Halt's Maul und laß ihn reden!" Wie vor einigen Minuten bei Pfeffer legte sich auch jetzt wieder eine eigenartige Stille über den Platz. Bisher war Christiaan noch nie aufgefallen, daß eine Ansammlung von Menschen immer einen gewissen Geräuschpegel verursachte. Eine schweigende Menge jedoch war unheimlich und zerrte an den Nerven. Jemand *mußte* jetzt was sagen. Und derjenige, von dem man es erwartete, war er.

„Ich sagte", Christiaan sprach jetzt lauter, „daß ich eigentlich gar nichts zu sagen habe. Adriaans Vertrauen in mein Urteilsvermögen beschämt mich. Aber, Leute, wirklich – mehr hab' ich nicht zu sagen." Er zuckte die Schultern und versuchte von der Bank zu steigen.

Aber die Menge ließ ihn nicht. Ein Hagel von Fragen prasselte auf ihn ein, so nachdrücklich und gebieterisch, daß die Häuser, die Bäume und die Berghänge, die sich über sie zu wölben schienen, das Echo zurückwarfen.

„Was ist mit den Briten?"

„Was sollen wir denn machen?"

„Sollen wir uns erheben?"

„Wirst du kämpfen?"

Hände, die an den Umgang mit Pflugscharen und Flinten gewöhnt waren, reckten sich ihm flehentlich entgegen. Glasige Augen – die einen müde, weil es inzwischen spät am Abend war, die anderen etwas matt von dem einen oder anderen Schluck zuviel – sahen ihn an. Diese Männer waren Grenzlandsiedler, das konnten sie auch an einem Festtag wie diesem nicht verhehlen: Mancher Hals war nicht ganz frei von einem Schmutzrand, und unter ihren Fingernägeln klebte noch die Ackerkrume. Männer, deren Arbeitstag morgens noch im Dunkeln anfing und abends im Dunkeln endete, Männer, die ihre Feuerwaffen stets und ständig in Reichweite hatten, deren Schicksal von der jährlichen Regenzeit abhing und die einen Zweifrontenkrieg zu bestehen hatten: gegen die Xhosa und die Gesetzgebung der Briten. Alle wollten wissen, woher ihnen die tödlichere Gefahr drohte.

Christiaan spürte, wie jemand an seinem Ärmel zog. Es war wieder Pfeffer. „Sag einfach deine Meinung!"

Christiaan konnte ihn kaum hören. Es mußte etwas geschehen. Die Lage eskalierte. Jetzt ging es nicht mehr um persönliche Empfindungen. Christiaan hob beide Hände empor, um die Menge zum Schweigen zu bringen. Die Reaktion kam beängstigend prompt.

„Ich weiß nicht, was ihr von mir wollt", sagte er.

Zu seiner Linken schrie eine Stimme: „Sag uns, was wir machen sollen!"

„Wir brauchen einen Mose!" Das kam von rechts.

Darauf wußte Christiaan sofort eine Antwort. „Ich bin kein Mose", sagte er mit Nachdruck. „Wenn ihr auf der Suche nach einem Mose seid, müßt ihr euch ganz bestimmt woanders umsehen. Und euch sagen, was ihr tun sollt – das kann ich auch nicht. Jeder von euch muß selber wissen, was für ihn und seine Familie das beste ist."

„Dann sag uns, was *du* tun wirst!"

Christiaan lächelte und zuckte wieder die Schultern. „Ich werd' zu meinem Wagen zurückgehen, meiner Frau 'nen Gutenachtkuß geben und mich schlafen legen."

Die Männer steckten daraufhin die Köpfe zusammen. Einige lachten, andere zeigten Unmut. Erneut wurden Revolutionsparolen laut.

Eine Stimme sprach Christiaan von hinten an. Er kannte sie – Oloff Klyn.

„Sollen wir nun gegen die Briten kämpfen?" rief er.

Christiaan drehte sich um und sah, daß auch Klyn auf eine Bank gestiegen war. So standen sie sich Angesicht in Angesicht gegenüber. Die wogende Menge reichte ihnen beiden bis an die Knie.

Jetzt richtete sich die Aufmerksamkeit nicht mehr allein auf Christiaan als Redner; jetzt handelte es sich um einen Disput zweier Männer vor Hunderten von Zuschauern.

„Antworte mir, wenn du denn kannst!" rief Klyn. „Sollen wir gegen die Briten kämpfen?"

Gespanntes Schweigen. Klyns Frage stellte die Versammlung auf Messers Schneide. Jetzt mußte sich die Spreu vom Weizen trennen, würden die beiden Lager offenbar werden: die einen, die für die Revolution waren, und die anderen, die sie ablehnten.

„Solange nicht britische Truppen mein Haus angreifen", sagte Christiaan, „werde ich nicht die Waffe gegen sie erheben."

Unruhe machte sich breit.

Klyn hob die Hand, bat um Ruhe und rief Christiaan zu: „Dein weiser Rat geht also dahin, daß wir gar nichts tun, während die Xhosa unsere Familien abmurksen und die Briten uns mit Gesetzen den Hals abschnüren?"

Christiaan konnte nicht gleich antworten, denn während Klyns Frage brandete gewaltiger Lärm auf. Dann schrie er gegen den Lärm an: „Ich bin ein Mann des Friedens!" Dieser Satz ließ etliche verstummen. „Wenn meine Familie bedroht wäre", fuhr er fort, „würde ich in der Tat kämpfen, aber nur, wenn es keinen anderen Ausweg gäbe."

„Als ich seinerzeit mit meinem Vater an die Grenze kam ..."

Christiaan kam nicht mehr gegen den Lärm an. Als er allmählich abebbte, fuhr er fort:

„Seinerzeit kam ich mit meinem Vater an die Grenze, um in Frieden zu leben. Wir verließen in der Kapprovinz eine Plantage, die mehr als hundert Jahre im Besitz meiner Familie war. Ich weiß noch, wie mein Vater kurz vor unserer Abreise mit mir auf der Veranda unseres schönen Hauses stand. Er sagte, ich solle mir gut einprägen, was ich sehe: das Haus, die Pflanzungen, das Land und das Vieh. ‚Mein Sohn', sagte er, ‚wo wir hingehen, gibt es nichts, was sich mit dieser Plantage messen kann. Dort wartet auf uns nur Staub, Busch, harte Arbeit und Gefahr. Aber schau dir gut an, was du siehst – das alles ist vergänglich. Ein Funke und ein bißchen Wind könnten alles dem Erdboden gleichmachen. Es könnten aber auch habgierige Männer kommen, mit Gewehren oder auch mit Gesetzbüchern, und es uns entreißen.' Und ich weiß noch, wie ich sagte: ‚Aber das werden wir nicht zulassen, nicht wahr? Wir werden uns unsere Flinten schnappen und sie um die Ecke bringen!'

Bis heute seh' ich die Enttäuschung in den Augen meines Vaters. ‚Aber was wäre, wenn sie dich umbrächten?' sagte er. ‚Oder deine Mutter oder mich? Oder Punga? Jama? Willst du mir etwa erzählen, das wär' die Sache wert? Nur damit kein anderer den Baum da kriegt?' Dann legte mein Vater seine wettergegerbte Hand auf meine Brust – ich weiß noch, daß sie meine ganze Brust bedeckte – und sagte: ‚Sohn, du bist mir mehr wert als hundert Plantagen. Wenn irgend jemand dir was tun will, werde ich gegen ihn kämpfen und, wenn nötig, ihn töten. Das alles hier', er machte eine Handbewegung über den ganzen Besitz hin, ‚kann man ersetzen. Aber dich kann niemand ersetzen. Und deswegen brechen wir in ein neues Land auf und werden dort zusammen eine neue Plantage aufbauen, so schön wie Klaarstroom.'"

Christiaan legte eine Pause ein. Überrascht stellte er fest, daß er nicht mehr zitterte. Aus Gründen, die sich ihm entzogen, hatte es ihn beruhigt, seine Geschichte zu erzählen. Zugleich stärkte es seine Entschlossenheit.

Er schloß: „Im Einklang mit dem Traum meines Vaters habe ich versucht, hier im Grenzland Klaarstroom neu aufzubauen. Und wenn uns die Briten auch hartnäckig hierher gefolgt sind, glaube ich doch, daß es möglich ist, mit Geduld und gegenseitigem Verständnis mit ihnen friedlich zusammenzuleben. Und das gilt auch für die Xhosa. Ich bin überzeugt, daß es für unsere beiden Völker genug Land und genug Vieh gibt. Ich weiß, daß die meisten von euch nicht meiner Meinung sind“, er nickte mit dem Kopf zu Klyn, „aber ihr wolltet hören, was ich denke, und – nun gut, jetzt wißt ihr es.“

Christiaan wollte sich setzen, aber die Männer drängten sich nach wie vor so dicht um ihn, daß es ihm unmöglich war.

„Ich stimme ihm zu!“ donnerte Klyn.

Das verblüffte Christiaan und anscheinend auch die Zuhörer.

„Ja, ich stimme ihm zu, zumindest was den Kampf gegen die Briten betrifft: Dieses Land hier lohnt sich nicht! Ich sage: Überlassen wir's den Briten und den Xhosa! Nun, was mich und meinen Sohn betrifft – auch ich bin, wie die meisten von euch, von Kapstadt hier raufgegangen. Das Weiterziehen liegt uns im Blut, und was ich sage, ist: Laßt doch die Briten und die Xhosa sich um dies Land hier streiten – am anderen Ufer des Great River ist weites Land, das sich einzunehmen lohnt! Ihr habt doch die Berichte gehört: Das Land drüben hinterm Great River ist saftig, grün und unbesiedelt. Drüben auf dem Hohen Veld gibt's viel besseres Gras als das, was wir hier haben! Christiaan hat recht: Dieses Land lohnt keinen Kampf. Viele von uns haben sich entschieden, zusammen aufzubrechen wie die alten Israeliten, diese Unterdrückerherrschaft hinter sich zu lassen und in ein Land der Verheißung zu ziehen, wo wir unsere eigenen Herren sein werden.“

Gleich einem Fischschwarm, der mit einer einzigen gleichförmigen Bewegung seine Schwimmrichtung ändert, wandte sich die Aufmerksamkeit des ganzen Platzes von Christiaan ab und Klyn zu, der jetzt mit Fragen überschüttet wurde: Wann man aufbreche; was er sonst noch über das Land hinterm Great River wisse; was mit den Zulustämmen sei, die in jener Gegend lebten und so weiter und so fort.

Plötzlich konnte sich Christiaan ohne Mühe setzen. Dankbar nahm er die Gelegenheit wahr und klopfte Pfeffer freundschaftlich auf die Schulter. „Gehn wir zu den Wagen zurück! Ich weiß nicht, wie's dir geht, aber ich für meinen Teil bin fix und fertig!“

„Wie du willst!“ antwortete Pfeffer.

Seite an Seite gingen die beiden Männer davon. Die leeren Kaffeebecher ließen sie lose an ihren Fingern baumeln.

„Adriaan“, sagte Christiaan, „ich seh' dich als guten Freund. Aber wag es ja nicht, so was nochmal zu machen!“

„Was hab' ich denn gemacht?“ fragte Pfeffer unschuldig.

* * *

Sina und Henry ließen die hellerleuchtete Versammlungsstätte hinter sich und gingen Arm in Arm in Richtung Pfirsichgarten. Dicht bei ihnen schlenderten andere Pärchen, von denen aber immer mehr seitlich abbogen, um zu ihren Lagerplätzen zu gehen. Unter den übrigen, die Richtung Plantage weiterspazierten, konnte man mehr und mehr verstohlenes Kichern und verhaltenes Flüstern hören.

Sina stand in Flammen. Sie ging nicht, sie schwebte. Wortlos hing sie an Henrys Arm und schwelgte im Gefühl seiner Nähe. In aufrechter Haltung neben ihr gehend, machte er extra kleinere Schritte, um sich ihrer zierlicheren Gangart anzupassen. Ohne etwas zu sagen, sah er sie von Zeit zu Zeit an, und jeden Blick erwiderte sie mit erhobenem Kopf und seligem Lächeln. In der Dunkelheit zeichneten sich jetzt die Umrisse von Pfirsichbäumen ab.

Vor dieser Nacht verblaßten ihre schönsten Träume. Sie hatte sich vorgestellt, wie er mit ihr sprach, sich ausgemalt, wie er sie anschauen, sie berühren würde – aber nichts kam diesem Abend gleich. Er war vollkommen, in jeder Hinsicht. Nichts auf der Welt konnte es geben, was ...

„Sina van der Kemp! Wohin des Wegs, bitte sehr?“

Die Stimme erschreckte sie und Henry gleichermaßen. Sie hing zwischen den Pfirsichbäumen. Jeder in der Nähe drehte den Kopf um, einschließlich Henry.

Abrupt blieben sie stehen, und Sina spürte, wie sein Arm steif wurde.

Von hinten rauschte Karel heran – mit Deborah im Schlepptau, die mühsam mit ihm Schritt zu halten versuchte. „Wohin willst du?“ wiederholte er gebieterisch, nicht ohne Henry einen verächtlichen Blick zuzuwerfen.

„Karel! Was fällt dir ein, mich so zu erschrecken!“ ereiferte sich Sina.

„Was glaubst du eigentlich, wer du bist, de Buys?“ höhnte Henry. „Etwa ihr Vater?“

Karel stemmte ärgerlich die Hände in die Hüften und wandte sich Sina zu. „Du wolltest mit ihm in den Pfirsichgarten, stimmt's?“

„Zum Reden! Bloß zum Reden!“

„Hat er dir das erzählt?“ Karel trat zwischen Sina und Henry. Er sah sie an und sagte: „Du gehst zu deinem Wagen zurück!“

Henry schob ihn beiseite. „Laß sie in Ruhe, de Buys! Sie geht mit mir!“

Inzwischen hatte Deborah Karel eingeholt. Mit einem boshaften Seitenblick auf Sina sagte sie: „Sieh an, sieh an! Wer hätte das gedacht?

Sina van der Kemp und Henry Klyn gehn zusammen in den Pfirsichgarten!"

„Nur zum Reden!" stotterte Sina.

Das schien Deborah nicht zu überzeugen, aber sie hatte offenkundig auch kein Interesse, die Angelegenheit weiterzuverfolgen. Sie zog Karel am Arm und versuchte ihn wegzuziehen. „Nun komm schon, Karel", quengelte sie, „wenn die zwei im Pfirsichgarten Dinge vorhaben, über die man nicht spricht, kannst du sie auch nicht davon abhalten."

Karel schüttelte sie ab. „Und ob ich das kann!"

Blitzartig, wie eine zubeißende Schlange, schnellte Karels Hand vor und packte Sinas Arm. Es war ein strenger Griff, und Sina stiegen vor Schmerz die Tränen in die Augen.

„Laß mich los, Karel!" schrie sie, während sie mit aller Macht versuchte, seine Hand von ihrem Arm zu lösen.

„Karel, nun laß sie doch!" jammerte Deborah. „Komm lieber mit mir!"

„Laß deine Pfoten von ihr!" wetterte Henry.

Das nächste, woran Sina sich erinnerte, war, daß sie Karel loslies. Henry hatte ihn grob zur Seite gestoßen, so grob, daß Karel stolperte. Dann aber stand er wieder und musterte die drei.

Es war eine merkwürdige Gesellschaft – Sina, Henry und Deborah van Aardt in einer Reihe Karel gegenüber, der mit geballten Fäusten dastand.

In diesem Moment hörte man aus einiger Entfernung Kootjies Stimme: „Da ist sie ja!"

Sina verdrehte die Augen, als sie ihren kleinen Bruder hörte.

Henry starrte sie an. „Der hat uns gerade noch gefehlt!"

Kootjie kam herbeigerannt. In seinem Kielwasser war Conraad Pfeffer.

„Sina – da bist du ja!" platzte Kootjie heraus. „Ich hab' dich überall gesucht." Dann ließ er seinen Blick schweifen und schien erst jetzt zu merken, daß sie in der Nähe des unsäglichen Pfirsichgartens waren. „Sina!" rief er grinsend aus.

„Kootjie, was hast du hier zu suchen?" schrie Sina zornig. Ihre Stimme zitterte. Sie war den Tränen nahe. Ihr traumhafter Abend war dahin, zerstört erst von Karel und jetzt noch von ihrem Bruder. Das würde sie nicht überleben, niemals.

Kootjie überwand die Aufregung, die der Gedanke in ihm auslöste, seine Schwester in der Nähe des Pfirsichgartens erwischt zu haben, und sagte: „Du mußt jetzt zum Wagen zurückkommen!"

„Ist irgendwas geschehen?" fragte Karel.

„Britische Wachsoldaten!" rief Kootjie. „Bei unserem Wagen! Sie haben Vater 'ne Dings – ähm ... Na ja, sie haben ihm irgendwas gegeben."

„'ne Vorladung", schaltete sich Conraad ein, stolz, daß er aushelfen konnte. Er genoß die sekundenlange Aufmerksamkeit, die ihm sein Einwurf brachte.

Jedesmal wenn Sina Conraad sah, dachte sie, er sehe mehr und mehr seinem Vater ähnlich, nur daß er kleiner war und ein bißchen dünner.

„Ja, genau", sagte Kootjie. „'ne Vorladung. Das bedeutet, daß sie Vater in den Knast schmeißen!"

„Wofür?" kreischte Sina.

Kootjie zuckte die Schultern. „Keine Ahnung. Sie haben englisch geredet."

Sina sah Henry an. „Ich muß zum Wagen."

„Ich komme mit", sagte Karel.

„Nein, das tust du nicht!" widersprach Deborah.

Karel zog Deborah ein wenig beiseite. Sie unterhielten sich flüsternd.

„Sehe ich dich morgen?" fragte Sina Henry hoffnungsvoll.

Henry nickte. Doch er lächelte weder, noch schien er den Lauf der Dinge zu bedauern. Keinerlei Wärme war in seinen Zügen. Er fügte sich bereitwillig. Sina konnte die Tränen kaum noch zurückhalten.

Sie schickte sich an zu gehen, drehte sich aber plötzlich noch mal um und erinnerte ihn: „Du wolltest mir doch etwas sagen!"

„Was sagen?"

Sie kam näher und flüsterte: „Das, was du mir unter all den Leuten nicht sagen konntest!"

„Ach das!" sagte er herablassend. „Nur daß mein Vater und ich nach dem *Nachmaal* weiter nach Norden ziehen, das war alles."

„Du ziehst weg?" rief Sina. Diese Neuigkeit traf sie zu mächtig. Die Art, wie Henry sie leichthin, beiläufig anbrachte, tat das ihre hinzu.

„Bald schon", entgegnete er.

„Henry!" Jetzt konnte Sina ihre Tränen nicht mehr stoppen. Soeben war ihr ein unvergeßlicher Abend der vertraulichen Unterredung mit ihm entgangen, und jetzt erfuhr sie, daß sie ihn für immer verlieren würde! Das war zuviel. Die Tränen flossen in Strömen.

Karel brachte sie nach Hause. Sie verabscheute jeden Schritt, den sie neben ihm ging, denn sie war wütend auf ihn. Aber sie hatte keine Wahl.

Als sie beim Wagen ankamen, erfuhren sie, daß Christiaan tatsächlich zu Gericht vorgeladen war. Man hatte jemanden ausfindig gemacht, der Englisch lesen konnte. Einige Leute sammelten sich um den Wagen der van der Kemps, und die Vorladung wurde laut verlesen. Christiaan wurde beschuldigt, einen früheren Tagelöhner, einen Khoi, geschlagen und seines Eigentums beraubt zu haben. Kurz nach dem *Nachmaal* sollte er dazu vernommen werden.

Am nächsten Morgen brachen Kootjie und Karel auf Geheiß von Christiaan nach Hause auf, um Jama zu holen. Wenn Christiaan ein britisches Gericht von seiner Unschuld überzeugen wollte, würde er Jama dazu brauchen.

8

Gleißend brannte die Sonne auf seinen schwarzen Kopf herab. Schweißtropfen bildeten sich und rannen ihm die Schläfen herab in die Augenwinkel. Es brannte.

Im vierten Jahr der Dürre mühte sich der Great Fish River vergeblich, seinem Namen Ehre zu machen. Jama kniete nieder und schöpfte mit den Händen Wasser, das er an seine ausgetrockneten Lippen hob. Der faulige Geruch bereitete ihn auf den üblen Geschmack vor: brakkig und sandig. Angeekelt rümpfte er die Nase, als sich klebriger Schlamm zwischen seinen Zähnen absetzte. Er spie das Wasser zurück in den Fluß und ließ sich dicht am Ufer zu Boden fallen.

Neben ihm zappelte ein erbarmungswürdiger Fisch in einem Leinenbeutel. Es war sein einziger Fang heute, ein kleiner Fisch nur, mit abgestumpften Schuppen. Als er ihn herausgezogen hatte, war es ihm, als zöge er das letzte bißchen Leben aus einem Strom, der nach Luft rang, um nicht umzukommen.

Der Great Fish River hatte schon bessere Tage erlebt, genau wie er selbst. Jama hatte Zeiten erlebt, in denen der Fluß über seine Ufer getreten und das Wasser rasend vorbeigeströmt war, als habe es große Eile, die See zu erreichen. Dann wieder hatte er sich am Ufer ausgeruht, während das klare Wasser vorbeiplätscherte. Sicher, es hatte auch Tage wie den heutigen gegeben mit so niedrigem Wasserstand, daß man den Eindruck bekam, der Fluß habe seine liebe Mühe, nicht zum Stillstand zu kommen.

Von rechts hörte er ein Rascheln, das seine Aufmerksamkeit erweckte. Geräuschlos griff er nach seiner Waffe, die neben ihm auf dem Boden lag.

Da war das Geräusch wieder – ein Rascheln, kaum zu hören.

Jama richtete sich zu einer kauernden Stellung auf. Er riß die Augen auf, damit nichts in der Landschaft seinem Blick entging. Auch seine Ohren waren in höchster Wachsamkeit.

Da! An einem tief auf den Boden herabhängenden Gebüsch bewegte sich ein Zweig. Blätter raschelten. Zwischen den Zweigen lugte eine schnüffelnde bräunliche Schnauze hervor. Es war ein Wildhund.

Sekunden nur nachdem Jama den Hund erblickt hatte, bekam dieser Wind von ihm. Er erstarrte und blickte auf. Als er Jama sah, fletschte er die Zähne.

Blitzschnell richtete Jama den Lauf seiner Muskete auf den Hund.

Er sah sich um, ob noch andere da waren, weil Kaphunde meistens in Rudeln umherstreiften und häufig ihre Überzahl zum eigenen Vorteil auszunutzen verstanden. Er hatte schon Rudel beobachtet, die ausgesprochen intelligente Taktiken angewandt hatten, um viel größere Beutetiere zu stellen, zum Beispiel Büffel. Aber es gab keine Anzeichen dafür, daß weitere in der Nähe waren.

Der Hund hob seine Nase und schnüffelte. Mit aller Vorsicht suchten seine Augen den Beutel mit dem Fisch.

„Ach, das hat dich angezogen", sagte Jama. „Bist du allein?"

Der Hund knurrte.

„Bleib da", sagte Jama mit fester Stimme. Ohne die Waffe zu senken, langte er vorsichtig nach dem Beutel. Die Muskete in einer Hand haltend, griff er hinein und zog den Fisch heraus. Dann schleuderte er ihn schwungvoll dem Hund vor die Füße.

Der machte instinktiv einen Satz, schnappte den Fisch und trottete mit ihm davon, bis er in sicherer Entfernung von Jama war – nicht ohne den Kopf zu wenden, ob Jama es sich nicht vielleicht anders überlegen und die Beute zurückfordern würde. Dann ließ er den Fisch fallen und sah Jama an. Er legte den Kopf schief, als könne er nicht glauben, was hier geschah. Einen Augenblick später war er dabei, sein Abendessen zu vertilgen.

Jama setzte sich auf und beobachtete ihn. Laut rief er: „Wo sind die anderen aus deinem Rudel?"

Der Hund beachtete ihn nicht und fraß weiter.

Jama schmunzelte. „Sind sie zum *Nachmaal* gegangen und haben dich allein zu Hause gelassen?"

Seit über zehn Jahren hatte Jama die van der Kemps nicht mehr zur *Nachmaal*-Feier begleitet. Sina würde sich kaum noch an seine letzte Reise zu dem Kirchenfest erinnern können und Kootjie überhaupt nicht, er war damals erst zwei Jahre alt gewesen. Jama hatte gute Erinnerungen an die Fahrt nach Graaff-Reinet. Es war eine Zeit der Gemeinschaft mit den Familien gewesen.

Und als er darüber nachdachte, konnte er sich an keine Zeit erinnern, wo es ihm bei den van der Kemps nicht ausnehmend gutgegangen wäre. In der Tat, sie *waren* eine Familie.

* * *

Sein Leben lang hatte Jama den van der Kemps nahegestanden. Von den frühen Tagen der Kapkolonie an hatte es enge Verbindungen zwischen ihren beiden Familien gegeben. Soweit er die Geschichte kannte, hatte sein Vorfahr Ding, der Sklave auf der van der Kempschen Plantage Klaarstroom gewesen war, große Tapferkeit und Loyalität bewiesen, als abtrünnige landlose Buren, angeführt von einem der Söhne des alten van der Kemp, das Anwesen angegriffen hatten. Die Geschichte berichtete, Ding habe sein eigenes Leben aufs Spiel gesetzt, um die Angreifer von den van der Kemps fernzuhalten, bis militärische Hilfe eintraf.

Als Belohnung für seine Tapferkeit wurde Ding freigelassen. Er heiratete und bekam Kinder, und sie waren eine der allerersten freien schwarzen Familien der Kapkolonie. Ding war fest entschlossen, seine kostbare Freiheit nicht zu verlieren, also arbeitete er fleißig, um es zu einer eigenen Farm zu bringen. Doch er hatte keine Chance.

Weil es in der Kolonie festsitzende Vorurteile gegen selbständige schwarze Bauern gab, mußte er für Saatgut, Vieh, Vorräte und Werkzeuge doppelt soviel bezahlen wie andere Bauern. Helfer konnte er sich nicht leisten, und so mühte er sich zwei Jahre lang allein ab. Er brachte es fertig, sich allen Widrigkeiten zum Trotz mit den Seinen durchzuschlagen, wenn auch mehr schlecht als recht.

Dann, im dritten Jahr, machte ihm das Land selbst einen Strich durch die Rechnung. Der Regen blieb aus, und den Wassermangel konnten noch so viel Mut, Fleiß und Entschlossenheit nicht wettmachen. Er erlitt eine Mißernte. Dings Familie hatte nicht genügend Vorräte ansammeln können, also hungerte sie bald. Er war kurz davor, seine Farm zu verlieren.

Gerade in dieser Zeit kamen Jan und Margot van der Kemp, um ihm einen Vorschlag zu unterbreiten. Sie schlugen ein gemeinsames Geschäft vor, das beiden Familien nützen würde. Der Plan sah vor, daß die van der Kemps für die Einkäufe und Vorräte beider Höfe zuständig sein sollten, während Ding und seine Angehörigen das Sagen über die Arbeiter beider Betriebe haben sollten. Die Einkünfte aus beiden Farmen sollten zwischen den Familien gerecht aufgeteilt werden.

Dem stimmte Ding zu. Papiere wurden nicht unterschrieben. Auch wurden keine Dokumente zur Niederländisch-Ostindischen Kompanie nach Kapstadt gesandt. Alles, was zwischen den beiden Familien ausgetauscht wurde, war ein Versprechen, bekräftigt durch einen Händedruck. Es sollte sich zeigen, daß es eine Übereinkunft war zum Segen für beide Familien über Generationen hinaus.

Dann kamen die Briten, und den beiden Familien gelang es nur unter großen Schwierigkeiten, den Sturm der ersten britischen Besetzung abzuwehren. Doch dann übergaben die Briten die Kolonie wieder den Holländern, und für eine Weile sah es so aus, als würde alles wieder seinen normalen Gang gehen.

Dieses Glück blieb den Buren versagt. Nachdem die Briten die Kolonie zum zweitenmal annektiert hatten und auch noch blieben, nachdem Napoleons europäischen Pläne vereitelt worden waren, war es eine endlose Reihe von Erlassen, Regulativen, Gesetzen und Urteilen, die das Leben erschwerten und der die beiden Familien schließlich nicht mehr standhalten konnten.

Marthinius van der Kemp und Punga, die Vertreter der Erbengeneration, die das Abkommen zwischen ihren beiden Familien bekräftigt hatten, ließen so ihr geliebtes Klaarstroom zurück und zogen ostwärts, am Rande der Großen Karrusteppe entlang. Ihr Vieh trieben sie vor sich her. Jeder der beiden Männer hatte einen Sohn bei sich: Christiaan und Jama.

Der Treck erwies sich von Anfang an als sehr notvoll. In einer heißen, sandigen Senke verlor Marthinius seine Frau und ein Neugeborenes im Kindbett. Pungas Frau war ein Jahr zuvor am Fieber gestorben. So waren sie nur noch zu viert gewesen, zwei Väter und zwei Söhne.

Am Grab seiner Frau, mitten in der Wildnis, hatte Marthinius seinem Sohn den Arm um die Schulter gelegt, erinnerte ihn an die Worte des Hirtenpsalms und verglich das Grenzland mit dem Tal der Todesschatten. Dann versicherte er seinem Sohn, Punga und Jama, daß Gott sie durch das Tal geleiten und an einen Ort führen würde, wo ihr Becher überflösse, so wie es in den Psalmen stand.

Während ihm die Tränen über die staubigen, wettergegerbten Wangen rannen, legte er ein Gelübde ab. Marthinius van der Kemp schwor, daß nichts außer dem Tod ihn davon abhalten werde, für seinen Sohn und Pungas Sohn eine neue Farm aufzubauen, eine Farm, die eines Tages wie Klaarstroom war.

Punga schloß sich dem an, Christiaan und Jama ebenso. Sie waren damals alt genug, um zu wissen, was sie sagten, aber noch zu jung, um den Preis abschätzen zu können, den sie die Verwirklichung ihres Traums kosten würde. Doch für alle beide war es ein Schlüsselerlebnis, ein Augenblick, der dem Leben eines Mannes bis zu seinem Tode Inhalt und Richtung gab.

Ohne weitere Verluste brachten die zwei Männer und ihre Söhne den Treck hinter sich. Sie ließen sich ostwärts der aufstrebenden Stadt

Grahamstown nieder, auf buschbestandenem Grasland. Hier hofften sie ihren Traum verwirklichen zu können, gestützt auf die drei Dinge, die es im Westen ermöglicht hatten, solch eindrucksvolle Plantagenbesitzungen aufzubauen: ein riesiges Stück Land, ein beachtliches Maß an Arbeit und die Freiheit von fremder Einmischung.

Das Land in der Gegend des Zuurveldes war rauh und forderte alles, aber es ließ sich etwas daraus machen. In der Gegend lebten Khoi-Stämme, aus denen sich Arbeitskräfte anwerben ließen, und auch die Beziehungen zu den Xhosa waren in der ersten Zeit freundlich. Das Wichtigste aber war, daß die Burenbauern sich wieder selbst verwalteten, und zwar durch einen von ihnen ernannten *Landdrost* in Graaff-Reinet.

Im Laufe der Zeit jedoch wanderten mehr und mehr Bauern in die Gegend ein, und das Grenzlandregime wurde immer wackliger. Dann ergriffen die Briten die Initiative, indem sie Kolonialtruppen entsandten, einen Gouverneur ernannten und die Region annektierten. Damit lebten die van der Kemps aufs neue unter britischer Herrschaft.

Jetzt konnten sie nicht mehr woanders hingehen: Das Land östlich des Great Fish Rivers gehörte den Xhosa, und weiter die Küste hinauf lebten andere Eingeborenenstämme, darunter die berüchtigten kriegerischen Zulus. Deshalb fügten sich die Flüchtlingsfamilien in ihr Geschick und gaben sich der Hoffnung hin, der britische Hang, alles zu bestimmen und zu regeln, möge sich hier, so weit weg von Kapstadt, weniger unterdrückend auswirken.

Das Jahr 1815 ließ sich für die van der Kemps verheißungsvoll an. Nachdem sich Christiaan im Vorjahr mit der aufgeweckten Johanna Linder verlobt hatte, heiratete er sie am *Nachmaal.* Johannas großartige weibliche Ausstrahlung veränderte das Leben auf dem Anwesen, was allen recht war. Zum erstenmal seit ihrer Ankunft im Grenzland ertönte auf dem Hof Lachen. Die Atmosphäre wurde heiter und beschwingt wie an einem sonnigen Frühlingstag.

Es gab niemanden, dem Johanna nicht gefallen hätte. Christiaans eigener Vater schätzte sie dermaßen, daß Christiaan ihn manchmal im Scherz fragte, wer von ihnen beiden wohl seine Frau mehr liebe. Allein der Gedanke, er könnte sie verlieren, wie er seine Mutter verloren hatte, konnte ihn in tiefe Seelenfinsternis stürzen.

Selbstverständlich hatte Johanna auch Pungas und Jamas Herz gewonnen. Für Jama war sie eine Schwägerin. Punga erwies ihr zwar anfangs nur distanzierten Respekt, aber sein Herz erwärmte sich zusehends, als sie begann, ihn *Oom Punga,* Onkel Punga, zu nennen.

Nach der Heirat von Christiaan und Johanna lag Aufbruchsstimmung über der Grenze. In den Familienstammbaum der van der Kemps war ein neuer Zweig eingepfropft worden, und noch bevor das Jahr zu Ende war, trieb er Schößlinge: Johanna ließ die Familie wissen, daß sie in anderen Umständen sei.

Obwohl das Jahr so verheißungsvoll begonnen hatte, so war ihm nicht beschieden, auch so zu enden. Christiaan dachte traurig über die verschiedenen Zeiten des Lebens nach, wie Salomo sie beschrieben hatte: Alles hat seine Zeit, Lachen und Weinen. Das konnte er gut verstehen. Das Leben hatte seine bestimmten Zeiten – genau wie das Jahr den Winter, den Frühling, den Sommer und den Herbst mit sich brachte. Es gab gute Zeiten und schlechte Zeiten. Und das Jahr 1815, das so gut begonnen hatte, endete anders.

An dem Abend, an dem Johanna ihnen von ihrer Schwangerschaft erzählte, wurde Oom Punga erschossen. Es war Sturm aufgekommen, von solcher Stärke, daß er den Regen fast horizontal vor sich hertrieb. Nachdem Punga die Arbeiter in ihre Hütten gebracht hatte, kämpfte er gegen den Sturm an, um ins Haus zu gelangen. Da sah er ein preisgekröntes Pferd, das Oloff Klyn gehörte, ein Stutenfohlen mit einem unverwechselbaren weißen Fleck zwischen den Augen, der einem Diamanten glich.

Pungas erster Gedanke war, das Pferd in den Stall zu bringen, bis der Sturm sich gelegt haben würde. Dann aber dachte er, daß Klyn das Pferd suchen würde, wenn er merkte, daß es fehlte. Deshalb entschloß er sich, das Pferd sofort zurückzubringen. Es war das letztemal, daß die van der Kemps Punga lebend sahen.

Oloff Klyn erschoß ihn auf halbem Wege zwischen dem van der Kempschen und seinem eigenen Haus. Christiaan war es, der ihn am nächsten Morgen fand. Er lag mit dem Gesicht nach unten in einer Pfütze. Das Pferd entdeckten sie in seinem Pferch auf Klyns Hof, und Marthinius forderte von Klyn eine Erklärung. Dieser sagte nur: „Ach, das war einer deiner Sklaven? Ich hab' ihn erwischt, wie er gerade mein Pferd klauen wollte."

Klyn behauptete, nicht gewußt zu haben, daß es Punga war, den er erschoß. Er habe aus einiger Entfernung auf den Pferdedieb geschossen, und bei der Dunkelheit und dem schlechten Wetter habe er sich nicht damit aufgehalten, die Identität des schwarzen Mannes festzustellen.

Niemals ließ Klyn Bedauern erkennen, daß er einen freien schwarzen Mann getötet hatte, der sein Nachbar gewesen war. Und nie konnte er überzeugend erklären, wie er darauf gekommen war, der Mann, der sein Pferd ritt, sei ein Pferdedieb, wo dieser doch auf die Klynsche Farm zuritt.

Normalerweise würde der Zwischenfall unter den Siedlern von Grahamstown größeres Aufsehen erregt haben, aber drei Tage später traf die Nachricht von Slachtersnek ein und lenkte rasch von Pungas Tod ab.

Die Traurigkeit senkte sich für die van der Kemps noch tiefer, als sie erfuhren, daß Johannas Vater unter den getöteten Aufständischen war.

Marthinius selbst ging es damals nicht gut. Er hatte mit Atemnot zu kämpfen. Zudem machte ihm ein starker Husten zu schaffen. Als er erwähnte, er wolle zu Gericht, um das Verfahren mitzuerleben, drängten ihn Christiaan und Johanna, zu Hause zu bleiben. Doch seine Nachbarn standen vor Gericht, und er mußte dabeisein, um ihnen beizustehen.

Am Abend der Hinrichtungen regte sich Marthinius über das barbarische System der britischen Herrschaft fürchterlich auf. Inmitten seiner Schimpftirade packte ihn ein heftiger Hustenanfall. Es war, als umklammerte eine unsichtbare Hand seine Luftröhre. Er stürzte zu Boden und starb auf der Stelle.

Zwei Tage lang verweigerte Christiaan jeden Trost, daß es selbst die hartgesottensten Trauergäste zu Tränen bewegte, ihn so leiden zu sehen.

Bei der Beerdigung bemerkte der *Prädikant*, daß Schicksalsschläge oft dreifältig kämen, wofür die van der Kemps ein Zeugnis seien. Damit bezog er sich auf den Tod Pungas, des Vaters von Johanna und jetzt des Vaters von Christiaan.

Doch es sollte sich bald erweisen, daß der Prediger unrecht hatte. Die Serie der Tragödien im Hause van der Kemp war noch nicht vorbei. In den letzten Tagen des Jahres 1815 setzten bei Johanna die Wehen ein, und sie bekam unerträgliche Schmerzen. Von Anfang an ging alles schief. Sie blutete sehr stark. Das Kind hatte sich nicht gedreht, und die Nabelschnur hatte sich um seinen Hals gewickelt.

Fast den ganzen Tag hielt sich Johanna den Tod auf Armeslänge vom Leibe. Unablässig betete sie um die Kraft, ihn lange genug abzuwehren, um das Baby zur Welt zu bringen. Die ihr beistanden, gaben wenig darauf, daß sie den Kampf gewinnen könnte. Flüsternd stimmten die Frauen sich untereinander ab, welche von ihnen, wenn es soweit sei, das Los treffen werde, Christiaan beizubringen, daß er Frau und Kind verloren habe, zudem sie doch alle wußten, daß seine Mutter genauso gestorben war.

Der Tod riß Johanna ihr Kind aus dem Arm. Doch ob aus Liebe zu Christiaan oder aus purer Starrköpfigkeit – mehr als ein Leben gab sie ihm an diesem Tag nicht. Sie gönnte dem Tod keinen doppelten Sieg.

In den Höhen und den abgründigen Tiefen des Jahres 1815 verbanden sich die Seelen von Christiaan, Johanna und Jama unlöslich miteinander. Niemand an der Grenze lebte in so engen Beziehungen. Sie hatten eine gemeinsame Stärke und wußten, daß nichts sie würde überwinden können, nachdem sie 1815 überlebt hatten. Daran hatte Jama in all den Jahren seither fest geglaubt.

Doch jetzt, hier am Ufer des Great Fish Rivers, während er dem Wildhund dabei zusah, wie der die magere Gabe des Flusses verschlang, war er sich da nicht mehr so sicher. Wie ein Käfer eine Pflanze abfrißt, nagten Zweifel an ihm, die seine Beziehung zu den van der Kemps bis hinab zu den Wurzeln beschädigten. Er konnte der inneren Unruhe nicht Herr werden. Sie fraß an ihm und vertilgte die Wurzeln einer Freundschaft, die ihm, solange er denken konnte, soviel bedeutet hatte.

Plötzlich sprang der Wildhund auf, kam ins Rutschen, fing sich wieder und rannte zwischen den Büschen davon. Er ließ sogar ein paar Bissen von dem Fisch zurück. Dieser jähe Aufbruch machte Jama hellwach. Was hatte das Verhalten des Hundes zu bedeuten? Ein Raubtier?

Da erspähte Jama die Bedrohung – an der anderen Seite des Flusses.

Bewaffnete Xhosa. Vier Mann. Sie sahen ihn, bevor er in Deckung gehen konnte, liefen ans Flußufer, reckten die Speere und zeigten rufend und von einem Bein aufs andere hüpfend auf Jama.

9

Jama befand sich innerhalb der Wurfweite der Xhosa-Speere. Ein bißchen beruhigte ihn, daß sie bis jetzt ihre Waffen noch nicht gegen ihn eingesetzt hatten. Hätten sie das zu dem Zeitpunkt getan, als der Hund erste Witterung von ihnen aufnahm, würde er jetzt aufgespießt am Boden liegen. Vielleicht wollten sie ihn nur erschrecken und vertreiben. Wie auch immer, er würde sich nicht mit ihnen streiten. Das war der wasserarme, schlammige Fluß nicht wert.

Als Geste der Freundschaft hob Jama die rechte Hand, während er die andere vorsichtig nach seiner Flinte ausstreckte, um sich zurückzuziehen.

Wuschsch!

Mit einem eigentümlichen Aufschlagsgeräusch bohrte sich direkt neben der Muskete ein Speer in die Erde. Instinktiv zuckte Jama zurück und rechnete damit, daß weitere Speere nachfolgten. Aber dem war nicht so.

Am anderen Flußufer bahnte sich einer der Xhosa einen Weg zum Wasser. Er starrte Jama an, einen Speer neben sich haltend. Seine nackte, schweißnasse Brust glänzte im Sonnenlicht. Neben Sandalen und einer Halskette aus Hyänenzähnen trug er nur einen Lendenschurz. Das Gurgeln des Wassers übertönend, sagte er: „Du bist der Kemp-Sklave, der die Weisheit der Xhosa kennt."

„Ich bin niemandes Sklave", antwortete der kauernde Jama.

Der Xhosa sah die Männer neben sich an und wiederholte grinsend: „Der Kemp-Sklave."

„Ich bin ein freier Mann!" rief Jama.

Sie ließen ihre Speere sinken, und erst jetzt erkannte Jama, daß er es mit dem Häuptling der Xhosa zu tun hatte. Aus der Entfernung betrachtet und ohne seinen Feder-Kopfputz und den Kampfschild sah der Mann anders aus, als er vor dem van der Kempschen Haus gestanden hatte.

„Habt ihr so viel zu essen, daß du's dir leisten kannst, die wilden Tiere zu füttern?" fragte der Häuptling.

Jama schaute nach den Fischresten auf der Erde. Der Wildhund war nicht mehr zurückgekommen. „Er sah hungriger aus, als ich es bin", sagte Jama. Das Zittern in seinen Lippen ließ ein wenig nach, als alle Xhosa mit Ausnahme des Häuptlings ihre Aufmerksamkeit dem Fluß zuwandten. „Ich hoffe", rief Jama, „der Fluß gewährt euch mehr Fisch, als er mir gegeben hat!"

Der Tonfall des Häuptlings war verächtlich. „Die Weißen haben den natürlichen Reichtum des Flusses zerstört."

Jama schüttelte den Kopf. „Die Weißen trifft keine Schuld am Zustand des Flusses. Es kommt vom Regenmangel."

Der Häuptling sah ihn fest an. „Deine Haut und dein Haar sehen aus wie die eines Xhosa, aber innerlich bist du weiß. Wie kommt das?"

Es stimmte: Jamas Haut war schwarz, und sein Haar glich schwarzer Wolle wie das Haar der Xhosa – anders als das feste, knubbelige Haar der Khoi. Und während all der Jahre waren es die weißen Siedler gewesen, die ihm bei jeder Gelegenheit klargemacht hatten, daß er schwarz war und nicht weiß wie sie alle.

Das eine oder andere Zugeständnis hatte es zwar gegeben. Er durfte ihre Kleidung tragen und ihr Land bearbeiten. Er sprach auch ihre Sprache. Aber damit hatte es sich dann auch mit der Gleichheit. Eindeutig war er keiner von ihnen. Solange er auch unter ihnen lebte, seine Freiheit würde immer gewährte Freiheit sein, ein einzigartiger Stand, den er allein seiner Beziehung zu den van der Kemps verdankte.

Es kam ihm vor, als sei seine Freiheit nur geliehen. Jedenfalls war sie eingeschränkt. Er durfte ihre Nahrungsmittel anbauen, aber nicht öffentlich mit ihnen essen. Er durfte ihren Gott anbeten, aber nicht in ihren Kirchen. Auch am *Nachmaal* konnte er teilnehmen – solange er den Zeremonien aus gebührender Entfernung zuschaute. Er konnte unter ihnen leben, aber er würde niemals einer von ihnen sein.

Die Worte des Häuptlings hatten Jamas Innerstes getroffen, seine Unzufriedenheit über seine soziale Stellung unter den Siedlern. Die Bemerkung, daß Jama innerlich weiß sei, brannte in der schwärenden Wunde.

„Ich bin ein Nguni, genau wie du!", sagte Jama mit Nachdruck. „Alle meine Vorfahren waren Nguni, die Vorläufer der Amaxhosa, also des Xhosa-Volkes."

„Also hast du die Amaxhosa-Sprache von deinem Vater gelernt."

Jama schüttelte den Kopf. „Mein Vater beherrschte die Amaxhosa-Sprache nicht. Ich höre einfach zu. Beim Zuhören lerne ich."

„Und unsere Spruchweisheiten? Woher kennst du sie?"

„Ich höre zu", wiederholte Jama. „Ich habe deine Leute am Fluß reden hören. Ich kann Wörter aus vielen Sprachen verstehen und behalten, sowohl gesprochene als auch geschriebene."

„Eine gute Begabung!" rief der Häuptling. Er schien beeindruckt zu sein. „Welche Sprachen kannst du noch, außer der der Siedler und Amaxhosa? Sprichst du auch Khoi?"

Jama nickte.

„Kennst du die Sprache der Engländer?"

„Ein bißchen."

Jetzt war der Häuptling beeindruckt. „Und Zulu?"

Jama zögerte. „Ein bißchen. Ich hatte noch nicht viel Gelegenheit, Amazulul-Leuten zuzuhören."

„Zu deinem Glück", sagte der Häuptling, und Jama war überzeugt, daß dies sein voller Ernst war.

Inzwischen waren die anderen Xhosa ein wenig stromabwärts gegangen, um zu schauen, ob es dort vielleicht einen besseren Platz zum Fischen gab. Der Häuptling aber blieb. Jama schien ihn mehr zu interessieren als die Fische. Er machte es sich am Flußufer bequem.

„Findest du die Burenkleider nicht zu warm und unpraktisch für die Jagd?" fragte er Jama.

Jama grinste und sah an sich herunter. Er trug Hemd und Hose, und seine Füße steckten in Lederschuhen. Der breitkrempige Siedlerhut lag dicht neben ihm auf der Erde. Jama war unter den Buren aufgewachsen und hatte sich nie viel Gedanken über seinen Aufzug gemacht. Jetzt aber mußte er zugeben, daß seine Kleidung, verglichen mit dem wenigen, was Xhosa-Männer am Leib trugen, wahrscheinlich wirklich beengt und warm war.

„Ich hab' mich dran gewöhnt", sagte er, überrascht von der unverhohlenen Neugier des Häuptlings. Es kam nicht oft vor, daß sich ein Xhosa mit einem Siedler unterhielt, und den Häuptling schien diese Gelegenheit, mehr über das Leben der Siedler zu lernen, genauso wichtig zu sein wie Jama, der sich in der Xhosa-Sprache üben konnte.

„Du bist ein schwarzer Mann", sagte der Häuptling. „Betest du etwa die Götter der Weißen an?"

Diese Frage erstaunte Jama, aber zugleich fand er sie bedrohlich. Er wollte, er hätte eine Antwort darauf parat gehabt! Im Hause van der Kemp gehörten Bibellese und Gebet zum täglichen Ablauf, und Jama war stets dabei. Doch er wußte zwar über den Gott der Siedler Bescheid – daß Gott einen Bund mit Abraham, Isaak und Jakob gemacht hatte –, hatte aber eine andere Beziehung zu ihm als seine weißen Freunde. Was deren Religion betraf, nahm allmählich dasselbe unbehagliche Gefühl von ihm Besitz wie seine soziale Stellung unter den Buren.

Ihre Zeremonien, ihre Bibellese, die Gebete, das *Nachmaal*-Fest – alles diente dazu, daß sie sich vergewisserten, Gottes auserwähltes

Volk zu sein; und damit wurde klargestellt, daß er nicht zu den Auserwählten gehörte. *Sie* waren das Volk des Bundes. Für Jama und den Rest der Welt lag die einzige Hoffnung, sich das Wohlgefallen ihres Gottes zu sichern, darin, sich mit dem Bundesvolk zusammenzutun.

„Ich hab' von ihrem Gott gehört", ließ Jama den Häuptling wissen. „Aber ich selber bete nicht zu ihm." Das mußte genügen.

Der Häuptling schien zu spüren, daß es unterhalb dieser Antwort brodelte. Er nickte nachdenklich. „Und was ist mit Frauen?" fragte er. „Hast du Ehefrauen? Und sind ein paar davon weiß?"

„Ich hab' keine Frau", antwortete Jama kurz angebunden.

Das überraschte den Häuptling sichtlich und erregte seine Neugier. Er beugte sich vor. „Du hast keine Frau? Wie jetzt? Darfst du keine haben? Oder will *dich* keine?"

Jama suchte nach Worten, um zu erklären, warum er nicht in ehelichen Banden lebte. Er kannte keine einzige freie schwarze Frau, die noch nicht vergeben war. Was weiße Frauen anging, so waren sie für ihn tabu, selbst wenn er sich von einer angezogen gefühlt hätte – was nicht der Fall war. Also blieben nur schwarze Sklavinnen und Khoi-Frauen übrig.

Die kleinen, dicklichen Frauen der Khoi aber interessierten ihn nicht, und bei den beiden Gelegenheiten, wo er sich Mut gefaßt und jeweils einer schwarzen Sklavin einen Besuch abgestattet hatte, war er jedesmal enttäuscht worden: Die Frauen waren schwer von Begriff gewesen, einfach langweilig. Das hatte ihm zu einer niederschmetternden Einsicht verholfen: Wie sollte er jemals eine Frau finden, die sich ausdrücken konnte, gewitzt war und ihn reizte – unter Menschen, die nicht mehr Chancen hatten, ihren Charakter zu entwickeln, als das Viehzeug, das er täglich vor sich hertrieb?

Außerdem, wenn Jama eine Frau wollte, dann müßte er eine kaufen. Das war die Bedingung, um eine Frau zu gewinnen, die allein ihm gehörte – eine Bedingung, die die Sklavenhalter häufig zu anzüglichen Bemerkungen und schlüpfrigen Witzen veranlaßte. Ein Bauer ging so weit, daß er herumposaunte, Jama sei ja gegenüber den burischen Bauern im Vorteil: Wenn ihm die Frau nicht gefalle, die er sich zur Gattin nehme, dann könne er sie ebensoleicht wieder verkaufen, wie er sie bekommen habe.

Noch schlimmer äußerte sich der Besitzer einer Sklavin, der Jama hinter vorgehaltener Hand anvertraute, er habe das Mädchen schon mal „ausprobiert". Er verglich sie mit einem spritzigen Stutenfohlen und versicherte Jama, er werde eine Menge Spaß mit ihr haben.

„Ich hab' keine große Auswahl", erzählte Jama dem Xhosa-Häuptling.

Der Xhosa schaute Jama an, als hätte er eine äußerst seltene Tierart vor sich. „Vielleicht bist auf der verkehrten Seite des Flusses auf Jagd gegangen", sagte er, seine Worte wohl setzend wie einen Köder für ein wildes Tier. Er hielt inne, als wollte er abwarten, wie Jama darauf reagierte.

Jama fand das Angebot verlockend – obwohl ihm nicht richtig klar war, worauf der Häuptling hinauswollte. Darum sagte er nicht mehr als: „Verlockend."

„Das ist mehr als verlockend", entgegnete der Häuptling. „Es ist ein kluger Vorschlag. Immerhin bist du mehr einer von uns als einer von denen."

Diese Bemerkung traf Jama voll. *Du bist mehr einer von uns als einer von denen.* Solch ein Gedanke war ihm noch nie gekommen. Die Xhosa hatte er immer nur als lästigen Stamm auf der anderen Seite des Flusses gesehen, während er selbst stets einer der Grenzlandsiedler war, ein van der Kemp. Aber wieweit war er wirklich ein van der Kemp?

Sie waren die einzigen, die in ihm einen Siedler sahen. Und sollte Christiaan van der Kemp je etwas zustoßen – ob die anderen burischen Bauern Jama dann immer noch akzeptieren würden? Wahrscheinlich nicht. Man nehme den breitkrempigen Hut, das Farmerhemd und die Schuhe weg, und was blieb? Ein Nguni – genau wie der Mann, der ihm am anderen Ufer gegenübersaß.

„Ich sehe dir an, daß dir die Weisheit meiner Worte aufgeht", sagte der Häuptling.

Das konnte Jama weder bejahen noch verneinen.

„Sei aufrichtig", fuhr der Xhosa fort, „behandeln sie dich gut, diese van der Kemps?"

„Ich hab' dir die Wahrheit gesagt, als wir uns das erstemal begegnet sind", antwortete Jama. „Christiaan van der Kemp und ich, wir sind wie Brüder."

„Und wie viele Siedler sind sonst noch deine Brüder?"

Darauf war leicht zu antworten: *Keiner.* Vielleicht gab's ein paar, die einen Freund in ihm sahen. Die Pfeffers möglicherweise – und Karel, Sinas Freund. Aber die unerfreuliche Wahrheit war, daß die meisten Siedler viel mehr diesem unduldsamen Oloff Klyn glichen.

„Ich hab' nur ein paar Freunde", dachte Jama laut.

„Du kannst einem leid tun", sagte der Häuptling. Dann stand er auf und reckte sich behaglich.

Jama fühlte Zorn in sich hochsteigen. Er stand ebenfalls auf, um auf Augenhöhe mit dem Häuptling zu sein, und rief: „Ich brauche niemandes Mitleid!"

„Sollst du auch nicht", antwortete der Häuptling. „Ich hab' bloß gesagt, wie ich das empfinde, was du mir erzählt hast. Du lebst unter Leuten, die dir keinen Respekt entgegenbringen. Du hast keinen eigenen Gott, den du anbeten kannst. Du hast keine Frau, die dir das Leben erleichtert und mit der du deinen Spaß haben kannst. Du bist unter diesen Siedlern wie ein Aussätziger, bloß daß dein Aussatz aus nichts weiter besteht als einer schwarzen Haut. Ist ein solcher Mann zu bemitleiden oder nicht?"

Noch bevor Jama antworten konnte, zog etwas in seinem Rücken den Blick des Häuptlings auf sich, etwas, das ihn seinen Speer ergreifen ließ. Als Jama sich umdrehte, konnte er das Donnern von Pferdehufen hören, die sich rasch näherten. Es waren Kootjie und Karel. Sie zogen eine mächtige Staubwolke hinter sich her.

Von der anderen Flußseite hörte man aufgeregtes Murmeln. Die anderen Xhosa hatten die Reiter auch gehört und waren aufgeschreckt zurückgekommen. Erwartungsvoll traten sie von einem Fuß auf den anderen.

„Sie tun euch nichts!" schrie Jama. „Das sind bloß Jungs!"

Doch die Xhosa ließen sich nicht beruhigen, sondern wogen ihre Speere in den Händen, jederzeit bereit, sie zu schleudern.

„Xhosa-Häuptling! Du hast mein Wort darauf, daß diese Jungs keine Bedrohung für euch sind!" Jama suchte den Blick des Häuptlings.

Dieser gab darauf seinen Männern ein Handzeichen. Sie ließen die Speere sinken.

Nachdem die unmittelbare Gefahr gebannt war, rannte Jama den näher kommenden Reitern entgegen.

Beide Jungen schauten anders drein, als es sonst ihre Art war: tief bedrückt. Das Gesicht des jüngeren verriet zudem ein großes Maß an Furcht.

„Jama!" schrie Kootjie. „Du mußt mit uns nach Graaff-Reinet kommen! Sie wollen Vater vor Gericht stellen!"

„Ja, das stimmt", sagte Karel. „*Mynheer* van der Kemp hat uns geschickt, um dich zu holen."

„Bloß euch beide?"

Karel schnappte nach Luft und nickte. „Wir mußten uns beeilen. Bis wir zurück sind, wird der Prozeß schon angefangen haben."

„Wir sind so scharf geritten, wie wir konnten!" Kootjies Stimme überschlug sich. „Ehrlich!" Er war erschöpft und den Tränen nahe.

Jama war sofort bereit. „Gehen wir zum Haus! Unterwegs könnt ihr mir erzählen, was in Graaff-Reinet vorgefallen ist!"

Karel streckte Jama die Hand entgegen, so daß er hinter ihm aufs Pferd steigen konnte.

„Reiten wir noch heut abend?" fragte Kootjie.

„Jetzt gehen wir erst mal nach Hause, und dann entscheiden wir!" sagte Jama.

„Wir *müssen* aber heut abend noch reiten!" rief Kootjie. „Vater braucht uns!"

Jama sah ihm in die Augen. „Du wirst deinem Vater keine Hilfe sein, wenn du auf halbem Wege nach Graaff-Reinet vor Erschöpfung aus dem Sattel kippst."

„Aber ich werde nicht ..."

Jama schnitt ihm das Wort ab. „Jetzt erzählt ihr mir erst mal genau, was geschehen ist, und dann werden wir tun, was getan werden muß."

Während Kootjie fahrig zu quasseln begann, lenkte Karel sein Pferd herum und ritt vom Fluß weg. Jama konnte nicht umhin, noch einen letzten Blick zurückzuwerfen.

Während die Xhosa-Krieger sich schon flußaufwärts auf den Weg gemacht hatten, stand der Häuptling immer noch am Ufer und sah Jama nach. In dessen Kopf hallten die Worte des Häuptlings wider: *Du bist mehr einer von uns als einer von denen.*

10

Der Saal, in dem der Prozeß gegen Christiaan abgehalten wurde, war für einen Mann von der Grenze viel zu blitzblank. Angesichts der Sauberkeit überall und der gebohnerten Böden wurde ihm ganz seltsam in der Magengrube.

Da war ihm die Erdverbundenheit seiner alltäglichen Umgebung doch wesentlich lieber: das staubige Gras, die Sitzbänke aus roh behauenem Holz, das Knirschen des Sandes unter den Sohlen seiner Stiefel, die Gerüche des Landes und ein Horizont, der sich so weit hinzog, wie das Auge schauen konnte.

Seit er den ersten Fuß auf diesen spiegelnden Holzboden gesetzt hatte, bei dem er aufpassen mußte, nicht auszugleiten, war ihm klar, daß er mit den Männern, die in dieser Glitzerwelt residierten, nichts gemein hatte. Das hier war für ihn unnatürlich. Der ganze Prunk und Glanz diente nur dazu, die wahre Natur der Sache zu vertuschen.

An der Grenze waren die Dinge so, wie sie waren. Man lebte dort so natürlich, daß alles irgendwie vertrauenerweckend wirkte. Die Grenze verstellte sich nicht – ein Mann konnte von vornherein wissen, woran er war. Sie war hart, forderte alles und barg manche Gefahr. Das verstand, ja respektierte er. Auch wußte er, daß das Grenzland es ihm danken würde, wenn er seinen Herausforderungen mit Entschlossenheit und Zähigkeit entgegentrat.

In diesem Saal hier war nichts Natürliches. Was also sollte er von den Männern erwarten, die darin residierten? Sie würden ganz genauso sein.

Johanna an seiner Seite, überschaute Christiaan den Gerichtssaal. Der Raum war breiter als lang und hatte an der gegenüberliegenden Seite ein großes, in der Mitte geteiltes Fenster, das vom Boden bis zur Decke reichte. Vor der Fensterfront stand ein schwerer Mahagonitisch von tief rotbrauner Farbe, geziert mit erlesenen Intarsien und Applikationen aus Schildpatt an Kanten und Beinen: das Pult des Magistrats.

An beiden Seiten des Fensters standen dazu passende Mahagonischränke, ebenfalls mit Intarsien und Schildpatt-Applikationen versehen. Auf ihren Borden präsentierte sich eine wertvolle Sammlung weißer Porzellanteller, die meisten von ihnen mit blauem Orientmuster, manche aber auch mit den federleichten roten Pinselstrichen eines chinesischen Meisters bearbeitet. Christiaan hatte gehört, es handle sich um die Privatkollektion des Magistrats. Warum der sich entschlossen hatte, diese in seinem Gerichtssaal zur Schau zu stellen, wußte niemand zu sagen.

Was die Sitzgelegenheiten anbetraf, so gab es einen einzelnen Mahagonistuhl hinter dem Richtertisch. Er hatte eine hohe Rückenlehne und war bei weitem der größte Stuhl im Saal. An der linken Seite des Raums stand ein niedrigerer Tisch mit drei Lehnstühlen. Dieser Tisch füllte den Zwischenraum zwischen der Richterbank und den fünf Zuhörerreihen fast ganz aus.

Nur eine knappe Handvoll Zuhörer waren zugegen. Die Leute, die dort saßen, gaben durch nichts zu erkennen, ob sie aus einem bestimmten Grund gekommen waren. Links saß ein Monokelträger mit zerzaustem grauem Haar, der in die Seiten des *Graaff-Reinet-Journals* vertieft war. In der Mitte hatte eine recht ausladende Dame Platz genommen, die hingebungsvoll einem neben ihr sitzenden Kind das Gesicht abwischte, das sich dieser Zuwendung zu entwinden suchte und quengelnd sein Mißfallen an der ganzen Veranstaltung zeigte. Ganz hinten gab es noch einen Mann undefinierbaren Alters, der den vor ihm stehenden Stuhl ein Stück nach vorne geschoben hatte, um seine Beine ausstrecken zu können. Sein Gesicht hatte er mit einem breitkrempigen Hut bedeckt.

Christiaan kannte niemanden von den Zuhörern. Er war der Meinung, sie hätten sich wahrscheinlich nur in den Gerichtssaal verirrt, um sich nach den anstrengenden *Nachmaal*-Zeremonien ein wenig auszuruhen.

Er ging an den Zuhörerstühlen vorbei auf die erste Sitzreihe zu. Seine Stiefel und Johannas Absätze schlugen auf dem versiegelten Holzboden einen gleichförmigen Takt, der von den Wänden widerhallte und ihre Anwesenheit kundtat. Der Zeitungsleser blickte auf, ließ sich aber nur kurz ablenken und kehrte dann mit ausdruckslosem Gesicht zu seinen Kolumnen zurück. Auch die Frau sah kurz zu ihnen hin, ohne ihren Angriff auf den Schmutz im Gesicht des Kindes auch nur zu unterbrechen. Der Mann unterm Hut ließ sich gar nicht erst stören, als sie an ihm vorbeigingen. Er schnarchte leise vor sich hin.

Christaan wählte den fünftletzten Stuhl in der ersten Reihe. Johanna setzte sich neben ihn. Er brauchte nur mit dem hölzernen Stuhl in Berührung zu kommen, um sich erneut der unnatürlichen Beschaffenheit des Saales bewußt zu werden: Der Stuhl war derart poliert worden, daß man stets hin- und herrutschte. Es war unmöglich, sich zurückzulehnen, ohne von der Sitzfläche abzugleiten. Er brauchte ein paar Augenblicke, bis er herausgefunden hatte, daß es am besten war, eine leicht vorgebeugte Sitzhaltung einzunehmen.

Johanna beugte sich zu ihm herüber und flüsterte: „Aufgeregt?"

„Ich finde es auf diesem Stuhl höchst unbequem."

„Hast du erwartet, daß du bei deinem eigenen Prozeß bequem sitzen kannst?"

Christiaan verzog den Mund zu einem bitteren Grinsen. „Das hab' ich nicht gemeint. Es ist bloß dieser Stuhl. Er ist so glatt, daß ich nicht..."

Johannas Blick unterbrach seine Quengelei. Sie lächelte begütigend und machte ihm Mut.

Christiaan dachte an die Vorladung, die er erhalten hatte, ohne sie lesen zu können, weil sie auf englisch abgefaßt war. „Hast du das Papier dabei?"

Johanna zeigte ihm das Blatt, das sie zusammengerollt in der Hand hielt.

Er nickte dankbar. Bis zu diesem Augenblick war er sich seiner eigenen Nervosität gar nicht richtig bewußt geworden. Dennoch amüsierte ihn seine vordergründige Sorge: Da saß er nun als Angeklagter im Gerichtssaal und hatte nichts Besseres zu tun, als mit einem Stuhl zu kämpfen – und dann auch noch den Kampf zu verlieren.

„Seh' ich wirklich so nervös aus?"

Da war es wieder, das gütige Lächeln in ihrem Gesicht. Es war Antwort genug.

Christiaan holte tief Luft, seufzte und tätschelte den Arm seiner Frau. „Ich bin froh, daß du hier neben mir sitzt. Wenn du mein Richter wärst, würde ich es nicht mal wagen, mich zu verteidigen. Du kennst mich zu gut. Ich würde ‚Schuldig!' schreien und um Gnade nachsuchen."

Johannas Lächeln wurde breiter. „Hm – die Vorstellung hat was, muß ich zugeben."

Der leere Stuhl neben Christiaan schrappte über den Boden. Er drehte sich um und sah zu seinem Erstaunen in das wettergegerbte Gesicht Oloff Klyns.

„Oloff! Ich dachte, du hättest längst zusammengepackt und angespannt!"

Der alte Mann sah ihn an und verzog das Gesicht. „Irgend jemand muß dich schließlich retten", sagte er trocken. „Außerdem geht das hier uns alle an. Wenn sie dir was anhängen können, können sie's uns allen vorwerfen. Und wenn wir die Sache nicht hier im Keim ersticken, bekommen wir's mit 'ner zweiten Schwarzen Runde zu tun."

Die Schwarze Runde. Nur Slachtersnek vermochte unter den Buren mehr spontane Empörung auszulösen als dieses Stichwort. Es lag mehr als zwanzig Jahre zurück, als Sir John Cradock den Versuch unternommen hatte, die britische Herrschaft über die Buren durch die Errichtung eines von Graaff-Reinet aus operierenden ambulanten Gerichtshofes zu festigen. Daraus wurde eine marktschreierische, unruhestiftende Veranstaltung, die den ganzen Bezirk mit einer Reihe von voreingenommenen Verfahren überzog, eindeutig darauf abzielend, den Ruf der Buren in den Schmutz zu ziehen. Auf jedem Hof im Grenzland konnte man Geschichten hören, die von den Auswüchsen der Schwarzen Runde erzählten. Dieser wandernde Politzirkus heizte die Unruhe unter den Afrikaandern bis zum Siedepunkt auf.

Selbst die geringfügigste Beschuldigung gegen die burischen Bauern wurde aufgegriffen. Khoi und Schwarze kamen, um ihre Herren wegen schlechter Behandlung zu verklagen. Hämisch griffen Landarbeiter die Gelegenheit beim Schopfe. Hier war ihre Chance, wenigstens ein bißchen Rache an ihrer Herrschaft zu nehmen. Die Klageerhebung war für sie kostenlos. Und sollte das Gericht zu ihren Gunsten entscheiden, so winkte zum Lohn Vieh oder Land oder gar beides. Doch obwohl das Gericht mehr als willens war, ihren Anträgen zu entsprechen, wurden viele vorgebrachte Anklagen als unbegründete, böswillige und aufgebauschte Vorwürfe zurückgewiesen.

Die Schwarze Runde, wie man den ambulanten Gerichtshof nannte, war eine Hetzjagd mit den Buren als Beute. Und mochte auch zwischen Jägern und Gejagten ein erkleckliches Maß an Empfindlichkeit um sich greifen, so wurde doch die eigentliche Feindschaft denen zugeschrieben, die die Jagdpartie ausgerufen hatten: den Briten.

„Wie ich schon sagte: Nach meiner Meinung haben sie dich mit Bedacht ausgesucht", sagte Klyn.

„Wie kommst du darauf?"

„Denk drüber nach!"

Diese Art von Klyn konnte Christiaan überhaupt nicht leiden. Es schien ihm Spaß zu machen, daß andere Leute sich dämlich vorkamen. Freilich wußte Christiaan seit langem, daß er einfach nur schweigen mußte, damit Oloff ihm beizeiten Erleuchtung zuteil werden ließ. Also sagte er nichts.

„Mit deinem guten Ruf im Bezirk", Klyn enttäuschte seine Erwartung nicht, „bist du der weiße Elefant! Die größte Zielscheibe! Wenn sie dich fertigmachen können, hat niemand von uns mehr seine Ruhe. Das verstehst sogar du, oder nicht?"

„Ich versteh' dich schon", entgegnete Christiaan mit einem Schuß Ironie. „Aber als Elefant hab' ich mich noch nie gesehen."

Das überhörte Klyn. Sein Gehirn bastelte längst an seiner nächsten Frage. „Weißt du, wer dich angeklagt hat?"

„Keine Ahnung."

„Doch wohl nicht dein schwarzer Freund Mamba, oder?"

„Jama", stellte Christiaan widerwillig richtig. „Nein, Jama war es bestimmt nicht. Im Gegenteil, ich hab' Kootjie und Karel zu ihm geschickt, um ihn wissen zu lassen, was hier vor sich geht, und ihn herzuholen." Christiaan verdrehte den Hals, um nach der Tür zu sehen. „Das ist schon mehrere Tage her. Eigentlich hoffte ich, daß sie bis heute zurück sein würden."

„Was ist, wenn sie ihn nicht finden?" wollte Klyn wissen.

„Was soll das heißen?"

Mit einem Augenzwinkern, als wüßte er etwas, das Christiaan nicht mitbekommen hatte, sagte er: „Was, wenn er längst hier ist? In Gesellschaft des Anklägers und des Magistrats?"

Christiaans Hals lief rot an. „Ich sagte bereits, das würde Jama mir nicht antun!"

„Ich weiß sowieso nicht, wieso du ihn überhaupt hier haben willst", sagte Klyn. „Der wird dir nicht viel helfen können." Seufzend sah er auf die Tür, durch die der Richter eintreten mußte. „Wen auch immer sie bei der Hand haben, sie müssen sich ziemlich sicher sein, daß sie die Klage gegen dich durchkriegen."

An der hinteren Tür entstand ein Tumult, ausgelöst durch eine ganze Anzahl von Stiefeln, die einer Gruppe von Buren gehörten, die durch die offene Tür hereinkamen. Jeder von ihnen mit ernstem Gesichtsausdruck. Alle nickten beim Eintreten Christiaan zu. Es dauerte nur wenige Augenblicke, bis alle Stühle besetzt waren, und immer noch drängten Menschen herein. Als alle im Saal waren, standen sie in Zweier- und Dreierreihen an den Wänden. Einige der Männer, darunter sein Nachbar Adriaan Pfeffer, kannte Christiaan, andere kamen ihm von der Kirchplatz-Versammlung her bekannt vor, viele aber hatte er noch nie gesehen.

Klyn stieß ihn von der Seite an. „Scheinbar kriegen wir Verstärkung!"

In diesem Moment sah Christiaan Sina. Sie war zurückgeblieben, um die häuslichen Verrichtungen beim Wagen zu versehen, und war anscheinend kurz vor den Männern eingetroffen. Jetzt saß sie in der letzten Reihe. Neben ihr erkannte Christiaan zu seinem Mißfallen Henry Klyn.

Sina war vollauf damit beschäftigt, Henry schöne Augen zu machen. Ihr Lachen kam allzu überschwenglich. Selbst in dem allgemeinen Lärm, den die Männer in dem überfüllten Saal machten, war ihr Kichern nicht zu überhören.

Hätte Oloff Klyn nicht lauthals bekanntgemacht, daß er beabsichtige, mit der Gruppe um Louis Trichardt gen Norden weiterzuziehen, hätte Christiaan mit ihr wegen des Jungen ein ernstes Wort geredet. Er hatte sogar erwogen, ihr ohne Umschweife zu sagen, daß sie Henry nicht länger sehen dürfe. Doch so wie die Dinge jetzt lagen, kam er voraussichtlich um diesen Zusammenstoß herum. Bald würden Henry und sein Vater verschwunden sein, und das Problem wäre von ganz allein aus der Welt.

Die Richtertür ging auf und zog alle Aufmerksamkeit im Saal auf sich. Unsicher verstummte die Versammlung, während vier Männer den Saal betraten.

„Dikkop!" rief Johanna und drehte sich zu Christiaan.

Christiaan nickte. Das hätte er wissen müssen. Der erste Mann, der durch die Tür trat, war ein früherer Arbeiter von ihm, ein Khoi, mit dem es von Anfang an, als er seinen Fuß auf van der Kempschen Boden gesetzt hatte, nur Ärger gegeben hatte.

Dikkop war von kleiner Gestalt wie die meisten seines Volkes. Auch sein weit ausladendes Hinterteil, das ihm einen schaukelnden Gang verlieh, war typisch für einen Khoi. Er hatte stramme braune Haut mit einem Stich ins Gelbe. Auch seine Augen waren, anders als bei den meisten Menschen, gelblich statt weiß und von roten Äderchen durchzogen, die wie kleine Blitze aussahen. Alles an ihm – Kleider, Arme, Beine, die nackten Füße und die wirren Haare – war schmutzig. Allerdings nicht extrem – jemand mußte versucht haben, ihn vor dem Prozeß ein wenig abzuschrubben.

Dem barfüßigen Khoi folgte auf dem Fuße der energische Klang zivilisierter Absätze. Der Mann, der dicht hinter Christiaans Ankläger ging, war im Gegensatz zu dem kleinen Khoi hoch gewachsen. Er mußte leicht den Kopf einziehen, um durch die Tür zu kommen. Die Kleider des Mannes sahen an seinem Körper so akkurat aus, als hingen sie auf einem Bügel. Seine Haut war weiß bis zur Blässe, die Nase kurz, aber gebogen wie ein Schnabel. Am meisten aber fiel auf, daß er keine Lippen hatte – zumindest keine, die man ohne weiteres ausmachen konnte. Nachdem er eingetreten war, stellte er sich neben Dikkop und führte ihn, die Hand auf der Schulter des Khoi, wie ein Kind an den Tisch des Anklägers.

Der dritte Mann, der den Raum betrat, trug eine gepuderte weiße Perücke: der Magistrat, Sir William More. Zwar hatte Christiaan den Richter nie zuvor gesehen, aber aus Beschreibungen anderer erkannte er ihn mühelos. Er hatte gehört, daß der Mann kahlköpfig sei – eine glänzende Glatze habe er, hatte es geheißen. Obwohl der kahle Schädel des Richters jetzt von einer Perücke bedeckt war, war es gerade diese, die die Richtigkeit der Beschreibung erwies. Der künstliche Haarschopf fand nämlich keinen Halt, so daß er auf dem Schädel herumrutschte – von einer Seite zur anderen, von hinten nach vorn, je nachdem, wohin der Magistrat gerade den Kopf zu wenden beliebte. Damit sie nicht vollends herunterfiel, mußte der Richter eine Hand ständig dafür benutzen, die Perücke an Ort und Stelle zu halten.

So vollzog sich der Einmarsch des Magistrats also mit einer Hand auf dem Kopf, während er mit der anderen diverse Bücher schleppte. Er war ein Mann mittlerer Größe, über dessen Körperbau sich nichts sagen ließ, da ihn seine schwarze Robe von oben bis unten umhüllte. Christiaan vermutete allerdings, daß er untersetzt war; er schloß das aus seinem watschelnden Gang. Nase, Wangen und Kinn sahen aus, als sei der Hals des Mannes irgendwann einmal so lange zusammengestaucht worden, bis all seine Züge bauchig wurden. Schon der kurze Weg von der Tür bis zur Richterbank genügte, um die Hamsterbacken des Magistrats rot zu färben.

Auch die letzte Person, die hereinkam, trug eine weißgepuderte Perücke. Christiaan nahm an, daß es sich dabei um den Ankläger handelte, folgte er doch Dikkop und dem Mann ohne Lippen zur Anklägerbank. Von mittlerer Statur, schritt er zielstrebig herein, einen Stapel Papiere unter den Arm geklemmt – ohne Zweifel ein Mann, der eine Mission zu erfüllen hatte. Die schwarzen buschigen Augenbrauen wuchsen ihm über der Nasenwurzel fast zusammen. Normalerweise hätte Christiaan nicht auf die Augenbrauen geachtet, aber im Kontrast zu der gepuderten Perücke verliehen sie dem Gesicht einen witzigen Zug. Jedesmal, wenn der Mann grimmig dreinschaute, was häufig vorkam, bildeten die Brauen eine durchgehende Linie und sahen aus wie zwei Raupen, die sich küßten. Das fand Christiaan lustig. Doch bevor er noch den Mund zu einem breiten Grinsen verziehen konnte, warf ihm der Ankläger einen derart feindseligen Blick zu, daß ihm das Lächeln auf den Lippen gefror.

In den Augen des Mannes war etwas von einem wilden Tier. Sein Blick war gefährlich.

Nur einmal zuvor hatte Christiaan einen so drohenden Blick gesehen. Damals war er allein auf einem Patrouillengang gewesen, als er plötzlich auf einen Leoparden stieß, der sprungbereit auf einem Felsen kauerte. Nicht jagdliches Können hatte Christiaan damals vor der Bestie gerettet, sondern schierer Instinkt. Blitzschnell wirbelte er herum und hob seine Muskete gegen den Angreifer. In der Sekunde, in der das Tier zum Sprung ansetzte, schaffte er es, einen Schuß abzugeben. Christiaan hatte sich nicht erst im Sattel abstützen können, so daß der Rückstoß ihn vom Pferd schleuderte und er sich auf dem Boden wiederfand, die Muskete meterweit weg. Neben ihm lag ausgestreckt der Leopard, zwar noch am Leben, aber bewegungsunfähig.

Die Gesichter weniger als dreißig Zentimeter voneinander entfernt, der eine so schwer atmend wie der andere, starrten sie sich an. Den Blick, der in diesem Moment in den Augen des Leopards stand, hatte Christiaan nie vergessen können. Das Tier konnte sich nicht bewegen und nichts mehr tun als starren und sterben. Aber sein Blick tötete noch immer.

Den gleichen Blick sah Christiaan jetzt in den Augen des Anklägers.

11

„Christiaan van der Kemp! Erhebe Er sich und hör' Er die Anklage, die gegen Ihn vorgebracht worden ist!" Die Froschaugen des Magistrats suchten den Raum nach dem Mann ab, dessen Namen er soeben von den Prozeßunterlagen ablaß, die vor ihm auf dem Mahagonitisch lagen.

Christiaan hatte nur seinen eigenen Namen verstanden. Die Gerichtssprache war Englisch, eine Sprache, die Christiaan weder sprechen noch lesen konnte.

Am Tisch des Anklägers beugte sich Dikkop zu seinem käsigen Nachbarn, zeigte mit dem Finger auf Christiaan und flüsterte dem Mann etwas ins Ohr.

Der Blasse nickte. Dann sagte er auf afrikaans zu Christiaan: „Der Magistrat verlangt, daß Ihr aufsteht und die Anklage anhört!"

Bevor er sich erhob, sah Christiaan Johanna an. Sie erwiderte seinen Blick.

Fast zwanzig Jahre lang hatte er dieser Frau in die Augen gesehen, ihre Verlobungszeit mitgerechnet noch länger. Er hatte gesehen, wie sie in jugendlicher Unbekümmertheit und spitzbübischem Schalk funkelten, wie sie vor Stolz strahlten, wenn sie bei Sonnenuntergang ihr Land überschauten, hatte bittere Tränen in ihnen gesehen, wenn es ihr leid tat, daß er einmal zu später Stunde über die Stränge geschlagen hatte. Auch die übermenschlichen Qualen während der Schinderei ihrer Niederkunft hatte er in ihnen erblickt, ebenso wie den freudigen Glanz, wenn sie ihre Neugeborenen in den Armen hielt. Er hatte Zorn in ihnen glühen sehen, wenn sie sich über Dummheit und Faulheit ärgerte, aber auch Weite und Demut leuchten sehen, wenn sie in ehrfürchtiger Anbetung war. Er hatte diese Augen schläfrig und verhangen gesehen, wenn sie sie nach einem langen Tag voll knochenharter Arbeit kaum mehr offenhalten konnte; er kannte in ihnen den Ausdruck von Hingabe, von Begeisterung und auch von Besorgtheit um ihr Leben und das Leben ihrer Familie. Doch als er in diesem Moment ihrem Blick begegnete, sah er darin eine tiefe Zuversicht: Die Zusicherung, daß sie an ihn glaubte und daß daran kein Magistrat und kein Ankläger etwas würde ändern können.

Diesen Blick in Johannas Augen würde Christiaan bis zum Tage seines Todes nicht vergessen.

Er richtete sich auf und sagte: „Ich bin Christiaan van der Kemp."

Der Magistrat beugte sich hinter seinem Tisch vor, wobei ihm die Perücke in die Stirn rutschte. Er hielt sie fest, rückte sie zurecht und sagte dann mit zusammengezogenen Brauen etwas zu Christiaan, was dieser aber nicht verstehen konnte.

Christiaan sah von einer Seite zur anderen. Er kam sich so hilflos vor.

Der Richter hob erneut an zu sprechen, lauter diesmal. Jetzt schienen seine Bemerkungen sich nicht an jemand Bestimmten zu richten, aber wie konnte Christiaan sich dessen sicher sein? Wurde er geheißen, sich zu setzen? Vorzutreten? Sich zu verteidigen? Verunsichert setzte er sich.

Empört hob der Richter die Hände und fing an zu brüllen. Seine tomatenrote Gesichtsfarbe nahm einen entschieden überreifen Ton an. Jetzt richteten sich seine Worte eindeutig an Christiaan.

Der Ankläger verdrehte theatralisch die Augen gen Himmel, während Dikkop verschlagen vor sich hin grinste. Christiaan war überzeugt, daß auch der Khoi kein Englisch verstand, aber das hatte er auch nicht nötig – an dem Unbehagen seines früheren Arbeitgebers konnte er sich auch ohne Worte ausgiebig weiden.

Mit weichen Knien stand Christiaan wieder auf.

Von der Richterbank ging ein weiterer Schwall unverständlicher Worte auf ihn nieder.

Christiaan trat einen Schritt vor und sagte mit schwacher Stimme: „Ich verstehe nicht, was Ihr sagt. Ich spreche kein ..."

Mit nur zwei herausgeschrienen Wörtern unterbrach ihn der Magistrat, bekräftigt durch einen wild fuchtelnden plumpen Zeigefinger.

Da hörte man von dem niedrigeren Tisch her, der linker Hand von Christiaan stand, einen Stuhl über die Bodendielen schrappen. Der blasse Mann, der dort gesessen hatte, stand auf. Er umrundete seinen Tisch, trat zu Christiaan und sagte mit unterkühlter Stimme: „Der Richter möchte wissen, ob Ihr die Anklage verstanden habt, die gegen Euch vorgebracht worden ist."

Bevor er antwortete, sah Christiaan sich seinen Übersetzer näher an. Aus der Nähe machte die Haut des Mannes einen noch blasseren Eindruck. Sie war weich wie die eines Neugeborenen. Selbst an Kinn und Backenknochen, wo bei den meisten Männern ein paar Bartstoppeln zu sehen waren, gab es bei ihm nicht die Spur eines Härchens.

„Wer seid Ihr?" fragte Christiaan.

Der Mann bedachte Christiaan mit einem Blick, wie ihn ein Schulmeister dem Zögling zuwirft, der außer der Reihe geredet hat. Unentschlossen wiegte er den Kopf. Als er dann sprach, galten seine Worte dem Magistrat und waren englisch.

Der Richter gab eine kurze, scharfe Antwort.

Darauf sagte der Käsige zu Christiaan gnädig: „Ich heiße Edward Grey und bin Missionar der Londoner Missionsgesellschaft. Ich bin gegen meinen Willen durch den Herrn Magistrat als Euer Übersetzer dienstverpflichtet worden."

„Gegen Euren Willen?"

„Absolut. Ich habe drei Jahre lang unter den Ausgestoßenen Eurer Gesellschaft gedient. Ich bin Zeuge des massenhaften Mißbrauchs geworden, dessen sich die Buren gegenüber den Khoi, den San und den Xhosa schuldig gemacht haben. Ihr solltet aus meiner Anwesenheit in diesem Gerichtssaal keine falschen Schlüsse ziehen. Ich bin Euch keineswegs freundlich gesinnt. Hätte ich über Euch zu richten, so würde ich Euch ob Eurer Taten an *Mynheer* Dikkop und wer weiß wie vielen anderen öffentlich auspeitschen lassen."

„Ich habe Dikkop nicht das geringste zuleide getan!" widersprach Christiaan.

„Das weiß ich besser", stellte der Engländer fest.

Die britischen Missionare – Philanthropen, wie die Buren sie nannten – waren den Siedlern schon seit ihrer Ankunft im Lande ein Pfahl im Fleisch gewesen. Ihre Abneigung gegen alles Burische war unmißverständlich. Ihre Solidarität gehörte selbstredend den Briten, und sie engagierten sich dafür, die Heiden zu bekehren, vor allem die afrikanischen Eingeborenenstämme. Für die Buren, die weder Briten noch Eingeborene waren, war der Mantel ihrer Nächstenliebe nicht weit genug. Der Eifer, mit dem sie die Ureinwohner erreichen wollten, brachte es mit sich, daß sie alles, was die Eingeborenen über die Buren in die Welt setzten, nur allzugerne glaubten.

Dieser Missionar nun sollte während des Verfahrens Christiaans Übersetzer sein? Das würde keine angenehme Allianz werden.

Von hinten hörte Christiaan ein deutliches Flüstern: Oloff Klyn. „Wer is'n die Vogelscheuche?" fragte er.

Christiaan drehte sich halb zu ihm um und antwortete: „Ein Missionar. Er wird für mich übersetzen."

„Ein Philanthrop?" rief Klyn. „Die legen dich auf den Rost und grillen dich!"

Brüllend klopfte der Magistrat ungeduldig auf seine Tischplatte.

Grey übersetzte, was er sagte.

„Ich werde nicht zulassen, daß Seine Unkenntnis der Sprache die anstehenden Verhandlungen noch länger verzögert!" donnerte er. „Versteht Er die Anschuldigungen, die gegen Ihn erhoben worden sind oder nicht?"

Christiaan drehte sich nach der Tür um – er hoffte Jama dort zu sehen. Aber in der Tür standen nur burische Bauern, die von der Verhandlung ebensowenig verstanden wie er selbst. Also sah er den Richter an und sagte: „Ich weiß, daß ich vorgeladen worden bin, um zu Beschuldigungen Stellung zu nehmen, die gegen mich lautgeworden sind. Doch weiß ich bis zu diesem Augenblick nicht, wer sie eigentlich vorgebracht hat, geschweige denn, worin sie bestehen."

Der Magistrat sah den Ankläger an. „Sir Thatcher, würdet Ihr diesen Mann freundlicherweise von den gegen ihn erhobenen Anklagepunkten in Kenntnis setzen?"

Der Ankläger erhob sich und fixierte sein Opfer mit den Augen. „Christiaan van der Kemp!" begann er. „Er ist angeklagt, willentlich Eigentum zurückgehalten zu haben, das rechtmäßig *Mynheer* Dikkop gehört. Ferner ist Er der böswilligen Mißhandlung derselben Person angeklagt."

Als Christiaan die Anklage hörte, sah er den an, der sie erhoben hatte. Dikkop hielt seinem Blick stand und sah dabei aus wie ein unschuldig mißbrauchtes Opfer.

Christiaan hatte niemals einen seiner Arbeiter körperlich mißhandelt, weder Dikkop noch sonst jemanden. Nicht daß das unter den burischen Bauern nicht vorkam: Jeder wußte, daß einige Grundbesitzer sehr rauh mit ihren früheren Sklaven und jetzigen Landarbeitern umsprangen. Auch Grausamkeiten gab es. Christiaan aber fand grausame Behandlung seiner Arbeiter dem Wohlergehen seiner Wirtschaft abträglich. Außerdem führte Jama die Aufsicht über die Arbeiter. Tatsächlich ging es den Arbeitern auf dem van der Kempschen Hof besser als denen, die anderswo in Stellung waren. Vielleicht hatten sie das der schwarzen Haut ihres Aufsehers zu verdanken.

„Gott ist mein Zeuge", sagte Christiaan, „daß ich weder Dikkop noch einen anderen unter meinen Arbeitern jemals mißhandelt habe. Vielmehr bin ich so verfahren ..."

Grey schnitt ihm mit erhobener Hand das Wort ab. „Ihr werdet später Gelegenheit haben, Euch zu verteidigen."

„Aber wenn ich den Magistrat davon überzeugen kann, daß die Anklagepunkte unbegründet sind", sagte Christiaan, „können wir alle nach Hause gehen!"

„So leicht werdet Ihr nicht davonkommen", erwiderte Grey leise, bevor er dem Richter Christiaans Plädoyer auf seine Unschuld vortrug.

Der Magistrat wies Christiaan an, sich hinzusetzen. Johanna mußte gezwungenermaßen einen Stuhl weiterrücken, denn den Platz neben Christiaan beanspruchte Grey. Christiaan warf aufs neue einen erwartungsvollen Blick nach hinten – von Jama aber war noch keine Spur zu sehen.

* * *

„*Mynheer* van der Kemp gab mir das Versprechen, ich würde fünfzehn seiner besten Kühe und einen Bullen erhalten, wenn ich mich um sein Vieh kümmerte." Dikkop hatte vor dem Anklägertisch Aufstellung genommen, er hatte die Hände vor dem Bauch gefaltet und sah nur auf, wenn er eine direkt an ihn gestellte Frage beantwortete.

„Fünfzehn oder zehn?" half Missionar Grey nach.

Dikkop stand mit offenem Mund da. Seine Augen wurden schmal, während er angestrengt nachdachte, entspannten sich dann jedoch wieder, so daß er aufs neue wie ein unschuldiges Opfer aussah. „Ich weiß, daß ich Euch zehn sagte", antwortete er, „aber in Wirklichkeit waren es fünfzehn."

Der Magistrat beugte sich vor, um dem kleinen Khoi direkt in die Augen sehen zu können. „Wieviel waren's jetzt – zehn oder fünfzehn?"

Der Khoi schien aus dem Konzept gebracht. Er flüsterte einen Moment mit Grey und sagte dann: „Fünfzehn. Vorher hab' ich zehn gesagt, weil ich dachte, daß nicht mal die Briten *Mynheer* van der Kemp dazu bringen könnten, mir fünfzehn Stück Vieh zu geben, obwohl das sein ursprüngliches Versprechen war."

„Er unterschätzt die Macht der britischen Justiz", sagte der Ankläger zu Dikkop.

Der Missionar übersetzte.

Die aufgeworfenen Lippen des Khoi verzogen sich zu einem Grinsen.

„Fahr Er fort!" forderte der Ankläger.

Hilflos sah Dikkop seinen missionarischen Rechtsbeistand an.

„Sag ihm, wie *Mynheer* van der Kemp dich geschlagen hat!" drängte Grey. Dann, an den Richter gewandt: „Ihr hättet ihn sehen sollen, wie er das erstemal zur Station kam. Niemals hab' ich einen Mann gesehen, der so ..."

„Das soll er selbst sagen!" befahl der Richter.

Grey nickte. „Sag's ihm!" forderte er Dikkop auf. „Hab keine Angst! Hier kann *Mynheer* van der Kemp dir nichts tun."

Dikkop blinzelte ein paarmal, dann sagte er zögernd: „Als ich meinen Dienst erfüllt hatte, bat ich *Mynheer* van der Kemp, sein Versprechen einzulösen und mir meine Kühe zu geben."

„Und was tat *Mynheer* van der Kemp?" drängte der Ankläger.

Dikkop biß sich auf die Unterlippe. „Er weigerte sich, mir meine Kühe zu geben. Er warf mich von seinem Land."

„Was hat Er daraufhin gemacht?"

Dikkop hob den Kopf und sah geradewegs Christiaan an. „Ich hab' zu ihm gesagt, daß ich meinen Teil getan hätte und es jetzt an der Zeit sei, daß er seinen Teil täte." Er wandte sich wieder dem Magistrat zu. „Erst hatte ich gar nicht für ihn arbeiten wollen, weil ich davon gehört hatte, daß er ein harter Mann sei. Aber er wollte, daß ich für ihn arbeitete. Ich bin der beste Viehtreiber im Land. Das sagte er auch zu mir, als er mich fragte, ob ich für ihn arbeiten wolle: ‚Ich habe gehört', sagte er, ‚daß du der beste Viehtreiber im Land bist.'"

Christiaan schüttelte den Kopf. Der Mann log.

„Aber als ich dann nach meinen Kühen fragte, wollte er sie mir nicht geben und versuchte mich von seinem Land zu treiben. Doch ich weigerte mich zu gehen. Da hat er mich geschlagen."

„Hat Er sich gewehrt?" wollte der Ankläger wissen.

„Wie – gewehrt?"

„Hat Er zurückgeschlagen?"

Dikkop schien erschrocken. „Natürlich nicht!" rief er. „Das wäre Ungehorsam gewesen! Hätte ich ihm Ungehorsam erwiesen, so hätte er mich getötet!"

„Wenn ich an dieser Stelle etwas hinzufügen dürfte", fuhr Grey fort, nachdem er den letzten Satz des Khoi übersetzt hatte.

Doch der rotgesichtige Magistrat unterbrach ihn mit erhobener Hand und sagte zu Dikkop: „Will er noch irgend etwas hinzufügen?"

„Nur noch, daß *Mynheer* van der Kemp, nachdem er mich geschlagen hatte, fünf von seinen größten und stärksten Arbeitern herzurief und ihnen befahl, mich von seinem Land zu treiben. Sie schleppten mich zum Great Fish River runter, prügelten und traten mich und schmissen mich ins Wasser. Ich kann nicht schwimmen und bin mit meinen blauen Flecken und Wunden um ein Haar ertrunken. Das ist alles, was ich über diesen schrecklichen Tag in meinem Leben zu sagen hab'."

Während der Missionar vor seinem Stuhl stand und die Worte des Khoi übersetzte, suchte Christiaan den Blick seiner Frau. Johanna nickte ihm ermutigend zu. Die Vorwürfe waren lächerlich, kein Zweifel für sie. Ihm war es ein Trost, daß es zumindest eine Person im Raum gab, die Dikkops Geschichte keinen Glauben schenkte.

Der Magistrat nickte Grey zu.

„Ich möchte die Geschichte dieses armen Mannes nur bestätigen", sagte dieser. „Ich hatte Mühe damit, zur Kenntnis zu nehmen, wie tief ein Mensch sinken kann, als ich sah, wie fürchterlich der Mann zugerichtet war. Und der arme Unschuldige wäre aller Wahrscheinlichkeit nach ertrunken, wenn nicht einer meiner Mitbrüder ihn aus dem Fluß gefischt und zu unserer Station gebracht hätte!"

Christiaan sah nach der Hintertür. Wo blieben Jama und Kootjie? Sie hätten längst hier sein müssen.

Grey sprach weiter. Seine Rede war äußerst gefühlsbetont, so sehr, daß er von Zeit zu Zeit regelrecht ins Predigen geriet. „Jahrelang haben die Buren die ursprünglichen Bewohner dieses schönen Landes in die Sklaverei gezwungen. Die sich weigerten, sahen sich genötigt, zu den Waffen zu greifen, um sich zu verteidigen. Am Anfang aber war es nicht so. Als die ersten Buren ins Zuurveld kamen, lebten sie mit den Eingeborenen in Frieden. Ihre Herden weideten auf denselben Hügeln, ihre Hirten teilten die Tabakspfeifen miteinander, ja, sie waren Brüder – so lange, bis die Herden der Amaxhosa sich so vermehrten, daß die Herzen der Buren in Habsucht ergrimmten.

Was nun diese gierigen Männer nicht für ein paar alte Kupfertöpfe den Eingeborenen abhandeln konnten, das nahmen sie sich mit Gewalt. Doch die Eingeborenen sind Männer wie alle anderen auch! Sie lieben ihre Tiere, und ihre Frauen und Kinder ernähren sich von Milch. So kämpften sie um ihr Eigentum. Und wer mag es ihnen verdenken, wenn sie begannen, die Kolonisten zu hassen, die ihnen ihr Hab und Gut geraubt hatten und sie ausrotten wollten? Wie die Heuschrecken fielen die Buren über das Land her. Sie rotteten sich zusammen, um die Eingeborenen aus dem Zuurveld zu vertreiben. Mit nackter Gewalt trieben sie sie über den Great Fish River, wobei sie ihnen weismachten, das sei alles, was sie von ihnen wollten.

Doch das ist eine Lüge! Die Buren werden keine Ruhe geben, bis die Ureinwohner dieses Landes vollkommen ausgerottet sind! Die Buren werden nicht ablassen, bevor sie nicht auch die letzte Kuh an sich gebracht haben! Doch ohne Milch werden Frauen und Kinder zugrunde gehen. Können wir es ihnen verargen, wenn sie den Spuren ihres Viehs in die Kolonie folgen? Diese Menschen ringen um ihr Leben! Und doch mußten sie beinahe alle Hoffnung aufgeben. Schon jetzt hungert ihr Volk, während die Burenkolonie auf alles aus ist, was ihnen lieb und teuer ist!"

Der Magistrat sah ein wenig unsicher drein und kniff mehr und mehr die Augen zusammen, bis sie nur noch schmale Schlitze waren. „Ich bitte um Entschuldigung", sagte er schließlich, „aber was, bitte sehr, hat das mit dem hier anhängigen Fall zu tun?"

„Bitte entschuldigt meine Leidenschaftlichkeit", sagte Grey, „doch ich wünschte, Ihr könntet sehen, was ich auf der Station Tag für Tag mit ansehen muß! Doch um Eurer Frage Genüge zu tun: Alles hat mit dem anhängigen Fall zu tun, alles! Denn meiner Überzeugung nach ist das Verhalten, das *Mynheer* van der Kemp dieser armen Eingeborenenseele gegenüber an den Tag gelegt hat, nur ein einziges Beispiel des Verhaltens der Buren den Ureinwohnern gegenüber. Ich wollte, wir könnten diesen Mißbrauch mit einer einzigen Anordnung stoppen; aber, das wird nicht möglich sein! Doch ich beeile mich zu sagen: Und wenn wir diese Bauern einen nach dem anderen zur Räson bringen müssen, dann geschehe es so! Gott möge uns Stärke und Entschlossenheit dazu verleihen, dies Werk zu vollbringen!"

Der Missionar nahm seinen Platz zwischen Christiaan und Johanna wieder ein, ohne nach links oder rechts zu blicken, und starrte geradeaus.

„Herr Ankläger", sagte der Richter, „habt Ihr irgendwelche weiteren Zeugen?"

„Nein, wir können keine weiteren Zeugen aufbieten", erwiderte der Ankläger, „und das aus verständlichen Gründen."

„Wie darf ich das verstehen?"

Unter verschlagenem Grinsen kam die Antwort: „Ein Mann wie *Mynheer* van der Kemp ist wohl geübt darin, die Herzen derer, die für ihn arbeiten, mit Schrecken zu erfüllen. Es versteht sich von selbst, daß solche, die das Geschehen möglicherweise beobachtet haben, sich enthalten, gegen ihn auszusagen – aus Angst vor dem, was sie zu befürchten hätten, wenn sie auch nur an dieser Verhandlung teilnähmen."

Der Magistrat nickte verständnisvoll.

Schweigen legte sich über den Saal, während der Ankläger seinen Platz wieder einnahm und der Magistrat sich auf den vor ihm liegenden Papieren eine Notiz machte.

Dann sah der Magistrat Christiaan an. „*Mynheer* van der Kemp! Wünscht Er sich zu seiner Verteidigung einzulassen, bevor dieses Gericht sein Urteil fällt?“

Noch bevor Christiaan antworten konnte, war Oloff Klyn von seinem Sitz aufgesprungen und rief dröhnend in den Saal: „Ich möchte etwas zur Verteidigung Christiaan van der Kemps sagen!“

„Und wer ist Er?“

„Ich heiße Oloff Klyn.“

Der Richter nickte und machte sich eine Notiz.

Obwohl Christiaan dankbar registrierte, daß sich jemand für ihn in die Bresche werfen wollte, war er sich nicht so sicher, ob er damit einverstanden sein sollte, daß es ausgerechnet Klyn war, und als er den Blick des Anklägers sah, wuchsen seine Zweifel noch. Dieser Blick nämlich war voller Schadenfreude.

12

„Christiaan van der Kemp ist nicht der richtige Mann, um vor Gericht gestellt zu werden", begann Klyn.

Der Magistrat hob die Brauen, so daß die Perücke ein Stückchen nach hinten rutschte. „Und wer, bitte schön, sollte nach Seiner Meinung vor diesem Gericht stehen, *Mynheer* Klyn?"

„Ihr!" schrie Klyn. „Ihr und die ganze britische Regierung!"

Die Buren brachen in laute Beifallsbekundungen aus, so daß niemand im Raum die Übersetzung des Missionars verstand.

Ärgerlich sah Johanna Klyn an. Was sie zu ihm sagte, konnte Christiaan wegen des allgemeinen Lärms zwar nicht hören, aber er las die Silben von ihren Lippen ab. „Nicht jetzt, Oloff!" rief sie. „Nicht jetzt!"

Auch Klyn hörte sie nicht, aber das spielte sowieso keine Rolle. Er hätte ihren Zwischenruf ohnedies in den Wind geschlagen.

Nachdem es dem Richter endlich gelungen war, die Ordnung im Saal wiederherzustellen und die Worte Klyns übersetzt zu hören, die den Tumult ausgelöst hatten, ermahnte er diesen nachdrücklich, seine Zunge im Zaum zu halten und seine Bemerkungen auf den vorliegenden Fall zu beschränken.

„Ich rede von dem anhängigen Fall!" beharrte Klyn. „Denn wären es nicht Eure lachhaften Gesetze, die guten Männern wie Christiaan van der Kemp die Hände bänden, so wären wir heute gar nicht hier. Wie sollte Eurer Meinung nach ein ehrlicher Bauer überleben, wenn er sein Hab und Gut den Heiden in den Rachen würfe? Wenn Ihr ihn seiner Arbeitskraft beraubt und das faule Khoi-Gesindel auf der Straße rumhängen laßt, statt sie auf die Felder zu scheuchen, wo sie hingehören? Woher nehmt Ihr das Recht, uns zu sagen, wie wir unsere Höfe bewirtschaften sollen? Wir sind einst vom Kap fortgezogen, um Euch zu entkommen, aber Ihr seid uns nachgefolgt! Und jetzt ist es schon wieder soweit, daß Ihr mit Euren unsinnigen, ungerechten Gesetzen, die nur den Heiden zum Vorteil gereichen und gottesfürchtige Menschen in die Enge treiben, ehrbare Männer wie Christiaan van der Kemp nötigt, ihr Zuhause aufzugeben und zu fliehen!"

Aufs neue tobte Beifall durch den Saal. Stünde nicht seine ganze Zukunft auf dem Spiel, so hätte Christiaan womöglich die ganze Veranstaltung belustigend gefunden, vor allem die Rolle, die der

Missionar spielte. Diesem sah man schon an der Art und Weise, wie er beim Übersetzen der Rede Oloff Klyns seine Schnabelnase rümpfte, allzu deutlich an, wie widerwärtig er die Worte dieses Mannes fand.

„Vielleicht kann ich mit folgender Aussage ..." Der Ankläger war aufgesprungen und versuchte die Aufmerksamkeit des Richters auf sich zu ziehen. Doch erst nachdem es dem Magistrat gelungen war, ein zweites Mal für Ruhe und Ordnung im Gericht zu sorgen, wurde er zur Kenntnis genommen.

„Vielleicht kann ich ...", setzte der Ankläger erneut an.

Der Richter unterbrach ihn nochmals, um alle Anwesenden vor weiteren Tumulten zu warnen. Dann überließ er ihm die Bühne.

„*Mynheer* Klyn!" begann der Ankläger. „Ich habe ein, zwei Fragen an Ihn zu richten."

Klyn sah den Mann herausfordernd an.

„*Mynheer* Klyn, beschäftigt Er Arbeiter auf seiner Farm?"

„Was ist das für 'ne dumme Frage?" entgegnete Klyn. „Selbstverständlich tue ich das."

„Und Er findet es von Zeit zu Zeit vonnöten, nehme ich an, Seine Arbeiter zu strafen?"

„Natürlich."

„Und wie, bitte sehr, bestraft Er Seine Arbeiter, *Mynheer* Klyn?"

Christiaan stand auf. Ihm war klar, worauf der Ankläger hinauswollte. Und obwohl es für ihn außer Zweifel stand, daß Oloff das mittlerweile auch gemerkt hatte, wußte er, daß der sich keine Zurückhaltung auferlegen würde, wenn es um seine Meinung zu diesem Thema ging.

„Ich bitte um Entschuldigung, Euer Ehren", sagte er deshalb, „aber nehmt es mir bitte nicht übel – dies hier ist *mein* Verfahren, nicht das meines Freundes *Mynheer* Klyn."

Oloff bedeutete ihm, den Mund zu halten. „Es macht mir nichts aus, die Fragen dieses Schwachkopfes zu beantworten", sagte er.

Der Magistrat sagte: „Laß Er den Mann reden! Setz Er sich, *Mynheer* van der Kemp!"

Der Ankläger wiederholte seine Frage. „Also, wie straft Er Seine Arbeiter?"

„Mit allen notwendigen Mitteln."

Christiaan war verblüfft. Oloff Klyn und eine diplomatische Antwort? Schon wollte Hoffnung in ihm aufkeimen. Aber das hielt nicht lange vor.

„Notwendige Mittel", echote der Ankläger. „Sag Er mir, *Mynheer* Klyn, was genau, bitte, sind notwendige Mittel?"

„Das bedeutet, daß ich das tue, was immer mir in einer bestimmten Situation notwendig erscheint."

„Schließt das Verprügeln ein?"

„Manchmal."

„Mit einem Stock?"

„Manchmal."

„Mit der Peitsche?"

„Manchmal."

„Also, *Mynheer* Klyn", sagte der Ankläger fordernden Tons, „gibt Er folglich zu, daß Er Seine Arbeiter schlägt. Fällt Er damit aus dem Rahmen?"

„Aus dem Rahmen? Aber nicht doch. Jeder Bauer muß dann und wann 'nen Arbeiter verprügeln. Das ist die einzige Sprache, die einige von denen verstehen."

Christiaan verzog das Gesicht.

„Die einzige Sprache, die sie verstehen", wiederholte der Ankläger grinsend.

„Man muß sie die Furcht Gottes lehren", sprach Klyn weiter. „Du kriegst viel mehr Leistung aus 'nem Sklaven raus, wenn Furcht Gottes in ihm ist."

„Aus einem *Sklaven*?" brüllte der Ankläger.

„Macht der Gewohnheit", sagte Klyn ungerührt. „Meinetwegen auch Arbeiter, wenn das mehr nach Eurem Geschmack ist."

Der Ankläger nickte zustimmend. „Und Er sagt, jeder Bauer, den Er kennt, schlägt seine Arbeiter."

„Ohne das wüßt' ich nicht, wie man sie dazu bringen sollte, auch nur einen Finger zu krümmen."

„Alle Bauern tun das – einschließlich *Mynheer* van der Kemp?"

Klyn sah Christiaan an. „Nun, ich kann nicht sagen, daß ich je gesehen hätte, wie er ..."

„Aber Er sagte, jeder Bauer schlägt seine Arbeiter." Der Ankläger stützte sich mit den Handgelenken auf die Tischplatte.

„Und ich werd' mir auch nicht widersprechen, sollte es das sein, wozu Ihr mich verleiten wollt", entgegnete Klyn.

„Aber nein, *Mynheer* Klyn", grinste der Ankläger, „ich will keineswegs, daß Er sich widerspricht."

Damit war der Ankläger mit Klyn fertig, und der Richter forderte ihn auf, seinen Platz wieder einzunehmen, ungeachtet dessen, daß Klyn noch mehr sagen wollte.

„*Mynheer* van der Kemp!“ sagte der Richter. „Was hat Er zu Seiner Entlastung beizutragen?“

Christiaan war versucht, kein Wort zu sagen.

Die Gesichtszüge des Magistrats verrieten, daß er längst zu einer Entscheidung in der Sache gelangt war. Missionar Grey nickte aufmunternd den grinsenden Dikkop an. Der Ankläger lehnte sich mit verschränkten Armen in seinem Stuhl zurück. Er hatte den befriedigten Blick eines Raubvogels, der soeben die gerissene Beute verspeist hatte.

Doch Christiaan konnte sich nicht damit abfinden, sich wie eines seiner Rindviecher zu betragen und damit zufrieden zu sein, daß jemand anders ihn am Zügel herumführte. Also stand er auf und sah dem Richter in die Augen.

„Zu meiner Entlastung kann ich nur sagen“, fing er an, „daß Dikkop ...“

„*Mynheer* Dikkop!“ korrigierte der Ankläger unter beipflichtendem Nicken des Magistrats.

„Also, aus irgendeinem Grund“, versuchte es Christiaan noch einmal, „hat sich *Mynheer* Dikkop eine Lügengeschichte aus den Fingern gesogen, mit der er mich meines Eigentums zu berauben trachtet. Ich hab' die ganze Zeit hier gesessen und auf eine Möglichkeit gesonnen, Euch klarzumachen, daß nichts von dem wahr ist, was er hier erzählt hat. Doch wie soll ich Euch davon überzeugen? Ich kann nur sagen, er lügt.“

Der Missionar übersetzte es und wartete darauf, daß Christiaan weitersprach.

Doch es kam nichts mehr. Christiaan setzte sich wieder hin.

Der Magistrat beugte sich über seinen Tisch hinweg nach vorne. „Will Er damit sagen, daß *Mynheer* Dikkop nie unter seinen Arbeitern war?“

Christiaan stand auf, um zu antworten. „Das war er schon. Aber sonst stimmt nichts.“

„Also hat Er ihn nicht auf Seinen Hof gerufen, damit Er nach Seinem Vieh sehe?“

„Nein, er kam zu mir und suchte um Arbeit nach. Ich hab' ihn eingestellt, obwohl einige Bauern in unserer Gegend mir abgeraten hatten.“

„Sie rieten Ihm, *Mynheer* Dikkop keine Arbeit zu geben?“

Christiaan nickte. „Sie sagten, mit ihm habe man nur Schwierigkeiten."

„Und hat Er ihm versprochen, ihm für seine Arbeit fünfzehn Stück Vieh zu geben?"

„Nein, das habe ich nicht."

„Als *Mynheer* Dikkop von Ihm ging, geschah das in freundlichem Einvernehmen?"

Christiaan zögerte mit der Antwort. „Was meint Ihr mit ‚freundlichem Einvernehmen'?"

„Trennte man sich in Frieden?" formulierte der Richter seine Frage um.

„Das weiß ich nicht", sagte Christiaan. „Er rannte davon."

Der Magistrat sah erst Dikkop, dann wieder Christiaan an. „Und Er sagt, Er hat ihn niemals geschlagen?"

„Ich schlage meine Arbeiter nicht."

Dem Magistrat, dem Ankläger und dem Missionar stand deutlich ins Gesicht geschrieben, daß sie ihm nicht glaubten.

„Kann irgend jemand aus eigenem Augenschein bezeugen, daß Er Seine Arbeiter nicht schlägt?" fragte der Magistrat.

„Meine Frau", bot Christiaan an.

Der Magistrat schüttelte den Kopf. „Die Zeugenaussage einer Ehefrau kann in diesem Gerichtssaal kaum von Gewicht sein. Sonst jemand?"

Christiaan sah nach der Hintertür, aber dort waren nur weiße Gesichter zu erkennen. „Nein", sagte er daraufhin, „sonst niemand." Damit nahm er wieder Platz und erwartete den Urteilsspruch des Richters.

So als nähme er die Menschenmassen im Raum gar nicht wahr, beugte sich der Würdenträger über seine Papiere und machte sich mehrere Minuten lang Notizen, wobei er mehrmals seine Perücke daran hindern mußte, ihm auf den Federhalter zu rutschen. Als er fertig war, befahl er Christiaan, sich zu erheben.

„Nach sorgfältiger Abwägung aller Fakten, die mir zugänglich wurden", ließ er sich vernehmen, „muß ich zu meinem Bedauern sagen, daß ich mich in dieser Angelegenheit auf die Seite *Mynheer* Dikkops stellen muß. Die Tatsachen sprechen eindeutig zu seinen Gunsten. *Mynheer* van der Kemp, Er ist mir ein Rätsel. Er sieht mir nicht wie ein Mann aus, der zu unbesonnenen Handlungen und Gewalt neigt. Allerdings habe ich zu meinem Leidwesen allzuoft zur Kenntnis nehmen müssen, daß das Auftreten eines Mannes im Gerichtssaal völlig anders sein kann als sein Benehmen im eigenen Hause. Wenn also niemand anders da ist, der unmittelbar zu Seinen Gunsten ..."

„Ich kann etwas zu seinen Gunsten sagen."

Die Stimme kam aus dem hinteren Teil des Saales. Der Mann sprach in nicht ganz akzentfreiem Englisch.

Christiaan drehte sich um: Jama! Kootjie und Karel standen neben ihm.

„Und wer ist Er?" Daß der Schwarze englisch sprach, schien den Richter leicht aus der Fassung zu bringen.

„Ich heiße Jama."

„Und in welcher Beziehung steht Er zu *Mynheer* van der Kemp?"

„Ich bin sein Partner."

„Sein – *was*?!" Das überstieg eindeutig das Fassungsvermögen des Magistrats. „Er will sagen, Er arbeitet für ihn?"

„Ich will sagen, ich arbeite *mit* ihm. Wir haben eine Übereinkunft, daß wir unseren Hof gemeinsam bewirtschaften. Ich bin derjenige, der die Aufsicht über die Arbeiter führt, so daß ich zu Christiaans – *Mynheer* van der Kemps – Verhalten in dieser Angelegenheit direkt etwas aussagen kann."

Der Richter befahl Jama, zum Richtertisch vorzutreten. „Und was hat Ihn bis jetzt davon abgehalten, sich zu Wort zu melden?" fragte er.

„Ich war nicht zum *Nachmaal* hier", antwortete Jama. „Als ich davon erfuhr, daß *Mynheer* van der Kemp vor Gericht gestellt werden sollte, bin ich so schnell wie möglich gekommen."

Nachdem nunmehr seine Übersetzungskünste nicht mehr vonnöten waren, nahm der Missionar wieder an Dikkops Seite Platz, während Jama sich auf dem verwaisten Stuhl neben Christiaan niederließ.

„Ist es mir erlaubt, einen Moment mit *Mynheer* van der Kemp zu sprechen?" fragte Jama.

Der Magistrat gewährte ihm die Bitte und sah dann gebannt zu, wie die beiden Männer sich unterhielten. Seine Aufmerksamkeit wuchs noch, als Johanna Jama die Vorladung übergab und der schwarze Mann das Dokument studierte.

„Versteht Er, was dort geschrieben steht?" unterbrach der Richter Jamas Lektüre.

„Nicht alles", antwortete der, „aber das meiste."

Nachdem er sich noch einen kurzen Moment mit Christiaan besprochen hatte, stand Jama auf, um seine Aussage zu machen.

Der Magistrat hörte ihm mit einer Miene zu, die an einen hilflosen Schuljungen erinnerte.

„*Mynheer* Christiaan van der Kemp ist der allerchristlichste Mann, den ich kenne", begann Jama. „Ich wollte, all die anderen Siedler wären so wie er! Ich betrachte ihn als meinen Bruder."

Um ein Haar wäre dem Richter die Perücke vom Kopf gerutscht, so brüsk warf er ihn nach hinten. „Und Er", fragte er Christiaan, „empfindet Er *Mynheer* Jama gegenüber ebenso?"

„Von ganzem Herzen", antwortete Christiaan.

„Fahr Er fort!" sagte der Richter.

„Wenn es Klagen gibt, die die Behandlung der Arbeiter auf unserem Hof betreffen", stellte Jama fest, „so sollten diese gegen mich erhoben werden, denn dafür bin ich verantwortlich. Und was diesen Mann dort anbetrifft", er wies auf Dikkop, „so ist er ein übel beleumdeter Hund."

Im Nu war der Ankläger aufgesprungen, um sich dagegen zu verwahren.

Der Magistrat seinerseits mahnte Jama, niemanden der Anwesenden zu beleidigen.

„Ich will nichts weiter sagen", fuhr Jama fort, „als daß dieser Mann tatsächlich eine Zeitlang für uns gearbeitet hat. Wir haben ihn gut behandelt. Ich weiß nicht, was ihn dazu bringt, diese Geschichten über *Mynheer* van der Kemp in die Welt zu setzen. Was ich aber weiß, ist, wie er seine Prügel bezogen hat."

„Kann Er beweisen, was Er im Begriff steht zu sagen?" fragte der Magistrat.

„Und ob ich das kann", erwiderte Jama. „Aus diesem Grund bin ich verspätet eingetroffen: Ich wollte diese Leute hier mitbringen."

Jama zeigte in den hinteren Teil des Saales. Dort standen eingezwängt zwischen den Bauern zwei Khoi, ein Mann und eine Frau.

Jama erklärte: „Das sind Dikkops Bruder und dessen Frau. Sein Bruder hat ihn schwer verprügelt, nachdem er ihn zusammen mit seiner Frau im Gebüsch erwischt hat."

Der Magistrat sah Dikkop an.

Der verächtliche Blick, den der Khoi seinem Bruder zuwarf, genügte als Beweis für die Wahrheit dessen, was Jama sagte.

13

Christiaan fand sich eingekeilt von Gratulanten, die darauf brannten, dem Mann, der aus der Schwarzen Runde als Sieger hervorgeganen war, ihre Anerkennung auszudrücken. So viele Leute klopften ihm auf die Schultern, daß er Mühe hatte, aufrecht stehen zu bleiben. Sie redeten so auf ihn ein, daß er nicht ein einziges Wort verstand. Aber was machte das? In diesem Moment bedurfte es keiner besonderen Worte, um die Empfindungen der Buren auszudrücken. Die ganze Atmosphäre war von Erleichterung erfüllt, und das sagte genug. Die Buren hatten einen Sieg über die Koalition der Briten und Philanthropen davongetragen.

Sir Lawrence Thatcher, während er zornbebend seine Papiere auf dem Anklägertisch zusammenraffte, warf einen letzten Blick auf die ihm entgangene Beute. Christiaan kam sich wie ein Kaninchen vor, das es irgendwie geschafft hatte, den Pranken des Leoparden zu entkommen.

In einer Ecke des Raums stand der hochgewachsene, schnabelnäsige Missionar Edward Grey. Neben den beiden zankenden Khoi, Dikkop und seinem Bruder, wirkte er noch größer. Er hatte sich zwischen den beiden Männern in die Bresche geworfen, die knochigen Arme und Beine in ständiger Bewegung, um die beiden zu besänftigen. Als er dachte, sie auseinandergebracht zu haben, ließ er die Schultern sinken und machte erschöpft die Augen zu.

Das war ein Fehler.

Dikkop erkannte seine Gelegenheit. Wie von der Tarantel gestochen, schoß er an dem Missionar vorbei und schlug seinen Bruder nieder. Während Grey tat, was er konnte, wälzten sich die beiden unter Faustschlägen und gegenseitigen Verwünschungen auf dem Fußboden herum. Der Tumult erregte das Interesse mehrerer daneben stehender Buren. Mehr und mehr Leute drängten sich um die sich prügelnden Brüder.

Während Christiaan noch ein paar Glückwünsche entgegennahm, suchte er mit den Augen seine Familie ausfindig zu machen. Nach dem Urteilsspruch waren im Nu so viele Leute auf ihn zugestürzt, daß er Johanna rasch aus den Augen verloren hatte. Jetzt sah er sie am anderen Ende des Gerichtssaales. Ihre Worte mit nachdrücklichen Kopf- und weit ausholenden Handbewegungen unterstreichend, war sie mit zwei anderen Frauen im Gespräch. Er machte sich keine Gedanken darüber, was sie wohl gerade sagte. Er würde es bald genug, begleitet von der gleichen Gestik, zu hören bekommen.

Sina und Henry waren nicht im Saal, was ihm nicht gefiel. Angesichts von Sinas Bewegung, wenn es sich um diesen Jungen und seinen bevorstehenden Weggang handelte, wollte er nicht, daß die beiden allein in der Gegend herumliefen. Er hielt Ausschau nach Kootjie, um ihm zu sagen, er solle nach Sina und Henry sehen, fand den Jungen aber nirgends – wie immer, wenn Christiaan ihn mal brauchte.

Während er sich noch umsah, wurde Christiaan auf etwas aufmerksam, was ihn zum Schmunzeln brachte.

Irgendwie hatte Jama es fertiggebracht, hinter den großen Mahagonitisch zu kommen, wo er sich mit dem Magistrat unterhielt. Christiaan konnte sich nicht vorstellen, wie er das angestellt hatte, es sei denn, der Magistrat hätte ihn aus irgendeinem Grund zu sich gebeten. So schien es tatsächlich gewesen zu sein, denn es hatte ganz den Anschein, als sei der Justizbeamte angetan von Jama.

Der Magistrat hatte die Arme vor der Brust verschränkt, während er ein offenbar sehr erhellendes Gespräch mit Jama führte. Seiner zustimmenden Miene und seinem fortwährenden Kopfnicken nach zu urteilen – welch letzteres die Perücke in pausenloser Bewegung hielt – schienen Jamas Bemerkungen den Richter regelrecht zu begeistern. Allerdings konnte Christiaan kein Wort verstehen, das zwischen den beiden Männern gewechselt wurde.

Neben ihm erklang eine blechern-kratzige Stimme, die ihn unwillkürlich zusammenzucken ließ und ihn in seine unmittelbare Umgebung zurückholte.

„Brauchst mir nicht extra zu danken!"

Es bedurfte keines Gesichts, um Christiaan wissen zu lassen, wer der Sprecher war. Er wandte sich Oloff Klyn zu.

„Brauchst mir nicht extra zu danken!, sagte ich", tönte dieser nochmals.

„Ich hab's gehört!" entgegnete Christiaan nicht minder laut, um sich in dem allgemeinen Lärm verständlich zu machen.

„Dasselbe hätte ich für jeden anderen Nachbarn auch getan", fuhr Klyn fort. Sein verkniffener Mund und die ausdruckslosen Augen unterstrichen seine Worte. Ihm war daran gelegen, daß Christiaan seine Zeugenaussage keinesfalls als einen persönlichen Gefallen auffaßte. „Das is'n Krieg", sagte er, „wir gegen sie. Gott hat uns aus den Händen der Übeltäter errettet, weil wir die Gerechteren sind."

Christiaan verzog grinsend das Gesicht – wider Willen, aber er vermochte es nicht zu verhindern. Er freute sich, daß Klyns Einlassungen Jama, einen Schwarzen, in die Rolle des Kronzeugen des Angeklagten gedrängt hatten. Doch noch bevor er das Klyn klarmachen konnte, hatte der Ältere sich schon umgedreht und war dabei, sich mit den Ellenbogen einen Weg ins Freie zu bahnen.

* * *

Der Magistrat streckte die Hand aus, und Jama ergriff sie.

„Es war mir ein Vergnügen“, sagte der Magistrat. In seinen Augen blitzte jungenhafte Freude. „Ich hab' im Laufe meines Lebens viele Menschen kennengelernt, aber bis heute hat mich noch nicht einer so überrascht wie Er.“

„Ist das gut?“ fragte Jama.

„Herrlich!“ dröhnte der Magistrat, wobei seine Perücke in eine verwegene Schräglage geriet. Endlich hatte er genug davon, dauernd mit ihr beschäftigt zu sein, packte sie mit entschiedenem Griff und zog sie mit einem unterdrückten Fluch vom Kopf. „Entschuldigung ... Ja, natürlich! Ich meinte das als Kompliment!“

„Danke.“ Jama sah auf seine Hand, die der Magistrat vor lauter Begeisterung noch immer festhielt.

„Ist Ihm klar“, der Magistrat blickte in die Runde, trat dann einen Schritt näher an Jama heran und sprach in vertraulichem Tonfall weiter, „ist Ihm klar, daß Er diese Buren gehörig in Verlegenheit gebracht hat?“

„Wie das denn?“

„Mit Seinen sprachlichen Fertigkeiten, mein Sohn!“

„Ich hatte nie die Absicht gehabt, jemanden damit bloßzustellen.“

„Natürlich nicht!“ antwortete der Magistrat. „Ich weiß nur nicht so recht, ob Er Seine Situation durchschaut: Er ist ein Intellektueller, der unter lauter Holzköpfen lebt!“

„Wenn Ihr meint, Sir.“ Jama sah leicht beunruhigt auf seine Hand, die nach wie vor umklammert war.

„Weiß Gott“, sagte der Magistrat, „aber die wirkliche Tragödie ist, daß die zu blöde sind, um es selbst zu merken.“

„Es ist freundlich von Euch, das zu sagen, Sir“, erwiderte Jama. „Ist es mir erlaubt, Euch eine Frage zu stellen?“

„Aber selbstverständlich!“

„Dürfte ich wohl meine Hand zurückhaben?"

Der Magistrat schaute verdattert auf ihre Hände. Er mußte lachen – ein gutmütiges Lachen, bei dem sein Gesicht ein wenig rot anlief – und lockerte seinen Griff.

„Vielen Dank, Sir", sagte Jama.

„Nur noch eines", sagte der Magistrat.

„Ja?"

„Spricht Er auch Lateinisch?"

Jama schüttelte den Kopf. „Dem bin ich noch nie ausgesetzt gewesen."

„Ausgesetzt gewesen?" Der Magistrat ließ sich die Formulierung auf der Zunge zergehen. „So lernt Er? Indem Er sich Sprachen *aussetzt*?"

„Jawohl, Sir."

„Interessant ... Ich will Ihm was sagen, Jama: Er kann mich jederzeit besuchen kommen, und ich werde Ihn dem Lateinischen aussetzen – und dem Griechischen und Französischen, wenn Er es wünscht!"

„Das ist äußerst großzügig, Sir."

„Überhaupt nicht!" rief der Magistrat. „Er wird also kommen?"

„Es ist eher unwahrscheinlich, daß ich auf Euer großherziges Angebot werde zurückkommen können."

Der Magistrat verzog das Gesicht. „Würde Sein Kamerad, dieser van der Kemp, etwas dagegen haben?"

„Nein, gewiß nicht!" beeilte sich Jama zu sagen. „Es ist nur, weil ... Nun ja, ich denke, wir werden wohl morgen nach Hause aufbrechen, und ich glaube kaum, daß ich so bald noch einmal nach Graaff-Reinet komme."

„Verstehe", sagte der Magistrat. „Das klingt, als ob man nicht viel daran ändern könnte."

Jama senkte die Augen. „Ich habe ein paar Entscheidungen zu treffen."

Dem stimmte der Magistrat mit einem bedächtigen Nicken zu. „Wenn Er diese Entscheidungen trifft, vergeß Er nicht, was ich Ihm sagte. Er hat einen bemerkenswerten Verstand. Es täte mir sehr leid, zusehen zu müssen, wie Er ihn vergeudet."

„Nochmals vielen Dank, Sir. Ihr wart überaus freundlich."

Der Magistrat sagte mit erhobenem Zeigefinger: „Sollte Er jemals Hilfe brauchen, laß Er mir eine Nachricht zukommen! Wie ich schon sagte: Er ist der sprichwörtliche verborgene Schatz in einem ausgedörrten Acker! Er sollte sich nie unter Wert verkaufen."

„Ich werde daran denken, Sir."

Mit einem letzten herzlichen Schulterklopfen ging der Magistrat an ihm vorbei und verschwand durch die Tür, während Jama allein hinter dem Mahagonitisch stehenblieb. Welch unerwartete Einladung! Man stelle sich das vor: zum Studium des Lateinischen und Griechischen bei einem britischen Magistrat eingeladen zu sein!

Mit einem lachenden und einem weinenden Auge dachte er darüber nach. Er machte sich keine Illusionen darüber, daß er der großzügigen Einladung des Richters niemals würde Folge leisten können.

Nach wie vor war der Gerichtssaal voll von Buren, und die dazugehörigen Gesichter waren trunken vor Ausgelassenheit. Weit aufgerissene, lauthals lachende Münder zeigten ihre gelben Zähne. Menschen, die in grobgewirkten Kleidern steckten, klaubten dicht zusammen. So sah eine typische Burenfeier aus. So war es bei denen schon immer gewesen.

Die einzig freie Fläche im Saal befand sich dort, wo er stand: hinter dem ausladenden Mahagonitisch. Dahin drängten die Leute nicht, obwohl er durch ein paar Männer, die sich auf der anderen Seite des Richtertisches gegenseitig schubsten und rempelten, ein wenig in seinem Bewegungsspielraum eingeengt wurde. Von Zeit zu Zeit prallten sie gegen den Tisch, schoben ihn hin und her und verkleinerten so den Raum, der Jama und dem Richter gehört hatte, nunmehr aber Jamas alleiniges Reich war.

Jedesmal, wenn Jama in der Vergangenheit mit den van der Kemps das *Nachmaal* besucht hatte, war niemand groß darauf aus gewesen, sich mit ihm zu unterhalten. Die meisten hatten ihn nicht einmal gegrüßt. Wenn er als erster grüßte, antworteten die Buren in der Regel, allerdings manchmal nur mit einem Gemurmel. Wenn er ein Gespräch begann, fiel es stets sehr kurz aus. Immer bekam er nur einsilbige Antworten, gefolgt von Entschuldigungen, man habe es eilig und müsse leider weiter.

Selbst jetzt, wo er doch maßgeblich zu dem Sieg beigetragen hatte, den man hier feierte, nahmen nur wenige Männer im Saal von seiner Anwesenheit Notiz, und wenn, dann nur mit kurzen Seitenblicken und hier und da einem angedeuteten Nicken. Grüßen tat ihn niemand. Glückwünsche empfing *er* nicht. Niemand lächelte ihm freundlich zu. Flüchtige Blicke, mehr war nicht – die Art Blicke, die sie auch einem Tier gewähren würden, das an einer Leine geführt wurde. Niemand wollte ihm zu nahe kommen, und überhaupt fühlten sie sich nicht wirklich wohl, solange er mit ihnen im selben Raum war. Und von den einzigen zwei Menschen im Gerichtssaal, die sich etwas aus ihm machten, war er durch die Menschenmenge abgetrennt.

Christiaan war von einer Traube von Gratulanten umlagert, und es wurden immer mehr. Jama lachte in sich hinein. Christiaan haßte Menschenansammlungen. Er wußte, daß sein Freund jetzt nur einen einzigen Gedanken im Kopf hatte, nämlich aus diesem Gewusel zu verschwinden. Doch so wie es aussah, würde er das noch nicht so bald schaffen. Und selbst danach war zu bezweifeln, daß Christiaan vor ihrem Aufbruch von Graaff-Reinet noch ein wenig Ruhe finden würde.

Johanna ging es genauso: Sie war zwischen den Frauen eingekeilt. Doch im Unterschied zu Christiaan vergnügte sie sich ungemein. Weder ihre Hände noch ihr Mund blieben auch nur eine Sekunde unbeweglich. Immer wieder brach sie in ein Gelächter aus, das dem der Männer alle Ehre machte.

Erneut stand Jama vor Augen, warum er seit langem nicht mehr an den *Nachmaal*-Feiern teilnahm. Mehrere Jahre war das schon so, und mittlerweile begründete er das mit kühler Logik. Jahr für Jahr sagte er Christiaan, es gebe für ihn keinen Grund dabeizusein. Doch jetzt, wo er hier stand, gesellte sich das verdrängte Gefühl wieder zur logischen Analyse des Verstands. Leere fühlte er. Ein unergründliches Vakuum. Und das inmitten eines Saals voller Leute, voller Geräusche, voll ausgelassener Stimmung.

Wortlos arbeitete er sich durch die Menge auf die hintere Tür zu. Unsichtbar, ja überhaupt nicht vorhanden zu sein würde nicht so weh tun. Ihn sehr wohl wahrnehmend, rückten die Buren vor ihm zur Seite, und sie empfanden dabei keinerlei menschliche Verbundenheit. Erst als er ins Licht der Sonne hinausgetreten war, spürte Jama wieder Wärme.

Vielleicht bildete er sich das ein, aber ihm schien, die Stimmung im Gerichtssaal wurde in dem Moment, in dem er durch die Tür trat, noch ein Quentchen ausgelassener.

Er machte sich auf den Weg zu den Wagen, wo sich im Augenblick fast nur Sklaven aufhielten, sowohl Schwarze als auch Khoi. Einige Leute kannte er, darunter zwei schwarze Frauen, denen er den Hof gemacht hatte, wenn auch nur kurz. Keiner der Sklaven sagte etwas zu ihm, es sei denn, er richtete als erster das Wort an sie. Und dann redeten sie ihn mit „Sir“ an und achteten darauf, ihm nicht in die Augen zu sehen. Auf eine schlichte Alltagsunterhaltung mit ihm ließ sich niemand von ihnen ein.

Körperlich gehörte er zu ihnen. Doch in jeder anderen Hinsicht hatte er mit ihnen ebensowenig zu tun wie mit den Buren. Auch hier war er allein.

Jama begab sich zum Wagen der van der Kemps und begann mit allerlei langweiligen Hantierungen die Zeit totzuschlagen – er fachte das glimmende Feuer wieder an und gab den Pferden zu fressen. Dann sah er seinen baumwollenen Reisebeutel, den er in seiner Hast, zu Gericht zu kommen, achtlos neben ein Wagenrad geworfen hatte. Er hob ihn auf und schleuderte ihn in der Nähe eines dreibeinigen Schemels auf den Boden, setzte sich auf den Schemel, knüpfte den verschnürten Beutel auf und kramte planlos zwischen Kleidungsstücken, Proviant und anderen Dingen herum.

Von fern, aus dem Gerichtsgebäude, drang lärmende Heiterkeit an sein Ohr. Jama lauschte in gespanntem Schweigen, wie eine Katze auf dem Sprung. Dann verpaßte er, ohne zu wissen, was er tat, mit voller Wucht dem Baumwollsack einen Fausthieb.

* * *

„Was ist das für ein Geräusch?" fragte Christiaan.

Johanna drehte sich auf dem Kutschbock um und warf einen Blick ins Wageninnere. „Es ist Sina", sagte sie. „Sie weint schon wieder."

Christiaan seufzte. Es war die Resignation eines Vaters, der gern Abhilfe geschaffen hätte, sich aber darüber im klaren war, daß man hier nichts machen konnte. „Wie lange wird das noch dauern, bis sie über Henrys Abreise hinwegkommt?"

Seine Frau setzte einen ungläubigen Gesichtsausdruck auf. „Soll's auf die Stunde genau sein, oder reicht dir das Datum?"

„Aber sie wird doch drüber hinwegkommen, oder?"

Johanna zuckte traurig die Schultern. „Es bleibt ihr wohl nichts anderes übrig."

Christiaan machte den Mund auf, um etwas zu sagen, unterbrach sich aber, um Kootjie zu rufen, der die Ochsen zu führen hatte. Der Junge war schon wieder in Tagträumereien versunken, und der Wagen steuerte geradewegs auf eine tiefe Rinne in der Fahrbahn zu.

Nachdem sie die Rinne glücklich umfahren hatten, bemerkte er: „Du sagst, ihr bleibt nichts anderes übrig. Das hört sich geradezu so an, als wärst du traurig, daß der Klyn-Junge wegzieht. Du hast dir doch wohl keine Hoffnungen für die zwei gemacht, oder?"

„Worauf hätte ich da wohl hoffen sollen? Auf einen *Dopper* als Ehemann für Sina, einen Klyn noch dazu? Mach dich nicht lächerlich. Es tut mir bloß für Sina leid."

„Was wäre, wenn ich Kootjie losschicken würde, um Karel aufzutreiben? Meinst du nicht, de Buys würde den Jungen ein, zwei Tage mit uns reisen lassen?"

„Karel hat nur Augen für das Mädel von van Aardts."

„Ich will sie ja nicht verkuppeln", entgegnete Christiaan. „Aber Karel war schon immer gut für Sinas Stimmung." Er nickte mit dem Kopf, wie um sich selbst zuzustimmen. „Genau, das werde ich machen. Ich werde Kootjie losschicken, damit er den Wagen der de Buys' findet. Ich nehme an, sie sind vier, fünf Stunden hinter uns, was meinst du?"

„Aber Karel ist nicht bei ihnen", sagte Johanna.

„Ist er nicht?"

Johanna schüttelte den Kopf. „Er reist mit den van Aardts."

Christiaan seufzte tief. „Also schön, und was machen wir jetzt?"

„Ich geh' nach hinten und setz' mich zu ihr", sagte Johanna. „Und du kannst zu Jama gehen und mit ihm reden."

Verwirrt zog Christiaan das Gesicht in Falten. „Wir haben doch erst vor zwei Stunden das Lager abgebrochen. Da hab' ich mit ihm gesprochen, und er war ziemlich einsilbig."

„Du hast mit ihm geklönt, nicht gesprochen."

„Klönen, sprechen – wo ist da der Unterschied?"

Sie sah empört zur Seite und fragte: „Weißt du es wirklich nicht?"

„Was weiß ich nicht? Daß es angeblich einen Unterschied zwischen Klönen und Miteinander-Reden gibt?"

Johanna murmelte mehr zu sich selbst denn als Antwort zu ihm: „Je länger ich lebe, um so mehr bin ich überzeugt, daß Gott die Männer nur deshalb so dickschädelig gemacht hat, weil er dadurch die Geduld der Frauen auf die Probe stellen wollte." Zu Christiaan hingegen sagte sie: „Irgendwas geht in Jama vor. Rede mit ihm und finde heraus, was es ist. Sieh zu, ob wir ihm helfen können."

„Ihn beunruhigt was? Meinst du wirklich? Ich hab' nichts gemerkt."

Johanna setzte an, um etwas zu sagen, besann sich aber eines Besseren und preßte die Lippen zusammen, als wollte sie die Worte zurückhalten, bis sie sich auf ihrer Zunge auflösten. Schließlich sagte sie nur: „Red einfach mit ihm."

Mit einem Kopfnicken rief Christiaan Kootjie an und befahl ihm, den Wagen anzuhalten. Dann stiegen er und Johanna vom Kutschbock, und während Johanna sich ins Wageninnere hangelte, bestieg Christiaan ein neben dem Wagen herlaufendes Pferd und gab ihm die Sporen, um Jama einzuholen, der ein Stück voranritt.

14

Auf dem Rücken eines Pferdes, den wolkenlosen blauen Himmel über sich und um sich herum nichts als weite Landschaft, fühlte Christiaan sich zum erstenmal seit Tagen leicht und beschwingt. Hier gehörte er hin, nicht in den Mittelpunkt einer politischen Versammlung auf einem Kirchplatz und auch nicht in einen brechend vollen Gerichtssaal. Nein, hier war sein Platz – hier, wo die Luft frisch war und das Land weit.

Wenn er an die Ereignisse vom *Nachmaal* zurückdachte, kamen sie ihm schon jetzt vor wie ein schlechter Traum. Er hatte sich so unbehaglich dabei gefühlt, Gegenstand der allgemeinen Aufmerksamkeit zu sein, zuerst dank Pfeffer bei der abendlichen Versammlung und dann beim Verfahren. Beim Gedanken daran faßte er den Vorsatz, daß das nächste *Nachmaal* anders verlaufen müsse. Er würde sich nicht mehr mitten auf den Kirchplatz setzen, sondern am Rand der Menge bleiben. Und er würde auch nicht mehr – aber nun ja, den Prozeß hätte er nicht verhindern können. Ihm blieb nur übrig zu beten, daß er niemals wieder ins Zentrum einer solchen Auseinandersetzung geraten möge. Der Wind pfiff ihm um die Ohren, während er das Pferd leichten Galopp gehen ließ.

Da sah er Jama vor sich. Der wandte den Kopf und wendete sein Pferd, um auf ihn zu warten. Bildete Christiaan es sich nur ein, oder saß Jama zusammengesunken auf seinem Reittier? Vielleicht hatte Johanna recht, und es gab wirklich etwas, das ihm Kummer bereitete. Christiaan überdachte die letzten Tage. Hatte er irgend etwas getan oder gesagt, was seinen Freund verletzt hatte? Doch so sehr er auch darüber nachdachte, ihm fiel nichts ein.

Er und Johanna hatten sich bei Jama für sein Eintreten vor Gericht bedankt. Sobald es ihnen möglich gewesen war, hatten sie sich aus dem Trubel im Gerichtssaal herausgelöst und waren zum Lagerplatz gegangen, um nach ihm zu sehen. Nachdem sie ihn allein beim Wagen angetroffen hatten, hatten sie ihn hochgelobt – so lange, bis er sie gebeten hatte, damit aufzuhören. Das konnte es also nicht sein, was ihn beschwerte.

Als ein Mann, der nicht gerade zu überzogenen Gefühlsregungen neigte, konnte Christiaan doch nichts dagegen tun, daß ihn beim Gedanken an Jama regelmäßig tiefe Rührung überkam. Wenn es tatsächlich etwas gab, das seinem Freund auf der Seele lag, dann wollte er,

Christiaan, es wissen. Womöglich hatte Klyn oder sonst irgendwer etwas gesagt oder getan, was ihn verletzt hatte. Doch auch diesen Gedanken verwarf Christiaan. Jama war kein Mensch, der sich rasch über eine Kränkung aufregte. Er war aber auch keiner, der etwas in sich hineinfraß.

Es genügte schon die Anwesenheit seines Freundes, um ihm ein Gefühl von Wärme zu vermitteln. Nicht, daß er jeden Tag beim Anblick von Jama so empfand. Doch aus irgendeinem Grunde ging es ihm in diesem Augenblick so, daß sich in ihm all die gemeinsam verbrachten Jahre, die vielen Erfahrungen, die sie zusammen gemacht hatten, ihre Gespräche, ihr gemeinsamer Kampf, die Arbeit Seite an Seite und die langen Nachtstunden, wenn sie miteinander Wachdienst an der Grenze geschoben hatten, zu einem Gefühl verwoben, das Christiaan nur als wahre Freundschaft beschreiben konnte. Einen besseren Gefährten als Jama hätte er sich niemals wünschen können. Und ein Leben an der Grenze ohne ihn konnte er sich beim besten Willen nicht vorstellen.

„Stimmt was nicht?“ fragte Jama.

„Ich dachte, ich leiste dir ’n bißchen Gesellschaft. Ist das in Ordnung?“

Jama zögerte mit einer Antwort. Dann sagte er: „Jetzt oder ein andermal, das ist einerlei.“ Damit wendete er sein Pferd wieder und nahm den Heimweg unter die Hufe.

Also hatte Johanna recht. Jamas merkwürdige Antwort verriet, daß ihm eine Laus über die Leber gelaufen war. Christiaan ritt still neben seinem Freund her und hoffte, daß der sich äußern würde.

Die Pferde stapften über buschbestandene Steppe, einen flachen Abhang hinunter und dann neben einem Fluß entlang. Sie ritten über eine Stunde lang nebeneinander, doch kein Wort fiel zwischen ihnen. Selbst für einen wortkargen Mann war das doch wohl genug, um wenigstens den Anfang eines Satzes über die Lippen zu bringen!

Schließlich räusperte sich Christiaan und fragte: „Haben Johanna und ich dir eigentlich gesagt, wie dankbar wir waren, daß du nach Graaff-Reinet gekommen bist?“

Jama sah ihn verständnislos an. „Mehrmals“, sagte er dann mit sorgenvoller Stimme.

Christiaan tat, als verspürte er davon nichts. „Ich wollte nur sichergehen, daß du weißt, wir sind dir dankbar.“

„Das habt ihr mir deutlich zu verstehen gegeben.“

„Na gut.“ Sie ritten ein Stück weiter, dann sprach Christiaan wieder: „Das ist gut. Wir wollten nur nicht, daß du denkst ...“

Diesen Satz brachte Christiaan nie zu Ende. „Dabei fällt mir ein“, sagte Christiaan bemüht fröhlich, „was ich dich die ganze Zeit fragen wollte, und dann hab’ ich’s doch vergessen ...“

„Was bitte?“

„Wie war das eigentlich ...“ Er unterbrach sich, dachte nach und fing nochmal an. „Also, in Graaff-Reinet, bei Gericht. Als du mit Dikkops Bruder und seiner Frau aufgetaucht bist – woher wußtest du eigentlich, daß es Dikkop war, der mich angezeigt hatte? Ich selber hatte keine Ahnung, wem ich das zu verdanken hatte, bis der Prozeß anfing.“

Jama lächelte. Das nahm Christiaan als ein gutes Zeichen, ein Lebenszeichen des guten Jama.

„Als Kootjie und Karel ankamen ...“, setzte Jama an, sprach aber nicht weiter. Das Lächeln verschwand von seinen Lippen. Er blickte umher, als hätte ihn etwas aus dem Konzept gebracht. Dann sprach er weiter, aber das Lächeln war verschwunden. „Als Kootjie und Karel ankamen, hatte ich die Idee, einige der Arbeiter zusammenzurufen und sie nach Graaff-Reinet mitzunehmen, damit sie zu deinen Gunsten aussagten. Natürlich stellten sie Fragen und wollten wissen, wessen du angeklagt seist. Ich sagte ihnen so viel, wie ich wußte – auch daß ich nicht weiß, wer die Anklage veranlaßt hat.“ Sie aber wußten ganz genau, wer die Anzeige erstattet hatte, und haben’s mir gesagt.“

„Nee!“ rief Christiaan aus. „Wie das denn?“

„Kannst du dich an Chinde erinnern, den Arbeiter, der vor ’nem halben Jahr von den Doorns zu uns kam?“

Mit einem Nicken gab Christiaan zu erkennen, daß er sich an den Mann erinnerte.

„Chinde hat eine Schwester, die auf der Missionsstation lebt. So wie er’s erzählt hat, ist Dikkop auf der ganzen Station herumspaziert und hat sich überall mit seiner Anzeige gegen dich gebrüstet. Hat rumgeprahlt, nicht mehr lange, und er werde ein reicher Mann sein mit ’ner Menge Vieh.“

„Aber warum ist Chinde dann nicht mit der Sache zu mir – zu uns – gekommen?“

Jama sah Christiaan schräg von der Seite an. „Das weißt du nicht?“

„Was soll das heißen?“

Jama zuckte die Schultern, als wollte er sagen: selbst schuld. Dann sagte er: „Sie hörten von den Prügeln, die Dikkop bezogen hatte, und dachten, du seist es gewesen."

„Ich?" rief Christiaan. „Wann hab' ich jemals einen von ihnen verprügelt?"

„Nie."

„Nie, in der Tat. Wie also kommen die auf so was?"

Jama war überrascht, daß Christiaan die Antwort nicht selbst wußte. „Du bist ein *Baas*", sagte er schlicht. „Jeder weiß, daß ein *Baas* seine Arbeiter gewöhnlich verprügelt. Darum fiel es ihnen leicht, Dikkops Geschichte zu glauben."

„Genau wie diesem Missionar Grey", schloß Christiaan. „Aber wie bist du auf die Wahrheit gekommen?"

„Ich hab' sie gedrängt, soviel sie konnten, über die Anzeige rauszufinden und über Dikkops Leben, nachdem er von uns weggegangen ist. Einer von ihnen hat sich dran erinnert, daß Dikkop gesagt hätte, er werde zu seinem Bruder gehen, der am Rande des Xhosa-Dorfes lebt. Also hab' ich's drauf ankommen lassen, ob ein kleiner Abstecher zu Dikkops Bruder was bringen würde. Und er brachte was."

Christiaan grinste und schüttelte den Kopf. „Also eins muß ich dir sagen: Ich bin wirklich froh, dich auf meiner Seite zu wissen. Ich mag gar nicht dran denken, wie's mir wohl ergangen wäre, wenn du mit den Briten unter einer Decke gesteckt hättest oder – noch schlimmer – wenn du der Ankläger gewesen wärst!"

Jama fiel nicht in Christiaans Lachen ein, denn er fand Christiaans Bemerkung überhaupt nicht lustig. Die Augen starr nach vorne gerichtet, ließ er sein Pferd durch den Fluß waten.

Am anderen Ufer warteten sie auf den Wagen. Erst als er wohlbehalten den Wasserlauf durchfahren hatte, ritten sie wieder voraus. Eine halbe Stunde ging vorbei, bevor wieder einer von ihnen das Wort ergriff.

„Du kennst ja die Frauen", sagte Christiaan schließlich. „Johanna ist der Meinung, daß dich irgendwas bedrückt."

Jama gab durch nichts zu erkennen, ob er Christiaans Bemerkung überhaupt gehört hatte.

„Klar, hab' ich ihr gesagt, wenn dich wirklich etwas bedrücken würde, wüßte ich es als erster, weil du's mir sagen würdest." Dieser Satz war wie eine Angelschnur, an deren Haken ein fetter Köder hing. Doch kein Fisch biß an. Christiaan zog daraus den Schluß, daß ihm wohl nichts anderes übrigblieb, als geradeheraus zu fragen.

„Ist in Graaff-Reinet etwas passiert, wovon ich nichts weiß? Hat Klyn was Dummes zu dir gesagt?"

Jama zog am Zügel seines Pferdes und hielt an. Einen langen Augenblick sah er Christiaan ins Gesicht, bevor er sagte: „Nein – das heißt, ja: Klyn hat was zu mir gesagt."

„Wußt' ich's doch!"

„Aber ...", schnitt Jama ihm das Wort ab. „Aber das ist es nicht, was mir zu schaffen macht." Damit gab er dem Pferd wieder die Sporen.

Christiaan ritt ihm nach. „Dann sag mir, was es ist! Vielleicht kann ich dir helfen."

„Kannst du nicht. Und ich will's dir auch nicht erzählen."

„Du willst nicht? Wieso das denn?"

„Weil es dich verletzen würde. Dich und Johanna und Kootjie und Sina."

„Verletzen? Mach keine Witze! Nie im Leben würdest du uns absichtlich verletzen!"

„Genau das ist mein Problem", sagte Jama ernst und sah dabei aus wie ein Mann, der eine so schwere Last geschultert hatte, daß sie ihn erdrücken würde, wenn er sie nicht bald loswerden konnte. „Ich will euch nicht verletzen", sagte er leise, „aber ich kann nicht mehr so weitermachen wie bisher."

Christiaan beugte sich hinüber und faßte seinen Freund am Arm. Dadurch berührten sich die Beine der Reiter. Durch die Erziehung seiner Kinder hatte Christiaan gelernt, daß es manchmal einer Berührung bedurfte. Körperliche Berührungen schufen eine Verbindung, über die man sich nicht so leicht hinwegsetzen konnte wie über Worte oder Blicke.

„Jama", sagte er, „wenn dich etwas bedrückt, dann will ich es wissen, von Freund zu Freund. Dann können wir drüber nachdenken, was auch immer wir damit anfangen."

Jama sah ihm in die Augen, als wollte er feststellen, wie ernst es Christiaan damit war, und offenkundig fand er die Bestätigung, die er brauchte, denn er sagte: „Ich werde gehen."

Drei Wörter. Noch nie zuvor hatte Christiaan die Wucht verspürt, die von drei Wörtern ausgehen konnte. Drei Wörter, und er stand am Abgrund: in der Gefahr, seinen besten Freund zu verlieren.

„Gehen? Wohin? Und für wie lange?" Die Fragen kamen zögernd, aber die Antworten lagen in der Luft – er brauchte sie gar nicht erst zu hören.

Nachdem nun die Sache endlich heraus war, konnte Jama seiner Seele freien Lauf lassen. Jetzt kamen seine Worte rasch und klar, und es lag auf der Hand, daß er die Dinge hundertmal durchdacht hatte. „Ich hab' keine Frau", sagte er, „und keinen eigenen Gott, den ich verehren kann. Ich lebe unter einem Volk, in dem mich niemand respektiert – niemand außer deiner Familie natürlich", fügte er rasch hinzu. „Zwischen den Siedlern laufe ich herum wie ein Aussätziger. Es ist einfach so, daß ich nicht mehr so weitermachen kann."

Christiaan suchte fieberhaft nach Antworten. *Frau. Gott. Respekt. Aussätzig.* Verzweifelt wünschte er sich, er könnte auf eines dieser Stichworte etwas Angemessenes antworten und so Jama dazu bringen, daß er nicht wegginge.

„Na ja", stammelte er, „mit 'ner Frau ... Das kriegen wir doch leicht hin. Gibt doch 'ne Menge junger Frauen auf den Höfen rundrum – und natürlich würden Johanna und die Kinder sie in der Familie willkommen heißen."

„Sklavinnen", sagte Jama. Ungeachtet des geltenden Rechts, das sie als Arbeiterinnen bezeichnete, nannte er sie beim richtigen Namen. „Sklavinnen, die nichts weiter im Kopf haben, als daß die Schuhe ihres *Baas* ja ordentlich glänzen, die Hühner ihres *Baas* sauber gerupft und die Schweine ihres *Baas* ausreichend gefüttert werden. Was soll ich mit so 'ner Frau anfangen? Ich will jemanden, mit dem ich mich anständig unterhalten kann, dem ich vertrauen und mit dem ich mich auseinandersetzen kann. Denk doch mal an Johanna: Hätte sie dich angezogen ohne vernünftige Gedanken in ihrem Schädel?"

„Die Gedanken, die den Weg zu ihrer Zunge finden, gehen mir eher auf die Nerven", sagte Christiaan und lachte in sich hinein, fügte aber dann, angesichts des Ernsts in Jamas Gesichtszügen, eilig hinzu: „Klar, ich versteh', was du meinst, aber ganz bestimmt gibt's Frauen, die ..."

„Hier nicht", stellte Jama fest. „Nicht hier in der Kolonie."

„Wo dann?"

Jama hielt sein Pferd an und zeigte damit, daß er im Begriff stand, etwas zu sagen, was Christiaan nicht gerne hören würde. „Auf der anderen Seite des Flusses."

„Des Fish Rivers?"

Jama nickte.

„Aber was meinst du da zu finden? Da gibt's nichts als ..." Was Jama vorhatte, traf ihn wie eine Gewehrkugel. „Du willst rüber zu den Xhosa?" rief er erschüttert.

„Sie haben Nguniblut in sich", sagte Jama, „genau wie ich."

„Aber sie sind unsere Feinde!"

Jamas Blick wurde hart, so als hätte er gerade etwas gesehen, was er nicht hatte sehen wollen. „Unsere Feinde?" rief er. „Feinde? Seit Jahr und Tag erzählst du allen Leuten, sie seien genau wie wir, und wir könnten lernen, miteinander auszukommen. Und jetzt muß ich entdecken, daß du sie von jeher als Feinde gesehen hast?"

„So hab' ich's nicht gemeint! Ich meinte bloß ..."

„Ich hab' sehr genau verstanden, was du meinst", sagte Jama mit einer Stimme, die hart und kalt klang.

„Jama, hör mir doch mal zu ..."

„Ich sag' dir mal was über deine Feinde", fuhr Jama dazwischen. „Deine Feinde, die behandeln mich als einen Menschen. Deine Feinde nehmen mich so an, wie ich bin. Deine Freunde aber tun so, als existiere ich gar nicht, die sich nicht in einem Zimmer mit mir aufhalten mögen, die sich bedroht fühlen, weil ich Dinge kann, die sie nicht beherrschen. Ich werd' dir was erzählen über deine Feinde! In dem Gerichtssaal da, in Graaff-Reinet, gab's nur einen einzigen, der so freundlich war, sich mit mir zu unterhalten, und das war der britische Magistrat! Wußtest du schon, daß er mich eingeladen hat, ihn zu besuchen und von ihm Latein und Griechisch zu lernen? Nein, das wußtest du nicht, weil es dir viel zu sehr um deine Freunde zu tun war, die dich umlagerten – deine Freunde, die mich nie im Leben akzeptieren werden, egal, was ich mache oder was ich sage!"

Dieser Ausbruch verschlug Christiaan die Sprache. Ein Damm war gebrochen, ein Damm, hinter dem Gefühle und Gedanken aufgestaut waren, und diese Flut konnte niemand aufhalten. Jetzt mußte alles raus.

„Im übrigen", fuhr Jama fort. „habe ich ein Gespräch mit dem König der Xhosa gehabt, während du beim *Nachmaal* warst."

„Er war wieder da?" rief Christiaan alarmiert.

„Nur um im Fluß zu fischen. Willst du mal was Lustiges hören? Er bedauert mich!"

„Bedauert dich? Wieso das denn?"

„Wegen all der Dinge, die ich dir gesagt hab'. Er hat mir die Augen dafür geöffnet, daß ich nichts habe – überhaupt nichts!"

Christiaan wurde langsam wütend. „Was soll das heißen, nichts? Du hast ..."

„Alles, was ich hab', hab' ich durch dich, nicht durch mich selbst. Glaubst du wirklich, die anderen Bauern würden mich dulden, wenn nicht deinetwegen? Glaubst du, die Händler würden mir irgendwas verkaufen, wenn nicht dir zuliebe? Glaubst du auch nur eine Sekunde, unsere lieben Nachbarn kämen vorbei, um mich zu besuchen? Dich besuchen sie! Du hast 'ne Frau, du hast die Familie. Du hast deinen kostbaren Bund mit Gott, und auch in seinen Augen zähl' ich nur was, weil ich mit dir zusammen bin!"

„Jetzt halt aber mal die Luft an ..."

Doch es gab kein Halten mehr. „Wie gesagt, ich will weder dich noch Johanna oder Kootjie oder Sina verletzen. Aber ich muß mich auf eigene Füße stellen. Ich kann nicht mehr länger unter Leuten leben, die in mir einen Feind sehen."

Christiaan kostete es große Mühe, seine eigenen Gefühle zu bändigen. Es wäre nicht gut, wenn zur selben Zeit, am selben Ort zwei Dämme auf einmal brächen. „Also gut", sagte er deshalb, „du hast deinem Herzen Luft gemacht, und ich kann mir vorstellen, wie's dir geht. Und jetzt, wo's heraus ist, können wir ja drüber reden, ob wir nicht zu einer gegenseitigen ..."

„Es gibt nichts mehr zu reden", sagte Jama fest entschlossen. „Mit dir hat das Ganze nichts zu tun. Es ist mein Leben. Es ist meine Entscheidung, und die steht fest."

„Jama, mach keinen Quatsch! Die Xhosa .. "

„... sind mein Volk. Sie respektieren mich."

Christiaan nickte. „Ich kann mir ja vorstellen, wie du darauf kommst, aber ..."

„Sag liebe Grüße an Johanna und die Kinder", sagte Jama.

„Wie jetzt? Du willst doch nicht etwa sagen, daß du auf der Stelle aufbrichst?"

„Auf Wiedersehen, mein Freund."

Jama gab seinem Pferd die Sporen und galoppierte davon. Nach wenigen Augenblicken war er nicht mehr zu sehen.

Für den Rest der Heimreise fühlten sich die van der Kemps auf ihrem Wagen, als hinge eine düstere, bedrückende Wolke über ihnen. Christiaan dachte über hundertundeine Möglichkeit nach, wie er Jama dazu bringen könnte, bei ihnen zu bleiben, aber er fand keine Gelegenheit mehr, auch nur eine davon in die Tat umzusetzen.

Als sie zu Hause ankamen, war Jama fort.

15

Pfeffer verspätete sich, was Christiaan beunruhigte.

Unpünktlichkeit paßte eigentlich nicht zu Pfeffer, wenngleich man über ihn wenig mit Bestimmtheit aussagen konnte, weil er so unauffällig war. Der Mann konnte einen Raum betreten, in dem sich außer ihm kaum jemand aufhielt, ohne daß irgendwer Notiz von ihm nahm. Doch wer auf ihn achtete, erkannte in ihm einen treuen, zuverlässigen Menschen. Er war still, ein guter Ehemann und Vater, der hart arbeitete. Und pünktlich war er jedenfalls auch. In all den Jahren, in denen Christiaan mit ihm zusammen auf Grenzpatrouille war, hatte er nie erlebt, daß Pfeffer nicht vor ihm zur Stelle gewesen wäre. Doch heute abend verspätete er sich. Und das machte Christiaan ziemlich nervös.

Er gab sich Mühe, dies gelassen zu sehen. Schließlich war es in letzter Zeit ein Problem für ihn, daß er zuviel über die Dinge nachgrübelte, daß ihm schon der Kopf davon weh tat. Es hatte aber auch viel zum Nachdenken gegeben, zuviel auf einmal für einen einzelnen Mann.

Zum Beispiel, daß Jama gegangen war.

Seitdem hatte sich alles verändert. Und Christiaan konnte sich soviel Mühe geben, wie er wollte, um zu einer normalen Alltagsroutine zurückzukehren – anscheinend konnte nichts den Schmerz lindern, Jama nicht mehr um sich zu haben. Kaum ein Tag verging, daß Christiaan, ohne direkt ersichtlichen Grund, ein beklemmendes Gefühl in der Brust spürte, als hätte eine unsichtbare Hand alle Organe in seinem Inneren zusammengequetscht. Dieser Schmerz war stark genug, um ihn immer wieder von der Arbeit abzuhalten. Wenn das geschah, konnte es helfen, wie Christiaan bald herausfand, daß er sich gerade aufrichtete, ein paarmal tief durchatmete, seine Gedanken auf Gott richtete und sich an Gottes bleibende Segnungen erinnerte. Es half aber nur zeitweise.

Was die Arbeit anbetraf, gab sich Kootjie alle Mühe, einiges von der Verantwortung, die vorher Jama getragen hatte, auf sich zu nehmen. Aber wenn auch sein Körper schon fast der eines Mannes war, so war er selbst doch noch ein Kind. Es war unmöglich für ihn, Jamas ganze Arbeit zu tun. Niemand konnte Jama ersetzen.

Auch die Arbeiter waren traurig, daß Jama nicht mehr bei ihnen war. Ein paar waren gegangen, um sich Arbeit auf anderen Höfen oder in Grahamstown zu suchen. Einen guten Teil seiner täglichen Zeit verbrachte Christiaan damit, neue Arbeiter zu finden und in ihre Aufgaben einzuweisen, obwohl er sich für diese Tätigkeit überhaupt nicht geeignet fühlte. Seit Jahren hatte er das nicht mehr gemacht. Es hatte zu Jamas Zuständigkeiten gehört.

Sosehr Christiaan seinen Freund tagsüber vermißte, am Abend war es noch schlimmer: beim Essen. Während des Bibellesens und gemeinsamen Betens. Und vor allen Dingen, wenn die unvermeidlichen Bemerkungen fielen wie: „Weißt du noch, wie Jama immer sagte ...", oder „Als Jama noch da war ..". Christiaan pflegte dann nur lächelnd zu nicken. Johanna, Sina und Kootjie tat es gut, über Jama zu sprechen. Er versuchte sich nicht anmerken zu lassen, daß jede ihrer herzlichen Erinnerungen für ihn wie ein Pflock war, der in seine Brust getrieben wurde.

Die spätere Abendzeit, die gute Stunde, die Johanna und Sina immer brauchten, um ihre abendlichen Verrichtungen im Haushalt zu erledigen, war für Christiaan und Jama stets eine Zeit der entspannten Unterhaltung gewesen. Manchmal saßen sie im Licht, das aus dem Haus herausschien, unter der Tür, dann wieder machten sie einen Spaziergang unterm Sternenhimmel. Diese Stunde des Tages war immer kostbar gewesen, eine Zeit, in der man sein Inneres offenbarte, lachte und träumte – eine Zeit, die sich gar nicht allzusehr von der ganz eigenen Gemeinschaft unterschied, die Mann und Frau miteinander teilen, wenn sie abends vorm Einschlafen Seite an Seite im Bett liegen.

Jetzt hatte Christiaan nach dem Abendessen niemanden mehr, mit dem er sich unterhalten konnte.

In der ersten Woche, nachdem Jama fort war, gab sich Kootjie alle Mühe, Jamas Platz auszufüllen. Aber zwischen Vater und Sohn wurden nur wenige Worte gewechselt; auf unbeholfene Bemerkungen folgten ebenso einsilbige Erwiderungen. Christiaan wußte nicht, was schlimmer war: die bemühten Versuche, ein Gespräch anzufangen, oder das verlegene Schweigen, das jedesmal dem Versuch ein Ende setzte.

In der zweiten Woche ging Kootjie dazu über, sich nach dem Abendessen zu entschuldigen, erst dann und wann, bald aber regelmäßig. Christiaan sagte nichts dazu. In Wahrheit war er erleichtert. Zwischen ihnen beiden gab es wenig zu reden. Kootjie war ja noch ein Kind.

Jetzt sah er auf den Mond, der soeben über dem östlichen Horizont hervorstieg wie ein großer Porzellanteller und in dessen Licht Büsche, Bäume, Felsen und der Erdboden aussahen wie mit silbrigem Staub übersprüht. Bei Nacht herrschte eine eigentümliche Atmosphäre an der Grenze: Die Landschaft war schön und barg zugleich tödliche Gefahren. Wenn die Dunkelheit kam, waren Reisende mehr denn je angehalten, den Warnungen vor Gefahren Gehör zu schenken, die hier und da laut wurden.

Christiaan verließ sich als erstes auf sein geübtes Ohr, um wahrzunehmen, was in seinem Umfeld vor sich ging. Es gab aber nicht mehr zu hören als einen sachten Wind, der in den Büschen raschelte. Es war beinahe zu ruhig.

Christiaan saß im Sattel seines Pferdes, das mehr und mehr scheute. Mit zusammengekniffenen Augen versuchte er in der Dunkelheit etwas zu erkennen. Immer noch gab es kein Lebenszeichen von Pfeffer. Ärgerlich brummte er etwas in seinen Bart. Seine Gefühle schwankten zwischen Besorgnis und Beunruhigung. Sollte er zum Pfefferschen Hof reiten? Nein, noch nicht. Sollte Pfeffer von woanders herkommen und sich bloß verspätet haben, so würde Christiaans Erscheinen Angenitha unnötig beunruhigen. Er entschied sich, noch ein wenig länger zu warten.

Seine Gedanken wanderten zu Sina. Sie war das zweite Problem, über das er zuviel nachgrübeln mußte. Fast einen Monat war es jetzt her, daß sie vom *Nachmaal* heimgekehrt waren. Doch die Sina, die mit ihnen nach Graaff-Reinet aufgebrochen war, war eine andere als diejenige, die nach Hause zurückkam. Diese war eine dumpf vor sich hin brütende, reizbare Zwillingsausgabe. Die neue Sina begegnete niemandem höflich, ihrem Bruder sogar mit aggressiver Feindseligkeit. Ihre Mutter war fast soweit, sie in den Brunnen zu werfen, und an manchen Abenden fühlte Christiaan sich versucht, dabei mit anzupakken.

Es überstieg seinen Verstand, nachzuvollziehen, wie sich in so kurzer Zeit eine solch radikale Veränderung ereignen konnte. Es konnte doch nicht immer noch wegen des Weggangs des Klyn-Jungen sein, oder? Und doch gab es keine andere mögliche Erklärung für ihr Benehmen. Oder war es vielleicht der Prozeß? Sicher war es ihr schwergefallen, ihren Vater all den Giftpfeilen ausgesetzt zu sehen, die auf ihn abgeschossen worden waren.

Während Christiaan diesen Gedanken erwog, nickte er. Darüber mußte er mal mit Johanna sprechen, was sie davon hielt. Da kam ihm ein anderer Gedanke. Vielleicht war Sina beim *Nachmaal* etwas widerfahren, wovon er nichts wußte! Etwas, das ihre Seele verwüstet hatte.

Je mehr er dies überdachte, um so widerwilliger wurde er, beschwor es doch in seinem Gedächtnis eine Fülle übler Bilder herauf, jedes schlimmer als das vorige. Dies rief in seiner Magengrube ein zorniges Brodeln hervor, so sehr, daß er, wenn all dies stimmte, sich irgendeine Form von Vergeltung überlegen mußte.

Je mehr Christiaan über dieses Thema nachdachte, um so schwerer wurde der gallige Zorn, der wie ein Klumpen in seinem Inneren saß. Morgen früh würde er als erstes mit Johanna darüber reden und dann mit Sina. Er würde die Wahrheit ans Licht bringen!

Von ferne hörte er ein Pferd schnauben, also näherte sich ein Reiter. Sofort schalteten die Instinkte des Grenzers alle anderen Gedanken in seinem Kopf aus. Das Schnauben hatte augenblicklich seine Sinne in Alarmbereitschaft versetzt, wobei das Gehör Priorität hatte, während alle anderen Wahrnehmungen ihm zuarbeiteten und dabei jederzeit auf dem Sprung waren, sollten sie gebraucht werden.

Das Huftrappeln näherte sich gemächlich. Wahrscheinlich war es Pfeffer. Doch noch entspannte Christiaan sich nicht, denn die Anzahl der Hufe, die da herankamen, verrieten, daß es mindestens zwei Pferde waren. Er aber erwartete Pfeffer allein. Und darüber hinaus kamen die Reiter nicht aus der Richtung von Pfeffers Haus.

Er wandte sich dem Geräusch zu und spähte in die Dunkelheit hinaus, in der sich jetzt schattenhaft zwei Gestalten abzeichneten. Der Umriß des einen Reiters glich dem Pfeffers: breite Hüften und hängende Schultern. Wen aber hatte er bei sich? Seinen Sohn Conraad? Nein, der andere Reiter hatte die Gestalt eines erwachsenen Mannes: hochgewachsen, schlank und mit einer geraden Haltung, die Schultern zurückgenommen, an der man ein ausgeprägtes Selbstbewußtsein ablesen konnte.

Die Erfahrung des Grenzers riet zur Vorsicht, so daß Christiaan seine Muskete zur Hand nahm.

Doch da war Pfeffers Stimme, die ihn freundlich anrief: „Christiaan!"

Zurückhaltend, da er immer noch nichts über Identität und Absichten des anderen Reiters wußte, erwiderte Christiaan den Gruß. „Du kommst zu spät!" rief er, ohne den Blick von dem Unbekannten zu wenden.

„Das ist meine Schuld!" sagte der Fremde.

Die Stimme kannte Christiaan nicht. Sie war tiefer als Pfeffers und hatte einen Zug von Autorität an sich. Während die beiden Reiter herankamen, rieb Christiaan mit dem Finger über das glatte Holz seines Gewehrkolbens.

„Ich hab' jemanden mitgebracht, der uns heut nacht Gesellschaft leisten will", sagte Pfeffer heiter. „Er wollte dich kennenlernen, und als ich erwähnte, daß ich heut nacht mit dir zusammen auf Patrouille gehe, hat er mich gebeten, ihn mitzunehmen. Ich hoffe, du hast nichts dagegen."

Die Augen starr auf den unbekannten Reiter gerichtet, ließ Christiaan ihn ohne Antwort.

In einem Abstand von ein paar Metern hielten die Reiter ihre Pferde an. Der Fremde trug einen breitkrempigen Hut, so daß von seinem Gesicht nichts zu erkennen war. Alles, was man von ihm sehen konnte, war ein kurzgeschorener dunkelbrauner Bart, der an den Schläfen, betont durch das fahle Mondlicht, in Grau überging.

Vermutlich spürte der Fremde Christiaans abweisende Haltung, jedenfalls sagte er: „Ich heiße Retief – Piet Retief aus Winterberg."

„Er ist dort Abschnittskommandant", sagte Pfeffer.

„Von einem Retief aus Grahamstown hab' ich schon mal gehört", sagte Christiaan.

„Genau der bin ich", sagte Retief.

Fast jeder an der Grenze hatte schon mal von den Heimsuchungen des Piet Retief gehört. Er war hugenottischer Abkunft und auf einem Weingut in Stellenbosch aufgewachsen. Wie so viele andere Bauern hatte er die Kapregion hinter sich gelassen, um der britischen Herrschaft zu entkommen, nur um zu erleben, wie die Briten gleich einem lästigen Straßenköter hinter ihm herkamen.

In Grahamstown hatte sich Retief als Mann von Bildung einen Namen gemacht, der zugleich überlegene handwerkliche Fähigkeiten besaß. Zum Gesprächsthema unter den Bauern war er dadurch geworden, daß er sich den Auftrag zum Bau des Magistratshauses von Grahamstown verschaffte, dann aber einen Rückschlag nach dem anderen hinnehmen mußte und schließlich bankrott ging. Bald darauf hatte er mehrere Zusammenstöße mit den britischen Behörden, indem er das Recht der Bauern vertrat gegen die zudringlichen Maßnahmen der Missionare und Juristen bei der sogenannten Schwarzen Runde. Trotz seines tragischen, notvollen Lebensweges schätzte man Piet Retief nach wie vor hoch. Er galt als ein Mann von unangefochtener Integrität.

„Vergeben Sie mir meine Aufdringlichkeit", sagte Retief, „aber ich wollte den Mann kennenlernen, der keinen Wert darauf legt, ein Mose zu sein." Unter dem Schatten seiner Hutkrempe zeigte sich die Andeutung eines Grinsens.

Christiaan spürte, wie sein Gesicht warm wurde. „Sie waren bei der Versammlung auf dem Kirchplatz?" fragte er.

Retiefs Hutkrempe wippte, als er mit heftigem Kopfnicken antwortete. „Und im Gerichtssaal. Gott hat seine Hand über Sie gehalten. Ohne Ihren schwarzen Freund wäre das Verfahren anders ausgegangen, da bin ich mir sicher.“

Das hatten auch andere gesagt, freilich mit dem Unterschied, daß sie es bei Gottes Segen hatten bewenden lassen und Jamas Anteil am Prozeßausgang vergaßen. Irgendwie war es dennoch so, daß sich die Feststellung aus dem Munde eines Piet Retief besonders gewichtig anhörte. Hier hatte er es mit einem Mann zu tun, der ähnliches hinter sich hatte und deshalb besser als irgend jemand sonst verstehen konnte, was Christiaan durchgemacht hatte.

„Sagen Sie bitte“, fragte Retief, „gibt es heute abend irgendeine Möglichkeit, Ihren schwarzen Freund zu treffen?“

Die Frage tat weh – ahnungslos hatte Retief in die offene Wunde gestochen.

Christiaan sah zur Seite, um sich nicht seinen Schmerz anmerken zu lassen. Dann sagte er leise: „Wohl kaum. Jama hat es vorgezogen, ein neues Leben anzufangen.“ Bei dieser Erklärung ließ er es bewenden.

Pfeffer, der natürlich alles über Jamas Weggang wußte, schürzte die Lippen, als wollte er sich selbst davon abhalten, seinerseits den Hintergrund der Geschichte preiszugeben. Ihm war klar, daß es ihm nicht zustand, seinen Kommentar zu einer Angelegenheit abzugeben, die ganz allein Christiaan etwas anging.

Christiaan war ihm dankbar dafür, daß er schwieg.

Auch Retief schien zu spüren, daß er hier an ein sensibles Thema gerührt hatte, und wechselte das Thema. „Reiten wir?“

Schweigend ritten die drei Männer am Ufer des Great Fish River entlang – nächtliche Wachposten, deren Aufgabe es war, jeglichen Xhosa-Übergriff auf burischen Grund und Boden zu verhindern. Über dem Flußbett lag dichter Nebel, der das ganze Tal ausfüllte, über die Hänge ins Hochland hinauskroch und wie eine wellige, milchige Decke das Land einhüllte. Der Nebel umwirbelte die Pferdeläufe, während die Reiter scharf Ausguck hielten, damit ihnen auch nicht die kleinste Bewegung entging. Wieder einmal war die Stimmung auf beiden Seiten des Flusses gespannt, die Lage unsicher, so daß die Bauern, wie schon öfter, um nächtliche Patrouillenritte nicht herumkamen.

Doch diese Nacht war ruhig, abgesehen vom Plätschern des Flusses und dem gelegentlichen Jaulen eines Hundes. Retief und Christiaan ritten nebeneinander und unterhielten sich in gedämpfter Lautstärke, während es Pfeffer ganz recht zu sein schien, schweigend mitzureiten und zuzuhören.

„Glauben Sie“, fragte Retief, „daß es hier noch Platz für uns gibt, nachdem Sie nun den Angriff der Missionare aus erster Hand mitbekommen haben?“

„Als ich jung war, stand ich mal mit meinem Vater auf der Kuppe neben dem Platz, wo wir beschlossen hatten, unser Haus zu bauen. Mein Vater war ein praktischer Mann, der nicht viel Wert auf äußeres Getue legte. Vielleicht kommt es daher, daß ich mich an diese eine Begebenheit so besonders gut erinnere. An jenem Tag wehte eine steife Brise. Er stand da im Wind, die Augen geschlossen, das Gesicht zum Himmel emporgehoben, und die Arme hatte er ausgebreitet wie Adlerflügel. Ich weiß noch, wie seine Hemdsärmel im Wind flatterten. Ob nun dank meiner jugendlichen Phantasie oder weil mein Vater etwas tat, was so ungewöhnlich für ihn war, jedenfalls wäre ich nicht im mindesten überrascht gewesen, wenn der Wind ihn da oben von dem Hügel weg in die Wolken emporgehoben hätte.

Da sagte er mit kräftiger Stimme: ‚Hebe deine Augen auf und siehe umher: diese alle versammelt kommen zu dir. Deine Söhne werden von ferne kommen und deine Töchter auf dem Arme hergetragen werden. Dann wirst du deine Lust sehen und ausbrechen, und dein Herz wird sich wundern und ausbreiten, wenn sich die Menge am Meer zu dir bekehrt und sie des Herrn Lob verkündigen. Alle Herden in Kedar sollen zu dir versammelt werden, und die Böcke Nebajoths sollen dir dienen. Sie sollen als ein angenehmes Opfer auf meinen Altar kommen; denn ich will das Haus meiner Herrlichkeit zieren.‘“

Die Pferde traten im Nebel von einem Huf auf den anderen, während Retief und Pfeffer ehrfurchtsvoll abwarteten, bis Christiaan mit seinem Schriftzitat fertig war. Es war einer jener heiligen, persönlichen Augenblicke im Leben, die man niemals stören soll, und die beiden Männer schienen das zu spüren. Sie ließen Christiaan seine Zeit.

Halblaut sagte Christiaan: „Mein Vater nahm das Land in Besitz: für sich und mich. Für alle van-der-Kemp-Generationen, die noch kommen sollten. Ein paar Geplänkel mit den Xhosa und den Briten reichen nicht aus, damit ich diesen Anspruch in Frage stelle.“

16

Ohne einen Blick zurück auf das Haus, das so lange ihre Heimstatt gewesen war, trat Sina ins Freie. Ihr Drang, nach Norden zu ziehen, um Henry wiederzufinden, war zu stark. Unterm Arm ein Bündel mit ein paar Kleidern und Proviant für mehrere Tage, stahl sie sich im Schatten der nächtlichen Dunkelheit davon.

Während sie im Schutz von *Fynbos*-Büschen und überhängenden Felsklippen entlanghuschte, dachte sie, daß Gott ihrem Plan Gelingen schenken würde. Jamas Weggang hatte ihre Flucht ermöglicht. Vater war auf Patrouille unterwegs, und Kootjie mußte sich um die Herden kümmern, als vor einer Weile ein Arbeiter mit Panik im Blick an der Tür erschienen war und darum gebeten hatte, daß jemand mit ihm käme, weil es in den Arbeiterhütten irgendwelche Probleme gab. Außer Mutter war niemand da gewesen, der hätte eingreifen können, also ging sie mit, um zu sehen, was los war.

Daraus zog Sina den Schluß, daß Gott unter den Arbeitern ein bißchen Zank hatte ausbrechen lassen, um ihr die Flucht zu erleichtern. Schließlich wußte nur er von ihrem Vorhaben.

Das Verlangen, Henry wiederzufinden, bewegte sie schon auf der Heimreise vom *Nachmaal*. Während sie hinten auf dem Wagen durchgeschüttelt wurde und eine düstere Woge der Verzweiflung sie zu verschlingen drohte, versuchte sie sich ein Leben ohne Henry vorzustellen. Je länger sie sich diesem unerträglichen Gedanken hingab, um so tiefer versank sie in der schwarzen Woge – bis es nicht mehr tiefer ging. In dieser schwarzen Finsternis kam ihr eine plötzliche Eingebung: Sie war im Hades gelandet!

Überraschen konnte sie diese Erkenntnis nicht. Wie sonst sollte man ein Leben ohne Henry beschreiben? Die grausame Trennung von dem Mann, den sie liebte, verdammte sie dazu, den Rest ihrer Tage als wandelnde Tote auf Erden herumzuschleichen, jenseits aller Gefühle und Hoffnungen, beraubt von allem, was man gut oder angenehm nennen konnte.

Wenngleich aber das Begreifen des Loses, das das Leben ihr bereithielt, sie nicht überraschte – das Gefühl, das ihr daraus erwuchs, tat es um so mehr. Sie spürte keine Panik, weder Grauen noch Selbstmitleid noch Zorn. Sie fühlte überhaupt nichts. Von der Stunde an, in der sie ihr einsames Schicksal begriff, hüllte sie eine graue Stumpfheit ein. Sie igelte sich ein, wurde gefühl- und teilnahmslos. Nur so konnte sie etwas wie Trost empfinden.

Gerade als sie sich innerlich auf ein solch gefühlsfreies Dasein einstellte, hielt der Wagen plötzlich an, und ihre Mutter stieg vom Kutschbock zu ihr nach hinten.

Sina schloß die Augen. Sie wollte die Anwesenheit ihrer Mutter nicht zur Kenntnis nehmen. Alles, was sie wollte, war, sich in dem empfindungslosen grauen Meer, in das sie gefallen war, treiben zu lassen. Zum erstenmal seit Tagen fühlte sich ihr Kopf nicht so an, als würde er jeden Augenblick vor Ärger und Enttäuschung platzen.

„Sina, Liebes ...", sagte ihre Mutter sanft.

Eine warme Hand legte sich auf Sinas Arm – eine lästige Empfindung, die Sina klarmachte, daß ihre neue Existenz und die Umgebung, in der sie sich befand, nicht zusammenpaßten.

„Ich weiß, daß du Kummer hast", sagte die Stimme aus der anderen Welt, „und ich glaube, ich weiß auch, warum."

Dann kam eine Pause. Sina unternahm keinerlei Versuch zu reagieren oder gar mit der anderen Welt zu kommunizieren.

„Das kannst du dir jetzt vielleicht nicht vorstellen", sagte die Stimme, „aber für uns alle ist es das Beste so."

Diese Worte waren wie ein Pfeil, der von der einen Welt in die andere herübergeschossen wurde und Sina schmerzhaft traf. Ihr Zorn, der schon eingeschlafen war, brach wieder auf.

„Es wird andere junge Männer geben."

Noch ein Pfeil.

Sina versuchte den Angriff zu mißachten. Doch sie konnte machen, was sie wollte, der zweite Stich in die Wunde stachelte ihre Wut nur um so mehr an. Alles wollte wieder hochkochen, und sie war kurz davor, sich zu rechtfertigen. Doch sie schluckte die Worte hinunter.

„Weißt du", sagte sie Stimme und lachte dabei, „dein Vater und ich sind irgendwie erleichtert. Wir hatten uns schon ein bißchen Sorgen gemacht, daß du dich von Henry so angezogen fühltest, wo er doch ein *Dopper* ist und all das. Glaub mir, so ist es am besten. Nur noch ein paar Tage, dann wird der Schmerz, den du fühlst, allmählich anfangen zu vergehen. Laß dir 'n bißchen Zeit. Irgendwann lernst du einen Besseren kennen – wirst schon sehen."

Jetzt war ihr Zorn voll erwacht. Ihre Waffen waren gewetzt, und sie legte sich bereits messerscharfe Worte zurecht, die sie zu ihrer Rechtfertigung anbringen wollte. Was wußte eine alte Frau schon von Liebe? Die Tiefe ihrer Liebe zu Henry zu verstehen überstieg die

Fähigkeiten ihrer Mutter. Zeit bedeutete gar nichts, wenn es um wahre Liebe ging!

Und was einen Besseren anging, den sie vielleicht kennenlernen konnte, so *gab* es keinen Besseren als Henry! Wie konnte man nur so abgestumpft sein wie ihre Mutter! Sah sie denn nicht, daß ihre Tochter in einer Woge von Hoffnungslosigkeit versank, aus der sie niemand, niemand außer Henry befreien konnte?

Sina preßte die Lippen aufeinander und ballte die Fäuste gegen die überbordende Flut der Bitterkeit in ihrem Inneren, die jeden Augenblick in all ihrer unaufhaltsamen Gewalt hervorbrechen mußte.

Doch nein: Ebensoschnell, wie sich ihre Gefühle aufgebaut hatten, ebbten sie auch wieder ab. Heitere Gelassenheit durchströmte Sinas Körper. Ihre Fäuste öffneten sich, während sie friedlich die Augen zumachte. So voller Frieden fühlte sie sich, daß es schon fast an Freude grenzte. Ihre Lippen, gerade noch zu dünnen Strichen gepreßt, entspannten sich nicht nur, sondern sie mußte sich sogar Mühe geben, nicht zu lächeln.

Nur Henry, Henry allein konnte sie aus dieser Woge der Verzweiflung herausreißen.

Henry – Henry allein.

Sina erkannte, daß sie noch eine Wahl hatte. Sie konnte entweder das farblose Leben einer wandelnden Toten führen oder sich zu Henry aufmachen, damit er sie zurückziehe ins Reich der Lebenden.

Die Hände ausstrecken und sich von Henry retten lassen!

In diesem Augenblick traf Sina die Entscheidung, von zu Hause wegzugehen und Henry zu suchen. Jawohl, sie würde die Hände ausstrecken. Dann würde Henry sehen, wie sehr sie ihn liebte, wie sehr ihr nach ihm verlangte, damit er sie rettete ...

Sie entschloß sich, niemandem etwas davon zu sagen. Ihren Eltern ganz bestimmt nicht – die würden es ihr nur um so schwerer machen zu gehen. Und Karel auch nicht.

Obwohl – mit Karel war es schon schwieriger. Doch je mehr sie darüber nachdachte, um so mehr kam ihr Karels Abneigung gegen Henry in den Sinn, eine Abneigung, deren Ursachen sie nach wie vor nicht verstand. Außerdem würde Karel sich nur Sorgen machen, wenn er wüßte, daß sie allein draußen an der Grenze war. Da sie sich also nicht auf Karels vorbehaltlose Unterstützung verlassen konnte, beschloß sie, auch ihn nicht einzuweihen.

Ihr Plan war, sich nachts davonzuschleichen. Dann wollte sie nach Grahamstown gehen und nach einer Familie Ausschau halten, die nach Norden zog, um sich der Trichardtschen Expedition anzuschließen, zu der auch die Klyns gehörten. Sobald sie wieder mit Henry vereint war, wollte sie ihren Eltern eine Nachricht zukommen lassen und ihnen mitteilen, wo sie sich aufhielt. Damit würde sie sie endgültig von ihrer Liebe zu Henry überzeugen.

So wurde der Plan geboren: hinten auf dem Wagen, in schweigender Einsamkeit trotz ihrer Mutter, die neben ihr saß. Und in der Nacht, in der ein kopfloser Arbeiter an die Tür klopfte, ihre Mutter mitzukommen bat und damit Sina den Freiraum gab, den sie brauchte, um gut von zu Hause wegzukommen, wurde er in die Tat umgesetzt.

* * *

Nachdem der Mond aufgegangen war, fand Sina ohne Mühe die Straße nach Grahamstown. Sie ging am Straßenrand entlang und spitzte die Ohren, damit ihr kein Geräusch entging. Vor allem wollte sie nicht ihrem Vater und *Mynheer* Pfeffer auf ihrem Patrouillenritt in die Arme laufen. Sie achtete auf jeden Busch, an dem sie vorbeikam, immer auf dem Sprung, sich beim kleinsten Anzeichen, daß jemand in der Nähe war, dahinter zu verstecken.

Die gespannte Aufmerksamkeit machte sie kribbelig. Sie suchte in ihrem Beutel ein Küchenmesser, das einzige, was sie zu ihrer Verteidigung dabeihatte, und nahm es in die Hand. Sie wollte nicht ängstlich erscheinen, darum hatte sie sich entschieden, nicht mit einem Messer in der Hand die Straße entlangzuziehen. Doch jetzt hielt sie das Messer im Stoff ihrer Kleider versteckt.

Rechts bog eine Fahrspur von der Straße ab, und plötzlich wurde Sina gewahr, wo sie sich befand. Wieso hatte sie das nicht früher bemerkt? Ein Baum markierte die Einfahrt zum alten Haus der Klyns. Deshalb hatte *Mynheer* Klyn ihn einst gepflanzt. Oft hatte sie ihn oder auch Henry sagen hören: „Halte dich in nördlicher beziehungsweise südlicher, je nachdem, welche Richtung, bis du an einen großen Akazienbaum kommst. Dort ist die Einfahrt zu unserem Hof. Dann nach Osten, und du kannst uns nicht verfehlen!“

Henrys Zuhause. Verlassen zwar, aber immer noch vertraut und jedenfalls ein sicherer Ort für die Nacht.

Sina folgte dem Feldweg nach Osten. Der höher steigende Mond beleuchtete die Mitte des Pfades und schob die Schatten zur Seite.

17

Mit einem Satz war Sina über die Schwelle und betrat das verlassene Klynsche Haus. Bewegungslos blieb sie stehen, bis sich ihre Augen an die Dunkelheit gewöhnt hatten. Allmählich konnte sie Wände erkennen, die sich seitwärts von ihr erstreckten und in tiefschwarzen Ecken ausliefen. Soviel sie von dem Raum wahrnahm, in dem sie stand, war er von sämtlichem Mobiliar leer geräumt. Mit zögernden Schritten ging sie weiter. Ihre Schuhe schlurften über den hölzernen Fußboden, ein Geräusch, das von allen vier Wänden zurückgeworfen wurde.

Im Raum hing männlicher Geruch: in erster Linie abgestandener Pfeifentabaksdunst, vermischt mit dem schalen Gestank alten Bratfetts. Sie mußte an Henry und seinen Vater denken. Es tröstete sie, daß jetzt dieselben Mauern, die einst ihrem geliebten Henry Obdach geboten hatten, sie schützten.

Sina ging in eine Ecke des Raumes, lehnte sich gegen die Wand und ließ sich neben dem großen gemauerten Kamin zu Boden gleiten. Verglichen mit der Behausung der van der Kemps war dieses Gebäude eine Villa. Sie zog eine Kerze aus ihrem Bündel hervor und zündete sie an. Auf der Stelle erstrahlte die Decke in farbenfroher Pracht: hellgelbe hölzerne Bohlen, getragen von roten „Stinkholz"-Balken – genau wie auf Klaarstroom. So war es ihr jedenfalls immer erzählt worden.

Mehr als einmal, wenn die Rede auf das Klynsche Haus kam, war ihr Vater schnell mit dem Hinweis bei der Hand gewesen, wie ähnlich dieses Anwesen dem Heim seiner Vorfahren doch sei. Und im selben Atemzug hatte er dann immer vorausgesagt, daß der Tag kommen werde, an dem auch auf dem Siedlerland der van der Kemps ein solches Haus stehen werde – wenngleich er das nie aufschneiderisch sagte. Es ging ihm mehr darum, seinen Traum lebendig zu halten. In seinem Kopf existierten die gelben Holzdecken mit den roten „Stinkholz"-Balken des van der Kempschen Anwesens bereits; nur daß andere sie noch nicht so deutlich sehen konnten wie er.

Seine Leidenschaft für diesen Traum konnte Sina verstehen. Falls das Haus, das er sich vorstellte, in irgendeiner Weise dem Inneren dieses Zimmers im Haus der Klyns ähnlich sah, würde man tatsächlich stolz darauf sein können.

Schlaglichtartig beleuchtete die einsam flackernde Kerze den Raum: die grobe Struktur der weißgeputzten Wände, das Lichtspiel auf der zerklüfteten Oberfläche der Steine, die den Kamin einfaßten, den zittrigen Tanz ihres übergroßen Schattens in der Zimmerecke. So viele Farben und Formen faszinierten und ängstigten sie zugleich.

Sie ließ ein wenig Wachs auf den Boden tropfen und stellte ihr Talglicht hinein, damit es Halt hatte – etwas, was sie nie im Leben getan hätte, solange noch irgend jemand in dem Haus lebte. Dann kauerte sie sich in der Ecke zusammen und wartete darauf, daß der Morgen anbrach und ein helleres Licht den Raum von außen erleuchtete.

Einerseits war sie enttäuscht. Sie hatte gehofft, in der ersten Nacht viel weiter wegzukommen. Doch auf der anderen Seite war sie stolz auf sich selbst. Seit dem Augenblick, wo sie den Plan gefaßt hatte, wieder mit Henry zusammenzukommen, hatte sie nie daran gezweifelt, daß es ein kluger Plan war, höchstens an ihrem Mut, ihn auch auszuführen. Innerlich hatte sie bezweifelt, daß sie von zu Hause weggehen könnte, ohne ihren Eltern etwas zu sagen. Sie hatte sich den Kopf darüber zermartert, wie sie es anstellen sollte, eine Mitfahrgelegenheit nach Norden zu finden, wenn sie erst in Grahamstown sein würde. Diese Teile ihres Plans waren ihr nie realistisch vorgekommen. Bis zu dieser Nacht.

Den schwierigsten Teil hatte sie schon hinter sich gebracht: von zu Hause wegzukommen. Nachdem sie das geschafft hatte, traute sie sich auch das übrige zu, so daß sie schon bald mit Henry vereint sein würde – ganz sicher. Alles in allem war es ein guter Anfang.

Seufzend rollte sich Sina zusammen wie eine Kugel, wobei sie ihr Bündel als Kissen benutzte. Sie fühlte sich sicher. Ihr taten die Beine weh, wohl mehr vor Spannung als wegen des hinter ihr liegenden Marsches, wie sie meinte. Sie zog ein wenig ihre Zehen nach oben, um die Beinmuskulatur zu straffen. Vor Schmerz das Gesicht verziehend, hielt sie sie einen Augenblick in dieser Stellung fest und ließ sie dann wieder los. Doch das erwies sich als Fehler. Wie ein Stück Stoff, das sich in der Sonne zusammenzieht, verkrampften und verknoteten sich ihre Wadenmuskeln.

Mit einem erstickten Aufschrei schnappte Sina die Kerze und stand auf. Dann hinkte sie jammernd und wimmernd im Zimmer umher, damit die Krämpfe nachließen. Ganz allmählich lösten sich die Knoten in der Muskulatur.

Als sie meinte, daß es vorüber war, blickte sie auf. Da sah sie ein Gesicht am Fenster!

Ihr Herz gefror. Sie griff sich an die Kehle.

Das Gesicht am Fenster äffte ihre Bewegung nach, und sie begriff: Es war ihr eigenes Spiegelbild.

Und was für ein Anblick es war: die Augen vor Angst geweitet, das

Haar wie eine strubbelige Masse und die Hände um die Kerze geklammert, als wäre sie eine Rettungsleine, die sie davor bewahrte, in die Unterwelt abzurutschen.

An Glasscheiben und deren Reflexionen war sie einfach nicht gewöhnt. Henry würde sich totlachen, wenn er sie in diesem Moment sehen könnte! Sina überkam ein stechendes Unwertgefühl. Jawohl, Henry hätte gelacht – aber vielleicht hätte er sich auch peinlich berührt gefühlt? Und das hier war ja nur ein Punkt. Wie viele mochte es noch geben, mit denen sie ihn mit ihrer bäurischen Tappigkeit womöglich in Verlegenheit bringen würde?

Henry in Verlegenheit bringen – es schüttelte sie bei dem Gedanken. Sie fragte sich, ob Henry wohl wirklich eine Frau lieben können würde, die dermaßen rückständig war. Sie dachte darüber nach, wie sie sich damenhaftes Verhalten anerziehen könnte. Bevor sie am Morgen weiterziehen würde, würde sie sich im Klynschen Haus umschauen und sich vorstellen, wie es wohl wäre, darin zu leben. Und sobald sie in Grahamstown ankommen würde, würde sie die feinen Damen studieren, sich ihr Benehmen abschauen, ihren Geschmack sich zu eigen machen, ihren Gang annehmen und ...

Draußen ertönte ein grunzender Laut und störte ihre Selbstunterweisung. Sina hielt den Atem an. Ihre Hand, eiskalt und kaum beweglich, griff voller Angst nach der Kerze. Das Herz schlug ihr bis zum Hals.

Das Geräusch hatte sich mehr nach einem Menschen als nach einem Tier angehört. Laut war es gewesen und hatte halb überrascht, halb schmerzvoll geklungen, so wie wenn jemand einen Schlag in die Magengrube kassierte. Sie wagte nicht zu atmen und lauschte angestrengt, konnte aber nur das leise Klirren der Fensterscheiben im Wind hören.

Woher war das Geräusch gekommen? Schwer zu sagen. Sina spähte aus dem Fenster in der Hoffnung, irgend etwas zu erblicken, das ihr Klarheit geben würde. Aber alles, was sie sah, war ihr eigenes Spiegelbild, das zurückstarrte, die Konturen verwaschen vom Flackern der Kerze, die sie in der Hand hielt.

Die Kerze!

Sina blies die Flamme aus und schalt sich selbst, daß sie sie nicht früher gelöscht hatte. Sofort verschwand das Spiegelbild, und sie versank in Dunkelheit, derselben Dunkelheit wie draußen im Freien. Erneut haderte sie mit sich selbst, daß sie so lange mit einer brennenden Kerze im Fenster gestanden hatte. In der Zeit hätte alles im Grenzland, was Augen im Kopf hatte, sie sehen können!

Sina versteckte sich hinter der Mauer neben der Fensteröffnung und verdrehte den Hals, um weiter in die Nacht hinausspähen zu können. Sie mußte wissen, ob sie irgend etwas herangelockt hatte – oder, um so schlimmer, irgend *jemanden!*

Langsam gewöhnten sich ihre Augen an die Außenwelt, die nur von dem fahlen Licht des Himmels erhellt wurde. Zur Rechten stand ein langgestrecktes rechteckiges Gebäude ihrem freien Ausblick im Wege. Es war einfach gebaut und schwarz gestrichen – der Pferdestall, soweit sie sich von früheren Besuchen her erinnerte. Aber wenn es ihr die Sicht nahm, konnte auch niemand, der sich auf der anderen Seite des Stalls befand, *sie* sehen.

Mit ihrem übrigen Gesichtskreis verhielt es sich anders: Nach vorne hin hatte sie unbegrenzte Sicht. Die Landschaft wellte sich bis zum Horizont in willkürlichen Formen. Hier und da waren ein paar Gruppen von *Fynbos*-Büschen in sie hineingestreut, deren Zweige sich wie winkende Hände im Wind bewegten – nein, wie Hände, die ihr Zeichen gaben, ihre Aufmerksamkeit zu erregen suchten, sie warnten! Bloß wovor?

Die Antwort folgte der Frage auf dem Fuße.

Vor Schreck erstarrt, sah sie viele schwarze Gestalten hinter dem Stall hervorkommen. Das waren keine Schatten – so bedrohlich konnte kein Schatten sein, aber Männer sehr wohl. Es waren Xhosa – Xhosa-Krieger!

Sie bewegten sich geräuschlos, die Köpfe gesenkt, die Speere gegen den Nachthimmel gereckt. Anscheinend schien das Haus sie nicht zu interessieren. Ob sie wußten, daß niemand darin wohnte? Wahrscheinlich, denn sie schienen den Klynschen Besitz als Aufmarschgebiet zu benutzen. Sie waren zu Hunderten, vielleicht zu Tausenden gekommen und sammelten sich für einen Großangriff.

Sina war erleichtert, daß keiner der Krieger ihre Richtung einschlug. Sie flüsterte ein Gebet. Dankbar, daß sie nicht entdeckt worden war und die Kerze noch nicht wieder angezündet hatte. Hätte sie es getan, so wäre das wie ein Leuchtturm gewesen, der alle Aufmerksamkeit auf sie gelenkt hatte.

Der Strom von Kriegern mußte irgendwo hinter dem Gebäude über den Fluß gekommen sein. Sie sammelten sich jetzt in einer nahen Senke, die zwar vom Haus aus einsehbar war, nicht aber von der Grenze her. Sina dachte, sie übertrieben es ein wenig mit der Vorsicht: Wer in aller Welt sollte sie wohl zu dieser nachtschlafenden Stunde entdecken? Wer sollte draußen ...

Ihr Vater! Er war heute nacht auf Patrouille! Sie mußte ihn vor den Xhosa warnen!

In diesem Moment drang aus dem hinteren Teil des Hauses ein Geräusch. Es hörte sich an, als stieße jemand eine verzogene Tür auf: ein Schrappen auf den Bodendielen, ganz langsam und behutsam. Dann Schritte. Leise, so wie wenn sich jemand anschlich, der nicht entdeckt werden wollte. Hatte sie am Ende doch ein Xhosa-Krieger gesehen? Hatte er sich nach hinten geschlichen in der Erwartung, daß sie versuchen würde, dort zu entkommen?

Sina sah blitzschnell nach links und rechts, suchte nach einem Ausweg. Doch es gab keinen. Sie saß in der Falle.

Auf den Fußballen wippend, versuchte Sina ihre aufsteigende Panik niederzukämpfen. Ihr Körper suchte verzweifelt nach irgend etwas, das er tun könnte, aber ihr Hirn gab ihm keinerlei sinnvolle Anweisungen.

Die Schritte im Haus waren nicht mehr zu hören. Das war noch schlimmer, als wenn man Schritte hörte, denn dann wußte sie wenigstens, wo der Eindringling gerade war. Doch wenn alles still war? Stille bedeutet, daß man jederzeit überrumpelt werden konnte, und in ihrer Situation mußte das tödlich enden.

Mit einem Satz war Sina an der Haustür, ohne darauf zu achten, ob man sie hören konnte oder nicht. Mit aller Kraft riß sie die Tür auf. Eingerostete Angeln quietschten, und die Tür krachte gegen die innere Hauswand.

Doch anstatt in die Nacht hinauszuflüchten, rannte Sina ins Haus zurück. Sie schnappte ihr Bündel und ihre Kerze und duckte sich in den Kamin.

Die krachende Tür erweckte die Schritte wieder zum Leben. Jetzt aber waren es dröhnende, hastige Schritte eines Verfolgers, der zur Tür lief und dann ins Freie.

Das hatte Sina gehofft.

Doch die Erleichterung war nur von kurzer Dauer.

Die Schritte kamen zurück, und die Tür wurde ins Schloß geworfen. Jetzt war sie allein mit ihrem Verfolger im Zimmer. Sie konnte ihn angestrengt atmen hören.

In der Kaminecke zusammengekauert, preßte Sina ihren Rücken gegen die Mauersteine. Sie zitterte am ganzen Körper, ohne etwas dagegen tun zu können.

Die Schritte bewegten sich mal hierhin, mal dorthin. Der Mann bewegte sich geradezu bedächtig – er suchte nach ihr! Sie hatte ihn nicht ausgetrickst! Niemals würde sie Henry wiedersehen. Sie würde in diesem Haus hier sterben, aufgespießt von einem Xhosa-Assagai.

In diesem Augenblick fiel Sina ihr Messer ein, und sie entschloß sich, nicht kampflos zu sterben. Ohne die Augen vom Kaminsims zu wenden, jede Sekunde in Erwartung ihres Angreifers, ließ sie die Hand in ihren Beutel gleiten und erfaßte die Klinge. Lautlos zog sie sie hervor und wartete mit gezückter Waffe ab. Sobald er auftauchte, würde sie angreifen: erst mit dem Messer, dann mit den Fingernägeln, mit Füßen und Zähnen. Wenn man sie schon in die Ecke drängte wie ein Tier, würde sie auch agieren wie ein in die Enge getriebenes Tier!

Doch was sie zuerst wahrnahm, war keine Regung eines Menschen. Es war Licht, Licht, das durch die Fenster hereinschien und den Fußboden orangegelb übersprenkelte. Es flackerte, tanzte, leckte mal hierhin, mal dorthin: wie Feuer!

Da waren die Schritte wieder zu hören, aber anders jetzt: wie wenn jemand überhastet flüchtete. Der Eindringling rannte in den hinteren Teil des Hauses zurück. Krachend wurde eine Tür aufgestoßen. Danach hörte Sina keine Schritte mehr.

Dafür erwuchs ihr eine neue Gefahr. Der Feuerschein hinter den Fenstern wurde heller und heller. Über den Deckenbalken begann Rauch hervorzuquellen und drohte das ganze Zimmer auszufüllen.

Zuerst roch man nur brennendes Holz, dann aber kam beißender, die Kehle zusammenschnürender, schmerzender schwarzer Rauch hinzu, der sich in Sinas Lungen breitmachte und in ihren Augen brannte. Sie versuchte das Husten zu unterdrücken, aber vergeblich. Nach wenigen Minuten kniete sie vornübergebeugt und wurde von krampfartigen Hustenanfällen durchgeschüttelt.

Sie mußte aus dem Haus hinaus. Solange es gegen Fleisch und Blut ging, hatte sie mit dem Messer immerhin eine Chance. Gegen Rauch und Feuer nützte es ihr nichts.

Sina rappelte sich aus dem Kamin hoch und rannte quer durchs Haus, weil sie hoffte, daß sich dahinter weniger Krieger aufhielten als davor. Jeder Raum, durch den sie hastete, war mittlerweile total verräuchert. Sie mußte sich mit einer Hand ihren Weg bahnen, während sie die andere, die immer noch das Messer festhielt, mit dem Rücken gegen ihren Mund preßte.

In diesem Teil des Klynschen Hauses war sie noch nie gewesen, so daß sie keine Ahnung hatte, wohin sie gehen mußte. Sie stolperte in ein Zimmer, von dem sie hoffte, daß es einen Ausgang ins Freie hatte. Den Kopf eingezogen, um möglichst wenig von den Rauchschwaden einzuatmen, die von der Decke herabwaberten, tastete sie die Wände ab nach einer Türöffnung. Vergeblich.

Dann fand sie ein Fenster. Das Gesicht gegen das rauchverschmierte

Glas gepreßt, wischte sie ein Stück der Scheibe sauber, um zu sehen, was oder wer sie draußen erwartete. Zwischen sich und dem Horizont sah sie aber nichts außer *Fynbos*-Gebüsch und Sand.

Plötzlich erschien ein brauner Fleck vor dem Fenster. Sina riß erschrocken den Mund auf. Unwillkürlich atmete sie eine ganze Portion Rauch ein, so daß sie würgen und keuchen mußte.

Zu dem Fleck gesellte sich das Geräusch von Pferdehufen. Mit tränenverhangenen Augen erhaschte Sina einen Blick auf den Reiter.

Karel! Es war Karel!

Sina wollte nach ihm rufen, doch sein Name verklemmte sich irgendwie in ihrer Kehle. Statt dessen gab sie ein nicht endenwollendes, markerschütterndes Husten von sich. Wild schlug sie gegen das Fenster.

Würgend, keuchend, mit den Händen nach dem Weg tastend, stolperte sie dann in die Halle. Der Rauch über ihr zog auf einmal rasch in eine bestimmte Richtung ab. Da mußte es einen Ausweg geben! Sie folgte der Richtung, die der Rauch nahm. Und da war sie – eine Hintertür, die weit offenstand. Oben durch die Türöffnung zog der Rauch ab.

Sina taumelte durch die Tür und brach gleich hinter der Schwelle zusammen. Sie purzelte zu Boden, senkte dabei aber nicht den Kopf. Ihre Augen waren fest auf ein Pferd und einen Reiter gerichtet, die durch die Nacht davongaloppierten.

„Karel!"

Ihre Stimme brachte nur noch ein Flüstern zustande. Während sich ihr Brustkorb und ihre Kehle in unaufhörlichen Hustenkrämpfen wanden, betete Sina: *O Gott, bitte mach, daß er sich umdreht und mich sieht! Bitte mach, daß er sich umdreht!*

Ganz in der Nähe erklang ein Xhosa-Schlachtruf. Die Krieger hatten Karel entdeckt und nahmen seine Verfolgung auf. Karel konnte nichts geschehen, das wußte sie. Sie waren zu Fuß und würden ihn niemals einholen. Doch dafür waren sie jetzt zwischen ihm und ihr, und selbst wenn er wüßte, daß sie da war, würde er nicht umkehren und ihr zu Hilfe eilen können.

In Sinas Rücken wurde das Prasseln des Feuers mittlerweile durch lautes Ächzen und Krachen verstärkt. Die Balken begannen nachzugeben. Sina rappelte sich hoch. Wenigstens hatte Karel die Aufmerksamkeit der Xhosa-Krieger vom Haus abgelenkt.

Das Messer in der Hand und ihr Bündel unter den Arm geklemmt, stakste sie in die Nacht hinaus. Hinter einer Gruppe von Büschen brach sie zusammen und sah hilflos Karel nach, der davonritt, ihrem Zuhause entgegen.

18

Die östliche Brise, die vom Indischen Ozean herüberwehte, war warm, die Nacht angenehm – eine typische Dezembernacht an der Grenze. Zwischen Piet Retief und Pfeffer reitend, nickte Christiaan nachdenklich zu dem, was sein aristokratischer Besucher über das *Trekking* sagte, das Projekt, weiter ins Landesinnere zu ziehen.

„Unser Vorschlag ist, ein Siedlungsgebiet einzurichten, in dem dieselben Freiheitsgrundsätze gelten, auf denen die Vereinigten Staaten von Amerika fußen."

Christiaan hob den Kopf und sah dem Sprecher direkt in die Augen.

„Das ist keine Utopie!" beharrte Retief. „Denken Sie darüber nach: Unser eigenes Land, aufgebaut auf den Wahrheiten, die uns kostbar sind, mit unseren eigenen Männern an der Spitze, Männern unserer Wahl und nicht Magistraten, die eine Tausende von Meilen entfernt residierende Regierung uns aufs Auge drückt und die nicht mehr über Südafrika wissen als das, was die Kirchenleute und Missionare ihnen erzählen!"

„Eine bestechende Idee", sagte Pfeffer leise, „das mußt du zugeben, Christiaan."

Christiaan hielt sich mit Kommentaren noch zurück.

„Anders als die amerikanischen Kolonisten", fuhr Retief fort, „sind wir nicht darauf aus, den Engländern um jeden Preis Territorien zu entreißen. Sie können ja dieses Gebiet hier gerne haben!" Dabei machte er eine weit ausholende Armbewegung, doch so, als wollte er das Land beiseite schieben. „Wir reden nicht einer Revolution das Wort, sondern einem Exodus, einem Auszug in unser eigenes Land der Verheißung, wo wir unter dem Gesetz Gottes leben werden!"

„Einem Exodus ..." Christiaan wog das Wort auf der Zunge und mußte eingestehen, daß es einen sehr gewinnenden Klang hatte.

„Das macht schon Sinn", sagte Pfeffer.

„Was ist mit den Kanaanäern?" fragte Christiaan.

Retief lächelte. „Sie meinen diejenigen, die gegenwärtig in unserem verheißenen Land leben, die Zulus."

Christiaan nickte. „Wie können wir sicher sein, daß wir nicht einen Feind gegen den nächsten eintauschen?"

Jetzt war Retief mit Nicken an der Reihe. „Ich verstehe Ihre Besorgnis und teile sie auch. Zweierlei als vorläufige Antwort: Erstens sagen die Berichte, die wir von denen erhalten, die uns schon voraus sind, daß das Land weitgehend menschenleer ist, daß es also für jeden, der dort leben möchte, Platz in Hülle und Fülle gibt. Zweitens werde ich alles tun, was in meiner Macht steht, um ein Freundschaftsabkommen mit unseren Nachbarn abzuschließen, bevor wir einen Ort besiedeln. Wir haben nicht die Absicht, irgend jemanden von seinem Land zu vertreiben."

„Ja, das macht Sinn", sagte Christiaan. „Mit dieser Verfahrensweise würde ich mich einverstanden erklären."

Retief beugte sich in seinem Sattel vor und sprach mit großer Leidenschaft weiter, um seiner Aussage noch mehr Nachdruck zu verleihen. „In der Tat macht das Sinn. Es ist ein aussichtsloses Unterfangen für uns, diese Kolonie von den Mißständen zu befreien, die sie gefährden. Die Vagabunden, die einst auf unseren Feldern gearbeitet haben, hängen jetzt auf unseren Straßen herum und schütten die Gerichte mit verleumderischen Anzeigen zu. Und wie sollen wir in einem Land, das von inneren Zwistigkeiten zerrissen ist, unseren Kindern eine friedliche, glückliche Zukunft aufbauen?"

„Das ist meine größte Sorge", sagte Christiaan, „meine Kinder. Es gibt an der Grenze schon genug natürliche Gefahren, denen sie ausgesetzt sind. Die müssen wir nicht noch dadurch überbieten, daß einer dem anderen eine Grube gräbt."

„Genau, was ich sage!" rief Retief, sichtlich erfreut, daß Christiaan sich nunmehr auf eine Diskussion einließ. „Wie Sie bin ich ein Mann des Friedens und habe den Wunsch, in meiner Nachbarschaft und unter meiner Regierung ein ruhiges Leben zu führen."

„Piet war einer der nachdrücklichsten Fürsprecher der Sklavenbefreiung", schaltete sich Pfeffer ein.

„Eine barbarische Sache, die Sklaverei", fügte Retief hinzu. „Sie wissen ja: Jahrelang haben sich viele von uns für Wege zu ihrer Beendigung eingesetzt, wie zum Beispiel die Freisprechung aller Sklavenkinder von Geburt an. Also, ich beklage mich nicht über die Abschaffung der Sklaverei, sondern über die schikanösen Gesetze, mit denen man sie durchgeführt hat."

Wieder nickte Christiaan nachdenklich. Er ertappte sich dabei, daß er das jedesmal tat, wenn Retief ein Wort benutzte, das ihm nicht vertraut war, so wie jetzt wieder „schikanös". So wie der Mann das Wort ausgespien hatte, mußte es etwas Übles bedeuten.

„Wir beklagen uns wegen des durch nichts zu rechtfertigenden Odiums, das von unaufrichtigen interessierten Kreisen namens der Religion über uns gebracht worden ist – Kreisen, denen man in England unter Ausschluß aller Gesichtspunkte, die zu unseren Gunsten ausschlagen, Glauben schenkt. Und das Ergebnis dieser Voreingenommenheit wird, wie sich ohne weiteres voraussagen läßt, der völlige Ruin des Landes sein!"

„Odium". Christiaan nickte nachdenklich.

Retief legte eine Pause ein und beobachtete, wie Christiaan reagierte. Dann fragte er: „Sie stimmen also mit uns überein?"

Die Frage traf Christiaan unvorbereitet. Er war immer noch damit beschäftigt zu überlegen, was wohl „Odium" bedeuten könnte. „Übereinstimmen?" stammelte er. „Na ja, prinzipiell tue ich das schon."

„Also werden Sie mit uns ziehen?"

Ein tiefer, leicht pfeifender Atemzug und ein langsames Kopfschütteln machten deutlich, daß Christiaan diese Konsequenz noch nicht ziehen wollte.

„Glauben Sie denn immer noch, daß Sie hier irgendwie weiterkommen können?" bohrte Retief nach.

Noch bevor Christiaan antworten konnte, hörten sie einen Schrei und gleichzeitg näher kommendes Hufgetrappel. Irgend jemand rief sie aus der Ferne an.

Die drei Männer wendeten ihre Pferde, um zu sehen, wer da auf sie zukam. Pfeffer machte seine Muskete schußbereit.

„Warte!" ermahnte Christiaan seinen Nachbarn, während er in die Dunkelheit hinausspähte. „Hat sich angehört wie Karel."

„Ein Freund?" wollte Retief wissen.

Christiaan nickte. „'n junger Mann. Vertrauenswürdig."

Die kurz angebundene Antwort zeigte an, daß sich die Stimmung aller drei Männer augenblicklich geändert hatte. Ein einsamer Reiter, der zu dieser späten Nachtstunde durch das offene Grenzland galoppierte, konnte nur eines bedeuten: Es gab Ärger.

Christiaan spürte, wie seine Bauchmuskeln sich strafften. Sein Atem kam kürzer, und der Puls ging schneller. Retiefs rechte Hand zerrte an den Zügeln seines Pferdes herum, während Pfeffer unbehaglich in seinem Sattel hin- und herrutschte und sein Gewehr in der Hand wog.

„*Mynheer* van der Kemp!" schrie Karel. „Gott sei Dank, daß Sie es sind – und *Mynheer* Pfeffer!" Retief nahm er nur mit einem Seitenblick zur Kenntnis.

„Was ist geschehen?" fragte Christiaan.

„Die Xhosa greifen an!"

„Wie viele?“ Retief schien es für selbstverständlich zu nehmen, daß er das Sagen hatte.

Karel antwortete nicht gleich, da er ja nicht wußte, wer der Fragende war. Unsicher gönnte er Retief einen zweiten Blick.

„Er gehört zu uns“, beruhigte Christiaan den Jungen.

„Er ist der Abschnittskommandant von Winterberg“, fügte Pfeffer hinzu.

„Tausende“, antwortete Karel, „vielleicht sogar noch mehr!“

„Bist du sicher?“ Retiefs Ton war streng.

„Karel ist keiner, der übertreibt“, bekräftigte Christiaan.

Retief nickte. „Wir müssen wissen, womit wir's zu tun haben: ob dies ein einzelner Überfall ist oder ein richtiggehender Krieg.“

„Das ist kein Überfall“, erwiderte Karel. „Sie haben alle Ansiedlungen nördlich von hier angegriffen. Ich wurde losgeschickt, um alle Leute im Süden zu warnen, weil sie jetzt in diese Richtung kommen.“

„Woher weißt du das?“ fragte Retief.

Diesmal legte Christiaan kein Wort für den Jungen ein. Piet Retief nahm die Führerrolle ein, die ihm zukam. Er verfügte über die nötige Erfahrung und wußte, wie man mit solchen Situationen umging. Wenn er führen sollte, brauchte er Informationen, die Karel ihm hoffentlich würde geben können.

„Ich hab' sie selbst gesehen“, sagte Karel. Falls er sich durch den brüsken Ton gekränkt fühlte, in dem Retief ihn befragte, ließ er sich nichts davon anmerken. „Sie sammeln sich beim alten Haus der Klyns.“

„Das Haus steht leer“, sagte Christiaan.

„Kann sein“, stellte Karel richtig.

„Du glaubst, daß dort jemand lebt?“ fragte Retief.

Karel zögerte. „Ich weiß nicht recht“, wand er sich. „Als ich losritt, wollte ich eigentlich keinen Stopp dort einlegen, nachdem die Klyns doch nach Norden abgezogen sind. Aber als ich vorbeikam, war es mir, als hätte ich ein Licht im Fenster gesehen. Also hab' ich angehalten.“

„Und – war jemand dort?“ drängte Christiaan.

Karel schüttelte den Kopf; es sah aus, als sei er sich selbst nicht im klaren. Seine Antwort bestätigte das: „Ich glaub' schon, aber ich bin mir nicht sicher.“

„Was soll das heißen?“ fragte Retief barsch. Offenbar konnte er mehrdeutige Antworten nicht leiden, wenn Menschenleben auf dem Spiel standen.

„Ich bin mir sicher, daß ich Licht gesehen habe", erläuterte Karel. „Und ich glaube, als ich das Haus betrat, rannte jemand nach draußen, aber gesehen hab' ich keinen. Bevor ich noch genauer nachsehen konnte, haben die Xhosa das Haus gestürmt und in Brand gesetzt. Ich bin selbst mit knapper Not davongekommen."

„Habt ihr irgendeine Idee, wer in dem Haus gewesen sein könnte?" fragte Retief.

Weder Christiaan, noch Karel, noch Pfeffer konnte sich irgend jemanden denken.

„Das Licht könnte von den Xhosa gekommen sein", gab Retief zu bedenken. Dann beendete er die Diskussion: „Wie auch immer, wenn Leute da waren, sind sie jetzt entweder geflohen oder tot."

Dagegen ließ sich nichts einwenden.

„Van der Kemp", rief Retief, „Ihr Haus ist das nächste, oder?"

„Erst kommt mein Haus, dann Pfeffers."

Retief wandte sich an Karel. „Du reitest mit Pfeffer und warnst alle Gehöfte südlich von hier. Jeder Mann und jeder Junge, der ein Gewehr tragen kann, soll sich bei van der Kemps Haus einfinden – sag ihnen das! Wir errichten dort unsere Stellung."

„Tu, was er sagt!" bekräftigte Christiaan.

„Wenn es Ihnen recht wäre", wandte Karel ein, „würde ich es vorziehen zu kämpfen. Wie wäre es, wenn Kootjie losreiten würde und ich hier bei Ihnen bliebe?"

„Wir haben jetzt keine Zeit für Diskussionen, Junge!" fuhr Retief ihn an, während er sein Pferd in Richtung des van der Kempschen Hauses herumriß. „Tu, was dir befohlen wird!"

Christiaan stimmte zu. „Kootjie ist vielleicht gar nicht zu Hause", sagte er in besänftigendem Tonfall, „und dann würden wir wertvolle Zeit vertun. Sag den Leuten Bescheid, so schnell du kannst, Karel, und dann komm zu meinem Haus. Wir werden dein Gewehr schon brauchen können."

Das schien Karel zufriedenzustellen. Zusammen mit Pfeffer galoppierte er davon.

Christiaan und Retief machten sich sofort zum van der Kempschen Gehöft auf. Christiaan mußte an Johanna, Sina und Kootjie denken. Während das Pferd unter ihm sein Letztes gab und die Landschaft rasend vorbeihuschte, betete er, daß Gott der Allmächtige seine Familie ein weiteres Mal bewahren möge.

* * *

Als Christiaan mit Retief ankam, ging Johanna vor dem Haus auf und ab. Niemals zuvor hatte Christiaan seine Frau derart erregt gesehen. Ihr Gesicht war erschöpft und tränenüberströmt. Sie sah aus, als bewegten sich all ihre Glieder nur zu dem einzigen Zweck, irgend etwas zu tun: Die Hände kneteten sich gegenseitig durch, die Füße wanderten ruhelos auf und ab. Ihr Kopf schnellte mal hierhin, mal dorthin, wo sie jeweils etwas gehört zu haben meinte. Ihr Mund brabbelte ohne Unterlaß vor sich hin – mochte sie nun mit sich selbst, mit Gott oder einfach ins Unbestimmte hineinreden.

Als sie Christiaan kommen sah, rannte sie ihm entgegen, was ihn aufs höchste beunruhigte. Johanna rannte niemals, sie pflegte nicht einmal zu eilen. Sie machte sich lustig über Leute, die ständig in Eile waren. „Es ist genug Zeit für alles“, pflegte sie zu sagen. „Manche Leute beeilen sich noch ins frühe Grab und werden sich dann damit brüsten, daß sie dort rascher hingekommen sind als alle anderen!“ Und jetzt rannte diese Frau, die es nie eilig hatte, so schnell sie konnte auf ihn zu. Und weinte dabei.

„Lob sei Gott dem Allmächtigen!“ rief sie aus. „Lob sei dem Herrn!“

Mit einem Riesensatz war Christiaan vom Pferd.

Retief hielt neben ihm an, blieb aber im Sattel und suchte den Horizont nach Zeichen der Xhosa ab.

Wäre ihr Gatte nicht ein stattlicher Mann gewesen, hätte Johanna ihn mit Sicherheit über den Haufen gerannt. Jetzt legte sie den Kopf an seine Brust und schluchzte so hemmungslos, daß man fast nicht verstehen konnte, was sie sagte. „Ihr wart alle ... Ich hab' gebetet, mein Gott – gestern abend, die Arbeiter ... Aber wie soll ich ..., wenn Sina fort ist – und Kootjie ...“

„Was ist mit Sina und Kootjie?“ schrie Christiaan. „Ist ihnen was passiert? Wo sind sie?“

Johanna verlor restlos die Beherrschung. Sie hatte jetzt regelrechte Weinkrämpfe und schlotterte dermaßen in den Knien, daß Christiaan sie aufrecht halten mußte.

Das war nicht die Frau, die er seit so vielen Jahren kannte. Ihr Zustand war ihm unerträglich. „Was ist mit Sina und Kootjie?“ wiederholte er mit lauterer und drängenderer Stimme.

Johanna gab durch nichts zu erkennen, daß seine Worte zu ihr durchdrangen. Sie zitterte und schluchzte, antwortete aber nichts.

„Bringen wir sie ins Haus“, schlug Retief vor.

Christiaan nickte und versuchte sich von Johanna loszumachen, um sie ins Haus zu führen. Doch sie umklammerte ihn mit aller Kraft.

„Johanna“, sagte er sanft, „du mußt mir sagen, was geschehen ist. Die Xhosa kommen!“

Irgendwie brachte Johanna es bei allem Schluchzen und Japsen fertig zu erwidern: „Ich weiß, ich weiß!“

„Dann weißt du auch, daß wir uns darauf vorbereiten müssen!“

Johanna stotterte fast unverständlich: „Erst du, dann die Arbeiter, dann Sina und Kootjie – das Haus ...“

„Los, schnell jetzt!“ drängte Retief.

Christiaan überhörte es und schrie Johanna an: „Sieh mich an!“

Ihr Kopf preßte sich weiter gegen seine Brust und bewegte sich keinen Millimeter.

„Sieh mich an!“ rief Christiaan noch einmal. Diesmal gelang es ihm, sie ein Stück von sich wegzuschieben. „Sieh mich an, Johanna!“

Endlich hob sie den Kopf, und das Schluchzen verebbte etwas. In ihren Augen sah Christiaan einen Funken der alten Johanna aufglimmen. „Wo sind Sina und Kootjie?“

Johanna schniefte und sagte weinerlich: „Weg ...“

Mit sanfter Gewalt einerseits und viel gutem Zureden andererseits schaffte Christiaan es, seiner Frau einen Bericht von den Ereignissen der Nacht zu entlocken.

Je länger Johanna redete, um so mehr wurde sie wieder Herrin ihrer selbst. Sie erzählte Christiaan, wie man sie gerufen hatte, um eine Streitigkeit unter den Arbeitern zu schlichten. Irgend jemand hatte von Verwandten, die jenseits des Flusses unter den Xhosa lebten, das Gerücht gehört, daß die Xhosa im Begriff seien, einen Angriff zu führen. Es hieß, dabei werde es sich nicht um einen der vielen Blitzüberfälle handeln, die an der Grenze nicht selten waren, sondern um einen richtiggehenden Krieg.

Der Zank brach aus, als die Arbeiter darüber redeten, wie sie sich verhalten sollten, wenn die Xhosa angriffen. Drei Ansichten wurden laut, jede vertreten durch einen energischen Sprecher: Einige wollten vor dem Angriff flüchten. Eine loyale Minderheit wollte an Ort und Stelle bleiben und an der Seite der Siedler kämpfen. Eine dritte Gruppe, bestehend aus aggressiven Unruhestiftern, trat dafür ein, die Arbeiter sollten selbst das van der Kempsche Haus stürmen und als Friedensbitte die Familie den Xhosa ausliefern. Diese letzte Gruppe teilte sich darauf in zwei Parteien: Die einen wollten die van der Kemps lebend übergeben, die anderen dagegen ihre Leichname.

Im Laufe der Auseinandersetzung wurden aus Zornausbrüchen Handgreiflichkeiten, dann flogen die Fäuste, und schließlich wurde mit Mistforken gegeneinander gekämpft. Früher hätte man Jama herzugerufen, der den Streit hätte schlichten können, lange bevor er derart eskalierte. Aber Jama war nicht mehr da. Und noch ehe jemand auf die Idee kam, zu den van der Kemps zu eilen und Hilfe zu holen, war die Situation aus dem Ruder gelaufen.

Es zeigte sich, daß Johanna diesen Streit nicht beizulegen vermochte. Als sie beim Quartier der Arbeiter ankam, versuchten die Xhosa-Sympathisanten sie zu ergreifen, während die loyale Gruppe sich Mühe gab, sie zu schützen. Wenn es nicht zwei Männer gegeben hätte, die ihre eigenen Körper als Schutzschilde für sie einsetzten, wäre sie aller Wahrscheinlichkeit nach nicht mehr davongekommen.

Sie rannte zum Haus zurück, und dort angekommen, entdeckte sie, daß Sina fort war. Nachdem sie das ganze Haus nach ihr durchsucht und im Freien nach ihr gerufen hatte, konnte sie nur einen Schluß ziehen: Einige der feindseligen Arbeiter mußten sie verschleppt haben. Vielleicht hatten sie sie sogar umgebracht.

Weil sie nicht wußte, wo Christiaan zu finden war, und um ihr eigenes Leben fürchten mußte, rannte Johanna die Hügel hinauf, wo Kootjie mit den Tieren war. Den Jungen packte die kalte Wut, als er hörte, was in den Arbeiterhütten vorgefallen war. Ungeachtet der tränenreichen Bitten seiner Mutter, er solle doch bis Tagesanbruch warten, wenn sein Vater zurückkehren werde, bestieg Kootjie sein Pferd und ritt in Richtung der Arbeiterunterkünfte davon, um seine Schwester zu retten. Seitdem hatte Johanna ihren Sohn nicht wiedergesehen.

Wieder daheim angekommen, hoffte Johanna, Sina wartend vorzufinden und eine simple Erklärung für ihre Abwesenheit zu hören. Doch weder Sina noch Kootjie waren da. Statt dessen standen Türen und Läden sperrangelweit offen, und ihr Hausrat flog in der ganzen Gegend umher.

Da näherte sich ihr eine Rotte der aufrührerischen Arbeiter. Irgendwie hatte sie es noch geschafft, die Läden zu verriegeln und die Tür abzuschließen, bevor die Männer sie erreichen konnten. Den Rest der Nacht hatte sie dann in ihrem ausgeplünderten Haus gehockt und blindlings ein geladenes Gewehr auf die Tür und die Fenster gerichtet, während von draußen Männerfäuste, Mistgabeln und sonstige Gerätschaften gegen die Mauern krachten und ein Gewirr von Stimmen wüste Flüche schrie, teils halblaute Morddrohungen ausstieß. Erst beim ersten Morgengrauen verschwanden die Arbeiter.

Die Stille, die drauf eintrat, war schlimmer. Sie machte einen fast verrückt.

Sina war die ganze Nacht ausgeblieben, und auch Kootjie hätte von seinem Rettungsversuch bei den Arbeiterhütten längst zurück sein müssen. Selbst Christiaan war noch nicht da. Je länger es dauerte, das wußte Johanna, um so mehr schwanden seine Chancen. Es war eine alte Erfahrung, daß die Männer, die nachts auf Patrouille waren, wenn die Xhosa angriffen, als erste über die Klinge sprangen, damit sie nicht die anderen Siedler alarmieren konnten.

Halb benommen stolperte Johanna zwischen den Trümmern ihres Haushalts umher, sah hier ein gelbes Kleid, das Sina gehört hatte, dort einen einzelnen Stiefel, der Kootjie schlagartig zu klein geworden war, Christiaans Sonntagshut plattgetreten im Schmutz. Dann stand sie unter einem bleigrauen Himmel und mußte sich sagen, daß man wohl ihre ganze Familie umgebracht hatte und sie allein übriggeblieben war – jetzt, wo Tausende von Xhosa-Kriegern sich im Anmarsch auf das Land der Siedler befanden.

„Und dann sah ich auf ..." Erneut füllten sich Johannas Augen mit Tränen. „Zuerst dachte ich, ich hätte den Verstand verloren, weil ich mir plötzlich einbildete, dich zu sehen ..." Sie umschlang ihn mit aller Kraft. „Aber du lebst wirklich ... Du lebst doch, oder?"

„Sie kommen!"

Retief sagte das ganz ruhig, als spräche er über das Wetter von morgen. Aber am Horizont ballte sich ein Sturm aus dunkelhäutigen Kriegern zusammen, die in geordneten Reihen auf sie zumarschiert kamen.

Christiaan hob Johanna auf sein Pferd, und die drei ritten zum Haus hinüber.

Wieder übernahm der kampferfahrene Abschnittskommandant die Führung. „Gewehre und Munition her!" befahl er. „Alles, was an Schießpulver da ist! Christiaan, fang mit dem Laden an! Johanna, sehen Sie zu, daß alle Fenster gesichert sind!"

Christiaan stolperte durch das Chaos ihres auf dem Boden verstreuten Hausrats. Nach Gewehren und Munition zu verlangen war das eine, sie in diesem Schutt zu finden das andere. Er durchwühlte Haufen von Kleidungsstücken, Töpfen, Pfannen, Bettzeug, von Papieren und anderen persönlichen Habseligkeiten, keinen Augenblick vergessend, daß hinter den Mauern die Xhosa auf sein Haus zumarschiert kamen.

Nichts von dem, was er suchte, konnte er finden, was ihn auch nicht weiter überraschte, denn selbstverständlich gehörten Waffen und Munition zu den ersten Gegenständen, die Plünderer mitzunehmen pflegten. Und doch suchte er weiter – vielleicht hatten sie etwas übersehen.

Plötzlich war das Geräusch eines näher kommenden Pferdes zu hören, und wie ein Mann hoben alle drei die Köpfe und spitzten die Ohren in Richtung der offenstehenden Tür.

Johanna rannte als erste zur Tür.

„Kootjie!"

Sofort war Christiaan ebenfalls zur Stelle. Was er sah, waren zwei Jungen, die zusammen auf einem Pferd ritten.

Vorne saß Karel, während ein völlig erschöpfter Kootjie sich mühsam an seine Taille klammerte. Sie ritten direkt zur Tür, und Christiaan half seinem Sohn vom Pferd. Das Gesicht des Jungen war blutig und aufgequollen, die Augen halb zugeschwollen. Als seine Füße den Boden berührten, konnte er sich kaum auf den Beinen halten. Christiaan mußte ihn stützen.

„Ich fand ihn neben der Straße, gleich hinter den Arbeiterhütten", sagte Karel mit einem Seitenblick auf die Xhosa, die jetzt eine lange Linie bildeten, die bis zum Fluß hinabreichte. Niemand vermochte zu sagen, wie viele von ihnen noch nicht einmal in Sicht waren.

„Rein mit dem Jungen!" befahl Retief. Dann schnauzte er Karel an: „Und du, sieh zu, daß du wegkommst!"

Karel sah erneut zu den Xhosa hinüber und sagte: „Ihr braucht mich hier."

„Was wir hier brauchen, sind hundert Mann mehr!" brüllte Retief. „Schaff sie her!"

„Er hat recht, Karel", stimmte Christiaan zu. „Einer mehr oder weniger macht hier keinen Unterschied."

Karel zögerte immer noch. Er linste an Christiaan vorbei ins Haus und sagte sorgenvoll: „Sina?"

Kootjie mußte es ihm erzählt haben. Christiaan aber fand keine Worte aus Sorge, Schmerz und Enttäuschung und schüttelte nur grimmig den Kopf. Dann sagte er mit bebender Stimme: „Das Beste, was du tun kannst, ist, Hilfe zu holen. Los jetzt!"

Äußerst widerstrebend ritt Karel davon.

„Danke, Karel!" rief Johanna, Kootjie im Arm, gellend hinter ihm her. „Gottes Segen! Möge er seine Hand über dich halten!"

Sie halfen Kootjie ins Haus und betteten ihn auf den Fußboden. „Die ... Arbeiter!" stammelte er. „Sie ham mich ... geschnappt. Von Sina ... keine Spur!"

„Um Gottes willen", unterbrach Retief, „für Erklärungen werden wir nachher Zeit haben! Jetzt müssen wir uns erst mal um die Xhosa kümmern. Christiaan, hast du noch 'n paar Waffen samt Munition gefunden?"

„Keine."

„Kootjie", sagte Retief, „wo ist dein Gewehr?"

„Haben die Arbeiter genommen."

„Also bleiben uns zwei", stellte Retief, an Christiaan gewandt, fest, „deines und meins."

Christiaan ging zur offenen Tür und spähte zur Kampflinie der Xhosa hinüber. Wie beim letztenmal sah er sie sein Vieh Richtung Fluß treiben.

„Wir haben keine Chance", sagte er. „Sie sind zu viele."

„Ich gebe dir recht", sagte Retief, womit er eingestand, daß sie Haus, Hof und Vieh der van der Kemps den Xhosa überlassen mußten. „Der Junge kann bei mir mit aufsteigen, deine Frau bei dir. Vielleicht sieht's bei den Pfeffers günstiger aus."

Christiaan hob die Hand und sagte: „Noch nicht. Vielleicht treffe ich jemanden, den ich kenne – einen Freund. Ich bin gleich zurück."

Damit verließ er das Haus und ging auf die Xhosa-Schlachtreihe zu.

„Ich komme mit dir!" rief Retief und schnappte nach seinem Gewehr.

„Laß die da!" verlangte Christiaan, indem er auf die Flinte zeigte. Retief wollte widersprechen, aber er schnitt ihm das Wort ab: „Selbst wenn wir sie brauchten, würde sie uns jetzt kaum was nützen, oder?"

Retief fügte sich der Logik der Hoffnungslosigkeit und übergab seine Waffe Kootjie.

Christiaan sprach seinen Sohn an und sagte: „Kannst du reiten?"

Kootjie verbiß sich den Schmerz und rappelte sich hoch. „Ich kann kämpfen."

„Gut zu wissen, falls wir dich brauchen sollten", sagte Christiaan. „Aber erst mal will ich, daß du und deine Mutter die Pferde nehmt, die hinterm Haus sind. Haltet euch bereit zum Aufbruch."

Kootjie wollte irgendwas sagen.

Sein Vater winkte ab. „Tu, was ich dir sage! Sollte uns irgendwas zustoßen, dann will ich, daß du deine Mutter hier wegbringst, verstanden?"

Kootjie umklammerte das Gewehr und sagte: „Aber ich kann doch ..."

„Falls was passiert, schaffst du deine Mutter von hier fort!" rief Christiaan. Es klang strenger, als er beabsichtigt hatte.

Kootjie gab sich geschlagen.

„Ich zähle auf dich, mein Sohn", sagte Christiaan leise. Dann sah er Johanna an, und ihre Augen fanden sich. Es war keine Zeit mehr, all die Dinge zu sagen, die er sagen wollte und die gesagt werden mußten. Also versuchte er es gar nicht erst, sondern sah einfach seiner Frau in die Augen. Er wußte, daß sie ihn auch ohne Worte verstand.

Christiaan van der Kemp rückte seinen Hut zurecht und stapfte, einen eigentümlich schweigsamen, aber rüstig schreitenden Piet Retief an seiner Seite, auf die Reihen der Xhosa zu. Wie beim letztenmal traten drei mit Leopardenfellen und Federputz geschmückte Xhosa aus dem Glied und kamen ihnen entgegen.

„Siehst du deinen schwarzen Freund?" flüsterte Retief.

„Nein." Daß Jama nicht da war, löste bei Christiaan gemischte Gefühle aus. Einerseits hätte Jama helfen können, eine friedliche Vereinbarung zu treffen wie beim letztenmal. Andererseits konnte Christiaan sich nicht vorstellen, wie er auf einen Jama in Xhosa-Aufzug reagieren würde, vor allen Dingen, wenn es der Aufzug eines Kriegers war.

Dem Xhosa-Häuptling gegenüber blieb Christiaan stehen. Der Mann sah genauso aus wie bei ihrem letzten Zusammentreffen. Nur der Blick seiner Augen war anders, selbstsicherer. Es war der Blick eines Mannes, der etwas wußte, was ihm in der anstehenden Verhandlung eine überlegene Position einräumte.

„So treffen wir uns also wieder", sagte Christiaan.

Erst in diesem Augenblick fiel Christiaan ein, daß er niemanden dabeihatte, der übersetzen konnte! Wo war sein Verstand geblieben? Der Häuptling gab durch nichts zu erkennen, ob er Christiaans Gruß verstanden hatte.

Doch dann sagte der Häuptling, breit vor Genugtuung grinsend, auf afrikaans: „Diesmal Kupferkessel nix genug." Diesen Ausspruch hatte er offenkundig auswendig gelernt, denn jedes Wort kam für sich allein über seine Lippen, ohne Verbindung oder sinnvolle Betonung.

„Kupferkessel?" fragte Retief.

„Eine Geste guten Willens, als wir das letztemal miteinander zu tun hatten", erklärte Christiaan.

Ohne auf Christiaans Antwort zu warten, die er ja ohnehin nicht verstanden hätte, ließ der Häuptling seinen nächsten eingeprägten Satz vom Stapel.

„Mein Leute – Hunger", sagte er unbeholfen. „Dies unser Land, unser Vieh."

Damit war die Rezitation vorbei, das war klar. Der Häuptling hatte seine Botschaft angebracht – eine Botschaft, die an Feindseligkeit nichts zu wünschen übrigließ.

Christiaan sah an dem Häuptling vorbei. Er hoffte irgendwo Jama zu entdecken.

Der Häuptling sagte noch etwas, das Christiaan nicht verstand, drehte sich um und kehrte zu seiner Kriegerfront zurück.

„Damit wären die Verhandlungen denn wohl beendet", stellte Retief fest.

„Wenn ich bloß Jama entdecken könnte", sagte Christiaan, ohne die Augen von den aufgereihten Kriegern zu wenden. Doch alles, was er sah, waren zornige, hungrige fremde Gesichter, die ihn anstarrten.

„Sehen wir zu, daß wir hier wegkommen!" Retief wandte sich zum Gehen.

Doch Christiaan rührte sich nicht vom Fleck. „Jama!" schrie er. „Komm raus zu mir, wenn du da irgendwo bist!"

Sein Ruf bewirkte durchaus eine Reaktion, aber nicht die erhoffte. Die Krieger begannen sich zu regen. Vielleicht paßte ihnen der Ton nicht, in dem er sie angerufen hatte.

Eine Hand griff nach Christiaans Arm. „Ich schlage mit allem Nachdruck vor, daß wir jetzt abhauen", sagte Retief.

Christiaan begann rückwärts zu gehen, suchte aber immer noch nach Jama. Vielleicht würde er doch aus der Front hervortreten! Erst als sie weiter weg waren, drehte er sich um und ging neben Retief her.

„Was wär' das auch für 'n Freund, der gegen dich in die Schlacht zöge", bemerkte Retief.

Damit hatte er recht. Natürlich war Jama nicht hier. Wie hatte Christiaan das nur annehmen können? Wäre er hier, so würde der Häuptling von ihm erwarten, seine Kenntnis der Gegebenheiten auf den Siedlerhöfen zum Vorteil der Xhosa einzubringen. Und das würde Jama nicht tun. Kein Freund würde Leben und Eigentum seines Freundes in Gefahr bringen.

Christiaan fing an, über ihren nächsten Zug nachzudenken: die Flucht.

Ihnen blieb keine Wahl. Sein Vieh war fort. Sein Hausstand lag verstreut, und sie hatten keine Zeit, ihre Besitztümer zusammenzusammeln. Außer Flucht blieb ihnen nichts übrig. Alles, was er besaß und wofür er viele Jahre geschuftet hatte, mußte er diesen Xhosa überlassen.

Als sie am Haus ankamen, warf Christiaan einen letzten raschen Blick ins Innere, sah dann über die Schulter zurück, dahin, wo sich die feindlichen Krieger befanden.

„Los also!" sagte er.

Sie rannten zur Rückseite des Hauses, wo Johanna und Kootjie mit den beiden Pferden auf sie warteten. Unter Gebrüll und Verwünschungen der Xhosa-Horde als Begleitmusik galoppierten sie in Richtung des Pfefferschen Anwesens davon.

Unterdessen waren sie keinen unmittelbaren körperlichen Gefahren ausgesetzt. Die Xhosa waren zu Fuß und konnten nicht mit den Pferden mithalten.

Als sie sicheren Abstand gewonnen hatten, hielt Christiaan sein Pferd für einen Augenblick an, um zurückzuschauen. Über dem Haus, das bereits hinter einer Wand aus Flammen verborgen war, stieg eine schwarze Rauchsäule gen Himmel. Wie Ameisen rannten Xhosa-Krieger in alle Richtungen, sammelten Kleidungsstücke und andere Habseligkeiten auf, die auf der Erde verstreut lagen. Christiaan sah auch, wie sie die letzten Tiere seiner Herde über den Kamm des Hügels wegtrieben.

Von hinten klammerte sich Johanna an ihn und weinte. Er konnte die Wärme ihres Atems an seinem Hals spüren, während sie immer und immer wieder flüsterte: „Sina – guter Gott, wo ist sie bloß ... Sina, meine liebe, liebe Sina ..."

Gerade als Christiaan den Zügel packte, um das Pferd wieder in die Richtung zu lenken, in der Pfeffers Hof lag, sah Christiaan den Mann, und er konnte nicht glauben, was er sah. Oben auf einer Hügelkuppe stand er und starrte ihn unbeweglich an. Er trug den Putz eines Kriegers der Xhosa. Es war Jama.

19

In Pfeffers Haus warteten sie auf einen Angriff, der nicht eintraf. Christiaan, Retief und Pfeffer lauerten, die Gewehre im Anschlag, an den Fenstern, nachdem sie in aller Eile Pulverhörner, gefettete Lappen und Schrotkugeln neben sich bereitgelegt hatten.

Kootjie konnte seine Freude nicht verhehlen, daß auch er und Conraad Plätze an den Fenstern zugewiesen bekamen, wenn auch an der Seite des Hauses, an der sie am wenigsten mit einem frontalen Angriff rechneten. Normalerweise hätten sich die Jungen damit begnügen müssen, für die Männer nachzuladen, doch diesmal verlangte die große Anzahl der Xhosa-Krieger, daß sie sich unmittelbar am Kampf beteiligten, zumindest so lange, bis Verstärkung eintreffen würde. Das Nachladen der Gewehre blieb den Frauen überlassen. Allerdings waren nur zwei Frauen anwesend.

Erneut machte sich Sinas Fehlen nachhaltig bemerkbar, und zwar sowohl praktisch als auch emotional. Wenn andere die Waffen nachluden, war es möglich, daß eine Handvoll Schützen eine kleinere Horde angreifender Xhosa in Schach halten konnte. Wenn ein Mann jedoch zwischen den Schüssen seine Flinte selbst nachladen mußte, verringerte sich seine Schußkraft enorm – ein Nachteil, den sich die im Pfefferschen Haus verbarrikadierten Siedler kaum erlauben konnten.

Inzwischen wußten sie, daß Karels Einschätzung des Angriffs zutreffend gewesen war. Dies hier war kein gewöhnlicher Überfall, nicht eine der üblichen Männlichkeitsproben der Xhosa, bei denen ein junger Bursche sich beweisen mußte, indem er ein einsames Gehöft heimsuchte, um den Afrikaandern ein paar Stück Vieh zu stehlen. So wie es aussah, war für diese Offensive das ganze Xhosa-Volk mobilisiert worden. Wenn die Siedler diesen Kampf überstehen wollten, brauchten sie jeden Mann und jede Frau – einschließlich junger Mädchen wie Sina.

Erst am späten Vormittag traf Verstärkung auf dem Pfefferschen Gehöft ein, freilich bestand sie nur aus einem einzigen Mann: Karel de Buys.

Er brachte keine ermutigenden Nachrichten mit: Alle umliegenden Höfe hatten sich schwerer Angriffe zu erwehren. Die Häuser standen in Flammen, und mehr und mehr Menschen kamen um. Unter Ausnutzung seiner besseren Beweglichkeit hatte Karel die Linien der Xhosa durchbrechen müssen, um den Pfefferschen Hof überhaupt erreichen zu können. Er teilte Retief mit, daß sie nicht mit Unterstützung durch andere Siedler rechnen konnten.

Lastende Stille folgte auf Karels Bericht – die Art von Stille, mit der man gewöhnlich auf eine Todesnachricht reagiert. Mit Ausnahme der Zwillinge, die in einer Ecke des Zimmers quietschvergnügte Laute von sich gaben, spürte jeder, was diese Nachrichten bedeuteten. Ihre düstere Lage war noch ein ganzes Stück düsterer geworden.

„Was ich nicht begreife, ist die Strategie der Xhosa“, sagte Retief. „Vielleicht übersehe ich irgendwas, aber so ergibt das Ganze für mich überhaupt keinen Sinn. Wieso ziehen sie an diesem Haus vorbei, aber die weiter südlich liegenden greifen sie an?“

„Vielleicht haben sie geahnt, daß wir uns hier verschanzen würden“, meinte Christiaan.

„Schon möglich, schon möglich ...“ Mit Daumen und Zeigefinger knetete Retief seine Unterlippe, während er überlegte, wie realistisch Christiaans Antwort war. „Indem sie uns links liegen lassen, können sie die Höfe im Süden überfallen, bevor sie ...“ Jäh unterbrach er sich und zeigte auf Kootjie und Conraad. „Geht an die Rückseite des Hauses“, befahl er ihnen, „und haltet scharf Ausguck! Wenn ihr irgendeine Bewegung seht – und ich meine: *irgendeine* –, schreit ihr, so laut ihr könnt! Verstanden?“

Kootjie und Conraad befolgten Retiefs Befehl, rafften ihr Pulver und Schrot zusammen und krochen auf den Knien zur Südseite des Hauses. Doch Retief hielt sie noch einmal auf und sagte: „Ich hoffe, ihr habt mir gut zugehört: erst schreien – nicht schießen!“

„Jawohl, *Mynheer* Retief!“ sagten die Jungen voller Eifer und wie aus einem Munde, bevor sie endgültig im hinteren Teil des Hauses verschwanden.

„Jetzt bleibt uns nichts weiter zu tun, als abzuwarten und zu sehen, ob du recht hattest“, sagte Retief zu Christiaan.

Damit nahm jeder seinen Platz wieder ein. Karel richtete sich unter dem Fenster ein, wo vorher die Jungen gekauert hatten.

Christiaan sah ihm dabei zu, wie er seine geladene Waffe überprüfte und sein Schießpulver neben sich bereitlegte. Seine Finger brauchten mehrere linkische Versuche für Handgriffe, die ein erfahrener Bure, auch ein so jugendlicher wie Karel, normalerweise selbst im Dunkeln oder in vollem Galopp auf einem Pferderücken in Sekundenschnelle erledigen konnte.

Christiaan ging zu ihm hinüber und flüsterte: „Alles in Ordnung mit dir?“

„Klar. Warum nicht?“ Karel zuckte die Schultern, und seine Stimme war fest. Was ihn verriet, war die Nervosität seiner Hände. Fahrig versuchte er einen Munitionsbeutel in seinen Patronengurt einzuklinken. Dabei schüttete er den Beutel aus, und runde Schrotkugeln kullerten auf dem ganzen Holzboden umher.

Retief, der seinen Ausguck am Fenster nicht verlassen hatte, warf bei dem Geräusch der verschütteten Geschosse einen mißbilligenden Blick über die Schulter, sagte aber nichts und konzentrierte sich gleich wieder auf die Richtung, aus der er den Angriff erwartete.

Karel kniete sich hin und gab sich alle Mühe, die losen Kugeln wieder in den Lederbeutel zurückzubefördern.

Auch Christiaan hielt mit dem Fuß ein paar Kugeln auf und gab sie Karel ohne ein Wort oder auch nur eine Geste zurück, so als wäre ihm Hunderte von Malen dasselbe passiert.

Während Karel damit beschäftigt war, die letzten Kugeln in den Beutel zurückzustopfen, stützte sich Christiaan an der Wand ab und ließ seine Blicke über das Geschehen im Zimmer schweifen. Die Zwillinge saßen Angesicht in Angesicht auf dem Boden und waren damit beschäftigt, einen Turm aus Bauklötzen zu bauen. Johanna und Angenitha lehnten ähnlich wie Christiaan an einer Wand, wobei sie sich Schulter an Schulter aneinanderkauerten. Johanna hielt die Augen geschlossen und hörte Angenitha zu, die ihr anscheinend ein paar tröstliche Worte sagte, jedenfalls sprach sie ihr leise ins Ohr. Johannas Wangen glänzten feucht. Vorne an den Fenstern hielten Retief und Pfeffer unablässig Wache.

„Wieviel hast du letzte Nacht geschlafen?“ fragte Christiaan Karel.

„Ich hab’ zwei Tage nicht geschlafen“, war die Antwort. „Vorletzte Nacht bin ich auf Patrouille gewesen, und gestern abend kam ich gerade vom Feld nach Hause, als wir die Xhosa zum erstenmal sahen.“

Christiaan nickte väterlich. „Waren ein paar harte Tage für dich“, sagte er. „Kein Schlaf, die ganze Nacht und den Vormittag im Sattel, und dann die Dinge, die du mit angesehen hast – die vielen Kämpfe, die brennenden Häuser, die Sterbenden ...“

Karel erwiderte nichts.

Christiaan sah ihm noch eine Weile zu und sagte dann: „Dein Onkel, das ist ’n guter Mann. Ich kenne keinen besseren – wirklich, ein guter Mann, ein Kämpfer wie kein zweiter.“

Karel überprüfte zum zweitenmal sein geladenes Gewehr.

„Weißt du, mein Junge, was immer deiner Familie widerfahren mag, ich bin sicher, daß dein Onkel mit Gottes Hilfe einen Ausweg finden wird.“

Karel sah ihn so verständnislos an, als wäre Christiaan in eine andere Sprache gefallen, von der der Junge kein Wort begriffen hätte. Doch nach einer Weile glimmte in seinem Blick ein Funke von Verstehen auf. „Oh, mein Onkel – ja, sicher ...“, stammelte er. Dann, mit einem Rundblick durchs Zimmer, um sicherzugehen, daß niemand hörte, was er sagte: „Aber mein Onkel liegt mir nicht auf der Seele. Es ist wegen Sina. Ich kann mir nicht helfen, aber ...“

Karel biß sich auf die Lippen, griff sich einen Putzlumpen und begann den Kolben seines Gewehrs zu wienern.

„Schon gut, Junge. Sag's ruhig. Nicht daß ich nicht auch schon dran gedacht hätte.“

Karel rubbelte so fest auf dem hölzernen Kolben herum, daß es quietschte. „Ich krieg' das Bild nicht aus dem Kopf“, sagte er schließlich gepreßt, „immer seh' ich Sina, wie sie von 'n paar Xhosa davongeschleift wird.“

Diese schreckliche Vorstellung hatte auch Christiaan zu schaffen gemacht. Doch immer wenn sie hochkommen wollte, hatte er es fertiggebracht, sie irgendwo tief in seinem Inneren zu vergraben, so daß er sich nicht damit auseinandersetzen mußte. Bis jetzt. Karels Worte hatten alles noch verstärkt, und nun konnte Christiaan machen, was er wollte, die Gedanken verschwanden nicht mehr. Seine Augen füllten sich mit Tränen, die auf seinen staubverkrusteten Wangen feuchte Spuren hinterließen.

„Entschuldigen Sie“, sagte Karel, als er sah, was seine Worte bei Christiaan anrichteten, und wischte sich seinerseits die Tränen ab. „Ich hätte dran denken müssen ..., schließlich sind Sie ihr Vater. Es ist nur – wo sollte sie sonst abgeblieben sein?“

Mit einer trägen Handbewegung überging Christiaan die Entschuldigung des Jungen. „Solange wir nicht mehr wissen als jetzt“, sagte er, „bleibt uns nichts anderes übrig, als sie einfach in Gottes Hand zu befehlen.“

Dann saßen sie schweigend nebeneinander. Christiaan sah verstohlen zu den anderen hinüber: Es wäre ihm unangenehm gewesen, wenn sie seine Schwäche mitbekommen hätten. Doch die Zwillinge waren nach wie vor mit ihren Klötzchen beschäftigt, und Retief und Pfeffer spähten regungslos aus den Fenstern.

Dann fragte Karel: „Können wir das tun? Jetzt sofort?“

„Können wir was tun?“

„Sina in Gottes Hand befehlen.“

Je mehr Christiaan mit diesem Jungen zu tun hatte, um so mehr gefiel er ihm. Er nickte zustimmend und schloß die Augen, wobei ein paar Tränen herausquollen und ihm die Wangen hinunterliefen. Dann betete er mit gebeugtem Kopf und einer Stimme, die so gedämpft war, daß nur Karel und er selbst die Worte hörten: „O du allmächtiger, allwissender Gott, der um alles weiß und an dem alles vorbei muß, wir flehen dich an, daß du für uns tust, was wir selbst nicht tun können, nämlich Sina vor den Xhosa beschützen. Du weißt, wo sie ist und wie's ihr jetzt geht ... Ob sie sie gefunden haben oder nicht ..." Christiaan versagte die Stimme. Mit letzter Kraft bezwang er die Gefühle, die in ihm aufstiegen, aber weitersprechen konnte er nicht.

„Beschütz sie und halt deine Hand über sie", setzte Karel an seiner Stelle das Gebet fort, „so wie nur du es kannst. Wir befehlen Sina deiner Liebe und Fürsorge an."

„Amen", flüsterte Christiaan.

In der nächsten Stunde wurden nur wenige Worte gewechselt. Die Männer blieben auf ihren Posten, bis ihnen alle Gelenke weh taten. Von Zeit zu Zeit stand einer auf, reckte sich knurrend und nahm aufs neue seine Stellung ein. Draußen vorm Haus war keine Bewegung zu beobachten außer dem ziellosen Herabstoßen eines Schwarms schneeweißer Reiher und dem geschäftigen Herumhüpfen kleiner Bodenbewohner, die auf der Suche nach ihrer täglichen Nahrung von einer Deckung zur nächsten flitzten.

Gegen Mittag bereiteten die Frauen eine Mahlzeit aus Fleisch und Brot, die sie den Männern an der Vorderfront und den Jungen im hinteren Teil des Hauses reichten. Es war ein trockenes Mahl, auf dem sie schweigsam herumkauten. Am Horizont, dort, wo benachbarte Farmen lagen, stiegen mehr als ein Dutzend Rauchpilze auf – hohe Säulen, die das Firmament einzufassen schienen wie ein gespenstischer Pferch.

In unbehaglichem, gereiztem Schweigen verfloß der Nachmittag.

Als es dämmern wollte, kam endlich von Süden her ein Reiter heran, ein älterer Mann mit schlaffen Wangen und so ausgeprägten weißen Strähnen im Haar, daß von dessen ursprünglicher brauner Farbe kaum noch etwas übrig war. Auch sein Bart war struppig, grau und ausgefranst. Auf seiner Oberlippe wuchsen keine Haare, dafür war sie schmutzig. Von seiner Nase quer hinüber zum einen Ohr zog sich, wohl nachdem er sich mit einem verdreckten Ärmel durchs Gesicht gewischt hatte, eine sandige Dreckspur. Seine Hemdsärmel hatten an beiden Unterarmen blutige Flecken, wobei es sich offenbar nicht um sein eigenes Blut handelte, denn es waren nirgendwo an ihm Verwundungen zu sehen. Seine Hände waren von Schießpulverrückständen und undefinierbarem Schmutz dick verkrustet.

Im Gegensatz dazu traten Retief, Christiaan und die anderen nur leicht zerknittert vor das Pfeffersche Haus. Der Reiter zeigte sich verdutzt über ihre makellose Erscheinung und den völlig intakten Zustand von Pfeffers Wohnhaus und Wirtschaftsgebäuden.

„Wie habt ihr sie in Schach gehalten?“ rief er.

„Sie waren überhaupt noch nicht hier“, sagte Retief.

„Sie waren noch nicht hier?!“

Das schien das Fassungsvermögen des Reiters zu überfordern. Er beschrieb das Gemetzel und die Zerstörungswut, die auf den umliegenden Gehöften getobt hatte. Die Einzelheiten waren schauderhaft. Ganze Familien waren abgeschlachtet worden, die Häuser bis auf die Grundmauern abgebrannt. Alles lebende Inventar hatten die Xhosa über den Fluß davongetrieben.

„Sie kommen wie Heuschreckenschwärme“, sagte der Mann, „und zerstören und töten alles, was ihnen vor die Augen kommt. Sie fressen das Land ratzekahl.“

„Kommen sie in diese Richtung?“ fragte Christiaan.

Der Reiter musterte das Haus und das bestellte Land drumherum, als hätte er dergleichen nie zuvor gesehen. „Nein“, antwortete er dann. „Sie sind weiter nach Süden gezogen. Nichts haben sie übriggelassen außer dieses Haus hier. Was meint ihr, warum haben sie's ausgelassen? Gehört es dir?“ Die Frage ging an Christiaan.

„Nein, Pfeffer hier.“ Christiaan nickte in Richtung seines scheuen Nachbarn.

„Mein lieber Freund, auf dich hat Gott aber wirklich aufgepaßt“, sagte der Reiter und mußte immer noch den Kopf schütteln. Mit einem letzten Blick auf das unangetastete Haus entschuldigte er sich und ritt weiter gen Norden.

Wäre nicht sämtlichen Nachbarn rundherum schweres Leid zugefügt worden, hätte man die kleine Versammlung draußen vor Pfeffers Haus beinah seltsam finden können. Statt mit Kummer geschlagen, waren sie von Glück gesegnet. Lange Zeit schien niemand ein passendes Wort einzufallen. Doch schließlich holte die Wirklichkeit sie wieder ein.

„Nun ja“, sagte Retief, „das beste ist, ich hefte mich an die Fersen des Kameraden und reite nordwärts, um zu sehen, wie schlimm es dort ist." Gutmütig schlug er Adriaan Pfeffer auf die Schulter. „Auf dich und deinen Hausstand hat Gott tatsächlich 'n Auge geworfen, mein Freund. Hoffen wir, daß es noch mehr Leute wie dich gibt!"

Pfeffer strahlte übers ganze Gesicht – zum einen, weil Gott ein Auge auf ihn hatte, zum anderen, weil ein Mann vom Schlage Retiefs ihn beglückwünschte. Angenitha trat, nicht minder glücklich, an seine Seite. Die Zwillinge hingen ihr am Rockzipfel.

„Ich reite mit dir", sagte Christiaan zu Retief, „jedenfalls bis zu meinem Hof."

„Ich auch", sagte Karel.

„Ich komme mit dir", ließ Johanna ihren Mann wissen.

„Genau wie ich", fiel Kootjie ein.

Christiaan schüttelte den Kopf. Es konnten immer noch Gefahren auf sie lauern, aber nicht deshalb wollte er, daß Johanna hierblieb. Ihm stand ein Bild vor Augen, das er nicht abschütteln konnte. Er sah Johanna im Schutt ihres Hauses herumwühlen, eine alte Pferdedecke hochheben und darunter Sinas geschändeten Körper entdecken.

Deshalb sagte er: „Es ist zu gefährlich."

„Christiaan van der Kemp", trumpfte Johanna auf, „ich lasse nicht zu, daß du mich wie ein hasenfüßiges Weib behandelst, das mit dem Leben der Wildnis nicht vertraut ist. Wenn Sina tot ist – das kannst du mir so oder so nicht ersparen. Ich komme mit und Schluß!"

Angenitha legte ihr sanft die Hand auf die Schulter und versuchte sie ins Haus zurückzuziehen. „Johanna, Liebe", sagte sie, „bleib doch hier bei uns, wenigstens bis morgen. Dann kannst du ..."

Energisch riß Johanna sich von der Freundin los und sagte in einem Ton, der keinen Raum zum Widerspruch ließ: „Ich kehre heute abend heim, und wenn ich laufen muß!"

Retief mischte sich ein: „Mevrou van der Kemp, ich muß schon ..."

Doch Christiaan schnitt ihm mit erhobener Hand das Wort ab und sagte: „Meine Frau hat recht. In Zeiten wie diese ist es besser, die Familie bleibt beieinander. Kootjie, hol unsere Pferde. Du kommst auch mit."

„Wirklich?" rief Kootjie, der damit gerechnet hatte, derjenige zu sein, der zurückbleiben mußte, wie üblich.

„Hier stehen Betten für euch bereit, falls ihr sie brauchen solltet", sagte Pfeffer. „Angenitha hat das Essen für euch fertig, wenn ihr zurückkommt."

„Vielen Dank für deine Gastfreundschaft, mein Freund", sagte Christiaan. „Aber falls unser Haus noch steht ..."

„... werdet ihr natürlich in eurem eigenen Haus bleiben", vollendete Pfeffer den Satz.

Christiaan nickte dankbar. „Du bist 'n guter Nachbar, Adriaan."

* * *

„Ein jegliches hat seine Zeit ..., Ausrotten ... und Klagen ...“

Dieses Bruchstück aus dem Predigerbuch quälte Christiaan, während er sich dem näherte, was von seinem Besitz übriggeblieben war. Er kannte die Schriftstelle gut genug, um zu wissen, daß er die einzelnen Bestandteile aus dem Zusammenhang riß, aber aus Gründen, die sich ihm zunehmend erhellten, hatte sein Verstand sich gerade diese Fragmente aus ihrer angestammten Ordnung herausgepickt zur Einnerung daran, wie grausam das Leben sein konnte.

Ausrotten hat seine Zeit, und Klagen hat seine Zeit ...“

Ausrotten: Die Kadaver mehrerer Kühe lagen mit glasigen Augen auf der Seite. Hühner waren totgetrampelt worden; ihre Federn lagen weit um sie verstreut. Leben an der Grenze: töten oder getötet werden. Raubtiere – Xhosa: wo war der Unterschied? Tötete dich der eine nicht, so tat es der andere.

Bis heute hatten die van der Kemps auf der Sonnenseite gestanden. Wurden andere Farmen regelmäßig von Unglücksfällen und Rückschlägen heimgesucht, so hatte ihre Familie sich eines weitgehend behüteten Daseins erfreut. Wenig nur hatten sie im Lauf der Jahre eingebüßt: eine Handvoll Rinder, die an Seuchen verendet waren, gelegentlich eine Mißernte, dann und wann Ärger mit einem Arbeiter. Doch Tod und Katastrophen, diese bösartigen Zwillingsdämonen, waren an ihnen vorübergezogen – aus welchen Gründen auch immer.

Jetzt aber nicht mehr. Jetzt hatte das Unglück sie wie ein Wirbelsturm erwischt. Der Tod lauerte auf ihrer Schwelle.

Klagen hat seine Zeit ...“

Die van der Kemps waren nicht länger gefeit vor bösem Geschick. Sie kamen sich vor, als ritten sie mitten ins Zentrum des Taifuns hinein. Wohin man den Kopf auch wandte – überall erblickten die Augen neue Bilder von Verwüstung, Zerstörung und Chaos. Innerhalb eines einzigen Tages war ihre ganze Welt zusammengebrochen.

Ausrotten hat seine Zeit, Klagen hat seine Zeit, und Sterben hat seine Zeit ...

Ein drittes Bruchstück aus dem alten Weisheitsbuch, das sich in Christiaans Kopf einnistete, sich mit den beiden anderen Fragmenten verband, sie schließlich verdrängte und sich gnadenlos wiederholte wie eine Litanei ohne Ende: *Sterben hat seine Zeit – Sterben hat seine Zeit – Sterben hat seine ...*

Sina.

Bei jedem Wasserloch, an dem sie vorbeikamen, rechnete Christiaan damit, den leblosen Körper seiner Tochter mit dem Gesicht nach unten im Schlamm liegend zu finden. Hinter jedem Holzstoß, jedem Schutthaufen erwartete er ein paar Füße hervorlugen zu sehen – Sinas Füße. Unschuldige Füße, die so gerne sorglos im frischen Sommergras herumgestapft waren ... Füße, die so energiegeladen waren, daß sie, elterliche Mahnungen hin oder her, bei Tisch nicht stillhalten konnten ... Winzigkleine Füße, die sie so gerne spritzend und planschend ins Wasser hatte baumeln lassen, wenn sie neben ihrem Vater am Fluß saß ...

Auch Johanna, die hinter ihm auf demselben Pferd ritt, musterte die Trümmerhaufen, auch sie in der Erwartung einer grauenhaften Entdeckung. Christiaan spürte es ihr ab. Als sie bei Pfeffers aufgebrochen waren, hatte sie sich von Anfang an fest an ihn geklammert, ihre Brust gegen seinen Rücken gepreßt. Mit aller Kraft und voller Furcht hatte sie ihn umschlungen. Während des Ritts heimwärts drehte sie ständig den Kopf von einer Seite zur anderen, genau wie er auch, und ihre Augen suchten die Trümmer ab nach Überbleibseln, nach Lebenszeichen von Sina. Und ebenso wie er, hoffte sie das Beste, fürchtete aber das Schlimmste.

Als sie kurz vorm Ziel waren und das Ausmaß der Zerstörung vor Augen bekamen, fühlte Christiaan, wie Johannas Stärke und Hoffnung dahinschwanden. Er spürte, wie sie aufgab und sich ihren schlimmsten Gedanken überließ. Ihre Arme hingen jetzt schlaff auf seinen Schoß herab, und sie lehnte an seinem Rücken wie tote Last. Ihre brechende Hoffnung drohte auch ihn mit in den Abgrund zu reißen. Er mußte gegen sich ankämpfen, um nicht allen Optimismus zu verlieren.

Doch dieser Kampf wurde immer schwerer. Wohin er auch blickte, lagen große Stücke Land schwarz verkohlt. Die Arbeiterhütten, still und leer, waren ausgeweidet, ihre strohgedeckten Dächer völlig verschwunden, die weißgeputzten Wände rußverschmiert. Hier und da waren ganze Mauerstücke heruntergerissen worden. Rund um klaffende Öffnungen bröckelten die Wände, und man hatte einen freien Blick auf die verkohlten Überreste der Inneneinrichtung.

Zwar standen die Wände ihres Hauses noch, aber ein schützendes Dach gab es nicht mehr, ebensowenig wie Fensterläden und Türen. Der Putz in großen Placken abgebröckelt, der Rest schwarz verkohlt vom Rauch: Das Haus sah aus wie ein ausgenommenes Tier, dessen Kadaver man auf einen Misthaufen geworfen hatte.

Über allem lag Totenstille. Soweit das Auge blickte, keine Bewegung außer dünnen weißlichen Rauchwölkchen, die von der versengten Erde aufstiegen – so als hauchte das sterbende Land seine Seele aus.

Die schwarzverbrannte Landschaft bot einen erschreckend kahlen Anblick: vollkommen leblos. Mehr noch, ihr war dermaßen jede Lebendigkeit entrissen worden.

Niemand sprach. Ihre Gesichter waren abgespannt, die Schultern sackten nach unten. Christiaan wußte, was sie fühlten – schließlich fühlte er es auch.

Er durchforschte sich selbst nach einem letzten Funken Hoffnung, einem letzten Freudenstrahl, der ihn aufrichten, ihn glauben machen könnte, daß dies alles irgend etwas Gutes nach sich ziehen würde. Zu seiner Ernüchterung fand er nichts dergleichen. Nicht einen Fetzen Optimismus gab es mehr in den dunklen Ecken seiner Seele. Sein Traum, hier an der Grenze einen Besitz aufzubauen, der es mit Klaarstroom aufnehmen konnte, war ebenso gestorben wie die leere Hülle des Hauses, vor dem er stand.

Doch das war noch nicht das Schlimmste. Während er seine Seele nach dem letzten bißchen Hoffnung durchstöberte, stolperte er über etwas, das ihn noch mehr erschauern ließ. Sein Blick ließ Christiaan erkennen, daß sein Glaube an das Gute im Menschen zu den Besitztümern gehörte, die er an diesem Tag abschreiben mußte.

Mit wachsendem Zorn – der Art Zorn, die ein Mann empfindet, wenn er herausfindet, daß er lange Jahre zum Narren gehalten worden ist – kam Christiaan zu dem Schluß, daß man wohl doch nicht allen Menschen Vertrauen entgegenbringen konnte. Manche glichen mehr Tieren als Menschen. Denn so etwas wie das hier taten menschliche Wesen nicht. Hier stand er vor dem Werk von Tieren – Schakalen. Solche Taten konnte man von denkunfähigen, gefühl- und seelenlosen Wesen erwarten, die gnadenlos töteten und ebenso vernichtet werden sollten, bevor sie aufs neue Gelegenheit zum Töten fanden.

Christiaan fand es an der Zeit, seine erschreckend naive Auffassung von der schwarzen Rasse zu begraben und deren Angehörige als das zu betrachten, was sie waren. Und er wußte ganz genau, wohin er den Grabstein seiner kindischen Überzeugung zu setzen hatte.

Christiaan verzog seinen Mund zu einem bitteren Grinsen, als er mit Johanna an dem sanften Hügel neben ihrem Haus vorbeiging. Das war ein passender Begräbnisplatz für naive Ideen. Denn auf diesem Hügel hatte er Jama zum letztenmal gesehen, seinen Freund. Stolz herausgeputzt, in der Tracht eines Xhosa-Kriegers hatte er dagestanden und mit einem Siegerlächeln die van der Kemps um ihr Leben laufen sehen. Jama: der Mann, den er als Bruder geliebt hatte. Der Mann, der diese Liebe verraten hatte und zum Feind übergelaufen war – zu den Tieren, die seine Sina ermordet, zu den Dieben, die sein Vieh verschleppt, den Banditen, die sein Land verbrannt, seine Ernte zerstört und sein Haus verwüstet hatten. Deshalb schwor Christiaan, daß er niemals wieder einem schwarzen Mann Vertrauen schenken werde.

Wo einmal ihr Zuhause gewesen war, standen nur noch Ruinen. Nichts war zu hören außer dem Knacken und Krachen verkohlten Gebälks und dem Rascheln der Asche, in die ihre Füße traten.

Instinktiv fing Johanna an, dies und jenes vom Boden aufzulesen, so als brauchte sie hier nur richtig sauberzumachen. Erst als sie den ganzen Arm voll verschiedener Utensilien hatte, aber kein Bord, keine Kommode und keinen Schrank, worin sie sie verstauen konnte, wurde ihr klar, wie absurd das war, was sie tat. Da ließ sie, ohne jedes Schulterzucken, ohne das Gesicht zu verziehen oder einen Seufzer auszustoßen, all das mühsam Zusammengesuchte wieder auf den Boden fallen.

Christiaan beobachtete sie. Was ihn an ihr beunruhigte, war der leere Blick ihrer Augen – so leer und hohl wie das Haus, in dem sie standen. Für das Haus konnte er nichts mehr tun; es war verloren. Aber Johanna verlieren wollte er nicht.

Mit hölzernen Bewegungen ging sie in die hintere Ecke des Hauses. Dort hatte Sinas Bett gestanden. Jetzt war davon nichts weiter übrig als verkohlte Bretter und ein Haufen Asche. Lange stand sie da und starrte den Platz an, wo Sina gelegen hatte. Oft hatte Johanna an genau demselben Fleck gestanden, hatte Sinas fiebrige Stirn mit einem feuchten Tuch abgewischt oder ihr die Decke über die Schultern gezogen, um sie vor der Kälte der Nacht zu schützen, hatte dieselben Schultern, schon zu denen einer jungen Frau herangewachsen, geschüttelt, wenn Sina der Meinung war, es sei noch viel zu früh zum Aufstehen ...

Und jetzt war nichts weiter übrig als Erinnerungen: an die tägliche Hausarbeit, die besonderen Zeiten eines jeden Tages – nichts als Erinnerungen. Erinnerungen an Sina.

Johanna schlug die Hände vors Gesicht und weinte. Unter den trübsinnigen, mitleidigen Blicken von Kootjie, Karel und Retief bahnte sich Christiaan einen Weg durch den Schutt und nahm seine Frau in die Arme.

Karel war der erste, der aufbrach. Christiaan hatte darauf bestanden. Wenn der Junge scharf ausritt und den Weg querfeldein durch den verlassenen Klynschen Besitz einschlug, konnte er kurz nach Einbruch der Dunkelheit zu Hause sein.

Längst war die Entscheidung gefallen, daß die van der Kemps zum Übernachten auf den Pfefferschen Hof zurückkehren würden.

Christiaan lachte in sich hinein und sagte zu Retief, während sie immer noch am selben Fleck standen und hinter Karel hersahen: „Als wir jung verheiratet waren, zitierte Johanna immer einen Spruch, den sie von ihrer Großmutter gelernt hatte. ‚Mit einem Fuhrwerk, einem Feuer und einem Pfund Kaffee', sagte sie, ‚kriegt jede echte Frau ein Zuhause zustande.'"

Erneut lachte er auf, als er sich die Ruine ansah, die einst sein Haus gewesen war. „'nen Wagen haben wir nicht mehr, zu brennen ist, glaube ich, auch nichts mehr übrig, von Kaffee ganz zu schweigen. Ich glaube, es wäre von Johanna zuviel verlangt, aus dem hier wieder ein Zuhause zu machen."

Retief sah ihn fragend an. „Was genau soll das heißen, van der Kemp?"

Noch bevor Christiaan antworten konnte, hörten sie näher kommende Pferde: erst nur ein fernes Stampfen, bald aber ein wahres Donnern von etlichen Hufen. Es war ein Zug britischer Soldaten unter Führung eines Leutnants mit Gesichtszügen, die denen eines Schweins ähnelten.

Spontan schalt Christiaan sich selbst, daß er den Mann sofort in eine Schublade steckte. Der konnte doch nichts dafür, daß er so aussah! Doch der Vergleich drängte sich auf. Der Mann war rundherum fett. Seine Hosenbeine drohten an den Nähten zu reißen, und auch die Knöpfe an seinem roten Rock hielten seinen Schmerbauch nur mit letzter Mühe im Zaum. Er hatte ein rundes Gesicht mit aufgeplusterten Backen und eine platte Nase, deren vordere Partie nur aus Löchern zu bestehen schien. Seine Gesichtsfarbe war mehr lila als rot. Selbst seine kleinen Ohren sahen aus, als hingen sie verkehrt herum an seinem Kopf.

Christiaan nahm sich vor, den Mann nicht nach seinem Äußeren, sondern nach seinen inneren Qualitäten zu beurteilen, die sich allerdings – wen konnte das überraschen – als die eines Schweins herausstellten.

„Was ist hier vorgefallen?" rief der Leutnant auf afrikaans. Er hatte eine nasale, piepsige Stimme. Vor und nach dem Reden schnaufte er heftig.

„Die Xhosa sind hier eingefallen", sagte Retief unwirsch, offenkundig irritiert, daß man dem Mann ausdrücklich sagen mußte, was vor Augen lag.

Der Leutnant sprang auf den gereizten Unterton in Retiefs Stimme an. Er beugte sich im Sattel vor, verzog das Gesicht und sagte: „Ist das Ihr Haus?"

„Es ist mein Haus", erwiderte Christiaan, den der Leutnant erst dadurch überhaupt wahrzunehmen schien.

„Ihr Haus?" echote der Leutnant.

„Jawohl."

Den Zug Rotröcke hinter sich, die sich neugierig die Bescherung besahen, bugsierte der Leutnant sein Pferd so, daß es vor Christiaans Nase zu stehen kam. „Sieht mir ganz danach aus, daß Ihr Hof ganz schön hinüber ist, habe ich recht?"

Merkwürdige Frage, dachte Christiaan, gab sich aber keine Mühe, zu widersprechen.

„Das Schlimmste, was wir bis jetzt gesehen haben", sagte der Leutnant. „Gibt's Tote?"

„Meine Tochter ist vermißt."

Der Leutnant zog die Luft durch die Nase. „Nach Lage der Dinge würd' ich mir da keine großen Hoffnungen mehr machen."

Retief wurde sichtlich grimmig über die unsensible Art des Leutnants.

„Was glauben Sie, warum ist es so?" fragte der nur.

„Verstehe ich nicht. Warum *was* so ist, soll ich glauben?"

Der Leutnant räusperte sich und warf über die Schulter seinen Männern einen vielsagenden Blick zu. „Das überrascht mich nicht", sagte er glucksend.

Seine Männer taten es ihm nach.

„Überrascht mich überhaupt nicht", fuhr er fort. „Klar, das verstehen Sie nicht." Er unterbrach sich, schnaubte und fuhr fort: „Lassen Sie's mich anders sagen: Was haben Sie den Xhosa-Stämmen angetan, daß sie derart Rache an Ihnen nehmen?"

„Ihnen angetan?" schrie Christiaan. „Sie haben *mich* angegriffen!"

„Und ich will wissen, warum!" knurrte der Leutnant zurück. „Wieso haben sie Sie angegriffen? Womit haben Sie sie herausgefordert? Haben Sie ihr Vieh geklaut? Ihre Frauen vergewaltigt? Ihnen ihr Land abgeschwatzt? Also, womit haben Sie sie provoziert?"

„Ich habe nichts getan, um sie zu provozieren!"
„Das stimmt, Herr Leutnant." Retief trat zwischen Christiaan und das Pferd des Offiziers und sah diesem kühn ins Gesicht. „Wo bleibt Ihr Mitleid, Mann? Sehen Sie nicht, daß das Leben dieses Mannes und seiner Familie zerstört ist?"
Der schweinsgesichtige Leutnant verzog geringschätzig den Mund, so als verschwendete Retief seine kostbare Zeit.
„Die eigentliche Frage ist, wo denn bitte schön die britische Armee war, als dieser Mann hier sie mehr denn je brauchte!" fauchte Retief. „Wahrscheinlich nahm man gerade den Tee!"
Verdutzt zuckte das Schweinegesicht zurück.
„Es ist Ihre Aufgabe, diese braven Leute zu schützen!" sprach Retief weiter. „Und nicht nur sie – hundert und aberhundert andere! Ich schlage vor, Herr Leutnant reiten ein wenig weiter die Straße hinab! Und achten Sie gut auf das, was Sie sehen! Es ist nämlich eine Schande! Eine Schande, sage ich, ist es, wie ihr Briten euch mit euren Kolonien brüstet, aber euch einen Dreck um sie schert, wenn sie euren Schutz brauchen!"
„Was erdreisten Sie sich, der britischen Armee zu sagen, was ihre Aufgabe ist!" plusterte sich der Leutnant auf.
„Irgendwer muß es tun!" grollte Retief zurück. „Denn ihr selbst habt's ja scheinbar vergessen!"
Der Leutnant zog an seinen Zügeln, lenkte sein Pferd unmittelbar an den beiden Männern vorbei, die vor ihm standen, und gab seiner Truppe das Zeichen zum Aufbruch, nicht ohne noch zu sagen: „Irgendwer hat Feuer an diese Lunte gelegt, und sollte ich herausfinden, daß es einer von euch war, so bin ich bald zurück und komme euch holen! Versteht ihr mich? Ich komme wieder!"
Einer nach dem anderen folgten die Soldaten ihrem Anführer auf den Weg zum Pfefferschen Anwesen.
Christiaan stand da und sah sich ihre Gesichter an. Alle ohne Ausnahme sahen sie zu ihm herab. Mehr als das: Sie sahen *auf* ihn herab, so als wäre er der Feind und nicht ein Verbündeter.
Nachdem der letzte vorbei war, sagte Christiaan zu Retief: „Du hast mich gefragt, ob ich dächte, hier an der Grenze immer noch eine Zukunft zu haben."
Retief nickte.
„Bisher dachte ich, ich hätte eine. Jetzt bin ich mir da nicht mehr so sicher."
Die beiden Männer drehten sich nach der Ruine des Hauses um und

gingen im schwindenden Tageslicht langsam zurück zu den Überresten dessen, was einmal Christiaan van der Kemps ganzes Leben gewesen war.

„Wann brechen deine Wagen auf?" fragte Christiaan. „Die nach Norden aufs Hohe Veld gehen, meine ich."

Retief sah ihn lange an.

Leben und Tod hatten sie im Lauf eines einzigen Tages miteinander geteilt. In den Augen des Abschnittskommandanten glänzte etwas, das verriet, daß ihm die Richtung zusagte, die die Unterhaltung zu nehmen versprach. Doch wenn es auch das ursprüngliche Ziel seines Besuchs gewesen war, Christiaan auf der Teilnehmerliste seines Trecks eintragen zu können, so wurde doch seine Freude nachhaltig getrübt durch die Ereignisse, die Christiaan zu seiner Entscheidung gebracht hatten.

Auf einmal stieß Johanna ein Keuchen aus, mehr noch einen ganz unweiblichen, lauten, verzerrten Schrei, der die Abendstille zerriß, Christiaan einen Schauer den Rücken hinunterjagte und sein Herz sich so verkrampfte, so daß er wie angewurzelt stehenblieb. Das erste, was er dachte, war auch das Allerschlimmste: daß sie Sinas Leichnam gefunden hätte.

Doch Johanna sah nicht auf den Boden. Ihre Augen waren auf etwas hinter Christiaan und Retief gerichtet. Zitternd schlug sie die Hände vor den Mund.

Wie von der Tarantel gestochen, fuhr Christiaan herum. Da war ein einzelnes Pferd, das näher kam. Zwei Personen saßen darauf. Der die Zügel hielt, war Karel. Den anderen Reiter konnte er nicht sehen, weil er von Karels Gestalt verdeckt war. Wieso kam Karel zurück? Zu so später Stunde würde er es nie im Leben mehr nach Hause schaffen!

Da konnte er den zweiten Reiter sehen. Loses braunes Haar schwang im Rhythmus des Pferdes auf und nieder, wedelte herum und fiel Karel über die Schulter. Um die Beine beider Reiter schlabberte ein Rock, schmutzig und lehmverkrustet. Dann beugte sich der hintere Reiter ein wenig zur Seite, und Christiaan sah das Gesicht: Sina!

Noch bevor er handeln konnte, war Johanna schon an ihm vorbei und rannte blindlings auf ihre Tochter zu, immer und immer wieder ihren Namen rufend.

Neben ihm lächelte Retief, der mit allen Wassern gewaschene, stets seine Gefühle beherrschende Feldkommandant. Schulterklopfend sagte er zu Christiaan: „Nach allem, was der Junge heute für dich getan hat, verstehe ich, warum du ihn so magst!"

* * *

Kurz bevor die von Piet Retief geführte Gruppe von Wagen die britische Kolonie Richtung Hohes Veld verließ, erschien im *Grahamstown Journal* ein von dem Führer der Pioniere verfaßter Artikel. Er lautete:

> „*Wir sind entschlossen, wohin auch immer wir ziehen, die gerechten Grundsätze der Freiheit in Ehren zu halten; doch während wir darauf achthaben werden, daß niemand unseretwegen der Sklaverei unterworfen wird, werden wir sehr wohl Bestimmungen einführen, die darauf abzielen, das Verbrechen zu unterdrücken und angemessene Beziehungen zwischen Herren und Knechten herzustellen. Feierlich erklären wir, daß wir dieses Land verlassen mit dem Wunsch, ein ruhigeres Leben zu führen, als es uns bisher gewährt war. Wir werden niemanden einengen und niemanden auch nur des geringfügigsten Eigentums berauben; wo wir aber angegriffen werden sollten, werden wir uns das uneingeschränkte Recht zuerkennen, unser Leben und unseren Besitz zu verteidigen, und zwar mit äußerster Kraft und gegen jeden Feind, wer er auch sei.*
>
> *Wir kehren dieser Kolonie den Rücken unter ausdrücklicher Hervorhebung der Tatsache, daß die englische Regierung uns gegenüber keinerlei Ansprüche mehr geltend zu machen hat; und wir nehmen uns das Recht, zukünftig unter unserer eigenen Regierung zu leben, in deren Obliegenheiten sich die englische nicht einzumischen haben wird. Wenn wir nun Abschied nehmen von dem fruchtbaren Land, in dem wir geboren wurden, aber auch namenlose Verluste und fortwährende Schikanierungen erlitten haben, und im Begriffe stehen, uns in ein fremdes Territorium, ein Land voll Gefahren, zu begeben, so tun wir das im festen Vertrauen auf einen allwissenden Gott, der gerecht und barmherzig ist, den wir allezeit fürchten werden und dem in Demut zu gehorchen wir geloben.*“

Angehängt war eine Liste von Unterschriften; hier waren alle diejenigen verzeichnet, die mit Retief die Kolonie verließen. Unter den Namenszügen auf dieser Liste fanden sich auch die von Christiaan van der Kemp, Adriaan Pfeffer, Louis de Buys und Gerrit van Aardt.

20

Die Lederriemen schnitten tief in seine Handgelenke. Jama schnappte nach Luft, doch er brauchte drei panische Atemzüge, bei denen er jedesmal den Mund aufriß wie ein Fisch auf dem Trockenen, um auch nur ein wenig Sauerstoff in seine Lunge zu pumpen. Es reichte für ein, zwei Minuten.

Sein Körper baumelte an zwei Pfählen, die in der Art eines Sankt-Andreas-Kreuzes in den Boden getrieben worden waren. Seine Handgelenke waren am Schnittpunkt der beiden Pfähle angebunden. Die Arme mußten sein ganzes Gewicht tragen. Seine Zehen hinterließen kreisförmige Muster im Staub. Die Nachtluft war kalt, so daß seine nackte Haut fröstelte.

Bis auf das gelegentliche Blöken, Muhen, Quieken oder Kreischen eines unleidigen Tieres war alles ruhig: die Ruhe nach dem Sturm. Die Hütten des Xhosa-Krals lagen im Dunkeln. Außer langsam verglühender Asche zeugte nichts mehr von der rauschenden Siegesfeier. Die erschöpften Krieger lagen samt ihren Angehörigen kreuz und quer auf der Erde, manche auch in ihren Hütten.

Jama krümmte sich vor Atemnot. Die Augen geschlossen, versuchte er sich in Gedanken an einen angenehmeren Ort, in eine schönere Zeit zurückzuversetzen. Er sah sich allein in dem samtigen Gras des kleinen Hügels liegen und den nächtlichen Sternenhimmel betrachten, den Kopf entspannt auf eine Hand gestützt – still, heiter, angeregt.

Eine Sekunde später versuchte er mit aller Kraft, seinen Körper hochzuziehen. Die Lederriemen schnitten ihm noch tiefer ins blutige Fleisch, und er mußte sich beherrschen, um nicht laut aufzuschreien. Seine Schultergelenke brannten wie Feuer. Er war gerade so weit hochgehangelt, daß er einen tiefen Atemzug machen konnte. Dann sackte sein Körper wieder durch, schlenkerte hin und her und malte mit den Zehen verrückte Muster in den Staub.

Er hatte noch mehr Wunden – Schnitte, Platzwunden und Kratzer –, aber die spürte er schon seit Stunden nicht mehr. Sie alle erinnerten ihn an die Xhosa-Krieger und ihre Wut. Als sie ihn an den Pfählen aufgeknüpft hatten, war das unter Schlägen geschehen; außerdem hatten sie ihn mit Steinen, Holzscheiten sowie verdorbenem Obst und Gemüse beworfen. Deshalb roch sein verklebtes Haar wie ein Komposthaufen, während seine Haut nach Harn sowie den verrottenden Samenkörnern und verfaulten Beeren stank, mit denen sie ihn bespuckt hatten. Doch all das war jetzt überlagert von dem unmenschlichen Schmerz an seinen wund und blutig gescheuerten Handknöcheln.

Langsam wich seine Lebenskraft, das konnte er fühlen. Er fragte sich, ob die Xhosa wohl enttäuscht wären, wenn er schon vor Sonnenaufgang tot sein würde, so daß sie nicht mehr das Vergnügen genießen konnten, ihn umzubringen.

Nie im Leben hätte Jama sich vorstellen können, daß er einmal so sterben würde. Er hatte immer gedacht, daß der Tod sich eines Tages, wenn er alt war, wie eine Decke über ihn legen würde.

Irgendwie war es immer Jamas Vorstellung gewesen, daß der Tod ihn besuchen würde, wenn er an einem sonnigen Tag auf der Veranda saß. Man könnte sagen, er stellte sich Sterben als ein Ins-Grab-Dösen vor. Um so mehr hatte ihn die kürzliche Wende der Dinge überrumpelt. Wie eine Rinderhälfte, die auf den Metzger wartete, aufgehängt zu sein – nie und nimmer wäre ihm in den Sinn gekommen, daß so etwas einmal sein Los werden könnte.

Das war nun das bittere Ende dessen, was ihm vor nicht allzu langer Zeit als vielversprechender Neuanfang in seinem Leben vorgekommen war. Er konnte sich noch gut der Gefühle entsinnen, die er verspürt hatte, als er sich nach der Überquerung des Fish River zum erstenmal dem Xhosa-Kral genähert hatte. Zwar war sein Puls etwas schneller gegangen, als ihm einige Krieger entgegengekommen waren, aber Angst hatte er nicht vor ihnen gehabt. Schließlich waren sie seine Verwandten, in ihren Adern floß dasselbe Blut wie in seinen. Warum also sollte er sie fürchten?

Die Krieger waren überrascht vom Anblick eines Schwarzen, der Afrikaander-Kleidung trug und Xhosa sprach. Als Jama sie aufforderte, ihn zu ihrem Häuptling zu bringen, hatten sie bereitwillig zugestimmt. Ohne Pferd und Bewaffnung – an sich ein Unding an der Grenze – war er keine Bedrohung für sie. Jama hatte sich entschlossen, bei seinem Weggang von den Afrikaandern nichts weiter mitzunehmen als die Kleider, die er auf dem Leib trug. Niemand sollte ihn beschuldigen, sich etwas angeeignet zu haben, das ihm nicht rechtmäßig gehörte.

Die Krieger zögerten nicht, ihre Eroberung zum Häuptling zu geleiten. Zu ihrer Verwunderung stand der Häuptling auf, als er Jama erblickte, und hieß ihn willkommen wie einen alten Freund.

Jamas Entschluß, auf die andere Seite des Flusses überzuwechseln, schien dem Häuptling tiefe Genugtuung zu bereiten. Mehr noch: Es war ihm ein Triumph, so wie die Heimkehr des verlorenen Sohnes, nachdem er seine Fehler eingesehen hatte – mit dem Unterschied, daß dieser Verlorene schon vor Generationen sein Zuhause verlassen hatte. Doch jetzt war Jama da, wo er hingehörte: unter den Menschen seines eigenen Volkes.

Der Häuptling höchstpersönlich ließ es sich angelegen sein, Jama mit Kleidung und einer Hütte auszustatten. Darüber hinaus setzte er ihn als Hirten für sein eigenes Vieh ein. Zum erstenmal in seinem Leben fühlte sich Jama von einer ganzen Gemeinschaft angenommen. Jedermann winkte ihm zu, wenn er aufs Feld ging oder von der Arbeit heimkehrte. Die Leute ließen stehen und liegen, womit sie gerade beschäftigt waren, um ein bißchen mit ihm zu schwatzen. Sie brachten ihm Matten und Krüge für seine Hütte und nahmen ihn als einen der ihren auf.

Sogar die jüngste Tochter des Häuptlings schien sich für ihn zu interessieren. Mehr als einmal erwischte Jama sie dabei, wie sie einen ziemlich eindeutigen Blick in seine Richtung warf. Zuerst hatte er darauf so reagiert, daß er die Gefühle, die diese Blicke in ihm auslösten, herunterspielte, hatte er doch seit Jahren mit dem Gedanken gelebt, daß er sich niemals der Liebe einer Frau erfreuen würde. Er mußte erst erfassen, daß jetzt alles anders war, bevor er die Blicke des Mädchens zu erwidern wagte.

Einer der Leibwächter des Häuptlings ließ ihn wissen, daß er die Zuneigung seiner Tochter zu Jama bemerkt hatte. Dem sagte die Aussicht auf eine Heirat seiner Tochter mit dem bemerkenswerten Neuankömmling durchaus zu.

An die van der Kemps dachte Jama oft. Sie fehlten ihm. Und doch war das kein Vergleich zwischen seinem Leben bei ihnen und dem jetzigen. Hier hatte er eine Zukunft, war er sein eigener Herr. Er konnte sich auf eine Heirat, eine eigene Familie freuen, und schließlich würde er auch sein eigenes Vieh besitzen. Er hatte seinen Frieden gefunden, was wollte er mehr?

Doch dann, wie aus heiterem Himmel, verließ ihn sein Glück.

Eines Tages kamen Boten, ausgesandt von den Häuptlingen anderer Xhosa-Stämme. Ein allgemeiner Rat der Xhosa-Führer wurde einberufen, bei dem die drängenden Probleme offen zur Sprache kamen: der Hunger, die ausgezehrten Herden, schließlich die Übergriffe auf Xhosa-Land, die sich einige Afrikaander kürzlich geleistet hatten. Etliche Männer schlugen einen Vergeltungsangriff gegen die weißen Siedler vor – ein Gedanke, der derart begeisterte Zustimmung auslöste, daß ein wahres Kriegsfieber ausbrach. Diesmal würde man nicht nur einen der üblichen Schläge führen, sondern einen großangelegten Feldzug, daß nach einem Sieg der Xhosa nie mehr ein Afrikaander oder ein Brite am westlichen Ufer des Fish River leben würde.

Jama krümmte sich bei dem Versuch, die Lederriemen in eine weniger schmerzhafte Position zurückzuschieben, damit es nicht so fürchterlich war, als schnitten sie ihm schier die Knochen durch.

In der Ferne hallte das Echo eines brüllenden Löwen wider, das das schwache Blöken eines Lammes im Keim erstickte. Danach war wieder alles still. Da zog eine Bewegung Jamas Aufmerksamkeit auf sich.

Vom Kral her kam jemand auf ihn zu. Immer noch war es so dunkel, daß er nicht erkennen konnte, wer es war. Erkennbar war jedoch, daß der schemenhafte Besucher ein langes Messer in der Hand hatte.

Die Gestalt ließ sich Zeit, schlenderte mehr, als daß sie ging – oder war es das Torkeln eines Betrunkenen? Schwer zu sagen; Jama blieb sowieso nichts anderes übrig, als die Person näher kommen zu lassen. Doch bald erkannte er den Mann an seinem Körperbau und seinem stolzierenden Gang. Es war der Häuptling persönlich.

„Ich hätte dich hinten zurücklassen sollen, so wie du es wolltest“, sagte er, noch bevor er herangekommen war. Er sprach schwerfällig, aber mit lauter, klarer Stimme, die überall im Kral zu hören sein mußte.

„Du hattest keine Wahl“, stammelte Jama. „Und ich auch nicht. In dem Moment, wo der Xhosa-Rat den Angriff beschloß, war mein Schicksal besiegelt. Wäre ich zurückgeblieben, hätte ich den Respekt der Amaxhosa eingebüßt. Doch indem ich ging, mußte ich tun, was ich getan habe.“

Der Häuptling kam bis auf etwa zwei Meter heran und blieb dann stehen. Er musterte erst Jamas Handgelenke und starrte ihm dann in die Augen. Um seine Lippen spielte ein verdrießlicher Zug. Dann ließ er sich zu Boden sinken und nahm eine Sitzposition ähnlich derjenigen seinerzeit am Fish River ein, als sie sich erstmals miteinander bekannt gemacht hatten. Demonstrativ legte er das Messer der Länge nach zwischen sich und Jama auf die Erde, womit er anzeigte, daß es irgendwann im Laufe ihres Gesprächs eine Rolle spielen würde, aber noch nicht jetzt.

„Wir wußten ja beide, daß der Tag einmal kommen würde.“ Der Häuptling seufzte. „Ich meine den Tag, an dem deine Loyalität auf die Probe gestellt werden würde.“

„Ich habe die Sache der Xhosa nicht verraten.“

„Du hast uns Rinder und Schafe entzogen."
„Ich habe meine Freunde beschützt – meine Familie!"
„Wir sind jetzt deine Familie!" schrie der Häuptling und schlug sich an die Brust. „Wir, die Amaxhosa! Wir haben dein Blut – wir sind deine Familie!"
Während der Häuptling ins Grübeln verfiel, erinnerte sich Jama an den Tag der Schlacht, wie er beim Haus der van der Kemps auf der Kuppe gestanden und Christiaan und die anderen hatte flüchten sehen. Das Haus hatte in Flammen gestanden, und sie liefen um ihr Leben. Christiaans Gesichtsausdruck in dem Moment, als ihre Blicke sich trafen, hatte er nicht vergessen: voller Schmerz, Verwirrung und Angst. Der Richtung ihrer Flucht nach zu urteilen hatte Jama angenommen, daß sie zum Pfefferschen Gehöft wollten.
„Bei Sonnenaufgang werden die Anführer dich töten", sagte der Häuptling.
„Ich wundere mich, daß sie das nicht schon längst getan haben."
„Dann hast du nicht verstanden, welcher Art dein Tod sein wird."
Jama schwieg.
„Einen Verräter hinzurichten, wie es sich gehört, braucht Zeit. Gestern abend war die Zeit des Feierns. Heute aber", er verdrehte den Hals nach Osten, wo sich ein rosiger Schimmer am Horizont zeigte, „heute wird Zeit genug sein, um Gerechtigkeit zu üben."
„Ich bin kein Verräter", sagte Jama.
„Weiß ich", antwortete der Häuptling leise.
„Dann wirst du ein Wort für mich einlegen?"
Mit gesenktem Blick streckte der Häuptling langsam die Hand nach dem Messer aus. Während er sprach, drehte und wendete er es in den Händen. „Meine Worte sind auf steinerne Herzen gefallen."
Diese Antwort kam für Jama einem Todesurteil gleich. Kaum hatte er sie gehört, fühlte sich sein Körper schwerer an, schnitten die Lederriemen noch ein Stück tiefer in sein Fleisch und gierten seine luftleeren Lungen mehr denn je nach Sauerstoff.
„Warum bestehen sie um jeden Preis darauf, mich zu töten?" keuchte er.
„Es gibt Männer, denen das Töten Spaß macht – auf beiden Seiten des Flusses."
Das stimmte. Jama fielen mehrere Buren ein, auf die das paßte.
„Dieser Schlag von Männern findet immer einen Weg, auf dem man einen Konflikt aufrechterhalten kann, statt ihn zu lösen. Denn dann haben sie Grund zu töten. Als sie mitkriegten, daß du sie mit Absicht

von einem vielversprechenden Burenhof weggeführt hast, war das ihnen Anlaß genug, einen vollen Tag mehr zu töten. Und was noch schlimmer ist: Sie werden deinen Tod dazu benutzen, mein Volk zu überzeugen, daß noch mehr getötet werden muß. Du kannst sicher sein: Sobald die Buren von deinem Tod hören, kommen sie und überfallen uns. Solange solche Männer an der Macht sind, besteht wenig Hoffnung, daß wir am Fish River jemals in Frieden leben werden."

„Wenn mehr Männer wie du und Christiaan van der Kemp das Sagen hätten, könnten wir Frieden haben", sagte Jama.

Nickend stimmte der Häuptling zu. „Irgendwann, aber nicht heute. Jetzt kocht den Leuten das Blut, und sie dürsten nach Rache."

„Wenn ich's nochmal machen müßte", flüsterte Jama, „würde ich es kein bißchen anders machen."

„Weiß ich", sagte der Häuptling ruhig. „Ich bewundere deine Haltung und hätte in derselben Situation genauso gehandelt. Was zählen schon ein paar Rindviecher gegen das Leben eines Freundes?"

Der Häuptling stand auf, das Messer immer noch in der Hand wiegend. „Die Götter sind dir nicht freundlich gesonnen. Ich wollte, alles wäre anders gekommen. Du bist genau der Mann, den ich mir für meine Tochter gewünscht hätte. Doch nun ist es so, wie es ist. Wir haben es mit Kräften zu tun, die wir nicht abwenden können."

Er trat so dicht an Jama heran, daß ihre Gesichter bloß noch Zentimeter voneinander entfernt waren. Jetzt konnte Jama das Messer nicht mehr sehen, vergaß aber keine Sekunde, daß es da war.

„Was hast du vor?" fragte Jama.

„Die Anführer würden dich langsam töten, einen ganzen Tag lang. Sie würden dich an eine Stange binden, wie man ein Schwein zum Rösten aufspießt, und dir das Fleisch in kleinen Portionen rausschneiden, ohne wichtige Blutgefäße zu verletzen. Du wirst nur noch sterben wollen, aber sie werden's dir verwehren. Sobald dein Herz schwach wird, werden sie dich wiederbeleben. Auf diese Weise wird an dir für alle, die mit dem Gedanken spielen könnten, das Volk der Amaxhosa zu hintergehen, ein Exempel statuiert."

„Danach hab' ich nicht gefragt", sagte Jama und sah dem Häuptling in die Augen. „Was *du* vorhast, will ich wissen."

„Ich kann nicht dabeistehen und mit ansehen, wie blutrünstige Scheusale einen Mann ermorden, der edler ist als sie selbst. Ich hab's in der Hand: Ein einziger Stoß, und sie sind ihr Opfer los, während dir alle Qualen und Erniedrigungen erspart bleiben."

Eine Pause trat ein. Dem Häuptling troff der Schweiß in Strömen vom Gesicht. Seine Lippen zitterten, und in seinen dunklen Augen standen Tränen des Mitleids.

Worauf wartete er noch? Erwartete er, daß Jama ihm für das, was er vorhatte, dankte? Jama wartete darauf, daß die stählerne Klinge zwischen seine Rippen fuhr und sein Herz zur Ruhe brachte. Eigentlich war es ihm sogar recht so: in schwarze Leere hineinzugleiten, keine Schmerzen mehr zu haben, einer Welt zu entfliehen, in der es keinen Platz für ihn gab ... Er schloß die Augen und wartete auf den Anprall von Schmerz, der seinem Leid ein Ende machen würde.

Doch es kam nichts.

Kein Laut war zu hören, der auf irgendeine Veränderung hingedeutet hätte. *Worauf wartete der Häuptling noch?* Jama wollte es hinter sich haben. Seine Handknöchel taten jetzt so weh, daß er es nicht mehr ertragen konnte. Seine Lunge würde jeden Augenblick zusammenklappen.

Der Häuptling war immer noch da. Er konnte seinen warmen Atem spüren. Jama wartete.

Nichts.

Plötzlich tappte der Häuptling zurück. Das Messer plumpste auf die Erde, und aus dem Mund des Mannes hörte man ein tiefes, röhrendes Grollen. Augen, Nase und Mund vereinten sich zu einem Ausdruck wilder Entschlossenheit. Der Mann schnellte vor wie ein wütender Elefant, zog im letzten Augenblick den Kopf ein und rammte seine Schulter gegen einen der hölzernen Pfosten.

Das kreuzartige Gebilde, an dem Jama hing, fing an zu schwanken, neigte sich nach hinten, kippte jedoch nicht um. Der Häuptling nahm zum zweitenmal Anlauf, und diesmal brach das Gestell zusammen. Jama stürzte zu Boden und hatte plötzlich freien Blick auf die erblassenden Sterne vor dem graublauen Himmel des frühen Morgens. Er nahm die Arme herunter, wobei er die Pfosten zu sich heranzerrte, und schnappte nach Luft. Welche Wohltat, mit jedem Atemzug ein wenig mehr Sauerstoff, ein Quentchen mehr frische Morgenluft in seine Lunge einzuatmen.

Neben ihm bückte sich der Häuptling und fing an, die Lederriemen aufzuknüpfen, wobei er immer wieder nervöse Blicke zum Kral warf. Als endlich alle Knoten gelöst waren, zog der Häuptling die Riemen vorsichtig aus den tiefen Furchen heraus, die sie in Jamas Handgelenke gegraben hatten. Jama mußte all seine Energie zusammennehmen, um nicht lauthals aufzuschreien.

Der Häuptling schleuderte die Fesseln beiseite und half ihm beim Aufstehen, ließ ihn dabei aber zu früh los. Jamas Knie gaben nach.

Der zweite Aufstehversuch glückte besser.

„Wohin wirst du gehen?“ fragte der Häuptling. Doch bevor Jama antworten konnte, wischte er seine eigene Frage mit einer Handbewegung fort. „Sag’s mir nicht. Es ist besser, ich weiß es nicht.“

Es war ohnehin einerlei, denn Jama hatte keine Ahnung, wo er hingehen sollte.

Ein Hahn krähte.

„Mach’s gut, mein Freund“, sagte der Häuptling. „Ich hoffe, du wirst einen Ort zum Leben finden und Menschen, die dich gastlich aufnehmen.“

„Auf Wiedersehen“, sagte Jama, dessen Stimme rauh und kratzig klang. „Wenn es so einen Platz geben sollte, werde ich nur bedauern, daß du nicht mit mir dort sein wirst.“

Jama sah sich nur ein einziges Mal um. Der Xhosa-Häuptling bückte sich gerade, um sein Messer vom Boden aufzuheben. Dann ging er mit leicht hängenden Schultern zurück zum Kral.

Jama stolperte auf unsicheren Füßen vorwärts, so schnell er konnte, bahnte sich einen Weg durch *Fynbos*-Büsche und strauchelte einen leichten Abhang hinab. Eine Zeitlang rannte er einfach nur, ohne einen Gedanken daran zu verschwenden, welche Richtung er einschlagen sollte. Nachdem er ohnehin kein Ziel hatte, war jede Richtung so gut wie die andere. Es gab keinen falschen Weg. Über ihm hellte sich der Himmel allmählich auf. Jeden Augenblick würde die Sonne über dem Horizont emporsteigen und ihren großen morgendlichen Auftritt haben.

Platschend durchquerte er einen Bach und kroch die Uferböschung hoch. Oben angekommen, sah er sich vor einer weiten Ebene, aus der etliche größere Felsformationen aufragten. Seine Lunge, die noch vor kurzem in Luftnot zusammenzufallen drohte, füllte sich jetzt bei jedem Heben seines Brustkorbs. Er stieg über einen Felskamm hinweg, und gerade als er sich auf der anderen Seite herunterfallen ließ, flammten überm Horizont die ersten Sonnenstrahlen auf.

Voll Schmerzen und ohne Orientierung lag er am Boden. Es war erst kurze Zeit her, daß er innerlich mit seinem Leben abgeschlossen hatte. Er hatte sich dem Tod überlassen und damit an der Pforte der Ewigkeit gestanden. Und jetzt fand er sich jählings ins Reich von Zeit und Raum zurückversetzt. Wo sollte er jetzt hin? Was sollte werden? Er wußte es nicht.

Zu den van der Kemps zurück? Nein. Niemals mehr würde er von den Buren angenommen werden, nachdem er einmal zu den Xhosa übergelaufen war. Es wäre viel schlimmer als zuvor.

Aber wohin dann? Nach Grahamstown? Nein, dort kannten ihn viel zu viele Leute. Port Elizabeth – oder vielleicht Kapstadt? Da kannte ihn keiner, doch welche Stadt auch immer es sein mochte: Er durfte nicht erwarten, dort auch nur im geringsten andere Verhältnisse vorzufinden als unter den Buren und Engländern. Die Leute dort waren weiß, er war schwarz. Damit war alles gesagt.

Wohin dann? Zu einem anderen Xhosa-Stamm? Dann wäre es nur eine Frage der Zeit, bis ihn die Ereignisse aus dem Grenzkrieg einholen würden. Nein, er mußte weiter weg, an einen Ort, wo er unter Menschen leben konnte, die auch zu den Nguni gehörten, um neu anzufangen.

Die Zulus!

Dieser Gedanke ließ einen Hoffnungsschimmer aufflammen, der nachhaltig genug war, daß Jama sich aufsetzte. Die Zulus – das machte Sinn. Sie waren Nguni, und sie lebten weit genug im Norden, daß er sein bisheriges Leben hinter sich lassen und ein neues aufbauen konnte.

Es war ein Gedanke wie eine Eingebung, aber er barg auch Gefahren. Die Zulus waren ein kriegerisches Volk. Seit vielen Jahren, seit sie unter dem Kommando ihres Heerführers Shaka standen, genügte es schon, daß das Wort „Zulu" fiel, um andere Stämme vor Angst erstarren zu lassen. Shaka war tot, und es wurde erzählt, daß Dingane, sein Bruder, zwar auch ein rücksichtsloser Mann sei, sich aber von der Vision Shakas, der ein militärisch abgesichertes Zulu-Großreich hatte errichten wollen, verabschiedet habe.

Sein Entschluß stand fest. Er würde sich zu den Zulus begeben, weit weg von dem Grenzkonflikt, der zu seiner Verstoßung durch die Xhosa geführt hatte. Er würde ein neues Leben beginnen können, frei von allen alten Bindungen.

Jama stand auf, und die Sonne wies ihm die Richtung. Seine Beine zitterten noch, als er die ersten Schritte auf sein neues Leben zuging.

21

Christiaan stand am Ufer des Great River, der aus seinem Bett getreten war, und spähte über den fast dreihundert Meter breiten schlammiggelben Wasserlauf zur anderen Seite hinüber, als er spürte, wie sich eine Hand um seinen Arm legte.

Johanna drückte ihre Wange an seine Schulter und sagte: „Unser Rotes Meer. Da drüben wartet die Freiheit."

„Glaubst du, wenn Piet Retief seinen Stab über die Wasser streckte, würde Gott sie für uns teilen?"

Johanna stieß ihn in die Seite. „Sei gefälligst nicht respektlos!"

„Das hatte ich auch nicht vor. Aber wenn Gott das Wasser teilen wollte, hätte ich nichts dagegen einzuwenden."

Ein paar der Männer waren schon in den Fluß gesprungen, um ihre Pferde und das Vieh mehr oder weniger schwimmend zur anderen Seite hinüberzubringen. Fast konnte man vor lauter Gebrüll und *Heehoo*-Rufen das triefende, gurgelnde Geräusch des vorbeifließenden Wassers nicht mehr hören. Schon stand der erste breitbeinig am anderen Ufer, den Kopf gen Himmel erhoben. „Ehre sei Gott!" rief er. „Jetzt sind wir endlich frei!"

Der Lobruf des Mannes ließ Christiaan vor Erregung erschauern, eine Empfindung, die, da war er sich ganz sicher, von sämtlichen Männern und Frauen am Fluß geteilt wurde.

„Kootjie!" brüllte Christiaan. „Wenn du mit den Ochsen soweit bist, schnappst du dir die Säge aus der Werkzeugkiste und fängst an, die Weide neben dem Wagen kleinzusägen!"

Grinsend nickte Kootjie. Gleich legte er, wie Christiaan belustigt beobachtete, voller Eifer ein höheres Tempo vor. Seit sie auf dem Treck waren, hatte sich Kootjies Arbeitshaltung fortwährend verbessert.

Das war natürlich nicht sonderlich überraschend, hatte der Junge doch ein Leben des täglichen Einerlei auf dem Hof gegen eines voller Abenteuer und täglich neuer Entdeckungen des Unbekannten eingetauscht. Sicher, auch auf dem Treck gab es Alltagsroutine und Langeweile – aber eben auch die Verheißung neuer Herausforderungen und eine Atmosphäre gespannter Erwartung. Nie wußte man, was hinter dem nächsten Hügel, der nächsten Wegbiegung auf einen wartete: unwegsame Berge, die es zu überwinden galt, oder ein Fluß, der irgendwie zu überqueren war? Wilde Tiere zu jagen oder Eingeborene, mit denen man sich zu verständigen suchen mußte? Für einen abenteuerdurstigen Jungen wie Kootjie war es jedenfalls ein Traumleben.

Seine Hauptverantwortung lag in der täglichen Pflege und Versorgung der Ochsen. Christiaan gefiel es zu sehen, wie der Junge mit den sechzehn Zugtieren umging. Während er sie einen nach dem anderen abschirrte und zur Fütterung führte, rief er sie beim Namen. Wie es der Natur von Ochsen entsprach, gehorchten sie ihm nur träge und blinzelten ihn mit ihren großen Augen an, während sie mit mahlenden Kiefern wiederkäuten.

So wie er mit ihnen umging, lag es auf der Hand, daß der Junge die großen, breit gehörnten rötlichen Ochsen, die ihm anvertraut waren, regelrecht liebte. Wie ein altgedienter Experte hatte er sie als *Voorloper* an steilen Abgründen entlang, über aufragende Sandsteinformationen und freiliegende Baumwurzeln hinweg und durch tiefe, schroff abfallende Schluchten hindurch geführt.

Manchmal ging es Fünfundvierzig-Grad-Anstiege hinauf, und Christiaan schauderte bei dem Gedanken, was passieren würde, wenn auch nur einer der langen ledernen Riemen des Zuggeschirrs risse. Ob Kootjie die väterliche Besorgnis teilte, ließ er sich nicht anmerken. Wenn er die Tiere, die Augenbrauen vor Konzentration über der Nasenwurzel zusammengezogen, mit Peitsche, Schelten und anfeuernden Rufen die Steigung hinaufgetrieben hatte, pflegte er sie mit überschwenglichen Worten zu loben.

Während Kootjie die letzten Ochsen ausspannte, räumte Christiaan sich eine Fläche zum Arbeiten frei. Als der Junge anschließend die Weide zersägte, verband Christiaan die dickeren Äste zu einem stabilen Floß. Nachdem es fertig war, schafften Vater und Sohn zuerst den Wagen mit den Vorräten über den Fluß, indem sie das Floß mit langen Stangen stakten. Als nächstes kamen Schafe, Ziegen und Ochsen an die Reihe, und zuletzt wurden Johanna und Sina abgeholt.

Am anderen Ufer herrschte eine Stimmung, die so heiter, um nicht zu sagen festlich war, daß sie selbst das denkwürdigste *Nachmaal,* an das Christiaan sich erinnern konnte, in den Schatten stellte. Die Kinder tollten lachend, hüpfend und spielend umher. Ein paar Frauen stimmten einen Dankpsalm an. Selbst die Luft und der Sonnenschein kamen den ehemaligen Siedlern auf ihrem Treck jetzt, wo sie nicht mehr unter britischer Herrschaft standen, frischer und reiner vor.

* * *

Voll Dankbarkeit für die paar Tage Ruhe am Ufer des Flusses, stieg Johanna ins Innere des Wagens. Nicht nur jetzt, daß frisches Wasser in die Vorratsfässer kam, auch den lästigen Straßenstaub, der jeden, wenn er mit schweißfeuchter Haut in Berührung kam, wie einen Indianer mit eigenartigen weißen Ringen um die Augen aussehen ließ, konnten sie für eine Weile vergessen. Selbst im Wageninneren legte sich der Staub auf jeden Gegenstand und drang in alles ein, ob Lebensmittel, Kleider, Öle und Salben oder persönliche Habseligkeiten. Ohne Staub und die vielfältigen Gerüche einer Reise wäre es kein afrikanischer Treck gewesen.

Das Land selbst roch trocken und irgendwie pfeffrig, und dieses Aroma mischte sich mit den Ausdünstungen schwitzender Menschen und dem dumpfen, starken Körpergeruch der eingeborenen Arbeiter. Das rührte daher, daß die Schwarzen sich mit Fett und rotem Ocker einrieben, wodurch sie einen ausgeprägten, um nicht zu sagen ranzigen Geruch freisetzten.

Wenn Johanna Europäer miterlebte, die zum erstenmal mit diesem Geruch in Berührung kamen, mußte sie immer darüber lachen, daß ihnen regelmäßig davon schlecht wurde. Für sie selbst gehörte dieses „Aroma" genauso zu Afrika wie die Tiere, die Berge und die verschiedenen Stämme.

Das Fuhrwerk war ein Zeugnis burischen Gemeinschaftsgeistes. Als die Einwohner von Grahamstown von den Verwüstungen durch den Xhosa-Angriff gehört hatten, waren sie auf der Stelle mit materiellen Hilfs- und Versorgungsgütern bei der Hand gewesen. Sie selbst verdankten es Piet Retief, daß sie einen Wagen für den Treck gestellt bekommen hatten.

Es war ein typischer Treckwagen: fünf Meter lang, mit Verdeck und hohen, rot-grün gestrichenen Rädern, vorne zehnspeichig und im Durchmesser einen Meter dreißig groß, während die hinteren vierzehn Speichen aufwiesen und gut doppelt so groß waren. Allerdings interessierte die Größe der Räder Johanna für ihren Teil herzlich wenig. Sie erinnerte sich an diese Maße nur deshalb, weil Retief sie mehrfach erwähnt hatte. Johanna wäre es auch recht gewesen, wenn sie drei Meter groß und knallrot gestrichen gewesen wären – Hauptsache, sie waren rund und brachten sie mit ihrer Familie dorthin, wo sie hin wollten.

Die große Bettstelle nahm den ganzen überdeckten Teil der Pritsche ein. Über dem Nachtlager waren Haken eingeschlagen, an denen Christiaan seine Waffen aufhängte, um sie stets griffbereit zu haben.

Unter dem Bett befand sich ein sargähnliches Behältnis, in dem ihre Kleider verstaut waren.

Eine Längsseite des Wagens nahm ein langes Bord ein, an dessen Kanten Leisten angebracht waren, damit die dort gelagerten Utensilien während der schaukelnden Fahrt des Fuhrwerks nicht herunterfielen. An der Vorderseite hingen zwei kleine Fässer: eines für Wasser, an dem mit einer leichten Kette ein Trinkbecher befestigt war, das andere für Branntwein, der für Notfälle vorgesehen war. Oben an der Front des Wagens baumelte eine Laterne.

Johanna überprüfte ihre Vorräte, glücklich über die Freudentöne, die von draußen an ihr Ohr drangen. Es war das Lachen, die Freude eines freien Volkes auf dem Weg in ein verheißenes Land. Und doch, dachte sie, schienen die Menschen etwas zu vergessen: daß nämlich die Israeliten auf dem Weg in *ihr* verheißenes Land zunächst einmal die Härten und Nöte der Wüste hinter sich bringen mußten und selbst, nachdem sie das Land erreicht hatten, allerlei Glaubensproben ausgesetzt waren – von den Mauern Jerichos über die Sünde Achans bis hin zu den Kanaanäern, die sich ihnen entgegenstellten. Ihre Kenntnis der Bibel war dazu angetan, ihren Enthusiasmus ein wenig zu dämpfen, ganz zu schweigen von einigen Gerüchten, die ihr zu Ohren gekommen waren.

Sie konnte nicht umhin, sich zu fragen, wie wohl *ihre* Wüste aussehen würde. Sie hatte gehört, was Reisende über die dürre Gegend erzählten, die sie als nächstes durchwandern mußten. In einer Erzählung war von einem Lederriemen die Rede gewesen, der nach einer Stunde in der Sonne völlig verschrumpelt gewesen war und langsam zu Staub zerfiel. Soviel zum Thema Hitze in ihrem Reisegebiet.

Ferner kursierte der Bericht über die Reisegruppe van Rensburg: zehn Männer, neun Frauen und dreißig Kinder samt schwarzen Bediensteten, Schafen, Ziegen und Rindern. Sie alle, mit Ausnahme zweier Kinder, waren abgeschlachtet worden. Ihre Wagen hatte man geplündert und in Brand gesteckt, die Leichname der Opfer ins Feuer geworfen und das Vieh geraubt. Wie sie gehört hatte, waren sie nachts von einem *Impi*, einer Streifschar von Zulu-Kriegern, überfallen worden und hatten sich bis zum Morgengrauen heldenhaft zur Wehr gesetzt. Dann aber war ihnen die Munition ausgegangen.

Johanna sah nach, ob die Lampe innen im Wagen noch genug Öl hatte, und polierte deren Rauchabzug, bis er glänzte. Sie sagte sich, es habe keinen Wert, sich Sorgen über das Morgen zu machen. Vielleicht hatte der Xhosa-Krieg sie doch mehr mitgenommen, als ihr bewußt geworden war. Doch wie sie es auch drehte und wendete: Die ganze Retief-Gruppe war ihr zu unbeschwert optimistisch, was ihre Aussichten anging. Was wohl in einem Jahr, fragte sie sich, von dem Jubelgeschrei draußen im Lager noch übrig sein mochte?

* * *

Zufrieden saß Sina unter einem Weidenbaum, neben sich einen Stapel Kleidungsstücke, an denen es etwas zu reparieren gab. Belustigt beobachtete sie einige weniger erfolgreiche Trecker-Versuche, über den Great River zu gelangen.

Ein Mann war dabei, seiner Frau, die am Ufer stand, Befehle zuzubrüllen. Er machte einen unbedachten Schritt nach hinten und purzelte von der Kante seines Floßes, die Arme herumwirbelnd wie Windmühlenflügel im Sturm, klatschend ins Wasser. Sein Sohn hörte auf zu staken und hielt seinem Vater die Stange hin, um ihn damit aus dem Wasser zu ziehen. Doch damit hatte das Floß keine Steuerung mehr und begann stromabwärts zu treiben.

Der Junge wurde von Panik ergriffen, zog seine Stange zurück und brachte das Floß wieder auf Kurs. Und nun war guter Rat teuer: Das Floß mußte am Abtreiben gehindert werden, aber zugleich mußte er seinen Vater aus dem Wasser ziehen. Nach mehreren fehlgeschlagenen Versuchen, beides auf einmal zu schaffen, gab der Junge es auf, das Floß steuern zu wollen. Sein Vater, der anscheinend leidlich schwimmen konnte, paddelte fieberhaft hinter dem abtreibenden Floß her und brüllte seinem Sohn unablässig etwas zu. Erst als es schon am Ufer gestrandet war, holte der Mann sein Floß wieder ein.

Sina sagte sich, daß Eltern zum Überreagieren neigten und man sowieso keine Vernunft von ihnen erwarten konnte – und zwar gerade dann, *wenn* alles gut ausgegangen war. Das beste Beispiel dafür war ihre Mutter. Nachdem Karel sie in der Nähe des früheren Klyn-Hofes herumirrend aufgegriffen hatte, waren Wochen ins Land gegangen, bevor ihre Mutter ihr wieder ins Gesicht hatte sehen können, ohne sofort wütend zu werden. Klar, zuerst war ihre Mutter erleichtert gewesen, daß Sina den Angriff überlebt hatte. Doch diese Anwandlung mütterlicher Fürsorge war verdunstet wie ein Tropfen Wasser auf einer heißen Kasserolle – und mit ebensoviel Zischen und Brodeln –, und zwar haargenau in dem Augenblick, als ihre Mutter begriffen hatte, daß Sina aus freien Stücken ausgerissen war, um Henry wiederzufinden.

Schon vorher hatte Sina ihre Mutter zornig gesehen, aber diese rasende Wut hatte sie noch nie an ihr erlebt. Etwas wie eine dicke schwarze Gewitterwolke hatte sich über das ganze Gesicht ihrer Mutter geschoben, und der Sturm, der dann ausbrach, ebbte zwei volle Tage lang kein bißchen ab. Die kleinste Bemerkung genügte, um einen Hagel feuriger Pfeile niedergehen zu lassen. Ihre Mutter schrie mit einer Donnerstimme herum, die alle Wände wackeln ließ. Jeder ging ihr aus dem Weg.

Eine gute Woche dauerte es, bis der Sturm eingedämmt war, weil er nur noch über Sina tobte. Ihr wurde verboten, ihrer Mutter auch nur eine Sekunde aus den Augen zu gehen. Von vor Sonnenaufgang bis nach Sonnenuntergang mußte sie Seite an Seite mit ihrer Mutter schuften, wobei diese nur dann mit ihr sprach, wenn es um Arbeitsanweisungen ging. So ging es eine weitere ganze Woche, bis sich endlich der Sturm auch für Sina legte und das Donnergrollen aufhörte.

Doch selbst jetzt, nachdem Monate ins Land gegangen waren, war es Sina noch verboten, allein irgendwohin zu gehen. Meistens mußte Kootjie als Wachhund mit, was sie bis heute nicht sonderlich gestört hatte. Sie hatte sowieso nirgendwohin gehen können. Doch nun würden sich die Wagen schon bald mit der anderen Gruppe zusammentun, die eher abgefahren war – Henrys Gruppe, um die Sache auf den Punkt zu bringen –, und da würde ein Anstandswauwau denn doch zum spürbaren Klotz am Bein werden. Und wenn es sich dann noch um ihren kleinen Bruder handelte, war es nicht mehr und nicht weniger als eine Erniedrigung für sie.

„Überreagierend und unvernünftig“, grummelte Sina beim Stopfen vor sich hin. „Überhaupt wenn man sich klarmacht, daß doch alles gut ausgegangen ist!“

Sie legte die müden Hände in den Schoß und blinzelte über den breiten Fluß. Wieviel größer der war als der Fish River! Wenn man darüber nachdachte – ein neues Land! Und bis zu Henry waren es nur ein paar Wochen!

Tatsächlich hatte sich alles zum Guten gewendet. Sie und Henry würden am Entstehen einer neuen Generation in einem neuen Land teilhaben, einem Land unter ihren eigenen Gesetzen, ihrer Regierung, den Führern, die sie selbst wollten. Sina fragte sich, welche Rolle wohl ihre Kinder in diesem neuen Land spielen würden. Würden sie Gouverneure sein? Oder Magistraten? Prediger vielleicht – oder Richter? Oder sonstwie vorbildliche Bürger in führenden Positionen? Daß sie auch ganz einfache Leute sein könnten, kam in ihren Gedanken nicht vor – nicht mit Henry Klyn als Vater.

„Sina? Ist Kootjie da?"

Ein breitschultriger Schatten verdunkelte Sinas Schoß. Sie drehte den Kopf, um zu sehen, wer sie da ansprach.

„Conraad!" sagte sie, die Hand über den Augen und trotzdem gegen die Sonne blinzelnd.

„Oh, entschuldige bitte!" rief Conraad und umrundete den Baum, unter dem sie saß. „Ich wollte nicht, daß die Sonne dich blendet."

Sina drehte den Kopf zur anderen Seite. „Brauchst dich nicht zu entschuldigen", sagte sie und mußte über sein ehrliches Unbehagen lächeln. „Ich hab' Kootjie 'ne ganze Weile nicht gesehen. Hast du denn schon beim Wagen nachgesehen? Kann aber auch sein, daß er bei den Ochsen steckt."

Conraad senkte den Kopf und räusperte sich. „Ähm ... hm – nee, da bin ich noch nicht gewesen. Also, äh – ich kam grade hier vorbei und sah dich ... Na ja, ich sah dich allein hier sitzen ..., und da dachte ich, ich könnte dich ja mal fragen ... Ich mein', wo du doch seine Schwester bist und so ..."

Während seiner unbeholfenen Rede sah er Sina nicht ein einziges Mal geradeheraus ins Gesicht. Er sah an ihr vorbei, hinter sie, über sie hinweg, aber er sah sie nicht an.

„Conraad!" rief Sina. „Was soll 'n das da werden – etwa 'n Bart?"

Conraad bekam einen Schreck und hob unsicher eine Hand ans Kinn und strich sich über den schon deutlich sichtbaren, aber noch nicht sehr ausgeprägten Bartwuchs. „Na ja", murmelte er schließlich, „ich glaub' schon", wobei ihn das Vorhandensein des Männlichkeitsattributs nicht minder zu überraschen schien als Sina vor ihm.

Conraad war immer ein enger Freund von Kootjie gewesen, deshalb war sich Sina nie der Tatsache bewußt geworden, daß er in ihrem eigenen Alter war. Genaugenommen war er sogar fast ein halbes Jahr älter. Dank der endlosen Lausbubenstreiche, die er und Kootjie gemeinsam ausgeheckt hatten, hatte sie ihn aber immer als jünger empfunden. Doch der Conraad, der jetzt neben ihr stand, sah eher wie ein Mann aus denn wie ein Junge. Irgendwie paßte das nicht so recht zusammen.

„Steht dir ausgesprochen gut", sagte sie.

Conraad errötete tief, hörte aber nicht auf, sich über den Bart zu streichen.

Sina mußte sich ein Lächeln verkneifen. Sie hielt die Unterhaltung damit für beendet und wandte sich wieder ihrer Näharbeit zu. Sie stopfte das Hemd ihres Vaters fertig, das sie gerade in Arbeit gehabt hatte, nähte den Faden fest und nahm das lose Ende zwischen die Zähne, um es abzuschneiden. Da fiel ihr Blick auf Conraads riesige Stiefel. Er stand immer noch da. Sie sah auf. Zwar war sein Körper ihr zugewandt, aber sein Blick schweifte über den Fluß und beobachtete die letzten Nachzügler beim Übersetzen.

„Kann ich dir sonst noch irgendwie helfen?"

„Äh – wie? Oh ... äh – nein ... Ich stand hier nur grade so ..."

Sina nickte, legte das fertige Hemd beiseite und nahm das nächste zur Hand.

Conraad bewegte sich nicht von der Stelle.

„Bist du am Nähen?" fragte er.

„Ja." Sie betrachtete den Stapel Kleider neben sich und die Nadel samt Faden in ihrer Hand und dachte: *Wieso fragt er das?*

Er sagte: „Sieht nach 'ner Menge Arbeit aus."

„Genug, um mich 'ne Weile beschäftigt zu halten."

Conraad nickte mit ernster Miene, so als hätte sie etwas Bedeutsames gesagt, machte aber nach wie vor keinerlei Anstalten zu gehen.

„Deine Leute sind gut über den Fluß gekommen, nehme ich an?" sagte Sina.

„O ja, sind sie."

„Hatten die Zwillinge Angst während der Überfahrt?"

„Nö ... Im Gegenteil, denen hat's gefallen."

„Dann ist es ja gut."

„Ja."

Conraad rührte sich immer noch nicht vom Fleck. Er war da und irgendwie doch nicht da. Der Körper war zugegen, aber der Geist schien am Fluß herumzuwandern, mal die Rinde des Weidenbaums zu studieren und dann wieder seine eigenen Fingernägel, schließlich die sinkende Sonne. Nachdem sie eine Viertelstunde lang dasselbe Fleckchen Erde miteinander geteilt hatten – für Sinas Begriffe war das alles, was sie taten –, entschuldigte Conraad sich.

„Ich würd' ja gern noch 'n bißchen mehr reden", sagte er, „aber auf mich wartet noch Arbeit."

„Wolltest du nicht nach Kootjie suchen?"

„Wie? Ach so – ähm ... na ja, vielleicht später. Jetzt muß ich erst mal an die Arbeit und so – du weißt schon ..."

Er schlenderte ein Stück weg, blieb dann stehen und drehte sich nochmals um. „Auf Wiedersehen, Sina."

„Auf Wiedersehen, Conraad." Sie sah ihm nach. Als er nicht mehr zu sehen war, rief sie lauthals: „Was sollte *das* denn jetzt?"

* * *

Christiaan stand mit dem Rücken zum Fluß, ließ seinen Blick über das Hohe Veld schweifen und dachte darüber nach, was die kommenden Tage wohl für sie bereithalten mochten. Es war in der Tat ein vielversprechendes Land, das sich da vor ihm erstreckte. Nachdem er jetzt hier war, konnte er deutlich erkennen, welche Möglichkeiten es barg. Es schien sich endlos hinzuziehen. Die enorme Weite Afrikas konnte man sich nicht vorstellen, solange man sie nicht zu Fuß, auf dem Pferderücken oder mit einem Fuhrwerk durchmessen hatte.

Hinter jeder Hügelkette öffnete sich erneut der Blick auf einen fernen Horizont. Das Bild blieb immer gleich: braunversengtes Gras, Buschgewächse und dornige Bäume von derselben Färbung, Felsmassive, dunkle Täler und sonnendurchflutete Ebenen. Nichts unterbrach die Eintönigkeit, nichts gliederte die Landschaft: Es gab weder Straßen noch Ortschaften. Erreichte man irgendeinen Fixpunkt in der Landschaft, so entpuppte er sich in aller Regel nur als Ansammlung von ein paar Büschen in der Ebene und sah genauso aus wie der Streifen Land, den man zuvor durchquert hatte.

Auch er hatte Gerüchte über das Land gehört, allerdings ganz andere als diejenigen, mit denen sich Johanna in ihren Gedanken auseinandersetzte. Seine Gerüchte drehten sich um die Weite des Landes und die reiche Jagdbeute, die es dort zu holen gab. Von einem Reisenden hatte er erzählen hören, der binnen einer einzigen Woche drei Elefanten, zwei Nashörner, eine Giraffe und zehn Flußpferde erlegt hatte.

Doch nicht das Land selbst oder die überreiche Tierwelt begeisterten Christiaan van der Kemp am meisten. Am dankbarsten machte ihn, während die Sonne über dem Great River unterging und die Lagerfeuer mehr als hundert Planwagen in flackerndes Licht tauchten, die Verheißung, frei zu sein: frei, sein eigenes Leben zu leben, und frei, um von allen in Ruhe gelassen zu werden.

22

In Winburg trafen die van der Kemps und die anderen Teilnehmer des Retiefschen Trecks mit der vorausgezogenen Gruppe zusammen. Mehrere Wochen zuvor war ein Kundschafter bei Retief eingetroffen und hatte erzählt, die frühere Gruppe habe den Orange River überschritten. Man erwarte die Ankunft der Nachkommenden in freudiger Erwartung. Als dann die vordersten Wagen bis auf Sichtweite herangekommen waren, ritten einige Teilnehmer der ersten Gruppe aus, um sie in Empfang zu nehmen.

Christiaan ritt neben dem Wagen her, während Kootjie die ermüdeten Ochsen antrieb und ihnen eine mehrtägige Ruhepause versprach, sobald sie die anderen Wagen erreicht hätten. Johanna und Sina saßen auf dem Kutschbock, dick eingemummelt, denn die Luft war rauh und vermittelte einen Vorgeschmack auf die kälteren Monate, die vor ihnen lagen.

Erwartungsvoll beugte Sina sich vor und musterte jeden der Reiter, die ihnen mit herzlichen Willkommensrufen entgegenkamen. Obwohl sie jeden Reiter fröhlich begrüßte, hielt sie doch ohne jeden Zweifel nach einem ganz bestimmten Ausschau.

Ein Berittener, dessen Körperhaltung ihnen sehr vertraut vorkam, hielt direkt auf den Wagen der van der Kemps zu. Sinas Gesicht hellte sich voller Vorfreude auf, doch als der Reiter nahe genug war, um sein Gesicht zu erkennen, wurde ihr Lächeln verhaltener – freilich nur ein bißchen.

Christiaan erging es ähnlich, als er sah, wer der Reiter war – nur daß seine Gefühle von bösen Vorahnungen in Abscheu übergingen. „Schau an, wer uns da begrüßen kommt", flüsterte er so leise, daß Sina ihn nicht hören konnte.

Johanna hingegen hob verstehend die Augenbrauen; offenkundig hatte sie die Bemerkung ihres Mannes vollauf mitbekommen. Ebenso flüsternd antwortete sie: „Besser dem Teufel gleich morgens in die Augen sehen, als den ganzen Tag der Schlacht entgegenzittern."

„Van der Kemp!" rief der Reiter Christiaan zu.

„Oloff!" grüßte der den älteren Klyn.

„Seien Sie gegrüßt, *Mynheer* Klyn!" rief Sina aufgeregt.

Die Stimme vom Wagen her schien Klyn ein wenig zu überraschen, so als hätte sie sich unversehens an ihn herangemacht. „*Mevrou* van der Kemp!" galt der erste Gruß Johanna, dann: „*Mejuffrouw* ..."

„Sina“, half Johanna aus.

„Mejuffrouw Sina“, vollendete Klyn.

Sina war ein bißchen enttäuscht darüber, daß Klyn ihren Namen nicht mehr gewußt hatte, aber das hielt sie nicht davon ab, mit der Frage aller Fragen herauszuplatzen: „Kommt Henry auch noch?“

„Henry?“ Ein weiterer leicht überraschter Blick. „Warum sollte denn Henry hier rausreiten?“

„Einfach so“, antwortete Sina leise. „Ich war bloß neugierig.“ Aber die Enttäuschung stand ihr groß ins Gesicht geschrieben, eine Enttäuschung, die sich beileibe nicht nur daran festmachte, daß Henry es nicht für nötig gehalten hatte, sie zu begrüßen. Vielmehr verdeutlichte ihr Klyns Reaktion, daß er nichts, aber auch gar nichts von einer Beziehung zwischen Henry und ihr wußte. Sina verschränkte die Arme, senkte den Kopf und kauerte sich zusammen wie eine Blume, die für die Nacht ihre Blütenblätter einrollt.

Falls Klyn die Auswirkung, die seine Bemerkung auf Sina hatte, überhaupt zur Kenntnis nahm, ließ er sich nichts davon anmerken. Er wendete sein Pferd und begann neben Christiaan herzureiten.

„Hab’ gehört, daß du deinen Hof verloren hast“, sagte er.

„Stimmt.“

„Alles?“

„Ja“, nickte Christiaan traurig.

Kritisch musterte Klyn van der Kemps Wagen. „Ist das dein einziger Wagen?“

„Ja“, sagte Christiaan, der sehr wohl gehört hatte, daß Klyn und Henry mit zehn Wagen aus der Kolonie abgereist waren. Die durchschnittliche Burenfamilie war mit wenigstens drei Fuhrwerken unterwegs, um ihre Besitztümer, den Proviant, Wagen-Ersatzteile, Waffen, Munition und die Erinnerungen eines ganzen Lebens befördern zu können.

„Kannst dich glücklich schätzen“, sagte Klyn. „Du brauchst dich nur um den einen Wagen zu kümmern und nicht um fünfzehn.“

„Ich hörte, du seist mit zehn Wagen aus der Kolonie aufgebrochen.“

„Da hast du falsch gehört. Es waren fünfzehn.“

„Bloß für dich und Henry?“

„Daran siehst du mein Dilemma“, sagte Klyn in einem Tonfall, als schleppte er ungeheure Sorgen mit sich herum. „Ich hab’ wirklich genug am Hals, all die Arbeiter im Zaum zu halten, die man für fünfzehn Wagen braucht.“

„Kann ich mir nur zu gut vorstellen“, sagte Christiaan trocken.

„Wenn ich bedenke, auf wie viele Wagen du achthaben mußt, schätze ich es um so höher, daß du dir die Zeit genommen hast, rauszukommen und uns zu begrüßen. Wir verstehen natürlich, daß du wahrscheinlich nicht lange bleiben kannst."

Den Wink mit dem Zaunpfahl schien Klyn nicht mitbekommen zu haben, oder falls doch, war er viel zu dickhäutig, um darauf einzugehen. Eine Weile ritt er schweigend neben Christiaan her, ohne die Augen von dem Meer von Planwagen zu wenden, auf das sie sich zubewegten.

Christiaan tauschte Blicke mit Johanna, die ihm per Kopfbewegung in Klyns Richtung bedeutete, die Sache hinter sich zu bringen. *Besser dem Teufel gleich morgens in die Augen sehen, als den ganzen Tag der Schlacht entgegenzittern.*

„Ist dein Pferd neu?" fragte Christiaan Klyn.

Der warf sich stolz in die Brust. „Die beste Stute, die ich je gehabt hab'", sagte er und tätschelte die braune Flanke des Tieres. „Hab' ich extra für den Treck noch in Graaff-Reinet gekauft. Ich wußte ja, daß ich hier oben 'n gutes Koloniepferd brauchen würde ..."

Danach erging sich Klyn mehr als eine Viertelstunde lang in den Ereignissen, die zum Kauf des Pferdes geführt hatten, einschließlich des Widerstrebens des Verkäufers, der sich von dem Tier nicht hatte trennen wollen, seiner, Klyns, anerkannt überlegener Fachkenntnis, wenn es um Pferde ging, und der dreitägigen Verkaufsverhandlungen.

Christiaan heuchelte großes Interesse und fragte bei allen möglichen Details genauer nach. Währenddessen vermied er es, seiner Frau direkt in die Augen zu sehen, nahm aber sehr wohl wahr, wie sie im Hintergrund entnervt den Kopf schüttelte.

Es war eine wohlüberlegte Masche. Über nichts unterhielt sich ein Bure lieber als über sein Vieh, seine Hunde, seine Gewehre und seine Pferde aus echter Koloniezucht.

Die Pferderasse, die in der Kapkolonie gedieh, war stämmiger als ihre europäischen Artgenossen und eignete sich nicht so gut wie diese zum Ziehen von Lasten. Dafür brauchten die Kappferde nicht beschlagen zu werden, waren überlegene Kletterer und kamen mit weitaus weniger Futter aus. Wenn man sie nicht zu hart rannahm, schafften sie ohne weiteres sechzig Meilen am Tag, davon mehr als die Hälfte in leichtem Galopp. Sie reagierten auf den sanftesten Fersendruck ihres Reiters. Waren ihre Reiter mit Schießen beschäftigt, harrten sie bewegungslos aus, um gleich darauf wieder loszugaloppieren, so daß man auf so einem Pferd unerreichbar für jeden Gegner war, der nur seine zwei Füße und seinen Assagai hatte. Die Pferde waren so abgerichtet, daß die Reiter, wenn sie abstiegen, ihre schweren Feuerwaffen auf ihrem Rücken ablegen konnten. Viele waren auch auf die Löwenjagd dressiert.

„'n feines Pferd, in der Tat", sagte Christiaan, während er fieberhaft überlegte, was er Klyn noch fragen könnte.

„Wenn ich 'ne Schwäche hab'", sagte Klyn, „dann sind's Pferde, und dieses hier ganz besonders."

Lächelnd nickte Christiaan.

„Und was ist mit deinem Pferd?" sagte Klyn. „Ich hoffe doch, daß es *dein* Pferd ist – oder hast du bei dem Brand auch deine Pferde verloren?"

„Eins der wenigen Dinge, die ich gerettet hab'", sagte Christiaan jovial. „Ohne dieses Pferd hätte ich nicht gewagt, den Treck anzutreten."

Kaum war der Satz heraus, da wußte er schon, daß er ihn nicht hätte sagen sollen.

Johanna wußte es auch. Sie stieß ein „Haha" aus, das wohl eine halbe Meile weit zu hören sein mußte.

Klyn erkannte die Gelegenheit und ergriff sie beim Schopf. „Wenn ich mich recht entsinne", sagte er überlegen lächelnd, „hast du doch an *Nachmaal* eine leidenschaftliche Rede gehalten, in der es um deine Verwurzelung im Grenzland ging und um den Aufbau eines neuen – Klaarstroom, hieß es nicht so?"

„Ja", sagte Christiaan leise, „Klaarstroom."

„Du sagtest einiges über Geduld und gegenseitiges Verständnis als Schlüssel für das Zusammenleben sowohl mit den Briten als auch mit den Xhosa. Ferner, daß es genügend Land und Vieh für alle gebe – war's nicht so? Oder habe ich dich am Ende mißverstanden?"

„Nein, das habe ich gesagt."

Klyn zuckte die Schultern, als blicke er nicht mehr durch. „Na ja, dann wirst du ja verstehen können, daß ich ein bißchen konsterniert war, als ich hörte, daß du dein Land des Überflusses zugunsten dieser unbekannten, unerforschten Wildnis zurücklassen wolltest."

Christiaan mußte zu einer veränderten Taktik übergehen. Zwei Möglichkeiten standen ihm offen: Entweder konnte er Klyn den Rest der Strecke bis zu den anderen Wagen schwadronieren lassen, oder ...

Mit geradezu überschwenglicher Stimme sagte er: „Ich gebe zu, daß ich im Irrtum war. Und du, Oloff, hattest recht! Ich hätte mich vor der Weisheit deiner Lebensjahre verneigen sollen, aber mein dummer Stolz hinderte mich daran. Viel Herzeleid hätte ich mir selbst und meiner Familie ersparen können, wenn ich gleich auf dich gehört hätte! Du hattest die Voraussicht, die mir fehlte, und ich habe für meine Überheblichkeit teuer bezahlt. Ich kann nur hoffen, daß ich in Zukunft die Weisheit haben werde, die Dinge so klaren Auges zu betrachten wie du. Und ich beeile mich, dir für diese Gelegenheit zu danken, die Dinge geradezurücken. Danke, Oloff! Du bist ein freundlicher, großzügiger Mann und ein guter Freund."

Klyn saß in seinem Sattel wie vom Donner gerührt. Augenscheinlich hatte er Mühe, Worte zu finden. Dann murmelte er: „Man muß ein starker Mann sein, um zuzugeben, daß man sich geirrt hat."

„Ein gedemütigter Mann, Oloff – gedemütigt."

Klyn straffte sich. „Also dann", sagte er, „ich reite mal lieber voraus. Ein Mann mit fünfzehn Wagen kann sich's nicht leisten, lange in der Gegend rumzustromern."

„Gottes Segen mit dir, Oloff", sagte Christiaan.

„Oh, eins noch ...", sagte Klyn.

„Ja?"

„Euer Retief da: das Gerücht sagt, daß er die Leitung des zusammengelegten Gesamttrecks beanspruchen wird, und das wäre nicht klug. Potgieter ist der beste Mann dafür. Wenn es an der Zeit sein wird, die Karten offen auf den Tisch zu legen, hoffe ich, daß du klug genug bist, diese Angelegenheit mit denselben Augen zu betrachten wie ich." Damit gab der ältere Klyn seiner braunen Stute die Sporen. Der Schoß seines weißen *Dopper*-Hemdes flatterte im Wind hinter ihm her. Jetzt war es an Christiaan, konsterniert aus der Wäsche zu gucken. Seine Schmeicheltaktik war ein Schuß in den Ofen. Aber wie hätte er wissen sollen, daß Klyn seine Schmeichelei gleich als Hebel benutzen würde, um Unterstützung für seinen Kandidaten Potgieter, einen *Dopper* wie er selbst, einzuheimsen? Jedenfalls: einem *Dopper* den Vorzug vor Piet Retief zu geben, das war von Christiaan zuviel verlangt. Das würde er nicht tun. Doch wenn er sich weigerte, für Potgieter einzutreten, würde er sich noch ein weiteres Mal mit Oloff Klyn auseinandersetzen müssen.

Johanna lächelte sarkastisch. „Schlag den Teufel, sagte ich, mein Liebster. Das heißt, ihm zu widerstehen. Mit dem Teufel zu tanzen ist ganz was anderes. Wenn du mit dem Teufel tanzt, muß irgend jemand den Bläser bezahlen."

„Ja, Baas!" sagte Christiaan und sank geschlagen in seinem Sattel zusammen.

* * *

Sina zog die Segeltuchplane zur Seite und spähte aufgeregt in die Richtung, aus der die Musik kam. Die Spieler waren noch dabei, sich vorzubereiten. Hören konnte sie sie, sehen nicht. Hingebungsvoll kratzte eine Fiedel die Tonleiter rauf und runter, gelegentlich unterbrochen von dem Bemühen, eine Saite richtig zu stimmen. Anschließend würde ebendieselbe Fiedel den ganzen Abend lang hurtig ein vertrautes Lied nach dem anderen intonieren. Als begleitende Instrumente waren eine Ziehharmonika mit ihrem wehmütigen Klagen und eine Flöte mit ihren hohlen und dennoch wohlgesetzten Tönen von der Partie.

Strahlenden Antlitzes sprang Sina mit einem nicht gerade damenhaften Satz vom Wagen herunter. Der erste gemeinsame Abend der beiden vereinten Reisegesellschaften wurde mit einer ausgelassenen Feier begangen, und sie konnte es kaum abwarten, sich ins Getümmel zu stürzen. Die im Kreis aufgestellten Wagen, die Musik, das Zusammensein mit Freunden – wie beim *Nachmaal,* nur noch viel besser; denn hier würde niemand nach Hause gehen.

Sie glättete die Falten ihres grünen Kleides, zog ihre weißen Strümpfe straff und wischte sich den Staub von den Schuhen. Ihr ganzes Leben lang würde sie sich an den heutigen Abend erinnern – er sollte vollkommen sein. Für Sina war der Abend mehr als bloß eine Wiedersehensfeier zwischen zwei Reisegruppen: Es war der Abend, an dem sie und Henry wieder vereint sein würden. Heute abend würde ihre Zukunft beginnen, von der ab sie nie mehr auseinandergehen würden.

Unter der Plane erschien ihre Mutter und schwang ächzend und grummelnd ihre dicken Beine über die hintere Bordwand des Wagens. Beim Herabsteigen fragte sie: „Bist du fertig? Können wir gehen?“

Sina strich sich noch mal übers Kleid und nickte. „Wo steckt Vater?“

„Hier“, sagte Christiaan und kam von vorne um den Wagen herum. Er trug einen schwarzen Anzug zum weißen Leinenhemd. „Kootjie ist noch bei den Ochsen. Er kommt nach, wenn er soweit ist.“

Sina drohte vor Erregung das Herz aus der Brust zu hüpfen. Solange Kootjie nicht zugegen sein konnte, würde sie Henry treffen können, ohne daß ihr kleiner Bruder ihr am Rockschoß hing.

Da sagte Johanna: „Solange Kootjie noch nicht da ist, wirst du bei uns bleiben müssen, Sina.“

„Aber ...“

Der Blick ihrer Mutter ließ ihr das Wort im Hals steckenbleiben. Hier würde es kein Verhandeln, kein Flehen und keine Gnade geben.

Sinas Herzklopfen nahm merklich ab, an die Stelle eines beschwingt hüpfenden trat ein sich mühselig dahinschleppender Rhythmus. Der elterliche Befehl hatte ihr einen schweren Klotz ans Bein gebunden. Sie senkte den Kopf und schlurfte hinter ihren Eltern her, während irgendwo dort vorn das Akkordeon eine heitere Melodie anstimmte. Niemals hätte sie gedacht, daß sie den Moment herbeisehnen würde, in dem ihr Bruder auftauchte und sich an sie hängte, denn das war immer noch besser, als den ganzen Abend mit ihren Eltern zu verbringen und sich eine langweilige Erwachsenenunterhaltung nach der anderen anzuhören.

Auf dem kreisrunden, von Wagen umstandenen Festplatz ging es, als sie ankamen, so lebhaft zu wie in einem Ameisenhaufen.

„Wie beim *Nachmaal*", bemerkte Johanna.

„Besser als *Nachmaal*", erwiderte Christiaan. „Das hier ist ein Treffen freier Menschen."

Überall, wohin man schaute, bewies sich Christiaans Aussage von selbst: Das hier war wirklich besser als *Nachmaal.* Die Musiker spielten mit mehr Schwung auf, die feiernden Menschen hatten eine freundlichere Ausstrahlung, sprachen lauter und waren insgesamt sprühender. Es wurden interessantere Geschichten und lustigere Witze erzählt, und es wurde mehr gelacht. Die Freiheit war ein Gewürz, das eine gute Feier noch viel besser machte.

Jeder auf dem Platz amüsierte sich bestens – jeder bis auf Sina, die pflichtschuldig ihren Eltern hinterhertrottete, antwortete, wenn jemand sie etwas fragte, kaum lächelte und im stillen betete, daß Kootjie bald käme.

Die jungen Leute hatten ihren Treffpunkt am hinteren Ende des Festplatzes. Sina gab sich Mühe, immer hinter Grüppchen schwatzender Erwachsener zu bleiben, so daß niemand von ihren Freunden sie von dorther sehen konnte. Das allerletzte, was sie gebrauchen konnte, war, daß irgend jemand von dort herüberkam und sie fragte, warum sie nicht zu ihnen komme. Was sie sich da vorgenommen hatte, war gar nicht so einfach, denn einerseits wollte sie von ihren Freunden nicht gesehen werden, andererseits aber zu ihnen hinüberspähen, um zu sehen, wer mit wem redete, wer da war und wer nicht.

Deborah van Aardt war da, aufgetakelt wie immer, umschwirrt von ihrem üblichen Gefolge und ohne Unterlaß vor sich hin zwitschernd wie ein hirnloses Vögelchen. Nicht weit von ihr stand Karel, die Hände in den Hosentaschen. Selbst aus der Entfernung entging Sina nicht, daß irgend etwas ihn ärgerte.

Dann traf Conraad Pfeffer ein. Lächelnden Gesichts umrundete er die Menge. Daß ihn dabei niemand begrüßte, war normal – Conraad gehörte zu der Sorte junger Männer, die ein Zimmer betreten konnte, ohne von irgend jemandem bemerkt zu werden. Falls es ihm Probleme machte, daß niemand ihm Beachtung schenkte, zeigte er es nicht. Schließlich suchte er sich einen Platz ein paar Meter außerhalb des großen Gedränges und sah sich gutmütig um. Vermutlich suchte er Kootjie.

Auffällig war, daß Henry sich nicht unter den Jugendlichen aufhielt. Eingehend suchten Sinas Blicke den ganzen Festplatz ab – nirgends eine Spur von ihm.

Einen Teil von ihr freute es, daß Henry noch nicht da war. Sollte es ihr nämlich gelingen, vor ihm zur Stelle zu sein, so würde sie nichts zur Erklärung ihres Zuspätkommens sagen müssen. Doch etwas anderes in ihr war beunruhigt: Kam er überhaupt? War ihm womöglich irgend etwas Unangenehmes zugestoßen?

Gerade hatten die Musiker angesagt, daß sie eine kurze Pause einlegen würden, als Kootjie zwischen den Wagen hindurchgestiefelt kam. Blinzelnd blieb er stehen und sah sich auf dem Festplatz um, und als er den Haufen der Jüngeren samt Conraad entdeckt hatte, der ihm gleich ein Zeichen gab, trottete er zu ihnen hinüber.

Sina zog einen Schmollmund. *Was denkt sich der Kerl?* Sie schürzte ihren Rock und eilte ihm nach.

„Sina!“ Der Ruf hatte die Bedeutungsschwere mütterlicher Autorität.

Sina drehte sich um und zeigte auf ihren Bruder. „Aber Kootjie ist doch da!“ flehte sie.

Der Blick ihrer Mutter folgte Sinas ausgestrecktem Zeigefinger, bis er Kootjie erfaßt hatte. Daraufhin erhielt Sina durch ein gestrenges Nicken die Erlaubnis, sich zu ihm zu gesellen, was sie unverzüglich tat.

„Was machst ’n du eigentlich?“ fauchte sie ihren Bruder an, kaum, daß sie ihn erreicht hatte.

„Ich geh’ rüber zu Conraad“, sagte Kootjie unschuldigen Tons.

„Aber du solltest erst zu uns kommen und mich abholen!“

„Hab’ dich nicht gesehen.“

„Weil du nicht geguckt hast! Ich hab’ extra zu dir rübergesehen!“

„Na ja – und? Du hast mich gesehen, bevor ich dich gesehen hab’. Und jetzt bist du ja da, oder etwa nicht?“

„Ja, aber du solltest erst rüberkommen und mich abholen! Wo warst ’n du überhaupt so lange?“

„Da waren Zecken.“

„Zecken?“

Kootjie nickte. „Tausende. Hab’ noch nie im Leben so viele gesehen. So winzigkleine, rote, die sich den Ochsen an den Bauch setzen. Juckt wie verrückt, wenn du sie unter die Haut kriegst.“

Er rollte seinen Ärmel hoch und zeigte einen Arm voller roter Quaddeln. An den meisten hatte er schon herumgekratzt. Sie waren dabei, sich zu entzünden. Von dem befallenen Arm ging ein fürchterlicher Gestank aus.

„Kootjie, du stinkst!“ kreischte Sina und schob seinen Arm von sich weg. „Du duftest wie deine Rindviecher!“

Ungerührt zuckte ihr Bruder die Schultern und krempelte seinen Ärmel wieder runter. „Hab’ ich noch gar nicht bemerkt.“

„Aber alle anderen werden’s merken, das kannst du mir glauben!“

In diesem Moment spürte sie, daß *er* da war. Als erstes sah sie seine blankgewienerte Stiefelspitze. Sinas Blick glitt über lange Kordsamt-Hosenbeine hinauf zu einem Hosenbund ohne Gürtel oder Hosenträgerschlaufen, dann über die typische Lücke, durch die das weiße Hemd zu sehen war, zu einer Joppe aus blauem Nanking, einem ausgeprägten Kinn, schmalen Wangen und tiefblauen Augen.

„Guten Abend, Sina.“

„Henry!“ stieß sie atemlos hervor.

„Hallo, Kootjie.“ Henry gönnte ihrem kleinen Bruder einen Seitenblick. „Sieht so aus, als ob wir heute abend ’n bißchen Zeit zusammen verbringen werden, was?“

„Wie meinst du das?“ Sina bedachte Kootjie mit einem wütenden Blick. Sollte der irgend jemandem – *irgend* jemandem – erzählt haben, daß sie unter Bestrafung stand, dann würde sie …

„Henry und ich schieben heute nacht zusammen Wache“, sagte Kootjie.

„Oh!“ entfuhr es Sina, wobei sie sich ein bißchen blöd vorkam. Dann schlug ihre Verlegenheit in Neid um: wenn sie doch nur die ganze Nacht mit Henry zusammen sein könnte! *Geduld, Sina, Geduld!* sagte sie sich. *Die Zeit wird kommen!*

„Sollen wir zu den anderen rübergehen?“ schlug Henry vor.

Mit dem anmutig-weiblichsten Nicken, dessen sie fähig war, willigte Sina ein – in der Erwartung, daß Henry ihr den Arm bieten würde.

Doch das tat er nicht.

Statt dessen trat er auf die andere Seite, so daß Kootjie zwischen ihnen ging, und sagte scherzhaft zu diesem: „Du riechst, als ob du gerade vom Feld gekommen wärst.“

„Bin ich auch“, antwortete Kootjie. „Die Tiere hatten Zecken.“

„Eure auch? Unsere Kühe und Ochsen waren übersät davon!“

Sina fröstelte. So hatte sie sich die großartige Wiedervereinigung mit ihrem geliebten Henry nicht vorgestellt: mit einem Gespräch über Zecken! Dagegen mußte sie irgendwas unternehmen! Sie erspähte Karel, und das war die Gelegenheit: Vielleicht konnte sie Henry eifersüchtig machen ...

Sina beschleunigte ihren Schritt und ließ ihren Bruder mit Henry stehen. „Karel!“ gurrte sie. „Wie lange hab' ich dich nicht gesehen!“ Sprach's und fiel ihm um den Hals.

Das rief mehrere Reaktionen hervor. Karel wich verdutzt zurück. Deborah verzog das Gesicht. Kootjie riß den Mund auf, Conraad tat es ihm nach, und Henry zog ungnädig die Augenbrauen zusammen. Von all diesen Reaktionen kam es Sina einzig und allein auf die von Henry an.

Gleich einem Angler, bei dem soeben ein Fisch angebissen hat, verfolgte sie ihre Taktik weiter – sie zog sozusagen die Rute straff. Karel am Arm fragte sie ihn: „Was bist du so bedrückt? Eigentlich soll doch hier ein Fest gefeiert werden!“

Karel vermied ihren Blick und sagte nur: „Nicht jetzt und nicht hier.“

„Mein Vater hat seinen Antrag abgelehnt“, sagte Deborah mit vorgeschobener Unterlippe.

„Er zögert seine Zustimmung hinaus“, berichtigte Karel.

„Richtig“, stimmte Deborah leichthin zu. „Vater hat nicht nein gesagt, aber auch nicht ja.“ Sie rümpfte ihr Näschen, als machte ihr all das großen Spaß. „Er hofft noch auf 'n besseres Angebot.“

„Das tut mir leid, Karel“, sagte Sina. Mit einemmal schienen ihre Versuche, Henrys Aufmerksamkeit zu gewinnen, gar nicht mehr so wichtig zu sein. Sie wußte, was Karel für Deborah empfand. Seit Jahren hatte er davon geredet, daß er sie heiraten wollte. Ganz offen hatte er von ihrer gemeinsamen Zukunft gesprochen. Und immer war er sehr zuvorkommend mit Deborah umgegangen, so wie es jemandem gebührt, mit dem man eine langjährige Beziehung unterhält. Ihre Hochzeit schien nur noch eine Frage der Zeit zu sein.

Schulterzuckend tat Karel so, als berühre ihn die jetzige Wendung der Dinge nicht sonderlich.

Doch Sina konnte er nicht täuschen. Sie war überzeugt, daß die Antwort von Deborahs Vater ihn tief getroffen hatte.

„Ich muß ihren Vater bloß noch überzeugen, das ist alles“, sagte er.

„Da hast du dir aber was vorgenommen", ließ sich Henry mit einem fiesen Grinsen vernehmen, „wenn man denn in Rechnung stellt, daß van Aardt dir verboten hat, Deborah weiterhin zu sehen."

Karel sah Deborah an. Es war ein Blick voller Schmerz.

„Sollte das ein Geheimnis bleiben? Sollte es doch wohl nicht, oder?" Deborah spielte mit unschuldig dreinschauenden Augen und klimpernden Wimpern die Ahnungslose.

„*Mynheer* van Aardt hat meinen Umgang mit Deborah eingeschränkt", sagte Karel, „aber er hat mir nicht verboten, sie zu sehen. Er ist der Meinung, daß andere Verehrer sich nicht an Deborah herantrauen, wenn sie und ich wie die Kletten zusammenhängen."

„Ja, so ist es", pflichtete Deborah eifrig bei. „Genauso hat's Vater gesagt. Klar darf ich Karel weiterhin sehen. Vater will eben bloß, daß ich auch andere Jungs auf mich aufmerksam mache."

„Na, damit hast du ja wohl keine Probleme", murmelte Sina, womit sie sich einen finsteren Blick von Karel einfing. Sie wünschte, sie hätte die Bemerkung nicht gemacht.

Der Akkordeonspieler quetschte, begleitet von den fliegenden Fingern des Geigers und dem rotbackigen Flötisten, eine flotte Melodie nach der anderen aus seinem Instrument heraus, und die Wagenburg schwirrte von Farbenpracht und Frohsinn, während die schwerblütigen Buren alles daransetzten, der Nacht so viel Heiterkeit zu entlokken, wie sie irgend hergab.

Die einzige schwere Wolke schien über Sina und ihrer Umgebung zu hängen. Regelmäßig sah *Mynheer* van Aardt herüber und überprüfte, mit wem seine Tochter Umgang pflegte, so daß Karel sich gezwungen sah, auf Abstand von Deborah zu bleiben. Also hängte er sich an Sina. Obendrein nahm Kootjie seine Aufgabe genau, in der Nähe seiner Schwester zu bleiben. Nachdem jedoch seine anfängliche Begeisterung, ihr Aufpasser zu sein, abgeklungen war, fühlte er sich aber durch sie in seiner Freiheit eingeschränkt, und seine Laune verschlechterte sich zusehends.

Wo Kootjie war, war Conraad Pfeffer nie weit. Sina fiel auf, daß er sich die ganze Zeit über, seit sie den Great River überquert hatten, eigenartig verhalten hatte. Mehrmals hatte sie ihn dabei ertappt, daß er sie mit offenem Mund anstarrte. Wenn sie dann seinen Blick suchte, pflegte er rot anzulaufen und sich wie ein Esel abzuwenden.

So von männlicher Zuwendung eingenommen, sah Sina sich außerstande, eine längere Unterhaltung mit Henry anzufangen, ganz zu schweigen davon, daß sie eine Gelegenheit gefunden hätte, mit ihm allein zu sein. Sie hatte von einer zweiten Nacht wie damals beim *Nachmaal* geträumt – von der Musik, der gemeinsamen Sitzbank, den Berührungen ... Und jetzt hätte sie alles gegeben, um auch nur ein paar Minuten der vertrauten Zweisamkeit mit ihm genießen zu können.

Als die Festgesellschaft sich allmählich zu zerstreuen begann und die Drei-Mann-Combo ihre Instrumente zusammenräumte, entfleuchte Sina jegliche Hoffnung, die sie auf den Abend gesetzt hatte. Karel stand nörgelnd bei Kootjie herum, der es gar nicht abwarten konnte, zum Wagen zurückzugehen, um sich für seine allererste Nachtwache fertig zu machen. An ihrer Seite klebte Conraad – Conraad, der nichts tat, als eben neben ihr zu stehen und davon ungemein entzückt zu sein schien.

Henry war ein Stückchen entfernt und unterhielt sich mit Deborah und ihrem Gefolge. Irgend etwas, das er gerade sagte, brachte die ganze Korona zum Lachen. Deborah lachte am lautesten und klappte dabei anzüglich die Lider auf und zu. Zudem streckte sie die Hand aus und legte sie auf Henrys Unterarm, was Sinas Hals rot anlaufen ließ. Deborah war eben Deborah – ihre affektierten weiblichen Tricks würden aber bei Henry nichts ausrichten, tröstete sich Sina.

Doch dann sah sie mit Schrecken, wie Henry seine eigene Hand auf Deborahs legte und sie an sich preßte. Er beugte sich ein wenig vor und bedachte Deborah durch deren flatternde Lider hindurch mit einem tiefsinnigen Blick, garniert mit jenem unwiderstehlichen Lächeln, von dem Sina normalerweise hingerissen war. Der Blick, den er und Deborah tauschten, schien eine Ewigkeit zu dauern.

In Sina gärte ein bitteres Gebräu aus Wut, Enttäuschung und Panik. Sie spürte, wie ihre Augen feucht wurden.

Kootjie baute sich vor ihr auf und versperrte ihr den Blick auf Henry und Deborah. „Vater winkt, wir sollen zum Wagen zurückkommen“, sagte er.

Sina antwortete nicht. Sie blinzelte nicht mal. Sie starrte einfach vor sich hin. Kootjies Brustkorb war direkt vor ihrem Gesicht, so daß ihre Augen normalerweise nichts anderes hätten sehen müssen als ein krauses, leicht angeschmutztes Hemd und eine offene Weste. Doch ihre Augen nahmen es nicht auf.

„Sina, hast du gehört? Wir müssen nach Hause!“

Kootjies Stimme nahm jenen ganz speziellen Tonfall an, in dem Brüder und Schwestern miteinander zu verkehren pflegen. Diese Stimme und eine Duftschwade aus seiner verschmutzten Kleidung holten Sina in die Gegenwart zurück.

„Vater wartet!“ wiederholte er und wies mit dem Arm quer über den Festplatz.

Sinas Blick wandte sich in die Richtung, die er zeigte. Ihr Vater stand neben einem Wagen und unterhielt sich mit Conraads Vater. Mit dem Arm gab er Sina und Kootjie ein Zeichen, sich ihm anzuschließen.

Der Abend, von dem Sina geträumt hatte, war zu einer Katastrophe geworden. Da gab es nichts mehr zu retten. Ihr einziger Trost war, daß sie jetzt, wo sie gemeinsam reisten, täglich Gelegenheit finden würde, Henry zu sehen. Heute abend indes konnte sie nichts mehr tun. Niedergeschlagen drehte sie sich um und ging.

„Sina, vielen Dank, daß du so nett zu mir warst!“ rief Karel ihr nach.

Alles, womit sie antworten konnte, war die schwache Andeutung eines Lächelns.

„Hast du was dagegen, wenn ich mit dir gehe? Mein Vater wartet auch dahinten auf mich.“ Das kam von Conraad, und er wartete gar nicht erst ihre Antwort ab, sondern nahm einfach die Position an ihrer Seite ein.

Sie gönnte auch ihm ihr angedeutetes Lächeln, während sie bitter dachte: *Warum nicht? Der vollkommene Abschluß eines vollkommenen Abends!* Entmutigt schlurfte sie zwischen ihrem Bruder und Conraad ihrem rollenden Zuhause entgegen.

„Sina! Wart’ doch mal!“

Seine Stimme! Blitzartig drehte sie sich um und sah Henry eilig auf sich zukommen.

Ohne die beiden Jungen an ihrer Seite auch nur eines Blickes zu würdigen, ergriff er sie bei der Hand und zog sie ein Stück zur Seite. „Ich kann dich doch nicht ziehen lassen, ohne auf Wiedersehen zu sagen“, sagte er mit seinem breitesten Lächeln.

„Konntest du nicht?“

„Ich wünschte, es wär’ heute abend für uns beide anders gelaufen.“

„Anders? Was meinst du?“

„Na ja ...“ Henry zuckte die Schultern und sah zu Boden, als wäre er in Verlegenheit, aber er wurde kein bißchen rot. „Weißt du nicht mehr, das letztemal, als wir zusammen waren – da waren wir auf dem Weg in den Pfirsichgarten. Und ... na ja, irgendwie hatte ich gehofft, daß wir heute abend ’nen Platz für uns allein finden könnten – nur für ’ne Weile ... Um zu reden.“

„Das hätte mir sehr gefallen.“

„Tatsächlich?“

Die Frage überraschte Sina. Ihre Gefühle für Henry waren derart überwältigend, daß sie manchmal vor Verlangen nach ihm regelrecht zu glühen glaubte – so sehr, daß jedermann im Umkreis von fünfzig Metern es merken mußte. Henry jedoch schien nichts davon bemerkt zu haben. Aber er war auf ihre Gesellschaft aus, und das war fast zu schön, um wahr zu sein. „O ja, sicher", hauchte sie.

„Na toll!" freute sich Henry. „Weißt du, Sina, du bist was Besonderes für mich. Heute abend war's halt nichts, aber es wird andere Abende geben."

„Andere Abende ..."

„Wirst sehen – schon bald."

„O ja! Bitte laß es bald sein!"

Henry schenkte ihr den Blick aller Blicke, drehte sich um und verließ den Festplatz.

Von da an schwebte Sina zwischen ihrem Bruder und Conraad nach Hause.

23

Kootjie zog sich die dicke Jacke fester um den Körper, während er in die schwarze Dunkelheit hinausspähte. Mit dem Rücken zum Feuer saß er auf einem Felsbrocken. Hinter ihm beugte sich Henry über die Flammen, klatschte in die Hände und rieb sie sich, um sie ein wenig warm zu bekommen.

Die Kälte des Steins durchdrang Kootjies Moleskinhose. Er erschauerte, nicht so sehr allerdings von der Kälte wie vor Angst und Nervosität, wiewohl er sich auf diesen Abend gefreut hatte. Es war seine erste Nachtwache ohne den Vater. Bis zu diesem Moment jedoch war ihm nicht klar gewesen, was für ein gutes Gefühl es war, seinen Vater für den Fall, daß irgend etwas passieren sollte, in der Nähe zu wissen. Zwar war er auch heute abend nicht allein, aber das war etwas anderes. Heute abend gab es nur Kootjie und Henry: fast Altersgenossen, Gleiche. Dies war es, was Kootjie frösteln ließ.

Um so schlimmer war es, daß sie eine pechrabenschwarze Nacht erwischt hatten. Wo das Licht des Feuers aufhörte, sah es aus, als hinge ein schwarzer Vorhang von oben herab. Kootjie war ein paar Schritte vom Feuer weggegangen und hatte ihm, um seine Augen an die Düsternis zu gewöhnen, den Rücken zugekehrt. Seine Angst war dadurch nicht eben geringer geworden.

Man durfte gar nicht daran denken, daß innerhalb weniger Sekunden wilde Tiere oder auch Menschen durch den schwarzen Vorhang hervorbrechen und auf sie losgehen konnten. Weil ihm sein Sehvermögen aber nichts nützte, schärfte Kootjie um so mehr seine übrigen Sinne. Er spitzte die Ohren, damit ihm kein Geräusch entging, das von irgendeinem lebenden Wesen herrührte, sei es ihnen nun freundlich oder unfreundlich gesinnt. Das war zwar nicht viel, aber das Beste, was er tun konnte. Er fragte sich, ob ein Mann wohl eine sich nähernde Gefahr riechen oder schmecken konnte.

Irgendwo in der Ferne brüllte ein Löwe. Kootjie machte einen Satz und schnappte nach seinem Gewehr. Ein Elefant antwortete dem Löwen. Er rutschte zur Kante des Felsens vor und versuchte herauszuhören, ob die Tiere in Bewegung waren und wenn, in welche Richtung. Doch sosehr er sich auch anstrengte, er hörte weiter nichts. Er war sich nicht sicher, was schlimmer war: die wilden Tiere zu hören oder sie nicht zu hören. Es würde auf jeden Fall eine lange Nacht werden.

„Da drüben wirst du festfrieren“, sagte Henry. Er hatte sich von oben bis unten in Decken gewickelt, so daß bloß noch sein Gesicht zu sehen war, und es sich dicht am Feuer bequem gemacht, indem er sich gegen einen herabgefallenen Ast lehnte. Sein Gewehr hatte er hochkant neben sich stehen. Was würde wohl geschehen, wenn sie plötzlich aus der Dunkelheit heraus ein Löwe ansprang? Kootjie hatte Zweifel, ob Henry dann schnell genug die Decken abwerfen und nach seiner Waffe greifen konnte.

„Einer von uns muß jederzeit schußbereit sein", antwortete Kootjie. „Ich wärm' mich nachher auf, wenn du mit der Wache an der Reihe bist."

Henry brachte Kootjies Entgegnung zum Lachen. „Mit steifgefrorenen Fingern kannst du ja doch nicht schießen."

Kootjie knetete seine Hände. Es stimmte schon, sie waren steif, aber nicht so steif, daß er nicht den Abzug seines Gewehrs hätte ziehen können. „Ich krieg's schon hin", sagte er.

Henry lachte in sich hinein, aber es war kein freundliches Lachen, sondern glich dem Zynismus des alten Hasen, wenn ein Neuling meinte, sich über die Stimme der Erfahrung hinwegsetzen zu können. „Ach übrigens", wechselte Henry das Thema, „was war 'n eigentlich heute abend los zwischen dir und Sina?" Seine Stimme klang gedämpft, denn inzwischen hatte er sich die Decke bis an die Nase hochgezogen.

„Zwischen mir und Sina? Keine Ahnung, wovon du redest."

„Und ob du das weißt. Du und Conraad – ihr beide habt sie doch den ganzen Abend nicht aus den Krallen gelassen. Machte sie 'nen Schritt, machtet ihr auch einen. Beim *Nachmaal* hast du das nicht gemacht."

„Ach so."

„Ja. Also, was sollte das?"

Kootjie schniefte und rieb sich mit der Handfläche die kalte Nasenspitze. Sina würde ihm an die Gurgel springen, wenn er Henry erzählte, daß die Eltern eine Strafe über sie verhängt hatten, um so mehr, wenn er auch noch den Grund dafür ausplauderte.

„Sagst du's mir jetzt oder nicht?"

„Sina würde mich umbringen."

Das schien Henrys Interesse erst recht anzufachen. Ruckartig setzte er sich aufrecht. „Also gibt's was zu erzählen."

„Von mir hörst du kein Wort."

Da war es wieder – Henrys überlegenes Lachen. „Ja, ja, ich versteh' schon dein Dilemma", sagte er. „Bist noch jung, weißt es halt nicht besser."

Kootjie machte ein finsteres Gesicht. Das konnte er überhaupt nicht leiden, daß man ihn nicht für erwachsen hielt.

„Wenn du erst mal soviel Erfahrung hast wie ich, wirst du lernen, daß zwischen Männern und Frauen ein ewiger Krieg tobt. Unglücklicherweise sind wir Männer dabei von vornherein im Nachteil."

„Wovon redest du?" rief Kootjie.

„Ich rede davon, wie die Frauen untereinander über alles reden", antwortete Henry. „Die ganze Zeit sprechen sie miteinander – über alles! Damit sind sie uns Männern gegenüber im Vorteil, denn wir haben die Neigung, alles für uns selbst zu behalten. Hast du doch auch schon gemerkt, oder? Wie die Frauen ständig darüber reden, daß die Männer dieses tun oder jenes nicht tun?"

Kootjie nickte, obwohl ihm nach wie vor nicht klar war, was in aller Welt das mit ihm und Sina zu tun haben sollte.

„Und wenn Männer unter sich sind, worüber reden sie dann gewöhnlich?"

Kootjie dachte nach und sagte: „Gewehre, Pferde, Vieh, Wagen – solche Sachen halt."

„Sag' ich doch! Wieso reden Männer nicht über Frauen? Täten wir das, so hätten wir vielleicht im Kampf gegen sie 'ne reelle Chance. Deshalb seh' ich die Sache so, daß es in deiner Verantwortung liegt, mir alles zu erzählen, was du weißt – von Mann zu Mann."

„Ja, das ergibt Sinn", gab Kootjie im Tonfall eines Denkers zu. So hatte er die Dinge noch nicht betrachtet. Damit war das Feld abgesteckt, die Linien gezogen. Sollte er sich auf die Seite seiner Schwester stellen oder auf die der Männer überall auf der Welt?

„Mir scheint", schniefte Henry, „du hast 'ne Entscheidung zu treffen. Wenn du mich fragst: Ich würd' ja sagen, es ist an der Zeit, daß du anfängst, deine Rolle als Mann auszufüllen."

Kootjie nickte, das Gesicht der Dunkelheit zugewandt. War er ein Mann, oder war er keiner? Schließlich sagte er: „Sie haben Sina verboten, alleine in der Gegend rumzulaufen. Mutter gestattet es nicht. Ich muß immer in ihrer Nähe bleiben."

„Wieso?"

„Strafe."

„Strafe – für Sina? Kann ich mir kaum vorstellen."

„Dann kennst du sie nicht richtig", sagte Kootjie mit einem wissenden Unterton. „Ich kann es mir sehr wohl vorstellen."

„Na ja, Kootjie, deshalb bin ich dir ja auch so dankbar, daß du mich über Sina aufklärst. Also, wofür bestrafen sie sie?"

Kootjie entspannte sich. Je länger sie über das Thema redeten, um so leichter fiel es ihm. „Sie ist abgehauen – in der Nacht, als die Xhosa uns angriffen. Mutter war total außer sich. Sie war überzeugt, daß die Xhosa sie geschnappt und umgebracht hatten. Doch nach dem Angriff war sie auf einmal wieder da. Die Xhosa hatten mit ihrem Verschwinden überhaupt nichts zu tun. In Wirklichkeit war sie schon weggerannt, bevor die überhaupt kamen."

Henry veränderte seine Sitzposition unter den Decken. „Damit ich das jetzt richtig verstehe", sagte er, „du mußt also auf Sina aufpassen, weil deine Eltern Angst haben, daß sie nochmal wieder wegrennt?"

„Dafür gibt's ja jetzt keinen Grund mehr", sagte Kootjie, der sichtlich seine Überlegenheit genoß – hatte er doch die Schlüssel des Eingeweihten in der Hand, die Schlüssel zu dem, was für Henry ein Geheimnis zu sein schien.

„Und wieso braucht Sina dann einen Aufpasser?"

„Mutter sagt, das ist 'ne Frage des Vertrauens. So lange, bis sie Sina wieder vertrauen kann, muß immerzu einer bei Sina sein."

Henry setzte sich vollends aufrecht, so daß die Decke runterrutschte und seinen Mund wieder freigab. „Ja, aber ich versteh' immer noch nicht, warum sie überhaupt von zu Hause abgehauen ist. Wo wollte sie denn hin?"

„Zu dir, dich heiraten."

Zwischen dem Augenblick, in dem diese Erklärung an Henrys Ohr drang, und dem breiten Grinsen, das sich langsam über sein ganzes Gesicht ausbreitete, verging nur ein kurzer Augenblick. Gleichzeitig blitzte etwas in seinen Augen auf, so wie wenn jemand eine selten günstige Gelegenheit erkennt. Dasselbe Aufblitzen hatte Kootjie beim *Nachmaal* in den Augen von Männern gesehen, die um Pferde, Wagen oder Waffen schacherten.

„War sonst noch jemand bei ihr?" wollte Henry wissen.

Kootjie schüttelte den Kopf.

„Also ist sie allein losgezogen?"

„Bist du taub oder was? Ich sag' ja, du kennst sie einfach nicht so wie ich."

Henry strich sich nachdenklich übers Kinn. „Allmählich kapier' ich ..." Er verlor sich für eine Weile in seinen Gedanken. Dann sagte er: „Hast dich heute nacht wacker geschlagen, Kootjie. Hast bewiesen, daß du zu den Männern gehörst."

Kootjie linste in die Dunkelheit hinaus und fühlte sich mit einemmal älter, weiser und welterfahrener. Den Hauch von Zweifel, der ihm im

Magen lag wie ein unverdautes Stück schlechtes Fleisch, überging er. Mehr als einmal versicherte er sich selbst, daß er nichts Verkehrtes getan hatte.

Im Laufe der Nacht vergaß er das ganze Gespräch. Es wurde durch eine viel wichtigere Unterhaltung verdrängt, die sich um die Matabele drehte.

„Sie haben Schilde, die mit geflecktem Ochsenfell überzogen sind, und drei verschiedene Sorten von Assagais", erklärte Henry. „Die eine Sorte ist zum Stechen. Die Dinger haben 'nen kurzen Schaft, knapp einen Meter lang, und 'ne Spitze von zirka dreißig Zentimetern. Dann gibt's noch 'ne Art, auch zum Zustechen gedacht, die 'ne kürzere Spitze hat, aber einen längeren Schaft, bis zu einem Meter fünfzig. Die dritte Sorte ist ein Wurfspeer. Da ist die Spitze nicht mal zwanzig Zentimeter lang, aber dafür der Schaft wesentlich länger."

Von diesem Thema war Kootjie hingerissen. Begierig achteten seine Augen auf Henrys Hände, die die Maße der verschiedenen Assagais anschaulich machten. Nur hin und wieder wurde seine Konzentration von einem nervösen Seitenblick auf den schwarzen Vorhang um sie herum unterbrochen.

„Wenn also gerade jetzt 'n paar Matabele da draußen wären", schlußfolgerte Kootjie, „könnten sie uns mit ihren Wurfspeeren aufspießen, bevor wir auch nur die geringste Chance zum Reagieren hätten."

Henry schüttelte den Kopf. „Das wär' zu riskant für sie. Was wär' denn, wenn sie uns nicht um die Ecke brächten, sondern bloß verwundeten? Dann könnten wir 'nen Schuß abgeben und die anderen warnen. Nee, wahrscheinlich würden sie sich von hinten an uns ranschleichen und uns mit ihren *Indukas* zusammenschlagen oder uns die Kehlen durchschneiden, bevor wir noch schreien könnten."

Kootjie schluckte. „Was sind 'n *Indukas*?"

„Keulen zum Werfen und Schlagen. Wir sagen auch *Knopkieries* dazu."

Kootjie nickte verständig.

„Wußtest du, daß ihr Obermacker, Mzilikazi, früher einer von Shakas Heerführern war?"

„Meinst du Shaka, den Zulukrieger?"

„Genau den. Manche nennen ihn den ‚Schwarzen Napoleon'."

„Hab' ich noch nie gehört."

Henry unterstrich mit einem gewichtigen Nicken, daß es mit dem Zitat seine volle Richtigkeit hatte.

„Nehmen sie auch Leute gefangen? Oder bringen sie alle um?"

„Manchmal nehmen sie auch Leute gefangen."

Kootjie mußte erneut schlucken. „Und was machen sie dann mit denen?"

„Ich hab' gehört, daß sie sie auf Pfähle aufspießen und ihnen das Fleisch von den Knochen abziehen. Manchmal schneiden sie ihnen die Herzen raus. Dann wieder schmeißen sie nur so zum Spaß ein Opfer, das noch lebt, wilden Tieren hin. Mein Vater sagt, sie sind Kannibalen."

Kootjie sah nicht sehr glücklich aus.

„Ich kann mich an einen Angriff von denen erinnern, da hast du vor lauter schwarzen Kriegern keinen Fußbreit Boden mehr gesehen. So 'ne Wahnsinnsmasse hatte ich noch nie zu Gesicht gekriegt."

Kootjie riß die Augen auf. „Hattest du Angst?"

„Natürlich nicht, du Schafskopf! Sind doch bloß Heiden! Gott wird doch wohl nicht 'nen Haufen Heiden seine Auserwählten von ihrem verheißenen Land vertreiben lassen! Liest du nicht in deiner Bibel?"

Jetzt redete Henry mit den Worten seines Vaters, nicht mit seinen eigenen. Kootjie bemerkte das wohl, sagte aber nichts, sondern nahm die Schelte wortlos hin, weil er hoffte, daß Henry weitererzählen würde, und diese Hoffnung erfüllte sich.

„Sarel Cilliers und 'n paar andere Männer ritten bis auf fünfzig Meter an sie heran. Sie hatten 'nen Hottentotten dabei, der ihre Sprache konnte. Sie sagten ihm, er solle die Matabele fragen, wieso sie gekommen seien, um sie zu ermorden und auszurauben."

„Und – was sagten sie?"

„Kaum hatte der Hottentotte seine Frage gestellt, da sprangen sie auf wie ein Mann und brüllten: ‚Mzilikazi! Mzilikazi! Mzilikazi!' Sie schleuderten ihre Keulen auf Cilliers und seine Männer und trieben sie in ihr Lager zurück. Aber sie griffen noch nicht an."

„Wieso nicht?"

„Wer weiß? Sind schließlich Wilde, anders als wir. Hinter ihre Gedanken zu kommen ist genauso unmöglich wie bei einem verrückten Stück Vieh. Uns blieb nichts anderes übrig, als zuzugucken, wie sie das rumstreunende Vieh rund ums Lager zusammentrieben. Viecher. Sie haben sie abgestochen und das Fleisch gegessen – roh."

Kootjie sah aus, als wäre ihm schlecht.

Verschwörerisch beugte Henry sich vor. Seine Stimme war kaum mehr als ein Flüstern, als er sagte: „Und weißt du, was sie dann taten?"

„Angreifen?"

Langsames Kopfschütteln. „Sie haben sich einfach auf die Felsen gesetzt."

„Und das war alles? Die ham sich einfach hingesetzt?“

„Na ja, nicht ganz. Während sie da saßen, haben sie ihre Waffen scharfgeschliffen und das Lager angeglotzt – immerzu gewetzt und geglotzt, gewetzt und geglotzt, bis die Männer im Lager es schließlich nicht mehr aushalten konnten. Da hat einer sich 'n rotes Halstuch geschnappt, hat's hochgehoben und ihnen damit Zeichen gegeben. Nun, ich hab' keine Ahnung, was 'n rotes Tuch für die bedeutet, aber glaub' es oder nicht – sobald der das Tuch hochhielt, sprangen die Matabele alle auf. Dann fingen sie an, ihre Schilde hochzuhalten und drauf rumzutrommeln, trommelten und hörten nicht wieder auf, bis sich die Trommelei wie 'n Donner anhörte.“

„Und dann griffen sie an?“

Henry nickte. „Stell dir vor: Sechstausend schwarze Wilde, die auf dich zurennen! Mit Gebrüll, die Gesichter angemalt. Hochgereckte Speere. Wir hatten Befehl, nicht zu feuern, bevor das Signal dazu gegeben wurde. Also blieben wir auf unseren Posten und warteten ab, während sie näher und näher kamen, rufend und brüllend, immer lauter und lauter. Dann, als sie bloß noch gut zwei Dutzend Meter weit weg waren, kam endlich das Signal zum Feuern. Es war ohrenbetäubend, als all unsere Kanonen auf einmal losballerten! Überm Lager stieg 'ne dichte Pulverwolke auf. Unsere Schüsse gingen ins Ziel, und die purzelten einer über den anderen. Ein einziger Schuß erledigte zwei, manchmal sogar drei von den Wilden. Die dem Trommelfeuer entkamen, schleuderten ihre rasiermesserscharfen Assagais auf uns. Überall schwirrten die Dinger rum. Viele trafen die Wagen, und die Planen sahen bald aus wie Stachelschweine. Hinterher haben wir in einem einzigen Verdeck zweiundsiebzig Speere gezählt!“

Henry machte eine Kunstpause. Seine Augen flackerten im Widerschein des Feuers.

„Einige von den Wilden schafften es bis zur Wagenburg. Sie griffen in die Speichen und versuchten die Wagen wegzuschieben. Als sie das nicht schafften, versuchten sie oben über die Verdecke zu klettern. Ich weiß noch, wie ich gerade im richtigen Moment nach oben gucke und so 'nen zähnefletschenden Matabele-Krieger sehe, der ins Lager runterspringen will. Aber da war *Mevrou* Swanpoel, die schnappte sich 'ne Axt und hackte ihm die Hand ab. Kippte rückwärts runter, der Kerl.“

„Du erzählst Märchen!“

Das schien Henry schwer zu kränken. „Du kannst ja *Mevrou* Swanpoel selber fragen!“ rief er. „Wart bloß ab, dann wirst du's mit eigenen

Augen sehen! Die Matabele sind immer noch hier draußen zugange, außerdem die Zulus, und die sind sogar noch schlimmer! Wirst schon sehen, daß alles, was ich dir erzählt habe, die reine Wahrheit ist."

Kootjie mußte darauf gar nicht mehr warten. Er glaubte auch so, was er hörte. Nein, mehr als das: Er fieberte dem Tag entgegen, an dem er solche Dinge endlich mit eigenen Augen sehen würde.

„Manchmal", sagte Henry verschlagen grinsend, „manchmal, wenn ich hier draußen im Dunkeln liege, weit draußen und total verwundbar, dann hab' ich immer noch dies zischende Geräusch in den Ohren, weißt du – das, was die Matabele machen, unmittelbar bevor sie angreifen." Er formte mit den Händen einen Trichter vorm Mund und zischte.

„Hör auf damit!" bettelte Kootjie. Seine Augen durchforschten angestrengter denn je die Dunkelheit, aber er sah nichts außer den pechrabenschwarzen Vorhang.

Henry zischte nochmal.

„Hör auf damit, Henry!"

„Gleich dahinten könnten sie sein, wo das Licht nicht mehr hinscheint – zusammengekauert auf der Lauer liegend. Da warten sie dann, bis du einnickst oder du dir einen einzigen Moment Unachtsamkeit erlaubst. Und dann ..." Hinterhältig zischte er noch mal.

Henry war der erste, der einschlief, während Kootjie Wache schob, bis er die Augen nicht mehr länger offenhalten konnte. Lange nach dem Zeitpunkt, den sie verabredet hatten, weckte er Henry. Das hatte er sich so ausgedacht: Er hoffte, so müde zu werden, daß er sofort einschliefe, wenn er sich hinlegte. Aber das gelang ihm nicht.

Erst fand er keine bequeme Lage. Dann schreckte er jedesmal, wenn er gerade eingedöst war, durch irgendeine Bewegung von Henry wieder auf. Endlich, nachdem er fast eine Stunde regungslos gelegen hatte, fiel er aber doch in ein tiefes Schlummerloch.

* * *

„Kootjie!"

Jemand rüttelte mit Gewalt an ihm.

„Kootjie! Wach auf!"

Henrys Stimme! Seine Augen waren vor Angst geweitet und stierten schreckerfüllt in die Schwärze hinaus. Er hörte nicht auf, Kootjie zu rütteln und zu rufen. Anscheinend hatte er noch gar nicht gemerkt, daß Kootjie längst wach war.

„Was ’n los?“ fragte Kootjie und schüttelte Henrys Hand ab.

Henry warf ihm einen hastigen Blick zu und schaute dann sofort wieder auf, so als hätte er Zweifel, daß er nach wie vor Kootjie berührte. „Ich hab’ was gehört“, sagte er mit zitternder Stimme, die irgendwie rauh, ja gespenstisch klang.

Mittlerweile war Kootjie hellwach. Er wußte wieder, wo er war, und er wußte, wichtiger noch, daß direkt hinter dem dunklen Vorhang Gefahren lauerten.

„Da! Hörst du’s auch?“

„Nee.“

„Wie kannst du das nicht gehört haben? Es kam von da drüben!“ Henry zeigte mit ausgestrecktem Arm in die Dunkelheit.

Alles war schwarz. Auch dort, wo Henry hinzeigte, war nichts Auffälliges zu sehen. Kootjie hielt seine Flinte in die angegebene Richtung. Neben ihm hatte Henry das große Zittern gepackt, so sehr, daß der Kolben seiner Waffe wild hin- und herschlenkerte. Schritt für Schritt bewegte er sich in Gegenrichtung zu dem Geräusch. Schließlich prallte er mit dem Hinterteil gegen den heruntergestürzten Ast, der ihm vorher als Sitzlehne gedient hatte.

Aus der Dunkelheit kam ein raschelndes Geräusch. Irgendwas bewegte sich durch vertrocknetes Laub. Jemand oder etwas schob ein Gebüsch zur Seite.

„Hast du ...“

„Ich hab’s gehört, ja“, sagte Kootjie.

„Als ich’s zum erstenmal gehört hab’, kam’s von da hinten.“ Henry zeigte ein wenig mehr nach rechts.

„Vielleicht bewegt es sich“, sagte Kootjie vorsichtig, „oder es könnten auch mehrere sein.“

Henry wimmerte: „Mehrere – was?“

Kootjie gab keine Antwort. Schließlich lag sie auf der Hand – Matabele natürlich.

Kootjie legte seine Flinte an. „Ich hab’ den hier im Visier“, flüsterte er. „Du zielst in die Richtung, aus der das erste Geräusch kam.“

„Ich will aber nicht sterben!“ Henry rannen Tränen über die Wangen, und seine Hände zitterten so, daß sein Gewehr klapperte.

„Henry, ziel mit deinem Gewehr in diese Richtung!“ rief Kootjie.

Es sah so aus, als ob Henry sich abmühte, einen Anker hochzuhieven. Schließlich schaffte er es, den Gewehrlauf hochzukriegen und auf das erste Geräusch auszurichten.

„Wer immer dort ist, soll sich zu erkennen geben!“ schrie Kootjie in die Dunkelheit hinein.

Keine Antwort.

Er versuchte es nochmal, aber es lief aufs selbe hinaus. „Vielleicht haben wir sie abgeschreckt“, hoffte er.

„Kann aber auch sein, daß die nicht antworten, weil die Matabele nun mal nicht unsere Sprache sprechen“, gab Henry zu bedenken.

„Es könnte ja auch bloß 'n Tier sein.“

Sie warteten.

Kootjie konnte seine Augen anstrengen, sosehr er wollte – er konnte keinen halben Meter in die Dunkelheit hineinsehen.

Was war zu tun? Es gab zwei Möglichkeiten. Sie konnten darauf warten, daß sie von dort draußen angegriffen wurden, wer oder was auch immer dort sein mochte, beziehungsweise daß der unsichtbare Gegner sich entfernte. Oder, das war die Alternative, sie konnten eine Fackel entzünden und losziehen, um nachzusehen, was das Geräusch verursacht hatte. Beide Möglichkeiten sagten Kootjie nicht sonderlich zu, aber ihm fiel noch eine dritte ein: einen Warnschuß abgeben. Einen Warnschuß für wen oder was auch immer, der zugleich das Lager aufrütteln würde.

Zuerst schien ihm diese dritte Möglichkeit die beste zu sein. Ein Warnschuß würde seinen Vater und die anderen Männer herholen, und die würden wissen, was zu tun ist. Aber was wäre, wenn sich herausstellen sollte, daß da draußen gar nichts war? Wenn die Männer rauskämen und weder einen Matabele noch ein Tier und noch nicht mal irgendwelche Spuren finden würden? Kootjie dachte über die Folgen nach. Seine erste Nacht auf Wache würde mit einer einzigen großen Blamage enden. Monatelang würde das ganze Lager über ihn lachen. Den Jungen, der im Dunkeln Angst hatte, würden sie ihn nennen. Nein, es war besser, sich zu überzeugen, was da draußen überhaupt war, bevor er irgendwas tat, was ihm später peinlich sein würde.

„Was sollen wir jetzt machen?“ jaulte Henry.

„Warten.“

„Worauf?“

Ein erneutes Rascheln beantwortete Henrys Frage, dann noch eines.

„Es kommt auf uns zu!“ Henry kroch in Panik rückwärts, so daß seine Füße Furchen in die Erde pflügten. Er stieß nochmals gegen den abgebrochenen Ast, der dadurch vollends zu Boden krachte.

Kootjie spähte an seinem Gewehrlauf entlang und wartete, daß irgend etwas hinter dem schwarzen Vorhang hervorkäme. Gleichmäßig zu seinem Herzklopfen hüpfte das Korn leicht auf und ab.

Henry packte Kootjie an der Schulter. Eine Sekunde lang sah Kootjie zur Seite, gerade so lange, wie er brauchte, um sich von Henrys Griff freizumachen.

Da tauchte es auf. Nur einen Sekundenbruchteil lang. Eine blitzartige Bewegung, braun und weiß. Höher als erwartet. Kootjie sah es nur aus dem Augenwinkel.

„Ein Matabele-Schild!" kreischte Henry und machte vor Schreck einen Satz nach hinten, so daß er über den abgebrochenen Ast strauchelte. Scheppernd fiel sein Gewehr zu Boden. Zutiefst erschreckt, versuchte er sich erneut an Kootjie zu klammern und krallte sich beim Rückwärtstaumeln an dessen Joppe fest.

„Nun schieß doch – schieß schon!"

Da aber seine Hände Kootjies Jacke nicht losließen, zerrte er diesen mit sich nach hinten.

Erschrocken riß Kootjie den Mund auf, als er seinen Gewehrlauf steil nach oben weisen sah. Nach hinten gekrümmt wie ein Flitzbogen lag er quer über dem Ast und gab dem Gegner seinen Bauch preis – ein leichtes Ziel für den Assagai eines Matabele.

„Schieß – schieß – so schieß doch endlich!" Henry klammerte sich an ihn wie ein Ertrinkender, tastete nach irgend etwas, das er packen konnte. Mit einer Hand kriegte er Kootjies Kinn zu fassen, die andere schloß sich um seinen Nacken.

Jede Sekunde rechnete Kootjie damit, eine rasiermesserscharfe Speerspitze zwischen die Rippen zu bekommen. Er hatte keine Ahnung, wie viele Krieger dort draußen waren, doch er glaubte zumindest ein paar von ihnen erwischen zu können, wenn er seine Waffe wieder anlegen könnte. Mit einer Hand versuchte er sich mit aller Gewalt loszumachen, während er mit der anderen die Flinte senkte, bis der Lauf fast parallel mit seinem ausgestreckten Bein lag. Er tastete nach dem Abzug. Noch immer klammerte sich Henry an ihn. Die Waffe lag nicht ruhig, der Lauf schwankte von einer Seite zur anderen.

Bomm!

Der Schuß schreckte Henry auf. Er ließ Kootjie los und rutschte endgültig an der hinteren Seite des Astes herunter, während Kootjie vorne zu Boden purzelte. Sie hörten ein lautes Treffergeräusch – aus derselben Richtung wie vorher das Rascheln.

Der Treffer klang so, als hätte Kootjie einen Krieger erwischt, vielleicht sogar zwei. Jetzt würden die anderen angreifen. Er packte Henrys Flinte und zielte in die Richtung, aus der er den Angriff erwartete.

Alles blieb ruhig – Grabesstille.

Voll Furcht spähte Kootjie in die Dunkelheit. Aus der Ferne hörte er, wie das Lager durch Alarmrufe geweckt wurde. Nicht lange, und sie würden Verstärkung haben.

Keinerlei Regung hinter dem dunklen Vorhang.

Kootjie rappelte sich hoch; er wollte der Sache auf den Grund gehen. Mit vorsichtigen, kleinen Schritten schlich er bis zum Rand des Lichtkreises und schließlich darüber hinaus.

„O nein!“ jammerte er.

„Was? Was isses?“ Henry kam hinter ihm her. Eine Sekunde später gab es keinen zitternden, zagenden Henry mehr. An seine Stelle war ein herausfordernder, herrischer Ankläger getreten. „Jetzt guck dir an, was du angerichtet hast!“ brüllte er. „Ich fasse es nicht! Du elender Blödmann!“

Geschlagen sah Kootjie auf das leblose Tier zu seinen Füßen hinunter. Selbst im Dunkeln schimmerte sein braunes Fell – ebenso wie die diamantfarbene weiße Zeichnung zwischen den Augen.

„Du hast das beste Pferd von meinem Vater abgeknallt!“ schrie Henry. „Ich glaub’s nicht! Unser bestes Pferd!“

Eine Menge Trecker strömte vom Lagerplatz zu ihnen herunter. „Jetzt guckt euch an, was der gemacht hat!“ grölte Henry den Männern entgegen. „Er hat meinem Vater sein bestes Pferd abgeknallt!“

24

Er pirschte sich an ihn heran – unermüdlich, unablässig.

Mit jedem Tag, der verging, spürte Jama, wie der Verfolger näher an ihn herankam. Er schlug deshalb einen anderen Weg ein, um ihn von seiner Spur abzubringen, aber der Verfolger ließ sich nicht täuschen. Er änderte seinen Tagesablauf, schlief tagsüber und wanderte während der Nacht – der Verfolger paßte sich an. Er war fest entschlossen und verlor sein Vorhaben niemals aus dem Auge. In der dritten Woche holte ihn der Verfolger ein.

Der Morgen dämmerte, als er ihn anfiel. Die vergangene Nacht hatte Jama unruhig geschlafen und war aufgewacht, als noch tiefe Finsternis über der Savanne lag. Er saß, die Arme fest um die hochgezogenen Beine geschlungen, auf einem kleinen Felsvorsprung und beobachtete, wie das erste Licht des anbrechenden Tages über die Konturen des östlichen Horizonts heraufkroch. Alles um ihn war still, so still, daß es einen frösteln machte. Es kam ihm vor, als hielte die ganze Welt in der Erwartung eines neuen Tages den Atem an. Kein Tier ließ ein Grunzen, Krähen oder Heulen hören. Die Vögel zwitscherten noch nicht, und das Blattwerk der Büsche und Bäume wollte nicht rascheln. Der Augenblick war von einer solch uferlosen Stille, daß Jama meinte, die Sonne aufgehen hören zu können.

Als die ersten Sonnenstrahlen vom Horizont her über sein Gesicht leckten, sprang ihn der Verfolger an. Wie eine eisige Decke fiel er auf ihn herab, umhüllte seinen Körper mit einer bedrückenden Schwärze von durchdringender Kälte. Jama wehrte sich nicht. Kämpfen konnte er nicht mehr. Erschöpft bis auf die Knochen und aller Hoffnung beraubt, ergab er sich dem Verfolger – der Einsamkeit, die ihn belauerte, seit er den Xhosa-Kral verlassen hatte.

Sie nahm von ihm Besitz wie ein Parasit, saugte ihn aus, bis er den Schmerz körperlich spürte, und schlug ihn dann erst recht mit Seelenqualen. Wie mit einer unsichtbaren neunschwänzigen Peitsche prügelte sie ihn fast bis zur Besinnungslosigkeit, und jeder Streich erinnerte ihn an ein ganzes Leben voller Ungerechtigkeit.

Im Umkreis von Meilen gab es keinerlei menschliches Leben. Nie war Jama seine Einsamkeit schärfer ins Bewußtsein gedrungen als während jenes Sonnenaufgangs, den er lang ausgestreckt und verwundbar auf einem dürren Hügel liegend erlebte. Fortan war sie sein ständiger Begleiter.

Der effektivste Trick, die Einsamkeit – und die düstere Depression in ihrem Gefolge – auf Abstand zu halten, so lernte er, bestand darin, seine Gedanken mit anderen Dingen zu beschäftigen. Zu diesem Zweck begann er die Natur zu studieren. Während er weiter und weiter nach Norden wanderte, wurde ihm so seine Umgebung zum täglichen Studierzimmer.

Seine Wanderung führte ihn von den Kalksteinformationen am Indischen Ozean zunächst an der Küste entlang und dann über eine Reihe von steilen Verwerfungen auf die weite binnenländische Hochebene hinauf, die von dem Höhenzug der Drakensberge begrenzt wurde. Die ganze Gegend war ein einziger fruchtbarer Garten. An der Küste überraschten ihn Vielfalt und Farbenpracht der Mollusken, die das ablaufende Wasser in den kleinen Lachen zurückließ, die sich in Felsmulden bildeten. Er klaubte Seesterne heraus, die sich in Algenbüscheln verfangen hatten, und amüsierte sich darüber, wie kraftvoll und bravourös kleine Krabben ihr Territorium gegen seine Eingriffe verteidigten.

Weiter im Landesinneren stieß er auf viele Elefanten. Viel später sollte er den Zulunamen des Landstrichs kennenlernen: *um Gungundhlovu* – das Land der Elefanten.

Der erste Elefant, dem er begegnete, war ein alter Bulle, den seine Herde offenkundig ausgestoßen hatte. Er trottete gemächlich an einem Waldrand entlang. Als Jama sich ihm näherte, nahm der Elefant kaum Notiz von ihm, sondern suchte ohne Umschweife das Weite, indem er in den Wald hineinbrach und dabei eine Reihe ziemlich stämmiger Bäume einfach umknickte. Einen oder zwei Tage darauf sichtete Jama zwei Elefanten, die schwimmend einen See durchquerten. Später entdeckte er weiter im Landesinneren auf einer Grassteppe eine Herde von mehr als hundert Köpfen, bestehend aus älteren und jüngeren Tieren.

Am wenigsten geheuer waren ihm die riesigen Schlangen, die es in der Gegend gab.

Er kam gerade durch ein kleines Dorf, als ein Junge andere darauf aufmerksam machte, daß ein kleines Stück die Straße entlang eine große Schlange in der Sonne liege. Die Jungen schienen nichts dagegen zu haben, daß Jama ihnen nachging. Als sie die Schlange gerade entdeckt hatten, verschwand sie in einem Erdloch. Flugs machten sich die Jungen daran, sie mit Hilfe von Stöcken auszubuddeln. Dabei stießen sie auf das Nest der Schlange. Flink, aber vorsichtig zu Werke gehend, gelang es den Jungen, dem Tier eine Schlinge umzulegen und es, wozu jede Hand, einschließlich Jamas, benötigt wurde, damit an die Oberfläche zu zerren. Die Schlange maß vier Meter in der Länge und war dicker als ein kräftiger Männerarm. Nachdem sie sie stranguliert hatten, warfen sie sich ihre Beute über die Schultern und schleppten sie triumphierend ins Dorf zurück.

Im selben Dorf wurde Jama Zeuge einer Elefantenjagd. Ein großer Elefant war in einen tiefen Sumpf geraten, so daß er für die Jäger des Dorfes ein optimales Ziel abgab. Nach Dutzenden von Assagai-Treffern klappte sein aufgerichteter Rüssel herunter, und er fiel tot um. Um an das Fett zu kommen, das nach Geschmack, Farbe und Konsistenz dem Schweineschmalz der Buren recht nahekam, zogen die Dorfbewohner dem Tier die Haut ab. Die Stoßzähne wurden abgesägt. Und noch am selben Abend röstete man die Elefantenfüße überm Feuer – offenbar eine Delikatesse für die Dörfler.

Auch die Jagd auf Vögel brachte guten Ertrag. Es gab die verschiedensten: Tauben, Spechte, Rebhühner, Sonnenvögel, Finken, Störche – einmal sah er sogar einen seltenen Wasser-*Dikkop*, wobei ihn allerdings der bodenläufige Hornvogel, der den *Dikkop* unter lautem Summen jagte, am meisten faszinierte. In großer Zahl gab es auch Schnepfen, die eine Zeitlang seine Hauptnahrung bildeten.

Während Jama die von Sträuchern und Bäumen bestandene Grassavanne durchstreifte, die allem Anschein nach von Hunderten von brackigen Bachläufen durchzogen war, beobachtete er große Herden von Gnus, Zebras, Bläßböcken, Kuh- und Elenantilopen sowie andere Antilopenarten, die er nicht kannte, beim Grasen. Niemals waren die Räuber weit von diesen Herden entfernt: Geparden, Löwen und Wildhunde.

Doch je länger er unterwegs war, desto mehr faszinierte Jama der Löwe. Seine Löwenvernarrtheit nahm ihren Anfang, als er entdeckte, daß er mit den Löwen sprechen konnte.

Während langer schlafloser Nächte fing er damit an, den Löwen zuzuhören. Bald hatte er heraus, daß sie eine ganz eigene Sprache besaßen. Immer gleiche Töne wurden wiederholt, oftmals in einer bestimmten Abfolge. So lernte Jama fünfzig verschiedene Laute kennen, die er für das Standardvokabular der Löwen hielt. Aber was war deren Bedeutung? Was nützte es ihm, zwar die Wörter zu kennen, aber nicht ihren Sinn? Doch eines Tages wurde er darin unterwiesen, wie man „Löwisch“ sprach.

Zufällig lief er einem älteren Paar über den Weg, das am Rande eines Dorfes hauste. Die alten Leute luden ihn ein, über Nacht bei ihnen zu bleiben. Dankbar nahm Jama die Einladung an, sicherte sie ihm doch wenigstens einen Abend in menschlicher Gesellschaft.

Während dieses Besuchs bekam Jama etwas von der seltsamen Beziehung zwischen den alten Leuten und einem Löwen mit. Der alte Mann, viel zu betagt und hinfällig, um noch auf die Jagd zu gehen, erzählte dem ungläubigen Jama davon, wie ein bestimmter Löwe die Angewohnheit pflegte, seine Jagdbeute mit ihnen zu teilen. Natürlich war Jama skeptisch, und so bestand der Alte darauf, dem Gast seine Behauptung zu beweisen.

Jama ging mit den alten Leuten ins Freie, und noch bevor sie auch nur eine Meile gewandert waren, trafen sie auf einen Löwen, der soeben sein Abendessen, eine Elenantilope, verspeiste. Zunächst ignorierte der Löwe die Annäherung der alten Leute – mutwillig, wie es Jama schien. Doch der Greis und seine Frau traten ohne Furcht dicht an den Löwen heran, und der Mann rief dem Tier bestimmte Laute zu, Laute, die denen glichen, die Jama aus den nächtlichen Löwenunterhaltungen herausgehört hatte.

Der speisende Löwe sah etwas mißbilligend zu ihnen auf, war dann aber bereit, sich einige Meter von seiner Beute zu entfernen, und sah aus dem Schatten eines Baumes zu, wie der alte Mann sich ein Stück aus dem Kadaver herausschnitt. Nachdem das vollbracht war, verabschiedete sich das Paar von dem Löwen und ging, während das Tier sich erneut seinem Abendessen widmete.

Fassungslos fragte Jama den Mann, was er zu dem Löwen gesagt habe.

„Ich habe ihn einen großen Jäger genannt“, antwortete der alte Mann. „Dann erinnerte ich ihn daran, daß es zur Verantwortung großer Jäger gehört, ihre Beute mit solchen zu teilen, die selber zu schwach geworden sind, um noch auf die Jagd zu gehen.“

„Und wo hast du die Sprache der Löwen gelernt?“

Der alte Mann sah ihn verständnislos an und sagte dann: „Ich habe ihnen einfach zugehört und ihre Reaktionen beobachtet. Wie soll man sonst lernen?“

In der Tat, dachte Jama, *wie soll man sonst lernen?*

Von jenem Tag an beschäftigte sich Jama noch mehr damit, Löwen zu beobachten und ihnen zuzuhören. So lernte er ihre Sprache.

* * *

Beinah wäre es ein folgenschwerer Fehler geworden. Aus düsterem Himmel hatte es heftig geregnet. Seit über einer Woche hatte Jama keinen trockenen Fetzen mehr am Leib gehabt. Die Tage hatte er zugebracht, indem er durch nasses Gras und über schlammige Wildpfade stapfte, während er nachts bibbernd unter einem Felsvorsprung oder am Fuß eines Baumes lag. Deshalb hatte sich Jama wie neugeboren gefühlt, als ein sonniger, wolkenloser Morgen heraufgedämmert war. Die frische Färbung des Laubs, der Frühlingsgeruch in der Luft und die Wärme der Sonnenstrahlen auf seiner Haut hatten ihn abgelenkt, so daß er nicht mehr auf seine Umgebung achtgab. Es kostete ihn um ein Haar das Leben.

Er war regelrecht über sie gestolpert. Im Rückblick empfand er die Szene belustigend. Wie kann jemand zufällig über ein ausgewachsenes Rhinozeros samt zwei Jungen stolpern? Indes, genau das widerfuhr ihm.

Voller Wohlbehagen, weil ihm endlich wieder warm war, watete er durch hüfthohes Gras. Das Gras stand so hoch, daß er den kräftigen schwarzen Rücken des Nashorns nicht sehen konnte. Die Kuh hatte den Kopf gesenkt und rupfte mit ihrer langen, vorspringenden Oberlippe Grashalme aus, so daß sie ihn ebenfalls nicht sah.

Auch die beiden Jungen, das eine wohlentwickelt und das andere eher schmächtig, waren mit Grasen beschäftigt.

Jama und das Rhinozerosweibchen jagten sich gegenseitig einen Schreck ein. Jama sprang rückwärts, während das Nashorn-Muttertier den Kopf zurückwarf und ihm drohend seine Hörner entgegenreckte. Doch während Jamas Ausdruck von schreckgeweiteter Verblüffung zu nackter Angst überging, spiegelte sich in den Augen des Tieres zuerst Furcht, dann aber rasender Zorn. Instinktiv stieß es mit den Hörnern nach ihm, während die plumpen dreizehigen Füße den Boden aufwühlten.

Mit beschwichtigend erhobenen Händen trat Jama langsam den Rückzug an. „Tut mir leid, altes Mädchen", sagte er leise, während ihm das Herz bis zum Hals schlug, „ich wollte gar nicht stören."

Drei Nashorn-Augenpaare glotzten ihn an, und keines davon blickte angetan, geschweige denn freundlich.

„Ich bin sofort wieder weg", sagte Jama, ohne seinen Rückzug zu unterbrechen.

Die Mutter schnaubte heftig, wandte sich in seine Richtung und kam ihm Schritt für Schritt nach.

„Bleib da stehen", sagte Jama, wobei er seiner Stimme vergeblich einen besänftigenden Tonfall zu verleihen suchte.

Das Muttertier senkte den Kopf und musterte ihn mit seinen winzigen Äuglein. Die Spitze seines vorderen Horns beschrieb bedrohliche Kreise.

Ohne die Augen von dem Tier zu wenden, drehte Jama sich vorsichtig um und schickte sich an loszurennen. „Ruhig und friedlich ...", sagte er. „Nur ruhig – ruhig ..."

Schnaubend senkte das Rhinozeros den Kopf und nahm die Verfolgung auf, zuerst noch mit schwerfälligen Schritten.

Jama rannte. Seine Füße sanken bei jedem Schritt in den Boden ein und warfen kleine Fontänen feuchter Erde auf. Er wußte, daß seine einzige Chance darin lag, so schnell wie möglich Abstand von dem Tier zu gewinnen. Wenn das Nashorn erst mal auf Touren gekommen sein würde, wäre es für ihn unmöglich zu entrinnen.

Er mußte einen Fluchtpunkt finden, den das Tier nicht erreichen konnte, und zwar rasch – entweder etwas Breites, um sich dahinter zu verstecken, oder einen hoch gelegenen Platz. Jama hielt Ausschau nach einem Baum, doch er sah vor sich keinen. Dann also ein paar Felsausläufer? Auch die gab es nicht, er befand sich auf einer weitläufigen Ebene. Vor ihm erstreckte sich nichts außer wogendes, frisch bewässertes Savannengras, und hinter sich hörte und spürte er den heftigen Donner stampfender Nashornfüße.

Er sah über die Schulter zurück. Das rasende Tier brach mühelos durch das hohe Gras. Die Entfernung zwischen ihnen nahm immer mehr ab. Daß etwas so Großes und Plumpes sich derart schnell bewegen konnte, durchfuhr es Jama.

Da kam ihm ein Gedanke: Er konnte sich Gewicht und Tempo des Tieres zunutze machen. Es war ein riskanter Plan, aber einen anderen hatte er nicht.

Jama rannte weiter, ließ aber an Geschwindigkeit nach. Das Nashorn war jetzt so dicht hinter ihm, daß er es bei jedem Schritt schnaufen hören konnte. Der Boden unter seinen Füßen erzitterte. Jama wartete noch ab. Er mußte genau den richtigen Zeitpunkt für seine Ausweichbewegung finden. Noch nicht ... noch nicht ...

In letzter Sekunde, als das Nashorn drauf und dran war, ihn zu überrennen, machte Jama einen Ausfallschritt mit dem rechten Fuß und sprang zur Seite, so weit er konnte. Der Plan schien aufzugehen: Wie er gehofft hatte, raste das Tier an ihm vorbei, während er ins Gras purzelte.

Doch was dann geschah, war in seinem Plan nicht vorgesehen. Mit einer Beweglichkeit, die für ein derart massiges Tier schlicht erstaunlich war, drehte sich das Rhinozeros und nahm einen neuen Anlauf. Die Jagd ging weiter, diesmal in die entgegengesetzte Richtung.

Schnell hatte das Nashorn wieder aufgeholt, und Jama mußte erneut zur Seite springen. Das Erkennen des richtigen Zeitpunkts und seine Gewandtheit waren die einzigen Waffen für ihn. Wie lange aber würden sie ihm aus der gefährlichen Lage helfen? Seine Beine begannen bereits zu schmerzen, und er drohte Wadenkrämpfe zu bekommen.

Während Jama und das Muttertier kreuz und quer über das Feld rannten, tollten die Jungtiere herum und jagten sich gegenseitig – vermutlich hielten sie das Ganze für ein Spiel. Wenn er das Rhinozeros nur irgendwie davon überzeugen könnte, daß er für seine Jungen keinerlei Bedrohung darstellte ...

Ihm kam eine Idee. Löwen hatten ihre eigene Sprache – ob Nashörner auch eine besaßen? Er achtete darauf, was für Geräusche sie machten.

Während er zum fünftenmal – oder war es das sechste? – dem Tier seitwärts aus dem Weg hechtete, versuchte er sich einiger Rhinozeroslaute zu erinnern. Er probierte es mit einem lauten Grunzen.

Das Nashorn reagierte nicht.

Jama schnaufte und scharrte mit den Füßen, was natürlich eine etwas schwächliche Imitation dessen ergab, was Rhinozerosfüße zuwege brachten.

Dann kam ihm ein neuer Gedanke. Vielleicht konnte er dem Tier angst machen, so daß es die Flucht ergriff. Nach einem weiteren Hechtsprung mit anschließender Seitwärtsrolle ließ er sein lautestes Löwenbrüllen ertönen.

Wieder drehte sich das Nashorn um. Aber statt aufs neue Anlauf zu nehmen, blieb es heftig schnaufend stehen.

Jama lächelte. Jetzt war die Verbindung hergestellt! Er formte einen Handtrichter und brüllte noch einmal. Der Löwenlaut, den er nachmachte, bedeutete: „Hau ab hier! Dies ist mein Territorium." Na ja, jedenfalls glaubte er, daß er diese Bedeutung hatte.

Der Laut beeindruckte eindeutig das Rhinozeros: Es wurde noch wütender und nahm mit frischem Dampf seine Verfolgung wieder auf.

Jamas Lage wurde immer bedrohlicher. Seine Beinmuskeln begannen zu krampfen. Lange würde er es nicht mehr schaffen.

Die Rennerei hatte ihn an den Rand der Grasfläche gebracht, wo er zweierlei sah, was ihm Hoffnung machte. Einige hundert Meter weiter gab es ein paar stämmige Bäume, und wiederum einige hundert Meter seitwärts davon standen zwei Zulus, ein Mann und ein junges Mädchen, und sahen dem Geschehen zu.

„Helft mir!“ rief Jama ihnen zu.

Sie aber reagierten nicht, standen einfach nur da und glotzten ihn an.

Also rannte Jama im Zickzack weiter auf die Bäume zu. Endlich war er dicht genug herangelaufen und machte einen großen Satz, mit dem er auf den dicksten der Bäume gelangte, wo er auf einem stabilen Ast Halt fand.

Das Nashorn drehte sich um und hielt Ausschau nach Jama, konnte ihn aber nicht mehr finden.

„Hattest schon gedacht, du hast mich, hä?“ brüllte Jama.

Als es Jamas Stimme hörte, nahm das Nashorn Anlauf und bretterte mit enormer Gewalt gegen den Baum. Der geriet mächtig ins Schwanken, so daß Jama um ein Haar abgestürzt wäre. Seine Rettung war, daß er mit beiden Armen den Stamm umklammert hielt.

Die Nashornkuh raste erneut gegen den Baum, doch diesmal war Jama darauf vorbereitet. Der Baum erbebte, aber Jama hatte festen Halt. Es war ein kräftiger Baum. Jama blieb nichts anderes übrig, als still auf seinem Ast sitzenzubleiben und zu hoffen, daß das Nashorn der Sache überdrüssig werden und seiner Wege ziehen würde.

Am Rand des Geschehens standen immer noch wie Statuen die beiden Zulus.

Der größte Teil des Nachmittags verging, bis das Rhinozeros endlich abzog. Jama hatte keine Lust auf eine zweite Begegnung und zog es vor, seinen sicheren Ansitz nicht allzuschnell aufzugeben. Er hatte Zeit.

Er schaute wieder nach den Zulus, aber sie waren fort.

„Sawubona.“

Jama schreckte auf. Jemand hatte ihn direkt von unten angesprochen.

Er hatte bereits so viel von der Sprache der Zulus gelernt, um eine leichte Unterhaltung führen zu können. Er kannte die Grußformel, die jetzt ganz besonders passend war, bedeutete sie doch wortwörtlich: „Ich sehe dich.“

Jama kannte auch die passende Erwiderung. *„Sanibona“*, sagte er.

Sie musterten einander. Der Mann war wesentlich älter als das Mädchen – wahrscheinlich ihr Vater, möglicherweise sogar der Großvater. Keinesfalls war sie seine Ehefrau, denn ihre Kleidung wies sie als Jungfrau aus. Jama warf einen vorsichtigen Seitenblick in die Richtung, in der er das Rhinozeros zum letztenmal gesehen hatte.

„Sondela! Sondela!“ schalt der Zulu.

Jama geriet in Verlegenheit. Sein Gesicht wurde rot. Der Zulu hatte seine Vorsicht als Affront aufgefaßt, und dies zu Recht. Das Rhinozeros war längst keine Gefahr mehr. Was wäre das wohl für ein Mann, der ein junges Mädchen in Gefahr brächte, bloß um einen Fremden hinters Licht zu führen?

Jama kletterte vom Baum herab.

Jetzt, wo er genau vor ihm stand, unterzog ihn der Zulu einer näheren Musterung. Das Mädchen hielt sich derweil eine zierliche Hand vor den Mund, um zu verbergen, daß die Szene sie köstlich amüsierte.

„Was für ein Mann bist du?" fragte der Zulu. „Von welchem Stamm? Du trägst Xhosa-, Zulu-, Engländer- und Burenkleider!"

Das stimmte. Jamas Aufzug bestand aus einem Überbleibsel seiner verschiedenen Reisen und legte Zeugnis davon ab, daß er einer Reihe von Völkern begegnet war, selbst aber keinem davon angehörte.

„Ich habe keinen Stamm", sagte er.

Diese Auskunft schien sowohl den Mann als auch das Mädchen zu überraschen. Dann aber nickte der Alte weise mit dem Kopf und sagte: „Du sprichst wahr. Du bist auf Reisen. Und du hast nicht lange genug unter den *uBejane* gelebt, um mit ihren Sitten vertraut zu sein."

„uBejane?"

„Der Bösartige", erklärte der Zulu.

Das Mädchen senkte den Kopf, stampfte mit dem Fuß auf den Boden und stieß ein Schnauben aus. *„uBejane"*, wiederholte sie.

Ihr Rollenspiel brachte Jama zum Lächeln. Es war die bei weitem attraktivste Darstellung eines Nashorns, die er jemals gesehen hatte. Doch sein Lächeln schien das Mädchen in Verlegenheit zu bringen, also rief er aus: „Aha, *uBejane* – Rhinozeros! *uBejane*!" Damit senkte er den Kopf, stampfte seinerseits auf den Boden und schnaubte ähnlich wie das Mädchen. Jetzt war es an ihr zu lächeln.

„Weißt du denn nicht, daß *uBejanes* Augen schlecht sind, aber seine Ohren und seine Nase absolut überlegen?" fragte der Alte mit lauter Stimme.

Anerkennend hob Jama die Augenbrauen. „Aha, sie sehen schlecht – deshalb seid ihr still stehengeblieben. Es konnte euch nicht sehen. Als ich dann auf den Baum geklettert bin, hat sie mich aus dem Blick verloren, bis ich sie angerufen habe. Da wußte sie dann wieder ganz genau, wo ich war!"

„Was wolltest du *uBejane* sagen?" fragte das Mädchen.

„Warum hast du *uBejane* angebrüllt wie ein Löwe?" wollte der Mann wissen.

Jama konnte sich das Lächeln nicht verkneifen. Jetzt, wo die Gefahr vorüber war, konnte er sein Zusammentreffen mit *uBejane* von der humorvollen Seite betrachten.

„*Sondela*", sagte der Zulu und nahm Jamas Arm. „Komm mit. Du kannst uns beim Essen von deinen Reisen und deinem Löwengebrüll erzählen. Thandi kocht gut. Sie wird uns was zu essen machen."

Thandi. So also hieß das Mädchen. Jama sah sie an. Ihre strahlenden Augen schienen die Einladung des Zulu zu unterstreichen.

Der alte Mann ging voraus und machte Jama ein Zeichen, neben ihm herzugehen. Thandi hielt diskreten Abstand zu ihnen.

„Ich sehe dich, Bruder", sagte der Zulu, indem er die übliche Begrüßungsformel seines Volkes wiederholte. „Ich sehe dich. Meine Augen sehen dich mit Frieden an, und mein Herz ist voll Frieden, wenn ich dich sehe."

25

Sinas Herz pochte aufgeregt, am liebsten wollte sie hüpfen und tanzen. *Reiß dich zusammen!* Aber sie konnte die Springflut der Freude in ihrem Inneren nicht eindämmen. Zu lange hatte sie auf diesen Augenblick gewartet.

Mit einem leeren Messingtopf in der Hand passierte sie einen Wagen nach dem anderen. Noch vor wenigen Minuten war der Topf mit einem Eintopfgericht gefüllt gewesen. Das Essen hatte sie zu den Pfeffers gebracht. Angenitha war krank geworden, und Sinas Mutter wollte der Familie mit dem Eintopf unter die Arme greifen.

Sinas Besuch aber hatte noch einen zweiten Grund. Johanna machte sich nämlich Sorgen um ihre Freundin, und Sina sollte ihr Nachricht bringen, wie es Angenitha ging. Für Sina aber zählte nur eines: Endlich einmal kam sie für eine Weile vom heimischen Wagen weg.

Wochenlang hatte sie niemanden getroffen, es sei denn, es spazierte mal jemand an ihrem Wagen vorbei. Was aber ihre Freude so überaus beflügelte, war die Tatsache, daß sie allein zu den Pfeffers geschickt wurde! Kootjie, ihr allgegenwärtiger Schatten, war draußen auf dem Feld. Zum allerersten Mal, seitdem sie auf den Treck gegangen waren, fand sie Gelegenheit, ohne Aufpasser auszugehen!

Als sie beim Wagen der Pfeffers angekommen war, war ihre gute Laune noch überschwenglicher geworden. Angenitha nämlich war zu krank, daß sie sie besuchen konnte. Das kam ihr gerade recht, denn Sinas Mutter erwartete von ihr, daß sie sich eine Weile zu ihrer kränkelnden Freundin setzte, was bedeutete, daß sie noch nicht so bald zu Hause zurückerwartet wurde. Die glückliche Wendung der Dinge wiederum bedeutete, daß sie genug Zeit hatte, um zu den Wagen der Klyns zu spazieren und womöglich sogar einen Blick von Henry zu erhaschen.

Sina gab sich alle Mühe, unbeschwert, aber nicht allzu unbeschwert auszusehen, heiter, aber nicht flatterhaft zu erscheinen, obwohl sie sich fühlte wie ein Schmetterling in der Sonne. Sie kam sich vor, als stünde ihr die Liebe zu Henry ins Gesicht geschrieben, so daß jeder, der an ihr vorbeikam, wissen mußte, wohin sie unterwegs war und zu welchem Zweck. Sie gab sich alle Mühe, ein Nicken hier und einen Gruß dort mit höflicher Zurückhaltung zu erwidern, obwohl sie sich sorgte, daß das Funkeln ihrer Augen, ihr breites Lächeln und der Schmelz in ihrer Stimme ihre übersprudelnden Gefühle nur allzu deutlich verrieten.

Aber was machte das schon? Sie konnte einfach nichts dagegen tun. Niemals zuvor in ihrem ganzen Leben hatte sie solches Glück verspürt. Wenn die Umstände ihr nur noch ein bißchen länger günstig gesonnen waren! Sie betete, daß Henry nicht draußen auf dem Feld sein möge.

Die lange Reihe von Wagen, die allesamt Oloff Klyn gehörten, war beeindruckend. Sie bildeten beinah ein vollständiges Lager für sich allein. Rund um die Ansammlung von Fuhrwerken ging es zu wie in einem Bienenstock. Jedermann wußte, daß Oloff Klyn seine Arbeiter antrieb. Bei ihm gab es weder faule Hände noch nichtsnutziges Geschwätz. Wortlos, zuweilen sogar blicklos gingen die Arbeiter aneinander vorbei.

Sina spähte die Wagenreihe entlang, sah aber nichts von Henry. Vielleicht aber würde er ja doch irgendwo auftauchen. Doch ihre Hoffnung erfüllte sich nicht. Sie sah Arbeiter, die mit Hühnerfüttern, der Reparatur von Wagendecken, mit Feuerschüren oder Kleiderstopfen, mit Kochen und dem Hüten der Tiere beschäftigt waren, aber keiner von ihnen war Henry. Sina dachte, ihr Glück habe sie verlassen. Es wäre ja auch zuviel verlangt gewesen, gleich am ersten Tag ihrer Freiheit alles auf einmal zu erwarten.

Sie erwog, einen der Arbeiter zu fragen, ob er wisse, wo Henry gerade sei, aber das erschien ihr ein wenig zu aufdringlich. Außerdem wäre es peinlich, wenn es Henry zu Ohren kam, daß sie extra rausgekommen sei und nach ihm gesucht habe. Aber wenigstens hatte sie einen Blick auf die Wagen geworfen, in denen er lebte. Allein schon seine Besitztümer zu sehen gab ihr das Gefühl, ihm nah zu sein. Mit einem Seufzer machte sie sich auf den Heimweg.

In ebendiesem Augenblick nahm sie aus dem Augenwinkel den typisch weißen Hemdzipfel zwischen dem Rückenteil einer Männerweste und dem Hosenbund ihres Trägers wahr. Für jeden anderen war das schlicht und ergreifend der Anblick eines *Doppers*, für Sina aber ... Sie sah zum zweitenmal hin. Ja, es war Henry! Er mußte hinter dem letzten Wagen vorgekommen sein, gerade als sie nicht mehr hinschaute. Seine Hände waren schwarz von Wagenschmiere. Hinter ihm ging ein Arbeiter, der ein Wagenrad rollte.

Henry hatte sie noch nicht gesehen. Ihr Herz war trotzdem kurz vorm Platzen. Es hätte auch nicht den kleinsten Tick schneller schlagen können, als es schon der Fall war.

Da drehte er sich um, und ihre Blicke begegneten sich.

Sina blieb das Herz stehen, und sie konnte kaum noch atmen. Für einen Augenblick gab es nichts anderes mehr auf der Welt, nichts außer ihr und Henry, erstarrt vor Liebe.

Henry setzte sein köstliches Lächeln auf, und die Welt nahm wieder den Lauf ein, der ihr bestimmt war.

Er gab dem Arbeiter ein Handzeichen, er solle ohne ihn weitermachen, und kam zu ihr herüber. „Was für eine entzückende Überraschung", sagte er mit einer eleganten Verbeugung, während er Sina von oben bis unten musterte. „Hast du mir etwas mitgebracht?"

An den Kochtopf in ihrer Hand hatte Sina überhaupt nicht mehr gedacht. „Ach, deswegen", sagte sie und hangelte den Topf verlegen von einer Hand in die andere. „Nein, da war Essen für eine kranke Freundin drin. Ist leider nichts mehr übrig." Sie hob den Deckel an, damit er hineinschauen konnte, und legte ihn dann scheppernd wieder auf. „Magst du Eintopf?"

„Sehr."

Sina strahlte. Henry mochte Eintopf! „Ich werd' dir bald mal welchen bringen."

„Das würde mir gefallen."

„Mir auch."

Henry sah leicht fragend aus.

„Ich mein', ich würd' dir gern mal welchen bringen – irgendwann!", stammelte sie. „Eintopf, weißt du? Ich würd' dir gern 'n bißchen Eintopf vorbeibringen. Das wär' mir ein Vergnügen."

Henry sah ihr über die Schulter. „Wo steckt denn dein Bruder?"

Sina hätte sich beinah umgedreht, obwohl sie ja wußte, daß Kootjie nicht da war. „Mein Bruder?" entgegnete sie. „Wieso fragst du?"

Henry grinste wissend. „Na ja, bloß weil er doch in letzter Zeit immer irgendwo bei dir rumhing."

„Heute nicht!" sagte Sina frohgemut.

„Wie schön."

„Findest du?"

Jetzt lächelte Henry warm. „Kann ich denn irgendwas für dich tun?"

Sina drückte sich den Kochtopf an die Brust und schüttelte den Kopf. „Nein, ich kam nur grade vorbei, als du mich gesehen hast."

„Soll das heißen, wenn ich mich nicht zufällig umgedreht hätte, wärst du vorbeigelaufen, ohne ein Wort zu sagen?" Sein Gesicht verzog sich, als täte ihm was weh.

Sina wurde rot.

„Hast du Zeit, ein Stückchen mit mir zu gehen?" fragte Henry. „Das ist das wenigste, was du für mich tun kannst, nachdem du meine Gefühle so verletzt hast."

„Mit dir gehen?"

„Runter zum Fluß. Da gibt's ein verschwiegenes Örtchen, das ich dir gern zeigen möchte."

Sina wurde von innen her warm: Henry hatte an sie gedacht! „Na ja, viel Zeit hab' ich nicht ..."

Er machte eine Kopfbewegung zum Fluß hin und ging los. „Es ist nicht weit. Wird dir gefallen."

Den Topf immer noch an sich gedrückt, ging Sina mit ihm. *Hätte der Tag noch traumhafter werden können?* dachte sie, während sie Henry verstohlen ansah.

Während sie an der Reihe der Wagen entlanggingen, griff er nach einem Tuch, um sich die Schmiere von den Händen zu wischen. „Wie wär's, wenn wir den hier ließen?" schlug er vor.

„Wenn wir was hier ließen?"

Er zeigte auf den Messingtopf.

Bis zu diesem Augenblick hatte sie nicht bemerkt, daß sie ihn umklammerte, wie ein kleines Mädchen seine Lieblingspuppe umklammert. „Ähm, ja – natürlich", sagte sie und gab ihm den Topf. „Ich kann ihn ja auf dem Rückweg wieder mitnehmen."

Henry stellte den Topf auf das hintere Ladebrett eines Wagens. Dann zögerte er und sagte: „Oder ist es dein Lieblingstopf, und du wolltest ihm mal den Fluß zeigen?" Seine Augen zwinkerten.

„An dir hab' ich Gesellschaft genug." Kaum hatte sie den Satz ausgesprochen, da lief sie auch schon rot an und hätte ihn am liebsten wieder verschluckt.

Doch Henrys warmes Lächeln half ihr über den peinlichen Moment hinweg. Ihre Offenherzigkeit hatte ihn nicht verletzt.

Seite an Seite schlenderten sie den sanft abfallenden Grashang hinab auf den Bach zu. Sie redeten nichts, denn Henry hatte genug damit zu tun, mit seinem Wischlappen die Schmiere von seinen Händen zu bekommen. Sina hingegen war durch seine Nähe wie betäubt. So lange hatte sie sich in Phantasien über Henry ergangen – und jetzt war er in Fleisch und Blut hier neben ihr, und seine körperliche Gegenwart war für sie wie ein Rausch. Sie hätte sowieso nicht gewußt, was sie sagen sollte. Sicher, in ihren Träumen war sie geistreich und heiter, hatte stets das passende Wort zur rechten Zeit parat. Doch in diesem Augenblick konnte sie machen, was sie wollte: Ihr fiel nicht eine einzige ihrer vielen hübschen Wendungen ein.

Obwohl es noch für einige Stunden hell sein würde, warf die Sonne schon lange Schatten, Schatten, die sich vor ihnen erstreckten. Ihr Schatten und Henrys Schatten, nebeneinander herschreitend – in vollkommenem Gleichschritt, so, wie es sein sollte. All dies kam ihr so ungemein natürlich vor: Sie spazierte neben dem Mann, den sie liebte. Er wollte ihr einen seiner Lieblingsplätze zeigen. Nur sie beide – allein.

Sie dachte an den Pfirsichhain beim *Nachmaal*. Wie albern wirkte alles, was damals gewesen war, mit heutigen Augen betrachtet! Heute hatte sie, anders als seinerzeit, keinerlei Vorbehalte mehr. Der Ruf des Pfirsichgartens war das Problem gewesen und nicht sie und Henry! Das hier war natürlich. Zwei Menschen, die sich liebten, tat es gut, Zeit für sich allein zu haben.

Sina hörte den Fluß, noch bevor sie ihn sah. Ein sanftes, plätscherndes Gurgeln verriet, daß sie nahe an einem kleinen, stillen Bach waren.

„Hier drüben ist es!“ sagte Henry mit ausgestrecktem Arm und ging voran.

Er schob die dünnen unteren Zweige eines Baumes zur Seite und führte sie auf eine kleine grasbewachsene Lichtung. Büsche und Bäume bildeten eine natürliche Rundung, die sich zum Fluß hin öffnete. Das Bild gewann an Farbe durch Teppiche bunter Blumen – violetter, roter, blauer und gelber –, von denen die Wiese durchsetzt war.

„Oh, wie schön!“ rief sie und klatschte in die Hände wie ein kleines Mädchen. „Wie um alles in der Welt hast du diesen Platz gefunden?“

„Mehr zufällig, aber ich glaube, ich sollte ihn finden“, sagte Henry. „Du weißt ja, auf dem Treck gibt's nicht gerade viel an Privatsphäre. Das hier ist ein vollkommenes Fleckchen Erde, das wir unser eigen nennen können, ein Ort zum Alleinsein.“

Er sprach haargenau die richtigen Worte aus: *wir* – *unser* – *allein*. Sina fühlte sich ganz taumelig im Kopf.

„Komm, setz dich“, sagte er und reichte ihr die Hand.

Die meiste Schmiere hatte er weg bekommen. In den Hautfalten saß zwar noch etwas davon, aber das machte Sina nichts aus. Die Schmiere klebte an Henry, und auf nichts sonst kam es an.

„Du hast ja keine Ahnung, wie lange ich mich auf diesen Tag gefreut habe“, sagte er.

Sina schloß die Augen und ließ sich ins Gras sinken. Genau diese Worte hatte sie im Traum gehört – und jetzt sprach er sie aus! Konnte das alles wirklich wahr sein? Das Gras unter ihnen war grün, kühl und saftig. Über ihren Köpfen ragten majestätisch die Zweige hervor und bildeten einen natürlichen Baldachin. Um sie herum dufteten die Feldblumen.

„Komm, ich helf' dir." Er rutschte zu ihren Füßen und begann ihr die Schuhe auszuziehen.

Sie zog die Füße weg und rief erschrocken: „Was machst du da?"

„Dir die Schuhe ausziehen, Dummchen! Wie sollen wir sonst im Wasser waten?"

Sinas Gefühle überschlugen sich. Sie war völlig durcheinander. An dem, was er mit ihren Füßen machte, war etwas, das sie zugleich beunruhigte und erregte. Du lieber Himmel, er faßte sie nur an den Füßen an! *Aber er hat nicht mal gefragt ... gleich zugegriffen ... besitzergreifend ..., aber es ist doch nur der Fuß ...*

„Ist nicht schlimm", sagte Henry mit aufgesetzter Naivität. „Hier, guck, wie ich's mache." Er zog seine eigenen Schuhe aus und ließ seine nackten Füße am Ufer ins Wasser baumeln. Indem er tat, als ob er erschauerte, zog er sie dann wieder heraus und machte *brrr*!, als bliese ihm eine kalte Winterbrise um die Ohren.

Sina kicherte.

„Glaub mir, es macht Spaß!" sagte Henry, jetzt wieder ernst.

Sina kam sich albern vor. Was war bloß mit ihr los? Wieso benahm sie sich wie eine dumme Gans? Zögerlich schob sie Henry ihren Fuß entgegen. Der lächelte und knüpfte langsam ihre Schnürsenkel auf. Noch bevor sie die frische Luft an ihrem nackten Fuß spürte, lief Sina ein Schauer über den Rücken.

Als sie den Fuß ins Wasser hielt, seufzte sie behaglich.

„Mmm, du hattest recht. Das tut wirklich gut." Um das kühle Wasser, das ihre müdegelaufenen Füße umspülte, besser spüren zu können, machte sie die Augen zu. Als sie sie wieder öffnete, starrte Henry auf ihre Brust, wandte aber schnell den Kopf ab, als er merkte, daß sie ihn beobachtete. Irgend etwas in ihr gab Alarm. In Henrys Verhalten lag etwas, das ihr ganz und gar nicht gefiel.

„'n komischen Bruder hast du", sagte er.

„Wie?" Der abrupte Gedankensprung riß sie in die Gegenwart zurück.

„Dein Bruder. Er ist 'n bißchen komisch, um es mal gelinde zu sagen."

Gerade hatte er sie noch so ... so – na ja, angestarrt eben, und jetzt redete er über Kootjie! Da kam sie nicht mit, es sei denn, sie hätte seinen schweifenden Blick ganz falsch gedeutet. Und überhaupt, wieso verhielt sie sich jetzt plötzlich so ablehnend?

Sie lachte gezwungen auf und sagte: „Er ist 'n bißchen eigenartig."

Henry stützte sich auf seine Ellenbogen. Seine Füße baumelten immer noch im Wasser. „Eigenartig? Du hättest ihn mal in der Nacht sehen sollen, als er die braune Stute von meinem Vater totschoß!"

Davon wollte sie nichts hören. Wochenlang war es Lagergespräch gewesen; die Leute hatten sich ausgeschüttet vor Lachen über den Jungen, der Gespenster sah und den Gaul abknallte, mit dem Klyn überall angegeben hatte.

Verspielt platschte sie mit den Füßen im Bach. „Es ist so schön und friedlich hier", sagte sie in der Hoffnung, die Unterhaltung von ihrem Bruder weg und auf sie beide zurücklenken zu können.

„Schon als die Sonne unterging, fing er an zu bibbern." Angewidert verzog Henry das Gesicht. Sinas Wink mit dem Zaunpfahl hatte er entweder nicht begriffen, oder er überging ihn einfach. Er sah nach oben in die Bäume und verdrehte die Augen, so als erinnerte er sich der Nacht, in der er zusammen mit Kootjie auf Wache gewesen war. „Als ich ihn fragte, ob er die erste Runde schlafen wollte, sagte er", und hier verstellte Henry die Stimme und sprach in hohem, ängstlichem Fistelton: „‚Du wirst doch wohl nicht schlafen wollen, oder? Was ist, wenn was passiert? Bitte schlaf nicht – bitte, bitte!'" Henry legte eine Kunstpause ein, um seine Erzählung über Sinas hasenfüßigen Bruder in vollen Zügen zu genießen.

Sina sah unbeteiligt auf ihre Füße, die im Wasser planschten.

„Glaub mir, Sina, ich hab' getan, was ich konnte, um ihm zuliebe wach zu bleiben. O ja! Aber die Nacht war so still und friedlich, und ich wußte, daß nichts passieren würde. Und – na ja ... dann mußte ich an dich denken, und da bin ich wohl ein bißchen eingedöst."

Sinas Füße hörten auf zu planschen. „Du hast an mich gedacht?"

Mit einem Lausbubengesicht zuckte Henry die Schultern und sagte: „Das sollte ich dir jetzt vielleicht nicht erzählen ..."

Sina drehte sich zu ihm. „O bitte – erzähl's mir! Bitte, bitte!"

Erneutes Schulterzucken. „Nun ja ... Ich denke oft an dich, abends vorm Einschlafen."

Ein warmes Prickeln durchflutete Sina. Es fühlte sich an wie flüssiges Wohlbehagen, das vom Scheitel bis zur Sohle ihren Körper durchströmte.

„Aber in jener Nacht", kehrte er zu seiner Geschichte zurück, „als ich gerade am Eindösen bin, ist urplötzlich dein durchgeknallter Bruder über mir, rüttelt und schüttelt mich, brüllt rum und zeigt mit seinem Gewehr dahin, wo die Pferde grasen. Total plemplem! In einer Tour heulte und schrie er rum, er wolle nicht sterben und so. Inzwischen hatten sich meine Augen so weit an die Dunkelheit gewöhnt, daß ich sah, er zielte auf die Pferde. Ich versuchte ihm klarzumachen, daß es nur die Pferde waren, aber er hörte nicht. Schrie immer bloß rum, die Matabele kämen und würden uns töten."

Jetzt hatte Sina genug von der Geschichte mitbekommen, um ein wenig verstört zu sein. Sicher, sie hatte Kootjies Version von dem gehört, was sich in jener Nacht zugetragen hatte. Er hatte behauptet, es habe an Henry gelegen, daß er das Pferd erschossen habe. Damals hatte sie ihm nicht geglaubt, genausowenig wie irgend jemand sonst. Bloß – Henrys Geschichte war kein bißchen besser.

„Als ich sah, daß er tatsächlich schießen wollte, tat ich, was ich konnte, um ihm die Knarre zu entwinden, aber – na ja, du weißt ja, wie dein Bruder ist: ein unreifer Bengel mit dem Körper eines Mannes, und stark. Aber wie dem auch sei: Wie gesagt, ich versuchte ihm die Knarre aus der Hand zu reißen, aber er lag ja auf mir drauf, und plötzlich: *Bomm!* Der Schuß löst sich, und die prämierte Braune von meinem Vater plumpst auf die Erde."

„Das hört sich absolut nicht nach Kootjie an." Sie hatte es überhaupt nicht sagen wollen. Sie hatte sowieso keinen Nerv auf dieses ganze Thema. Aber Henrys Schilderung von Kootjie irritierte sie. Nein, das klang ganz und gar nicht nach Kootjie. Klar, er war eine Nervensäge und ihr Bruder, aber seit sie auf dem Treck waren, hatte sie ein ganz neues Bild von Kootjie gewonnen: Kootjie, der gekonnt mit den störrischen Ochsen umging, der jagte und in jeder Hinsicht völlig seinen Mann stand. Diesen gereiften Kootjie konnte sie sich nicht als kindischen, bibbernden Angsthasen vorstellen.

„Draußen auf dem Wachtposten gehen die Uhren ein bißchen anders", sagte Henry in hochmütigem Ton. „Das verstehst du nicht, bist ja nie da draußen gewesen. Da muß man schon 'n ganzer Mann sein, wenn man überleben will. Laß ihm Zeit – er wird schon noch erwachsen werden. Ich sag' dir, was ich tun werde. Nach dieser Nacht da draußen hab' ich mich irgendwie für ihn verantwortlich gefühlt ..." Er legte eine Pause ein, um ihr Gelegenheit zum Widersprechen zu geben. Sie widersprach nicht. „Also, ich meine, ich werd' schon auf ihn aufpassen. Wie 'n großer Bruder, weißt du? Ist das wenigste, was ich für ihn tun kann."

Sina zog ihre Füße aus dem Wasser und rutschte ein Stück vom Ufer weg. Sie fühlte Zorn in sich hochkochen, und je mehr sie davon fühlte, um so wütender wurde sie – und nicht etwa, weil irgendein Gaul totgeschossen worden war. Sie ertappte sich dabei, daß sie zornig auf Henry war und Kootjie verteidigen wollte. Und sie war wütend auf sich selbst, weil sie so durcheinander war.

„Hab' ich dich verletzt?" fragte Henry leise und schob sich neben sie.

Sina sah zur Seite.

„Verzeih mir bitte." Leicht legte er ihr die Hand auf die Schulter. „Das wollte ich nicht. Ich hab die Geschichte nur erzählt, weil wir eines Tages mal daran zurückdenken und uns schieflachen werden. Ich bin deinem Bruder kein bißchen böse für das, was er getan hat. Und mein Vater wird mit der Zeit auch drüber hinwegkommen."

Die Wärme seiner Worte begann den Zorn in ihr wegzuschmelzen. Sie senkte die Augen. „Nein, nein, ich muß dich um Verzeihung bitten", sagte sie. „Ich weiß gar nicht, was über mich gekommen ist. Kootjie ist – na ja, er ist eben Kootjie. Er war schon immer so. Es ist nur so, daß ... Ich meine, ich dachte eigentlich, er hätte sich in letzter Zeit ein bißchen verändert."

Henry lachte gutmütig. „Ich hab' schon öfter beobachtet, daß Brüder und Schwestern ziemlich wenig voneinander wissen. Schwestern denken immer, sie wüßten genau, wie ihre Brüder wären, aber sobald ein Junge erst mal von zu Hause weg ist, wird er ein ganz anderer Mensch."

„Da magst du recht haben."

„Ich weiß, daß es so ist", versicherte Henry. „Du zum Beispiel kennst deinen Bruder nicht die Bohne."

Sie sah ihn an.

„Nee, wirklich nicht", beharrte er. „Damals, in der Nacht, hat er mir was erzählt, was er mir nie im Leben hätte erzählen sollen."

„Ach? Was denn?"

Henry verzog das Gesicht und setzte sich aufrecht hin. Zaudernd biß er sich auf die Unterlippe. „Tatsächlich konnte er's nicht abwarten, es mir zu erzählen", sagte er. „Es ging um dich."

„Kootjie hat dir was von *mir* erzählt? Was war es?"

„Er hat mir gesagt, warum er dir in letzter Zeit überallhin nachgeschlichen ist."

Sina schoß das Blut ins Gesicht. „Das stimmt nicht! Das würde er nie tun!"

Henry nickte, um zu bekräftigen, daß Kootjie es sehr wohl getan hatte. „Siehst du? Du kennst eben deinen Bruder nicht so gut, wie du meinst."

„Was hat er gesagt?"

„Er sagte, daß du in der Nacht, als die Xhosa angriffen, von zu Hause weggelaufen bist."

Sina sah einen Silberstreif der Rettung vor der Katastrophe, die sich anzubahnen schien. Wenn das alles war, was Kootjie ihm erzählt hatte, dann mußte sie vielleicht doch nicht vor Verlegenheit sterben. Solange er Henry nicht brühwarm …

„Er hat mir auch gesagt, warum du durchgebrannt bist."

Sina vergrub den Kopf in den Händen. „Was hat er dir erzählt?" fragte sie mit erstickter Stimme.

„Er sagte, du seist abgehauen, um bei mir zu sein."

„Das kann doch alles nicht wahr sein", murmelte Sina.

Warme Hände legten sich auf ihre beiden Handrücken. Seine Finger zogen die ihren von ihrem Gesicht weg. Ihre Augen jedoch blieben wie zugeschweißt.

„Sieh mich an", sagte Henry zärtlich.

Sie konnte nicht. Nie im Leben würde sie ihm wieder in die Augen sehen können.

„Bitte sieh mich an!" flehte er. „Es hat mir so wohlgetan, das von Kootjie zu hören. Das hat mir gezeigt, daß du dich genausosehr nach mir sehnst wie ich mich nach dir."

Sina öffnete die Augen gerade so weit, daß sie durch einen Spalt hindurchlinsen konnte. Henrys Gesicht war nur Zentimeter von ihrem entfernt. Seine Augen guckten weich und verträumt.

Er sprach leise, fast unhörbar. „Es war vielleicht nicht richtig, daß Kootjie es mir erzählt hat, aber es ist was Gutes draus geworden. Hätte er's mir nicht erzählt, so hätte ich niemals gewußt, wie tief deine Gefühle für mich sind."

Jetzt gingen ihre Augen vollends auf. „Du möchtest auch bei mir sein?" fragte sie zaghaft.

„Und wie!" Seine Hände glitten zu ihren Schultern hinab und drückten sie. Er beugte sich zu ihr herüber.

Instinktiv ging sie etwas auf Abstand.

„Ist doch gut", flüsterte er.

Seine Wange berührte die ihre. Sie fühlte sich warm an, aber auch rauh und kratzig. Erneut schloß sie die Augen, um sich mit allen Sinnen auf diese Empfindung zu konzentrieren. Mit beiden Händen ergriff sie Henrys warme Hand.

„Was ist?“ fragte er.

Spielerisch sagte sie: „Alles Gute hat seine Zeit, *Mynheer* Klyn.“

Er rückte näher heran und strich mit seiner freien Hand über ihre Wange. Sie stöhnte leicht auf. Ohne die eine Hand loszulassen, griff sie nach seiner anderen und hielt sie ebenfalls fest.

„Du kannst es gar nicht verhehlen, *Mejuffrouw* van der Kemp“, sagte Henry. „Du willst mich genauso, wie ich dich will.“

„Verhehlen? Das wär' ja wohl ein gelinder Witz, oder?“ kicherte sie, während sie weiterhin seine Hände festhielt und er sich loszumachen versuchte.

Mit einemmal gab er den Versuch auf, sah auf seine Hände hinunter und sagte: „Ihr habt mich gefangengenommen. Ich bin Euer Sklave. Welche verworfenen Torturen geruht Ihr mir angedeihen zu lassen?“

„Alle Frauen dieser Welt würde ich hintergehen, sollte ich Euch hiervon Mitteilung machen“, spielte sie sein Spiel mit. „Ich versichere Euch jedoch, daß Ihr ein ganzes Leben brauchen werdet, um all die Kostbarkeiten zu entdecken, die ich Euch zugedacht.“

„Ein ganzes Leben?“

Sie gab sich leicht befremdet und nickte.

„Dann fangen wir am besten jetzt gleich an!“ Er preßte sich gegen sie und drückte sie zu Boden.

Sie ließ seine Hände los, um sich abzustützen.

„Also, wer ist jetzt der Herr und wer die Gefangene?“

„Henry, bitte laß mich los!“ sagte sie mit Bestimmtheit.

Er küßte sie.

Sie versuchte ihn abzuwimmeln. „Henry! Laß mich los!“ Angst überkam sie. Sie gab den Widerstand auf und rief: „Na schön, na schön! Du sollst deinen Willen haben. Gib mir die Hand!“

Diese plötzliche Kapitulation kam ihm verdächtig vor. Dennoch sagte er begierig: „Wußt' ich's doch!“

„Gib mir deine Hand.“ Sina benutzte denselben spielerischen Tonfall wie zuvor.

Argwöhnisch sah er sie an.

„Deine Hand!“ beharrte sie.

Er machte seine Hand frei und hielt sie ihr vors Gesicht. „Was hast du damit vor?“

„Werd' ich dir zeigen.“ Sie machte eine ihrer eigenen Hände frei und hob sie langsam seiner entgegen, bis sie fast Handfläche an Handfläche lagen. Dann fing sie mit sanften Bewegungen an, über seine Hand zu streichen, und fragte: „Ist das gut?“

Henry schloß die Augen und flüsterte: „Jaaa ..."
„Und das hier?" Flink wie eine Leopardenpranke packte sie seinen kleinen Finger und bog ihn mit aller Gewalt nach hinten.
Henry stieß einen Schmerzensschrei aus. „Laß los!" schrie er. „Du brichst ihn mir!"
Aber Sina dachte nicht daran loszulassen. Immer wenn er einen Versuch machte, sich zu befreien oder nach ihr zu greifen, bog sie den Finger ein wenig weiter.
„Ich unterwerfe mich!" jaulte Henry.
„Versprichst du, daß du dich benehmen wirst, wenn ich loslasse?" fragte sie.
„Ich versprech's."
„Wie soll ich wissen, ob du Wort halten wirst?"
„Werd' ich! Ganz bestimmt – ich versprech's! Bitte, laß mich los!" jammerte er.
Nach einem letzten Druck nach hinten, der ihm den lautesten Schmerzensschrei von allen entlockte, ließ sie den Finger los und machte einen Satz zur Seite, so daß sie außerhalb seiner Reichweite war.
Henry legte die Hand in den Schoß, als hätte er sich den Arm gebrochen. „Wieso hast du das gemacht?"
„Warum hast du getan, was du getan hast?" fragte sie zurück.
„Weil du's wolltest."
„Aber nicht so."
„Wie denn dann?"
„Wenn wir verheiratet sind."
„Lächerlich! Wieso sollte ich dich heiraten wollen, wenn du dich mir nicht hingeben willst?"
„Ich *will* mich dir hingeben – wenn wir verheiratet sind!"
„Weißt du, wie dämlich das klingt?" höhnte er.
Sinas Zorn kochte wieder hoch, und diesmal würden alle schmeichelnden Worte der Welt nicht ausreichen, um ihn zu besänftigen. „Dämlich? Wie kannst du so was sagen?"
„Jawohl, dämlich!" wiederholte er. „Welcher Bauer, der noch alle Tassen im Schrank hat, würde denn wohl 'ne Kuh – oder sagen wir besser 'n Pferd – kaufen, ohne das Vieh vorher genau unter die Lupe zu nehmen?"
„'ne Kuh?" brüllte Sina. „Du vergleichst mich mit 'ner Kuh?"
„'n Pferd!" schrie Henry zurück. „Ich sagte, 'n Pferd sei das bessere Beispiel."

„Vielen herzlichen Dank für deine hilfreiche Aufklärung", spottete sie. „Jetzt fühl' ich mich schon viel besser."

„Denk drüber nach", beharrte er. „'ne Frau ist ja wohl viel wichtiger als 'n Pferd, oder etwa nicht?"

„Worauf du dich verlassen kannst."

„Also, wieviel mehr kommt es dann darauf an, daß man eine mögliche Ehefrau genau unter die Lupe nimmt, bevor man sie heiratet?"

Sira starrte ihn ungläubig an. „Meinst du das wirklich ernst?"

Henry nahm die selbstbewußteste Haltung ein, die ihm auf dem Boden liegend und seine schmerzende Hand haltend möglich war.

„Also schön, dann habe ich eine Neuigkeit für dich, Henry Klyn!" sagte sie und raffte ihre Schuhe auf. „Ich lege keinen Wert darauf, unter die Lupe genommen zu werden – weder von dir noch von irgendeinem anderen Bauern." Sie schob die tiefhängenden Zweige zur Seite und ging.

Die Steine und Dornen, an denen sie sich die Füße aufriß, bemerkte sie gar nicht. Sie war viel zu wütend, um anzuhalten und die Schuhe anzuziehen. Um alles nur noch schlimmer zu machen, fiel ihr erst, als sie schon fast den elterlichen Wagen erreicht hatte, der Messingtopf wieder ein. Das hatte ihr gerade noch gefehlt, um den Tag, der sich so vielversprechend angelassen hatte, endgültig zu ruinieren. Sie drehte sich um und rannte zurück. Hoffentlich würde Henry nicht ihren Weg kreuzen!

Wenn das heute wirklich Henry gewesen war.

Es tat ihr weh, so über Henry zu denken, wie sie es im Augenblick tat. Das da am Fluß war doch nicht ihr Henry gewesen, sondern ein Schurke und Schwindler! Ihr Henry war höflich und rücksichtsvoll. Niemals würde er das tun, was jene Person dort am Fluß zu tun versucht hatte! Je mehr sie darüber nachdachte, um so mehr kochte sie vor Wut – in erster Linie auf sich selbst.

Glücklicherweise war nirgendwo etwas von Henry zu sehen, als sie den Klynschen Fuhrpark erreichte. Sie schnappte sich ihren Topf und machte auf dem Absatz kehrt, um nach Hause zu kommen.

Der gute, freundliche Henry, in den sie sich verliebt hatte, war für sie gestorben. Nie im Leben würde sie erfahren, wie es war, in seinen Armen zu liegen. Niemals würde sie intime Momente mit ihm teilen. Nie würden die vielen Träume wahr werden, die sie so lange Zeit in ihrem Herzen genährt hatte. Jetzt blieb von alledem nichts mehr übrig als ein hohles, leeres, schmerzendes Loch in ihrer Magengrube; und nie mehr würde dieses Loch sich füllen.

„Sina! Sina, hast du mich nicht rufen gehört?"
Sie drehte sich um und erkannte durch den Schleier ihrer Tränen Karel, der auf sie zugeritten kam.
„Alles in Ordnung mit dir?" Er stieg ab und ging neben ihr her.
Sina versuchte zu antworten, aber sie konnte nicht. Ein Schniefen war alles, was sie hervorbrachte.
Er sprach aus, was offensichtlich war: „Du hast geweint. Sina, was ist los?"
Als sie wieder keine Antwort herausbrachte, zog Karel sie unter einen Baum, wo ein gefällter Stamm lag. Die Stelle war ein gutes Stück vom nächsten Wagen entfernt. Niemand konnte sie dort hören. Er drückte sie auf den Stamm nieder und band sein Pferd an einem Ast fest.
„Und jetzt sagst du mir, was los ist." Er setzte sich neben sie.
Sina sah ihn an und schüttelte traurig den Kopf. Karel war ihr immer so ein guter Freund gewesen. Er hatte immer auf ihrer Seite gestanden. Nie hatten sie Geheimnisse voreinander gehabt – bis Henry auf der Bildfläche erschienen war. Selbst dann hatte Karel aus seinen Bedenken gegen ihre Vernarrtheit in Henry keinen Hehl gemacht. Und jetzt stellte sich heraus, daß er die ganze Zeit recht gehabt hatte.
„Ich hab' mich verspätet. Ich muß nach Hause", sagte sie und schickte sich an aufzustehen.
„Nein, du bleibst, wo du bist!" sagte Karel. „Erst mal ziehst du deine Schuhe an. Guck dir deine Füße an – sie bluten ja!"
Die schmutzige Haut war von mehreren Schrammen und Rissen durchzogen.
„Warte, ich helfe dir." Karel kniete sich hin, um Sina beim Schuheanziehen zu helfen.
Ärgerlich stemmte sie ihren Fuß gegen seine Brust und stieß ihn von sich.
Karel taumelte nach hinten und landete im Staub.
„Was habt ihr Männer mit Frauenfüßen?" rief sie.
Karel rappelte sich auf, klopfte sich den Staub von den Hosen und sagte: „Ich wollte dir nur helfen."
„Tut mir leid", sagte Sina versöhnlich. „Ich hab' heute keinen guten Tag." Sie hielt die Tränen nicht mehr zurück.
„Sina, sag mir doch, was los ist!"
Sie brauchte mehrere Anläufe, bis sie, von Schluchzen geschüttelt, herausbekam: „Es ist – wegen Henry."
Nur zwei Wörter, aber diese zwei Wörter brachten die finsterste Miene hervor, die Sina jemals bei Karel gesehen hatte.

„Er hat dir weh getan, stimmt's?"

Die Frage hörte sich an wie eine Drohung. Zweifellos war er bereit, etwas zu unternehmen, falls Sinas Antwort es erforderte.

„Nein, nicht weh getan. Jedenfalls nicht so, wie du denkst."

„Sollte der Kerl ..." Karel ballte die Fäuste.

„Hat er nicht", sagte Sina schnell. „Es ist bloß so, ich habe herausgefunden, daß er ganz und gar nicht der Mensch ist, den ich in ihm gesehen habe."

„Ah." Das war alles – ein schlichtes, wissend, aber auch verständnisvoll ausgesprochenes „Ah". So als hätte Karel von jeher gewußt, daß dieser Tag einmal kommen und Sina eine tiefe Enttäuschung bescheren würde. „Kann ich irgendwas für dich tun?" fragte er dann doch noch.

„Nein", sagte Sina leise. „In zehn bis zwanzig Jahren werde ich drüber hinweg sein."

„Glaubst du wirklich, daß es so schnell gehen wird?"

Sina sah ihn an. Erst verzog er keine Miene, dann aber grinste er, und sie mußte lachen.

„Was ist mit dir und Deborah – irgendwas Neues?"

Karels Gesicht wurde zu einer undurchdringlichen Maske. „Sie trifft sich ständig mit jemand anderem, sagt mir aber nicht, wer es ist. Aber soweit ich sehe, ist ihr Vater von den neuen Aussichten begeistert."

„Das tut mir leid."

„Noch hab' ich die Hoffnung nicht aufgegeben."

„Karel?"

„Ja?"

„Danke, daß du immer da bist, wenn ich dich brauche."

Zur Antwort tippte Karel de Buys mit der Hand an die Hutkrempe.

Hatte Sinas Tag als der vielversprechendste ihres bisherigen Lebens begonnen, so endete er als der allerfinsterste. Den restlichen Heimweg benutzte sie dazu, die Einzelheiten des Lügenmärchens festzulegen, das sie ihrer Mutter auftischen wollte. Eigentlich war es ja keine Lüge, sagte sie sich, mehr eine etwas ausgeschmückte Version dessen, was tatsächlich geschehen war. Sie würde nichts weiter tun, als den Eindruck zu erwecken, ihr Besuch bei Angenitha habe länger gedauert als geplant.

Doch sie bekam keine Gelegenheit, ihre Lüge loszuwerden oder irgend etwas vorzuspiegeln, das nicht stimmte. Denn als sie nach Hause kam, war Adriaan Pfeffer da und redete halb flüsternd mit ihren Eltern. Eine seiner Zwillingstöchter saß trübsinnig am Boden und klammerte sich an das Bein des Vaters. Johanna hatte die andere auf dem Arm und wischte ihr emsig das tropfende Näschen ab. So wie es aussah, hatten die Kinder geweint – und *Mynheer* Pfeffer auch.

Angenitha war gestorben, kurz nachdem Sina ihren Wagen verlassen hatte, deshalb hatte Sinas verspätete Rückkehr die Trauer ihrer Eltern noch verstärkt.

Sinas Geschichte kam heraus – die wahre Geschichte.

Wütend hatte sie ihre Eltern schon vorher gesehen. Verletzt auch. Aber noch nie hatte sie sie so zornig erlebt. Als alles ausgesprochen war, war Sina überzeugt, dies sei der schwärzeste Tag ihres ganzen Lebens.

Der nächste Tag war noch schlimmer. Am nächsten Tag erzählte Henry Klyn im ganzen Lager herum, daß Sina ihn auf jene kleine grasbewachsene Lichtung am Fluß gelockt und ihn dort verführt hatte.

26

Gegen beträchtlichen Widerstand, der vor allem auf den Einfluß des wohlhabenden Oloff Klyn zurückging, wurde Piet Retief doch zum Führer des Trecks gewählt. Seine Aufgabe war klar: sein Volk in ein Land der Verheißung zu führen, ein Land, wo Milch und Honig fließt. Er bestand auf einer Bedingung: Sollte jenes Land bereits von anderen bewohnt sein, so würden sie selbst sich dort nur ansiedeln, nachdem ein von beiden Seiten angenommenes Abkommen mit den ursprünglichen Einwohnern geschlossen worden war.

Aufgrund ihrer jüngsten Zusammenstöße mit den Matabele war klar, daß die Gegend, in der sie zur Zeit ihren Aufenthalt hatten, mochte sie auch jede Menge Raum bieten, sich, wenn man von Retiefs Vorbedingung ausging, nicht als dauerhaftes Siedlungsgebiet eignete. Retief hatte dem Matabele-Führer Mzilikazi geschrieben, ihm einen Freundschaftspakt vorgeschlagen und angeregt, das schöne und fruchtbare Land gemeinsam zu bewirtschaften. Die Antwort war krasse Ablehnung gewesen, und die Matabele-Übergriffe waren ungemindert weitergegangen.

In mancherlei Hinsicht war es nicht von Nachteil, daß eine Übereinkunft mit den Matabele nicht zustande gekommen war. Inzwischen hatten sie von einem Landstrich namens Natal gehört, der östlich der Drakensberge lag, und wenn es irgendwo ein Land gab, das von Milch und Honig überfloß, dann schien es dieses Natal zu sein. Doch ihrem Einzug in dieses Land stand eine Reihe von Hindernissen entgegen.

Das erste Hindernis bildete die Natur in Gestalt der Drakensberge. Der Höhenzug verdankte seinen Namen seiner Oberfläche aus nacktem, zerklüftetem Gestein, die an den Rücken eines Drachens erinnerte. Er würde nicht leicht zu überqueren sein. Retief sandte Kundschafter aus, die nach natürlichen Übergängen suchen sollten. Neben den schwierigen landschaftlichen Verhältnissen würde auch das harte und wechselhafte Gebirgsklima ihnen zu schaffen machen. In den Bergen mußte man mit plötzlichen Gewitterstürmen rechnen, die sintflutartige Regenfälle mit sich brachten, und sogar mitten im Sommer konnten jähe Kälteeinbrüche eintreten.

Die zweite Schwierigkeit bildeten die Zulus. Das Land ihrer Träume gehörte nämlich den südlichen Ablegern des Zulustammes. Der Zuluführer Dingane war ein Bruder des berüchtigten Feldherrn Shaka. Zwar war Dingane nicht so kriegslüstern, wie es sein verstorbener

Bruder gewesen war, aber auch ihm eilte der Ruf voraus, das Kriegshandwerk zu verstehen und ein großes Maß an Grausamkeit zu haben. Wenn sie sich wirklich in jenem Land niederlassen sollten, würden sie um einen Vertrag mit Dingane keinesfalls herumkommen.

Drittens standen sie vor dem Problem, überhaupt am Leben zu bleiben, bis sie einen geeigneten Paß über das Gebirge ausfindig gemacht haben würden. Es war ein täglicher harter Kampf, genug Nahrung und Wasser für die vielen Menschen aufzutreiben und zugleich die feindseligen Matabele in Schach zu halten.

* * *

„Erasmus war höchstens fünf Stunden von den anderen Wagen entfernt", sagte Oloff Klyn. Bevor er weitersprach, nahm er einen Schluck aus seinem Kaffeebecher und gurgelte damit.

Die anderen saßen, mit diesem oder jenem beschäftigt, rund ums Feuer. Sie hörten Oloffs Erzählung mehr oder weniger desinteressiert zu, mit Ausnahme von Kootjie, der anscheinend von Geschichten, die vom Kampf mit den Matabele handelten, nie genug bekommen konnte.

Es begann schon zu dämmern. Ein strahlendes Violett überzog den Horizont, so daß alles im Lager lila schimmerte. Christiaan und Kootjie waren dabei, ihre Gewehre zu reinigen. Pfeffer kaute auf einem Stück Pökelfleisch, während Conraad die Pferde versorgte. Karel warf geistesabwesend Stöckchen ins Feuer. Henry saß auf einem Baumstamm und spähte nervös zum Horizont. Beim kleinsten Geräusch zuckte er zusammen. Louis de Buys und Gerrit van Aardt waren nicht unter ihnen. Sie hatten Aufgaben im Lager zu erfüllen.

„Er ließ seine Wagen und Tiere in der Obhut seiner Dienerschaft zurück", ging Oloffs Märchenstunde weiter, „und ging jagen. Als er abends zurückkehrte, hörte er Angstschreie von seinem Lagerplatz her, und wie er näher rankam, sah er gut sechshundert Matabele um seine Wagen seine Sklaven abschlachten."

„Sechshundert!" sagte Henry mit tiefer, andächtiger Stimme, ohne seine Augen vom Horizont zu wenden.

„Auch seine beiden anderen Söhne", sagte Oloff, ohne dem Einwurf seines Sohnes Beachtung zu schenken, „die sich ebenfalls auf der Jagd befanden, waren schon niedergemetzelt worden. Stephanus Erasmus ritt um sein Leben auf unser Lager zu."

„Sechshundert!“ sagte Henry zum zweitenmal.

Christiaan, Pfeffer und Karel grinsten sich an.

„Unterwegs warnte er die Liebenbergs, die sich vom Haupttreck getrennt hatten. Sie aber glaubten Erasmus nicht, sondern blieben, wo sie waren. Liebenberg, seine drei Söhne und etliche andere wurden ermordet, und die Matabele klauten ihr gesamtes Vieh und zwei weiße Mädchen, um sie Mzilikazi zu schenken.“

„Dreimal dürft ihr raten, was die Heiden wohl mit den beiden Mädels angestellt haben“, sagte Henry.

Oloff reagierte nicht darauf. „Wir erwarteten einen Angriff, aber es kam keiner“, fuhr er fort. „Am nächsten Tag ritten ich und zehn andere mit Erasmus zu seinem Lager zurück.“ Er schüttelte den Kopf. „Es war ein unvorstellbarer Anblick. Die Matabele sind Barbaren – was sag' ich, Hunde – und gehören als solche behandelt.“

Christiaan warf einen Seitenblick auf seinen Sohn. Kootjie saugte Oloff die Wörter regelrecht von den Lippen, obwohl der alte Mann, immer wenn sein Blick auf den Jungen fiel, für diesen nur ein verächtliches Schnauben übrig hatte. Er hatte Kootjie immer noch nicht verziehen, daß der sein Pferd erschossen hatte. Wahrscheinlich würde er es ihm niemals verzeihen. Aber das war sowieso Schnee von gestern. Was Christiaan Sorgen machte, war Kootjies Begeisterung und seine offenkundige Zustimmung, daß die Matabele weniger als Menschen seien. Dieses Vorurteil gewann unter den Treckern an Boden.

Etwas in Christiaan wollte dem ebenfalls zustimmen, zumal nach dem letzten Krieg an der Grenze. Trauen konnte man den Schwarzen nicht, und in der Tat waren die Chancen auf Frieden zwischen ihnen und den Buren äußerst gering. Manchmal verabscheute er Klyns simples Weltbild: auf der einen Seite Gottes auserwähltes Volk, auf der anderen die Verdammten, und jeder gehörte entweder auf die eine Seite oder auf die andere. Die Erwählten verdienten es zu leben, und die nicht erwählt waren, waren eben Heiden, die behandelt werden mußten wie Tiere.

Dann wiederum gab es auch Zeiten, in denen er Klyn beneidete. Die Weltsicht des alten Mannes machte das Leben um vieles einfacher. Man war entweder das eine oder das andere: erwählt oder verdammt. Tief in ihm jedoch regte sich, ungeachtet der Xhosa-Übergriffe und der Bedrohung durch die Matabele, noch ein Funken Hoffnung, der sich aber in seinen Gedanken ähnlich bemerkbar machte wie ein Splitter im Finger.

„Da sahen wir sie“, rief Oloff, „ungefähr neun Uhr morgens – etwa tausend Mann, die sich zum Angriff sammelten!“

„Was habt ihr gemacht?“ fragte Kootjie.

Oloff bedachte den Jungen mit einem Schnauben, erzählte aber weiter. „Wir haben den ganzen Weg zu den Wagen zurück Alarm geblasen. Dann haben wir ’ne Wagenburg gemacht und gewartet. Zuerst griffen die Heiden nicht an. Sie hatten noch nie zuvor ’ne Wagenburg gesehen und wußten nicht, woran sie waren. Dann aber kamen sie in Wellen.“ Er grinste verschlagen. „Da haben wir ihnen gezeigt, was Gottes Armee vermag. Das Donnern unserer Flinten übertönte ihr Heidengeschrei. Als alles vorbei war, zählten wir bei ihnen mehr als hundertfünfzig Tote. Eines war klar: Gott hatte seine Hand über uns gehalten. In der Wagenburg wurde nur ein Junge getötet.“ Es folgte ein Schnauben, diesmal aber grinsend und mit dem Gesicht zu Kootjies Vater. „Witzigerweise hieß der Knabe Christiaan.“

Henry keuchte. „Da kommt wer!“ Während er hastig aufstand, stieß er gegen den Baumstamm, auf dem er gesessen hatte, stolperte darüber und kam zu Fall. Seine Augen waren schreckerfüllt: „Sie kommen von allen Seiten! Wir sind umzingelt!“

Die Männer am Feuer reagierten augenblicklich. Jeder griff nach seiner Waffe, stellte sich mit dem Rücken zum Feuer und legte an.

Henry hatte recht. Sie waren tatsächlich umzingelt.

„Matabele können das nicht sein“, sagte Christiaan. „Sie kommen zu Pferde und haben Gewehre.“

„Griquas“, brummte Oloff. „Fast so schlimm wie Matabele. Werden von den Briten bezahlt, damit sie Trecker überfallen. So wollen sie unsere Leute entmutigen, damit nicht noch mehr aus der Provinz abziehen.“

„Ich hab’ genau dasselbe gehört“, bestätigte Pfeffer.

Die Griquas waren ein Mischvolk, meist Händler und Bauern. Sie entsprangen gemischtrassigen Ehen oder unehelichen Verhältnissen und stammten in ihrer Mehrzahl aus der armen Bevölkerung Kapstadts. Sie hatten die Kolonie verlassen, um sich anderswo ein Leben aufzubauen, in dem sie keine Ausgestoßenen mehr waren.

Sie kamen auf etwa fünfzig Meter heran und blieben dann stehen.

„Feuert auf mein Zeichen!“ sagte Oloff.

„Nein!“ rief Christiaan. „Wir wissen doch gar nicht, was sie wollen!“

„Ist doch klar, was die wollen“, erwiderte Oloff. „Sie wollen uns davon abhalten, das in Besitz zu nehmen, was uns rechtmäßig zusteht. Sie sind Heiden wie die alten Kanaanäer. Es ist unsere Pflicht vor Gott, mit ihnen aufzuräumen.“

„Niemand feuert!“ befahl Christiaan.

„W-w-was t-t-t-tun wir dann?“ stammelte Henry. „Abwarten, bis sie sich entschließen, uns abzuschlachten?“

„Ich sag' dir, es feuert niemand, solange wir nicht wissen, was sie wollen!“ wiederholte Christiaan. „Wer ist auf meiner Seite – Pfeffer? Conraad?“

„Wir stehen hinter dir“, antwortete Adriaan für sich selbst und seinen Sohn.

„Karel?“

„Ich stehe hinter Ihnen.“

„Ich auch, Vater“, beeilte sich Kootjie zu sagen, noch bevor er gefragt worden war.

Über die Schulter sah Christiaan Oloff an.

„Und wie, bitte schön, sollen wir herausfinden, was die wollen?“ polterte der.

Christiaan senkte sein Gewehr. „Ich werde sie fragen.“

„Nicht das schon wieder!“ Flehentlich verdrehte Oloff die Augen gen Himmel.

„*Mynheer* van der Kemp, bitte lassen Sie mich mitgehen!“ sagte Karel.

Christiaan sah den Jungen an. Er meinte es ernst. Und was noch wichtiger war, Christiaan sah keine Furcht in seinen Augen.

„Das wäre mir sehr recht“, beschied Christiaan ihn.

Karel folgte Christiaans Beispiel und legte seine Waffe ab. Dann gingen sie beide mit ausgebreiteten Armen und nach außen gekehrten Handflächen, um zu zeigen, daß sie unbewaffnet waren, auf die Gegner zu.

„Dieser dämliche Sturkopf“, murmelte Oloff. „Irgendwann kostet ihn das den Hals.“

Christiaan und Karel hörten nicht hin, sondern gingen gemessenen Schrittes auf die Griquas zu. Christiaan war sich nicht sicher, wen aus der Gruppe er ansprechen sollte, aber von diesem Problem wurde er schnell befreit.

Aus der rechten Flanke der Berittenen scherte ein Mann aus und kam auf sie zu. Vor Christiaan und Karel brachte er sein Pferd zum Stehen und sah auf sie herab, sagte aber kein Wort.

„Ich hoffe, Sie können mich verstehen“, sagte Christiaan, „sonst wüßte ich nicht, wie wir …“

„Wir sprechen Afrikaans“, sagte der Griqua. Er war ein dunkelhäutiger Mann mit scharfgemeißelten Gesichtszügen, der sich stolz im Sattel hielt. Seine Augen lagen im Schatten einer breiten Hutkrempe, so daß man sie im Dämmerlicht kaum sehen konnte. Seine Kleider mochten den Staub und Schweiß eines Tagesritts an sich haben, waren aber ansonsten sauber und ordentlich, ganz anders als Christiaan es von einem Griqua erwartet hätte.

„Gut", sagte Christiaan erleichtert und dachte an seinen katastrophalen Versuch, ohne Dolmetscherhilfe mit dem Häuptling der Xhosa zu sprechen. „Dann lassen Sie mich Ihnen sagen, daß wir nichts Böses gegen Sie im Schilde führen. Wir sind nur eine Patrouille, gehören zu einer Wagenburg in der Nähe. Wir reiten bloß durch."

„Bloß durchreiten?" erwiderte der Griqua. „Ihr seid schon seit Wochen hier!"

Karel meldete sich zu Wort. „Wir haben Kundschafter losgeschickt, die nach einem Paß über die Drakensberge suchen. Sobald sie einen gefunden haben, brechen wir auf."

Der Griqua musterte den Jungen, und was er sah, schien ihn zu beeindrucken. „Dein Sohn?" fragte er Christiaan.

„Ein Freund der Familie", sagte Christiaan.

„Wie soll ich wissen, ob ihr mir die Wahrheit erzählt? Daß ihr nicht hier seid, um euch unser Land unter den Nagel zu reißen? Also, überzeuge mich, wenn du kannst!"

Christiaan streckte ihm die Hände entgegen. „Sie können uns zu unserem Lagerplatz begleiten und mit unserem Anführer sprechen. Er wird Ihnen genau dasselbe sagen wie wir. Sonst müssen Sie sich mit meinem Wort begnügen."

„Und wer bist du, daß ich dich beim Wort nehmen sollte? Bist du irgendwie wichtig?"

Christiaan lächelte. „Nein, das bin ich nicht. Ich kann Ihnen nicht mehr sagen, als daß Christiaan van der Kemp Ihnen sein Wort gibt, daß wir nichts Böses gegen Sie im Schilde führen."

Der Griqua schien auf sein Ehrenwort mehr zu geben, als Christiaan erwartet hätte. Doch plötzlich fragte er: „Und wer war es, der das Kommando ‚Feuer auf mein Zeichen' gab?"

Frustriert schloß Christiaan die Augen. In der Dämmerung konnte man hier draußen auf dem Veld allzugut hören. „Der hat nichts zu sagen", versicherte er seinem Gegenüber. „Ich kann ihn überzeugen, daß Sie keine Bedrohung für uns darstellen."

„Ach – und woher weißt du, daß wir das nicht tun?"

„Wissen tu ich's nicht. Aber wenn Sie es sagen, nehme ich Sie beim Wort."

Der Griqua grinste. „Van der Kemp war der Name, stimmt's? Und das hier ist ..."

„Karel de Buys“, stellte Karel sich vor.

„Ich stelle folgende Bedingungen: Ihr zwei kommt mit mir; dann versichere ich, daß wir nicht angreifen. Weigert ihr euch aber mitzukommen oder sollten irgendwelche Leute nach euch suchen, dann sehe ich unsere Übereinkunft als gebrochen und garantiere für nichts.“

Christiaan und Karel sahen sich an.

„Und was haben Sie mit uns vor?“ fragte Christiaan.

„So sind meine Bedingungen“, bekräftigte der Dunkelhäutige. „Nehmt sie an oder weist sie zurück – ich hab’ nicht die ganze Nacht Zeit.“

„Jetzt tut’s dir vielleicht leid, daß du mit mir gekommen bist“, sagte Christiaan leise zu Karel.

„Wenn wir’s jetzt so weit geschafft haben ...“, antwortete der Junge.

„Wir akzeptieren Ihre Bedingungen“, sagte Christiaan dem Griqua.

Dieser räumte Christiaan und Karel die Zeit ein, ihre Pferde und Waffen zu holen. Natürlich war Oloff gegen die ganze Sache, aber er konnte wenig ausrichten. Schließlich gab er sich damit zufrieden. Die beiden müßten selbst wissen, was sie täten, wenn sie mit den Heiden davonritten, um sich abschlachten zu lassen. Christiaan nahm ihm das Versprechen ab, daß er niemandem erlauben werde, ihnen nachzureiten.

Kootjie wollte mit seinem Vater gehen, aber Christiaan bestand darauf, daß der Junge nach Hause ritt und seiner Mutter mitteilte, was geschehen war. Er trug ihm auf, Johanna zu versichern, daß er in ein, zwei Tagen wieder zurück sei. Das war ein Versprechen im luftleeren Raum, und um so bestimmter war sein väterlich-autoritärer Ton.

Nachdem Oloff ein letztes Mal zum Ausdruck gebracht hatte, daß er das Ganze für idiotisch hielt, stiegen Christiaan und Karel auf und ritten mit den Griquas davon.

Bald nachdem Christiaan das eigene Lagerfeuer nicht mehr sehen konnte, teilten sich die Griquas in kleine Grüppchen, die verschiedene Richtungen einschlugen. Vier Mann, zwei an jeder Seite, blieben bei Christiaan und Karel. Der Wortführer der Griquas leitete ihre Gruppe.

Sie waren eine gute Stunde unterwegs. Inzwischen war der Mond aufgegangen als beinah vollständige runde Scheibe. Vor ihnen war Lichtschein zu erkennen; dort schienen Gebäude zu stehen. Christiaan sah Anzeichen für eine florierende Bauernwirtschaft: Rinder und Schafe, Getreide auf dem Halm und Bauten, die immer mehr zu werden schienen, je näher sie herankamen.

Es war ein wirklich beeindruckendes Anwesen, wie Christiaan keines mehr gesehen hatte, seit sie zu Beginn des Trecks den Distrikt von Graaff-Reinet durchzogen hatten.

Arbeiter traten ihnen entgegen und nahmen ihnen die Pferde ab. Ihre vier Eskorten verließen sie, während der Wortführer sie die paar Stufen hinaufgeleitete, die auf die Veranda eines stattlichen weißgeputzten Hauses aus massiven Ziegeln führte.

Christiaan und Karel wurden Stühle angeboten, und sie nahmen Platz.

Auch der Griqua zog sich einen Stuhl heran und warf seinen Hut auf einen hölzernen Tisch.

Christiaan und Karel nahmen ebenfalls die Hüte ab, behielten sie aber in der Hand.

Auf der Stelle erschien ein Diener und fragte den Griqua, ob er und seine Gäste irgend etwas zu trinken wünschten. Er bestellte Getränke für alle drei. Dann machte er es sich in seinem Stuhl bequem und musterte die beiden Buren.

Das Licht, das aus Tür und Fenstern des Hauses fiel, ermöglichte es Christiaan, sich den Mann, der sie hergebracht hatte, genauer anzusehen. Seine Haut war tatsächlich sehr dunkel. Er hatte starke Wangenknochen. Sein Haar war schwarz und vom Ritt schweißnaß. Quer über seine Stirn verlief ein Druckring von seinem Hut. Er saß bequem zurückgelehnt da. Nichts an ihm erinnerte an einen Geiselnehmer.

„Weißt du, warum ich euch hierhergebracht habe?“ fragte er Christiaan.

„Nicht als Geiseln jedenfalls, obwohl ich anfangs meinte, daß wir genau das wären.“

Der Mann verzog den Mund zu einem breiten Grinsen, das seine weißen Zähne entblößte. Es wirkte weder gezwungen noch unaufrichtig. Das Lächeln kam so natürlich, als lächelte er oft. „Nicht als Geiseln“, wiederholte lachend. „Du da“, er zeigte auf Karel, „dich wollte ich wegen der Art kennenlernen, wie du ihn angesehen hast. Deine Augen haben verraten, daß du ihm verrtaust und ihn bewunderst.“

„Wenn Sie das mit einem Blick erkannt haben“, sagte Karel, „sind Sie ein scharfer Beobachter anderer Menschen. Es stimmt: Ich vertraue ihm und bewundere ihn.“

„Und was dich betrifft“, das galt jetzt Christiaan, „so wollte ich mich mit dir mehr unterhalten. Es war was in deinen Worten, was mich neugierig gemacht hat.“

Sie wurden durch den Diener unterbrochen, der die Getränke brachte. Der Griqua bediente erst Christiaan und Karel, bevor er sich selbst einschenkte. Dann nahm er einen langen Zug aus seinem Becher.

„Etwas, das ich gesagt habe?“

„Etwas, was du hoffentlich *bist.*“

Christiaans Verwirrung schien den Griqua zu amüsieren.

„Verzeih mir, wenn ich mich auf deine Kosten amüsiere“, sagte er. „Ich hoffe nur, es ist tatsächlich so, wie ich vermute.“

Damit hatte Christiaan auch nicht mehr Klarheit, worum es hier eigentlich ging.

Der Griqua stellte seinen Becher beiseite und beugte sich vor, wobei er die Hände auf die Knie legte. „Du sagtest, du seist ein van der Kemp.“

„Und ob ich das bin“, nickte Christiaan.

„Und du kommst aus ...“

„Zuletzt aus der Gegend von Grahamstown.“

Der Griqua nickte. „Und deine Vorfahren, woher waren die?“

Diese Frage verblüffte Christiaan. Was in aller Welt hatten seine Vorfahren mit ihrem Treck durch das Land der Griquas zu tun? Freilich gab es nur einen Weg, das herauszufinden: die Fragen zu beantworten und zu sehen, wohin das führte.

„Geboren bin ich in Kapstadt“, sagte Christiaan. „Als Junge bin ich mit meinem Vater nach Osten gezogen, nach Grahamstown.“

Der Griqua zog die Augenbrauen hoch. Offenbar gefiel ihm Christiaans Antwort außerordentlich. Mehr als das: Er sah geradezu erregt aus. „Und was sagst du zu – Klaarstroom?“

„Mein Elternhaus!“ rief Christiaan aus. Jetzt war er restlos verblüfft.

Zufrieden lehnte sich der Griqua zurück. „Hab' ich's mir doch gedacht!“ Aufgeregt rieb er sich die Hände. „Ich bin gleich zurück!“ Sprach's, sprang aus seinem Stuhl und verschwand im Inneren des Hauses.

Lachend sah Karel Christiaan an. „Was soll das Ganze?“

Christiaan stimmte in sein Lachen ein. „Ich weiß nicht. Aber ich glaube nicht, daß wir irgendwie in Gefahr sind.“

„Ganz sicher nicht“, stimmte Karel zu.

Der Griqua kam zurück, in den Armen eine Vase von weißer Grundfarbe mit einem lebhaften Muster aus blauen Blüten. „Sagt dir das hier irgendwas?“ fragte er Christiaan.

Christiaan besah sich die Vase. Er konnte sich nicht entsinnen, sie je zuvor zu Gesicht bekommen zu haben.

„Sie gehörte einem meiner Vorfahren“, sagte der Mann.

Aber das half Christiaan auch nicht auf die Sprünge. Er konnte machen, was er wollte, er fand keine Verbindung zwischen Klaarstroom und der Vase. „Tut mir leid“, sagte er, „da muß mir wohl was entgangen sein.“

Der Griqua schien ein wenig enttäuscht zu sein, brannte aber nach wie vor darauf, Christiaan zu helfen, die Puzzleteilchen zusammenzufügen. „Die stand früher auf dem Kaminsims in Klaarstroom“, sagte er. „Sie gehörte deinen Vorfahren, Jan und Margot van der Kemp.“

Christiaan klappte den Mund auf. Wie konnte es angehen, daß dieser Griqua hier draußen auf dem Hohen Veld so viel über seine Familie wußte?

„Margot gab sie meiner Familie zurück, kurz bevor sie starb. Es war ursprünglich einmal ein Geschenk an sie von einem *meiner* Vorfahren gewesen, und sie wollte, daß wir sie als Erinnerung an ihn behielten. Er lebte davon, daß er diese Vasen in Kapstadt auf der Straße an Seeleute verkaufte, jedenfalls bevor er Rachel van der Kemp heiratete.“

Der Nebel in Christiaans Kopf begann sich zu lichten. „Jetzt erinnere ich mich! Rachels Mann – der Klaarstroom rettete und dabei umkam – war ein Mischling, deshalb mußte sie Klaarstroom verlassen. Hieß er nicht – Matthew? Ja, Matthew!“

„Matthew Durbin“, sagte der Mann stolz. „Mein Vorfahr. Nur ein Kind wurde ihm geboren, bevor er starb – ein Mädchen, Deborah. Als er starb, wußte er nicht, daß Rachel bereits wieder von ihm schwanger war. Diesmal war's ein Junge, den sie nach ihrem Vater Matthew nannte.“

„Ach!“ sagte Christiaan. „Und wie heißt du?“

„Adam. Adam Durbin.“

„Wie schön, dich kennenzulernen, Adam“, sagte Christiaan und streckte ihm die Hand hin, die Durbin herzhaft schüttelte.

„Lange Jahre waren die Durbins und die van der Kemps eng miteinander verbunden“, sagte Adam. „Ich wünschte mir, wir könnten diese Tradition fortsetzen. Bleibt ihr über Nacht?“

„Es wäre uns ein Vergnügen“, sagte Christiaan.

Den Rest des Abend bewährte sich Adam Durbin als tadelloser Gastgeber. Er stellte Christiaan seine Frau vor, mit der er seit dreiundzwanzig Jahren verheiratet war, und seine sieben Kinder. Wie sich zeigte, waren sie entschiedene Christen, bekehrt durch den Dienst des Londoner Missionars Robert Moffat. Was Adam Christiaan über den Dienst der Londoner Missionsgesellschaft unter den Griquas erzählte, wusch deren Namen in seinen Augen rein, nachdem er bislang ja nur vor Gericht mit einem Londoner Missionar Bekanntschaft gemacht hatte.

Adam erzählte ihm, wie Moffat zwei Babys aus dem Busch das Leben gerettet hatte, als er einmal zufällig auf eine Beerdigung stieß. Mehrere Buschmänner waren gerade dabei gewesen, eine Grube auszuheben, in der sie eine Mutter mit ihren zwei Kindern begraben wollten – nur daß die Kinder noch lebten. Sie hatten den Brauch, im Falle des Todes einer Mutter ihre Kinder mit ihr zu begraben. Irgendwie gelang es Robert, sie zu überreden, die Kinder statt dessen ihm zu überlassen. Seine Frau Mary, die Kinder liebte, zog sie als ihre eigenen auf.

Christiaan erfuhr, daß die Griquas eine autonome, gemischtrassige Volksgruppe waren, die zumeist von der Jagd und vom Handel lebte. Kürzlich hatten sie sich wegen Rivalitäten zwischen zwei Führern in zwei Gruppen aufgespalten. Mit den Matabele hatten auch sie ihre Schwierigkeiten, vor allem dadurch, daß diese den Griquas fortwährend den Weg zu den Kapstädter Märkten abschnitten.

Am Morgen stattete Adam Durbin Christiaan und Karel mit Proviant und Geschenken aus und sandte drei Arbeiter mit ihnen, die sie auf dem Rückweg zu ihrem Lager begleiten sollten. Jeder Arbeiter führte einen Esel am Zügel, der mit Gewehrkugeln und Schießpulver bepackt war – zum Ausgleich dafür, daß die Buren ihn zwei der Ihren über Nacht als Geiseln hatten nehmen lassen.

Christiaans und Karels Heimweg geriet zum Triumphritt.

Fast das halbe Lager kam ihnen entgegengelaufen, einschließlich Piet Retief höchstpersönlich. „Hab' ich das richtig begriffen?“ fragte er. „Abends reitest du als Gefangener davon, und morgens kehrst du nicht nur als freier Mann zurück, sondern schleppst noch Geschenke von deinem Geiselnehmer an? In Zukunft will ich dich immer an meiner Seite haben, wenn wir mit einem Gegner verhandeln müssen!“

* * *

„Was war mit den Zwillingen?“ fragte Christiaan, während er im Dunkeln neben seiner Frau lag. Das Segeltuchverdeck, das sich über ihnen wölbte, schimmerte im Mondlicht.

„Sie vermissen ihre Mutter.“

„Pfeffer vermißt sie auch. Sagt kaum noch ein Wort."
„Sie ist die Dreiundzwanzigste."
„Die Dreiundzwanzigste?"
„Die dreiundzwanzigste Person, die am Stich einer Tsetsefliege stirbt. Seltsam, oder? Das Kindbett hat sie überlebt, Naturkatastrophen, Xhosa-Überfälle – und jetzt stirbt sie, weil eine Fliege sie gestochen hat. Und ich hätt's wissen müssen!" Ihre Stimme zitterte. „Sie hatte alle Symptome: Fieber, Entzündungen, Lethargie. Ich glaube, ich wollte es nicht wahrhaben. Hab' mir gesagt, sie sei bloß müde vom Treck und von den Zwillingen."
„Du hättest sowieso nichts tun können, um sie zu retten."
„Ich hätte bei ihr bleiben und für sie dasein können. Statt dessen hab' ich Sina geschickt."
Christiaan drehte sich zu seiner Frau um und nahm sie in den Arm. Er fühlte die warmen Tränen auf ihrem Gesicht.
„Ich hab' Adriaan gesagt", schniefte sie, „daß wir ihm dabei helfen werden, die Mädchen großzuziehen. Das haben ihm auch noch ein paar andere Frauen angeboten. Jedenfalls so lange, bis er wieder heiratet."
Das verschlug Christiaan erstmal die Sprache. Dann lachte er auf. „Ich hab' mir nie vorgestellt, daß Adriaan wieder heiraten könnte. Glaubst du wirklich, daß er das tun wird?"
„Ein Mann braucht 'ne Frau, überhaupt mit zwei kleinen Töchtern."
Christiaan zog sie dichter an sich heran.
Sie widersetzte sich nicht, hatte aber dennoch etwas zu schelten. „Und dann hattest du nichts Lächerlicheres zu tun, als mit einer Bande Griquas davonzureiten und mich mit ‚Sag deiner Mutter, ich bin in ein paar Tagen zurück' abzuspeisen!" Sie schwieg einen Augenblick und fügte dann hinzu: „Ich dachte schon, ich hätte dich auch verloren."
Erst wollte Christiaan sich rechtfertigen. Was er getan hatte, war richtig gewesen, und in derselben Situation würde er es wieder tun. Doch dann wurde ihm klar, daß jetzt nicht der richtige Zeitpunkt war, um sein Verhalten zu erklären. Johanna betrauerte den Verlust ihrer besten Freundin, und sie hatte Angst gehabt, auch ihren Mann zu verlieren. Er räusperte sich und sagte: „Tut mir leid, wenn du meinetwegen Kummer hattest, Baas. Mir war eben nichts anderes eingefallen, damit du dir keine Sorgen machst. Und ich kann nicht versprechen, daß so was nicht nochmal vorkommt."
Johanna fuhr auf, stützte sich auf ihren Arm und sah ihren Mann im

Zwielicht ungläubig an. „Was redest du überhaupt? Natürlich wird so was wieder passieren – morgen und übermorgen und überübermorgen ..."

Christiaan riß die Augen auf.

„Ist dir denn überhaupt nicht klar, daß es jedesmal ein kleiner Tod für mich ist, wenn du mit Kootjie rausreitest? Ich kann doch nie sicher sein, daß ihr beide heil zurückkommt! Und tot ist tot, ob dich nun die Xhosa oder die Matabele erwischen, ein Löwe oder ein Elefant – oder ob du vom Pferd fällst!"

„Ich würde niemals vom Pferd fallen!" verwahrte sich Christiaan, wobei er den Mund zu seinem schiefen Grinsen verzog, das andeutete, wie er seine Antwort verstanden haben wollte: als Hinweis auf burischen Männerstolz.

Johanna lächelte und legte sich wieder hin, wobei sie sich seine Schulter als Kopfkissen aussuchte. „Jeden Tag ein bißchen zu sterben ist offenbar der Preis, den ich dafür zahlen muß, daß ich dich lieben darf."

„Hättest du es lieber, wenn ich den ganzen Tag am Wagen rumhängen würde?"

Die Antwort kam wie aus der Pistole geschossen. „Nein. Dann könnte ich dich nicht als Mann respektieren, und das wär' noch viel schlimmer."

„Wie kommst du jeden Tag damit zurecht?" fragte Christiaan.

„Ich leg' dich und Kootjie in Gottes Hände. Was kann eine Frau mehr tun?"

Christiaan zog sie näher an sich heran. Gesprochen wurde an diesem Abend nichts mehr zwischen ihnen, aber solange sie sich zurückerinnern konnten, war es der erste Abend, an dem sie eng umschlungen einschliefen.

27

Jama war mit dem Melken der Kühe fertig und lehnte sich an die Wand. Er sah Thandi beim Zubereiten der Morgenmahlzeit zu. Zuvor, als er die Kühe auf die Weide geführt hatte, war sie draußen auf den Feldern gewesen und hatte gehackt und gejätet.

Ihr Großvater Ndaba hatte sich auf den Weg zum Kral von Dingane, dem König der Zulus, gemacht. Dorthin ging er als einer der Ratgeber des Königs mehrmals die Woche. Manchmal kam er erst nach der Morgenmahlzeit zurück, die sie üblicherweise kurz vor Mittag einnahmen. Das brachte es mit sich, daß Jama und Thandi die Hütte für sich allein hatten, solange er abwesend war, worauf Jama sich im Laufe der beinah drei Wochen, die er jetzt mit der Familie verbracht hatte, mehr und mehr freute.

Von dem Tag an, als Ndaba ihn mit nach Hause genommen hatte, hatten sie Jama das Gefühl gegeben, Teil der Familie zu sein. Er brauchte nicht lange, um dem älteren Zulu gegenüber tiefen Respekt zu empfinden, was auf Gegenseitigkeit zu beruhen schien. Das tat Jama wohl, noch mehr allerdings die Zuneigung Thandis, die sie nicht im geringsten zu verhehlen suchte.

Die junge Zulufrau hatte das bei den Zulus übliche Heiratsalter schon mehrere Jahre hinter sich und war nicht der Typ für geziertes Getue. Wenn Jama sie ansah, fing sie nicht an zu kichern oder drehte den Kopf weg. Vielmehr drückte ihr Blick Vertrauen aus. Auch verbarg sie nicht, daß Jama es verdiene, verwöhnt zu werden, was ihren Großvater zwar zu überraschen, ihm aber nicht zu mißfallen schien.

Zuerst war Jama erschrocken, als er ihre unverhohlenen Blicke bemerkte. Umgang mit Frauen zu haben war etwas, woran er nicht gewöhnt war. Doch es dauerte nicht lange, bis ihm diese Blicke außerordentlich gefielen und er begann, sie bewußt zu suchen.

Thandi saß im Schneidersitz und zerrieb Maiskörner in einer Schale. Sie trug ein kurzes Hemd aus gegerbten Tierhäuten. Um den Hals hing ihr eine Kette aus Schalen, die während ihrer rhythmischen Arbeitsbewegungen hin- und herschlenkerte.

Jama fand, sie strahlte vor Schönheit. Ihre Haut war von tiefem Schokoladenbraun. Dichtes, wuscheliges Haar krönte ein anmutiges, ovales Gesicht mit ausgeprägter Stirnpartie. Sie hatte klare braune Augen, die einen in ihren Bann zogen, eine kleine, flache Nase und einen vollen, lächelnden Mund. Sie war nur ein wenig kleiner als Jama und damit für ein Zulumädchen sehr groß. Das verlieh ihrer Ausstrahlung etwas Majestätisches; selbst bei den trivialsten Alltagsarbeiten bewegte sie sich mit einer gewissen Erhabenheit.

Thandi sah auf und bemerkte, daß er sie beobachtete. Als sie sich wieder ihrem Maisbrei zuwandte, zeigte ihr Ausdruck einen Zug von Befriedigung.

Da erschien Ndaba im Eingang und stand für einen Augenblick wie eine Silhouette in der einzigen Öffnung seiner Zuluhütte. Weil es nur diesen einen Einlaß gab, herrschte in dem runden, mit Stroh verkleideten Bau auch tagsüber Dämmerlicht. Der Vorteil war, daß es auch während der heißen Monate drinnen kühl blieb und nur wenige Fliegen und sonstige Insekten hineinfanden.

Der Mann in der Türöffnung war ein typischer Zulu: groß, schlank, muskulös, gut gebaut und stark. Er war zwar schon grau und vom Alter gebeugt, doch seine dunklen Augen waren immer noch scharfblickend und verrieten seine Intelligenz. Er trug einen Lendenschurz und eine Kette aus Tierzähnen. Dazu kam ein Kopfreifen, der aus Baumschwamm hergestellt war. Diesen Reifen nahm er niemals ab. Er war eine Insignie, die ihn als respektheischenden Würdenträger auswies, nämlich als Stammesältesten und königlichen Ratgeber.

„*Yoh!* Du bist ja schon vom Melken zurück!" sagte er zu Jama. „Das ist gut. Ich möchte etwas mit dir besprechen. Ich denke, es ist an der Zeit, daß ich dich König Dingane vorstelle."

Thandi unterbrach ihre Arbeit und setzte sich aufrecht. „So bald schon?"

Ihr Großvater ging nicht auf sie ein. Er hatte nur Augen und Gedanken für Jama. Mit entschlossenen Schritten ging er über den saubergefegten Lehmboden auf ihn zu. „Es bietet sich eine Gelegenheit, die es dir ermöglichen wird, dich bei dem großen Dingane in günstiges Licht zu setzen."

„Was für eine Gelegenheit?"

„Erst essen – dann reden!" unterbrach Thandi.

Da ihr Großvater keinen Einspruch erhob, legte sie für ihn, für sich und für Jama geflochtene Sitzmatten aus.

„Was ist das denn, eine neue Matte?" fragte Ndaba und zeigte auf die Sitzgelegenheit, die sie für Jama ausgebreitet hatte. Sie war die neueste und schönste der drei Matten.

„Ich meinte, es sei an der Zeit, daß er seine eigene Matte bekommt", sagte Thandi und lächelte. Auf die vielsagende Handbewegung, die ihr Großvater Jama machte, achtete sie nicht.

Ihre Sitzordnung entsprach altem Zulubrauch: Ndaba als ältester anwesender Mann saß am nächsten zum Eingang, neben ihm, rechter Hand von der Türöffnung, Jama, und Thandi auf dem Frauenplatz, den Männern gegenüber, also links vom Eingang. Die Mahlzeit bestand aus gerösteten Ähren, gekochten Süßkartoffeln und gegärtem Hirsebrei.

Beim Essen nahm Jama den Gesprächsfaden wieder auf. „Wenn ich Dingane treffen soll, wüßte ich gern mehr über ihn. Was ist er für ein Mann?"

„Dingane ist Dingane", antwortete Ndaba. „Er ist nicht ein Mann, den man verstehen, sondern ein König, dem man gehorchen soll."

Thandi sah ihren Großvater ernst an, sagte aber nichts.

Sollte Ndaba ihre Reaktion bemerkt haben, so zeigte er es nicht. Aufgeräumt sagte er: „Freilich ist es unser Vorrecht, ihm Ratgeber zu sein, und dabei kannst du dich nützlich machen."

„Was kann ich denn tun?" fragte Jama. „Ich bin doch nur ein Fremder, noch nicht einmal ein Zulu. Wie kommst du darauf, daß er mir zuhören wird?"

„Die Zeit ist nun mal reif", sagte Ndaba, „und daß du gerade jetzt auftauchst, ist bestimmt kein Zufall."

In Jama regte sich ein Gefühl des Unbehagens. Die merkwürdig verschleierte Antwort des Alten verhieß nichts Gutes und irritierte ihn.

Ndaba schien ihm dies abzuspüren und sich darüber noch zu amüsieren. Eine Weile musterte er den Mann, der neben ihm saß. „Nur wenige in unserem Rat sind alt genug, um die Legende noch zu kennen", sagte er schließlich in feierlichem Tonfall. „Aber in uns ist sie wie ein brennendes Feuer, das nicht verlöschen wird. Oft haben wir von der Legende gesprochen, aber unsere Worte finden kein Gehör. Andere Ratsmitglieder – ehrgeizige Männer, einige von ihnen schwach und ängstlich – verspotten uns für unseren Glauben. Sie schließen von unserer runzligen Haut auf unser vermeintlich hinfälliges Gemüt. Aber sie irren sich. Wenn Dingane ihnen weiter Gehör schenkt, dann fürchte ich, daß das Volk der Zulus bald aufhört zu existieren."

Ndaba machte eine Pause, aß einen Bissen und dachte nach. Starren Blickes sann er nach über die Zukunft – oder die Vergangenheit, da wollte Jama sich nicht festlegen. Das einzige, was er von dem Gesichtsausdruck des Alten ablesen konnte, war, daß das Bild vor seinem inneren Auge schrecklich sein mußte.

Als wachte er aus einer Trance auf, blickte Ndaba nach oben, wo er unterm Dach seiner Hütte nach Worten zu suchen schien, die seinen Gedanken angemessen waren.

Dann sagte er: „Unter den Zulustämmen gibt es eine heiliggehaltene Legende. Sie heißt ‚Das Fest des Friedens' und erzählt davon, wie eines Tages, als mehrere Zulustämme miteinander im Krieg lagen, ein übernatürliches Wesen unter ihnen auftauchte und sich ihnen als der Verlorene Unsterbliche vorstellte. Er sagte, er werde der neue Herrscher des Zuluvolkes sein."

Jetzt wußte Thandi, welche Geschichte ihr Großvater meinte. Das konnte Jama an ihren Augen sehen. Als das Gespräch auf Politik gekommen war, hatten diese einen gelangweilten und etwas geringschätzigen Ausdruck angenommen, jetzt aber glänzten sie von Wärme. Ihre Bewunderung für den alten Mann war offensichtlich und gab ihr eine Ausstrahlung, die Jama ungemein gefiel.

„Der Verlorene Unsterbliche", fuhr Ndaba fort, „versprach, gerecht und in göttlicher Weisheit zu regieren. Damit er das konnte, mußten die verschiedenen Stämme des Zuluvolkes aufhören, sich gegenseitig zu bekriegen. Zu diesem Zweck nahm er sämtliche kriegerischen Könige gefangen und aß sie in einer Suppe, die ihm seine drei Töchter und seine Frauen zubereiteten. Damit hörten auf der Stelle alle Kriege auf. Der Verlorene Unsterbliche kündigte an, daß er ein Fest des Friedens abhalten werde, und die Leute fingen gleich an, nach seinen Anweisungen dieses Ereignis vorzubereiten. Als der Tag des Festes da war, trat der Verlorene Unsterbliche aus seiner Hütte und nahm majestätisch die Parade der Krieger ab. Er trug die einem König zustehende Tracht: königliche rote Federn im Haar, große Armreifen aus geschnitztem Elfenbein, über der breiten Brust eine Schärpe aus Leopardenfell und einen Leopardenumhang. Wie ein Mann erhob sich das ganze Volk und pries ihn mit Jubelrufen – wobei du wissen mußt", erklärte er Jama, „daß der Verlorene Unsterbliche blind war. Doch in seiner Blindheit lag tiefe Einsicht. Er kannte die Gedanken eines Menschen, ohne daß sie ausgesprochen wurden. Und an jenem großen Festtag wußte er genau, wie sehr sich das Herz eines jeden einzelnen unter den Versammelten nach Frieden sehnte.

Diese Friedenssehnsucht erfüllte ihn mit mächtiger Freude. Auf sein Signal wurden Trommeln geschlagen, und zehn Krieger traten vor, die einen großen Stein schleppten. Darauf befand sich eine Inschrift mit folgendem Text: ‚An diesem Ort haben zwei große Stämme sich tausendjährigen Frieden geschworen. Alle Stämme haben diesem Frieden die Ehre zu erweisen!' Tausende von Menschen reckten die Hälse, um einen Blick auf den Stein zu bekommen. Männer hoben ihre Kinder hoch, damit sie ihn sehen konnten, und ermahnten sie, sich stets daran zu erinnern, daß an diesem Tag Friede gemacht worden sei. Dann traten zwei Sänger auf und stimmten das Lied des Friedens an, in dem es hieß, das Leid und die bitteren Taten des Krieges würden unter dem großen Stein begraben sein."

Ndabas Hände fingen an zu zittern, und in seinen Augen schimmerten Tränen. „Darauf traten zwei der tapfersten jungen Kämpfer vor, von jedem der kriegführenden Stämme einer – große, ansehnliche Männer. Ohne es irgend jemandem zu sagen, hatten sie sich entschlossen, den Frieden für alle Zeit mit ihrem Blut zu besiegeln und sich unter dem großen Stein begraben zu lassen. Todesmutig stiegen sie in die Grube, in die der Stein des Friedens gebettet werden sollte, und wurden unverzüglich mit Erde zugeschüttet. Die Frau des einen, vom Tun ihres Mannes vor Schmerz zerrissen, warf sich auf seinen verschütteten Leib und wurde gleichfalls von der Erde bedeckt, die hundert Hacken in die Grube beförderten."

Mit feierlichem Ernst blickte Ndaba auf Thandi. „Gleich diesen beiden tapferen Kriegern bin ich darauf eingestellt, mein Leben für dieselbe Sache zu geben. Brächte es meinem Volk tausend Jahre Frieden, so wäre es wahrlich ein geringes Opfer!"

* * *

Während sie den Kral des Zulukönigs aufsuchten, bewegte Jama immer noch ein warmes Gefühl, das ihm Ndabas Bekenntnis zum Frieden vermittelt hatte. Es hatte ihn tief berührt – wohl deshalb, weil er Ndabas Sehnsucht teilte. Dabei war ihm nach wie vor völlig unerklärlich, was *er* wohl dazu tun konnte. Was konnte er, ein Außenseiter, zum Frieden unter dem Volk der Zulus beitragen?

Die Fragen und Zweifel, die er geäußert hatte, hatte Ndaba mit einer Geste beiseite gewischt und gesagt, er werde das alles zur rechten Zeit verstehen. Als Jama seinen ersten Blick auf den Kral Dinganes warf, schien diese Zeit freilich noch nicht gekommen zu sein. Die ausgedehnte Ansammlung von Hütten ließ seine Fragen und Zweifel noch anwachsen.

Ndaba machte eine weit ausholende Armbewegung und sagte: „Das ist emGungundhlovu, der große Ort des Elefanten."

Das Zentrum des Zuluvolkes lag auf einem sanft abfallenden Hang am Ufer eines Flusses. Der Ort hatte einen ovalen Grundriß und war rundum sauber mit Dornsträuchern eingefriedigt. Im Inneren dieser Umfriedung standen, dicht an den Zaun gedrängt, etwa tausend bienenstockartige Hütten, die in konzentrischen Kreisen angeordnet waren, an manchen Stellen sechsfach gestaffelt. Es waren, wie Jama erfuhr, die Quartiere der Militärs. Jede Hütte bot zwanzig Kriegern Raum. An Stangen waren königliche Schilde aufgehängt, so daß man dem Kral auf den ersten Blick seinen militärischen Charakter ansah. Im Innenbereich der Anlage gab es eine weite eingezäunte Fläche für das Vieh.

Der Bezirk des Königs selbst befand sich an der höchstgelegenen Stelle des Krals und umfaßte mehrere Gebäude: eines für die Ratssitzungen und eines für offizielle Empfänge. Einen guten Teil des abgeschirmten königlichen Bezirks beanspruchte der Harem, hatte Dingane doch viele Ehefrauen und Konkubinen.

Jama blieb Ndaba dicht auf den Fersen, als sie sich ihren Weg durch das geschäftige Treiben des Krals bahnten. Sie kamen an Würdenträgern, Kriegern, Bediensteten und zahlreichen Tieren vorbei. Angesichts von Ndabas Kopfreifen deuteten alle Leute eine leichte Verbeugung an und machten ihm Platz. Ndaba führte Jama in die Empfangshalle. Kaum hatte Jama zwei Schritte ins Innere des Bauwerks getan, als er stehenbleiben mußte, um dessen Erhabenheit auf sich wirken zu lassen.

Die Halle war sieben Meter hoch. Ihr Dach war in makelloser Flechtarbeit erstellt und glich bester Korbware. Getragen wurde es von zweiundzwanzig Pfeilern, die rundum kunstvoll mit Perlen verkleidet waren. Der Fußboden sah aus, als wäre er aus Marmor, dabei bestand er aus Lehm und Dung, war aber mit Blut und Fett so lange poliert worden, bis er glänzte wie ein Spiegel. Die geschwungenen Wände führten den Blick zu einem dreieckigen Podium aus Lehmziegeln. Dort stand ein einzelner Stuhl, gearbeitet aus einem mächtigen, massiven Holzklotz – der Thron des Königs der Zulus.

In der Halle ging es äußerst geräuschvoll zu. Überall saßen Gruppen von Männern auf dem Boden beieinander und erwarteten den Auftritt Dinganes.

Ndaba führte Jama zu einem Grüppchen älterer Männer, die ihn mit freundlichen Blicken begrüßten. Doch noch bevor Ndaba Jama vorstellen konnte, trat Dingane ein, gefolgt von Höflingen und Heerführern. Alle Gespräche erstarben, und sämtliche Anwesenden, einschließlich Jama, gingen huldigend auf die Knie.

Als der König sich den Obliegenheiten des Tages zu widmen begann, tat Jama es den Ältesten nach und setzte sich im Schneidersitz hin. Er hatte einen günstigen Platz, um den Mann, der als König über die Zulus herrschte, genau zu beobachten. Er war ein Hüne und für einen Zulu einzigartig schwarz. Hochgewachsen, hatte er einen gewaltigen Bauch samt passenden Gesäßbacken und Oberschenkeln, so daß man ihm seine unstillbaren Gelüste ohne weiteres ansah. An Kopf und Körper hatte er kein einziges Haar und war von oben bis unten mit Fett eingerieben, so daß seine Gliedmaßen wie poliertes Ebenholz wirkten.

Was Jama besonders beobachtete, war die Etikette, die man im Umgang mit dem König zu wahren hatte. Annähern durfte man sich nur auf den Knien, bis man zum Aufstehen aufgefordert wurde. Als erstes wurde eine knappe Huldigung der Größe Dinganes erwartet – gängigerweise verglich man ihn mit einem Elefanten oder Löwen, beides Tiere, die die Verehrung der Zulus genossen. Im selben Atemzug sprach man die dem König vorbehaltene Grußformel *Bayede* aus. Eine weitere huldigende Anrede, welche oft zu hören war, lautete *Baba,* der Titel eines Mannes von Ehre und Stand.

Schnell erkannte Jama, daß Dinganes Gemüt die verschiedensten Seiten aufwies. Eben noch sich ausgesprochen zugänglich, humorvoll und sogar musikalisch gebend, konnte er im nächsten Augenblick skrupellos und heimtückisch sein. Seine jähen Stimmungswechsel verunsicherten Jama.

Ein gewisser Pfarrer Francis Owen wurde aufgerufen.

Ndaba beugte sich zu Jama herüber und flüsterte: „Ein englischer Missionar. Hat sich vor kurzem in der Nähe niedergelassen und sich Dingane gelegentlich als Sekretär zur Verfügung gestellt. Paß auf, das ist die Gelegenheit, von der ich gesprochen habe.“ Er bedeutete Jama, gut zuzuhören, was Pfarrer Owen zu sagen hatte.

Der Missionar erwies Dingane die Ehrenbezeigung und las dann aus einem Brief vor, wobei er zugleich übersetzte. Der Brief stammte von einer Gruppe Buren, die um eine Unterredung mit dem König nachsuchten, um die Möglichkeit zu ergründen, sich friedlich in den unbewohnten Landstrichen Natals niederzulassen.

Wieder beugte sich Ndaba zu Jama. „Bei deinen Erfahrungen mit den Buren und deinen sprachlichen Fähigkeiten bist du genau der richtige Mann, um den König so zu beraten, daß es zu einer friedlichen Lösung kommt“, sagte er und nahm aufs neue seine kerzengerade Haltung ein.

Jama wandte sich ihm zu und flüsterte: „Warum sollte Dingane sich auch nur anhören, was ich …“

Er wurde von einem Schrei unterbrochen, der vom Eingang der Halle her ertönte. Eine Frau kam im Laufschritt herein, vielleicht eine der Gemahlinnen Dinganes, und warf sich dem König hysterisch schluchzend zu Füßen.

„Sie ist fort, Baba“, jammerte sie, „fort!“

Die Unterbrechung behagte Dingane offensichtlich überhaupt nicht. Daß eine seiner Frauen außer sich war, schien ihn nicht im mindesten zu berühren. Er gab zwei Wachen ein Zeichen und ließ die Frau hinausbringen.

Bei deren erstem Versuch, sie abzuführen, schüttelte die Frau die Männer ab. Sie wollte zu Dinganes Füßen liegenbleiben.

„Der Löwe ist wiedergekommen!“ kreischte sie. „Er hat sie gerissen! Er hat mein Baby genommen!“

Obwohl ihr Geschrei Dingane völlig kaltließ, machte er bei der Erwähnung des Löwen ein zorniges Gesicht. „Hexerei!“ rief er. „Hexerei! Wie sonst soll man sich erklären, daß meine besten Krieger diese Bestie nicht fassen?“

Ndaba hatte sich erhoben. Jama war von dem Erleben der Frau so ergriffen, daß er es gar nicht bemerkt hatte. Als der alte Mann zu sprechen anfing, wunderte er sich deshalb zunächst, daß seine Stimme so weit von oben kam.

„Baba“, begann er, „so es dem Großen Elefanten gefällt: Es gibt jemanden unter uns, der unseren Stamm für alle Zeit von diesem Löwen zu befreien vermag.“

Der König antwortete langsam und mit finsterem Gesicht. „Ndaba, soll das heißen, du weißt von jemandem, der diesen Löwen töten kann, obwohl meine besten Krieger es nicht geschafft haben?“

„Nein, Baba, töten kann er ihn nicht. Aber uns von ihm befreien, das kann er.“

„Uns befreien? Wie soll das zugehen?“

„Indem er mit ihm spricht.“

Jama lief es kalt den Rücken hinunter. „Nein!“ flüsterte er. „Bitte tu das nicht!“

Dingane erwiderte ungläubig. „Du kennst einen Mann, der die Sprache der Löwen spricht?“

„Jawohl, Baba. Hier ist er, an meiner Seite.“ Ndaba sah zu Jama herunter und bedeutete ihm aufzustehen. „Steh auf!“ sagte er. „Das ist deine Gelegenheit, Dingane kennenzulernen!“

Unter den gegebenen Umständen legte Jama keinen Wert darauf, Dingane kennenzulernen. Allerdings schien ihm keine Wahl zu bleiben. Alle Augen in der Halle waren auf ihn gerichtet, von den Kriegern bis zu den Ältesten. Selbst die hysterische Ehefrau beruhigte sich so weit, daß sie ihn ansehen konnte. Doch der Blick, den Jama am schärfsten spürte, war der von Dingane selbst.

„Tritt vor!" befahl der König.

Verstohlen sah Jama Ndaba an, der seinen Blick mit einer unmißverständlichen Botschaft erwiderte: *Wenn du weißt, was für dich gut ist, dann gehst du nach vorne, wie er es verlangt!*

Jama trat vor den König und kniete nieder. Dem Beispiel der anderen folgend sagte er: „Bayede, der du schwarz und furchterregend bist, mächtig wie ein Löwe ..."

„Ja, ja, schon gut", sagte Dingane ungeduldig. „Du bist derjenige, der die Löwensprache spricht?"

„Ich habe ihre Sprache studiert, Baba."

„Sag was in Löwensprache zu mir!" befahl Dingane.

Jama zögerte und wandte den Kopf, um Ndaba anzusehen.

Dingane wurde zornig. „Schau gefälligst nicht nach anderen, während ich mit dir rede!" herrschte er ihn an. „Und jetzt sag was in der Löwensprache!"

Jama nickte, schloß die Augen und tat sein Bestes, um ein gelungenes Brüllen hervorzubringen.

Die Halle verfiel in Gelächter. Dingane sah unbeeindruckt aus. „Was hast du gesagt?" wollte er wissen.

„Ich sagte: ‚Du bist ein großer Jäger.'"

Dinganes Augen wurden zu schmalen Schlitzen.

Jama fühlte, wie sein Leben auf die Waagschale gelegt wurde.

„Könntest du mit deiner Löwensprache den Löwen auf eine Lichtung locken, so daß wir ihn töten könnten?"

„Nein, Baba."

„Nein?"

„Du bist selbst ein großer Jäger – würdest du auf eine Lichtung heraustreten, wenn ein Feind das von dir verlangte?"

„Wenn du uns nicht dazu verhelfen kannst, daß wir ihn zur Strecke bringen, wofür soll dann dein Löwengerede gut sein?"

Jetzt hatte Jama Gelegenheit, die Erwartungen herunterzuschrauben, die der König an ihn richtete. Allerdings lief er damit Gefahr, sich Dinganes Ungnade zuzuziehen. „Vielleicht könnte ich ihn dazu bringen, woanders hinzugehen", sagte er.

„Vielleicht?"

„Löwen haben einen starken Willen, Baba. Sie sind es nicht gewohnt, daß ihnen jemand sagt, was sie zu tun haben oder wohin sie gehen sollen."

Jetzt schien Dingane Feuer gefangen zu haben. „Kannst du dem Löwen sagen, er soll zu den Matabele gehen und Mzilikazi auffressen?"

Die Männer in der Halle bogen sich vor Lachen. Auch Dingane selbst schien seinen Scherz recht gelungen zu finden.

Nachdem das Lachen verhallt war, gab er zweien seiner Krieger einen Befehl: „Nehmt diesen Mann und Ndaba und bringt sie dahin, wo der Löwe zuletzt gesehen wurde, und laßt ihn mit dem Löwen reden. Wenn der Löwe ihm gehorcht, bringt ihr ihn wieder zu mir zurück. Wenn nicht, tötet sie alle beide!"

Ohne ein Wort des Trostes für seine Frau oder des Mitgefühls für sein Kind bedeutete er ihnen, daß sie entlassen seien.

* * *

„Hier rüber! Schnell, beeilt euch! Mein Baby!"

Jama wußte nicht, ob die Frau glaubte, daß er tatsächlich mit dem Löwen reden konnte. Sie wußte nur, daß hier jemand war, der sich um den Löwen kümmern sollte, daß es also Hoffnung gab für ihr Kind. Sie packte ihn am Arm und zog an seinen Kleidern, damit er schneller ging.

Jama teilte ihre Hoffnung nicht. Er hielt es für unwahrscheinlich, daß das Baby noch lebte. Ndaba und die beiden Krieger hatten ihm inzwischen alles über den Löwen erzählt. Niemand wußte, wo er sein Versteck hatte, und nie tötete er zweimal in derselben Gegend. So schlau war dieser Löwe, daß die Zulus fest überzeugt waren, es sei Hexerei im Spiel, wie es Dingane ja schon angedeutet hatte.

Ein Zulu war Zeuge gewesen, wie er einen Ochsen gerissen, über einen Weidezaun gewuchtet und in den Busch gezerrt hatte. Also mußte es sich um einen großen und besonders kräftigen Löwen handeln. Eine Frau war ihm schon zum Opfer gefallen. In einer rabenschwarzen, regnerischen Nacht hatte er sich in ihre Hütte geschlichen und war mit der Frau in seinen Klauen in der Dunkelheit verschwunden. In der Morgendämmerung hatten Jäger seine Spur aufgenommen, die in dem weichen Boden gut zu erkennen war, und waren nach ein paar hundert Metern auf die Überreste der Frau gestoßen. Weiter führte die Fährte des Löwen an ein Flußufer, von wo aus die Jäger sie nicht mehr verfolgen konnten. Danach hatte er noch mehrfach zugeschlagen, und neben Ochsen waren ihm noch eine Frau sowie ein Junge zum Opfer gefallen.

„Hier lang, hier lang!" drängte die Frau.

Sie zeigte Jama und den anderen, wo sie ihr Kind zuletzt gesehen hatte. Es war ein kleines Stück von einem Platz entfernt, wo sie mit Wäschewaschen beschäftigt gewesen war. Sie hatte das Baby wimmern gehört, und als sie aufsah, hatte der Löwe Kopf und Arm der Kleinen im Maul und war im Begriff, sie davonzuschleppen. Die Frau rannte dem Löwen nach, schrie und versuchte ihn dazu zu bringen, daß er das kleine Mädchen fallenließ. Das Tier aber verkroch sich in dichtem Gebüsch. Danach hatte sie es nicht mehr gesehen.

„Glaubst du, daß du den Löwen vertreiben kannst?" fragte Ndaba Jama.

„Für die Frage ist es jetzt ein bißchen zu spät, oder?" erwiderte Jama, indem er sich nach den Kriegern umsah, den grimmigsten Männern, die er seit langem zu Gesicht bekommen hatte. Zweifelsohne würden sie, falls er versagte, ohne mit der Wimper zu zucken, Dinganes Befehl ausführen.

„Horch!" Ndaba blieb stehen und spitzte die Ohren.

Jama und die Krieger hielten ebenfalls an.

„Schnell! Mein Baby!"

Ndaba schalt die Frau und legte ihr die Hand auf den Mund. Als auch sie hörte, was er längst bemerkt hatte, leuchtete Hoffnung in ihren Augen auf. Es war das Geräusch eines weinenden Kindes.

Lautlos bewegten sie sich auf das Geräusch zu. Alle paar Schritte hörten sie das Weinen deutlicher.

Langsam schob Jama einen tiefhängenden Ast beiseite, und was sich ihnen enthüllte, war ein unglaubliches Bild. Das Baby saß zwischen den Vordertatzen eines Löwen auf der Erde und schrie aus Leibeskräften. Am rechten Arm und am Kopf hatten die Löwenzähne blutige Spuren hinterlassen. Das Tier wiegte den Kopf und sah das Baby mit einem Ausdruck der Ratlosigkeit an.

Die Krieger machten ihre Speere wurfbereit und wollten angreifen, aber Ndaba stoppte sie mit erhobener Hand. „Wenn ihr den Löwen nur verwundet, wird er das Kind zerfleischen. Laßt Jama es versuchen. Schafft er's nicht, dann könnt ihr den Löwen immer noch töten ..."

Das „... und uns gleich mit“ am Ende des Satzes verschluckte er.

Jama trat vor.

Der Löwe warf seinen Kopf in Jamas Richtung, öffnete das Maul und schien das Baby packen zu wollen, um es weiter in den Busch hineinzuschleppen.

Jama brüllte. Es war ein tiefes, heiseres Brüllen.

Der Löwe hielt inne und spitzte die Ohren.

Jama brüllte wieder, länger diesmal und in etwas höherer Tonlage.

Der Löwe schüttelte seine Mähne und kratzte sich mit einer Pfote am Gesicht.

Ndaba und die Krieger sahen gebannt zu. Noch war nicht klar, ob der Löwe auf Jamas Brüllen einging oder nicht.

Jama wartete eine Zeitlang, bevor er ein drittes Mal brüllte. Diesmal klang es ganz anders als zuvor.

Jetzt zeigte der Löwe eindeutig Wirkung: Er sprang auf und machte einen Satz auf Jama zu. Auf halbem Wege zwischen ihm und dem Baby verhielt er.

Die Krieger erhoben die Waffen.

Der Löwe brüllte Jama an – einmal, zweimal, dreimal.

Jama war dem Tier so nahe, daß er bei jedem Brüllen dessen Atem spürte. Dennoch wich er nicht von der Stelle.

Der Löwe ging einen Schritt vor und zurück, vor und zurück. Schließlich wandte er sich wieder dem Baby zu, und bevor Jama oder die Krieger irgend etwas unternehmen konnten, hatte er dessen Kopf wieder im Maul. Nur noch der Körper von den Schultern abwärts ragte heraus.

Jama erschrank zutiefst, während die Mutter voll Panik zu jammern begann.

Doch dann, als die Krieger gerade ihre Assagais schleudern wollten, drehte der Löwe sich um, legte das Baby vor Jama auf den Boden und zog sich zurück.

Jama ließ ein leises Röhren ertönen.

Der Löwe machte kehrt und sprang in den Busch. Die Mutter stürzte auf ihr Kind zu. Die Krieger waren versteinert, wie mitten in ihrer Bewegung erfroren. Immer noch hatten sie die Speere zum Wurf erhoben. Ndaba grinste, schlug Jama auf die Schulter und beglückwünschte ihn.

„Was hast du zu dem Löwen gesagt?“ wollte er wissen.

„Weiß ich selbst nicht genau“, antwortete Jama. „Entweder, daß er ein großer Jäger sei, sich aber auf meinem Territorium befinde, oder aber, wie stattlich er sei und ob ich seinen Sprößling tragen dürfe."

Ndaba lachte herzlich. „Du weißt wirklich nicht, was du zu ihm gesagt hast?"

Jama schüttelte den Kopf. „Wirklich nicht."

Als die Nachricht Dingane überbracht worden war, befahl der König alle zu sich. Gebannt hörte er sich an, was jeder der Beteiligten über das Geschehene zu erzählen hatte, und jedesmal, wenn die Rede darauf kam, wie der Löwe das Kind zwischen sich und Jama gelegt hatte, entblößte er seine großen weißen Zähne und fing an zu lachen.

* * *

„Wie ich höre, hast du Dingane beeindruckt", sagte Thandi.

Sie und Jama saßen dicht beieinander am Feuer. Aus dem Dunkel der Hütte hörte man Ndaba leise schnarchen.

„Ich hatte Glück", erwiderte Jama. „Es hätte auch anders ausgehen können."

„Ist es aber nicht. Es sollte so kommen."

„Nehme ich an."

Damit gab Thandi sich nicht zufrieden. „Hier geht's nicht um Annahmen – ich weiß um diese Dinge. So sollte es gehen, und so ging es. Genauso ist es mit deinem Auftauchen hier bei uns. Du hättest auch einen anderen Weg einschlagen und in einem anderen Dorf Station machen können, um dort für den Rest deines Lebens zu bleiben. Hast du aber nicht, weil es dir bestimmt war, hierher zu kommen."

Jama lächelte. Sie war so selbstsicher – und so hübsch, wenn der Feuerschein ihre zarte Haut bestrahlte.

Thandi sagte dann: „Es ist wichtig, daß du das richtig verstehst."

„Wichtig – wieso?"

Sie griff nach einem Zweig und drehte ihn andächtig zwischen den Fingern. „Du weißt schon, daß Zulumädchen normalerweise mit vierzehn, fünfzehn heiraten?"

„Ja, das weiß ich."

„Ich bin dreiundzwanzig und noch nie verheiratet gewesen", erklärte sie. „Hat Großvater dir erzählt, warum ich nie geheiratet habe?"

Jama schüttelte den Kopf.

„Weil ich auf dich gewartet habe.“ Sie sagte das ohne jeden Anflug von Verlegenheit.

„Aber woher ...“

„Ich hab’s dir gesagt: Ich wußte, daß du kommst.“

Jama staunte. Es war ihr wirklich ernst.

„Es muß schwer für dich gewesen sein“, sagte er. „Die anderen haben das bestimmt nicht verstanden, oder?“

Es war das erste Mal, daß er Thandis Gesicht von Traurigkeit umwölkt sah. Sie dachte an das, was hinter ihr lag.

„Erst haben sie nur geredet, dann sich das Maul zerrissen. Dann haben sie mich lächerlich gemacht und mir alle möglichen häßlichen Dinge nachgesagt. Die Kinder beschmissen mich mit Steinen. Selbst der Rat zog in Erwägung, mich gegen meinen Willen zwangsweise zu verheiraten. Ich geh’ erst dann zum Waschen runter an den Fluß, wenn alle anderen fort sind. Mehr als fünf Jahre hab’ ich mit niemandem außer Großvater – und jetzt dir natürlich – ein Wort gewechselt.“

Jama war erschrocken. „Das muß scheußlich gewesen sein.“

Das eben noch umwölkte Gesicht erstrahlte jetzt wie tausend Sonnen. „War es“, sagte sie, „aber du warst das Warten wert.“

28

„Was hatte das denn jetzt auf sich?“ Karel sah belustigt aus. Seinen Zügel in der Hand, sah er über die Schulter Conraad Pfeffer nach. Das Pferd starrte Sina mit dunklen Augen an, so daß man meinen konnte, es sei an der Antwort ebenso interessiert wie sein Herr.

Sina fühlte die Röte in ihrem Gesicht aufsteigen. „Das war einfach Conraad, wie er leibt und lebt.“

„Conraad, wie er leibt und lebt? Was soll das bedeuten?“

„Na ja, ein bißchen komisch – 'n Schlag für sich eben.“

Karels Grinsen wurde noch breiter. „Wieso? Was hat er denn gesagt?“

Darüber wollte Sina nicht reden. Sie sah auf ihre Finger herunter, die nervös an ihrem Rocksaum herumfummelten.

„Jetzt sag's schon!“ drängelte Karel mit noch breiterem Grinsen.

„Ach, gar nichts. Er wollte mich nur wissen lassen, daß er nicht an die Gerüchte glaubt, die Henry über mich in die Welt setzt.“

Karels Grinsen verschwand, und zwar schlagartig. An seine Stelle traten zusammengebissene Zähne und ein verkniffener Mund.

„Dafür bin ich dir immer noch böse, daß du mir nicht erzählt hast, was Henry dir antun wollte. Ich wußte neulich genau, daß irgendwas nicht stimmte, aber hätte ich gewußt ...“

„Du hast mir versprochen, daß du Henry nichts antust!“ rief Sina.

Zögernd kehrte das Grinsen wieder, doch jetzt war es nicht mehr belustigt, sondern rührte von erbitterter Genugtuung her. „Ich mußte ja gar nichts tun“, sagte er.

„Was soll das heißen?“

„Sagen wir einfach, Henry ist heute morgen nicht so besonders guter Laune, und seine Gesichtsfarbe ist hier und da ein bißchen ungewöhnlich – du weißt schon: rote, blaue und dunkle Flecken und so weiter. Und eines darf man wohl mit Sicherheit sagen: Es wird keine weiteren Gerüchte über dich geben.“

„Was hast du ihm getan? Du hast's versprochen!“

„Nichts habe ich getan!“ verwahrte sich Karel, und das belustigte Grinsen erschien wieder. „*Er* hat was getan.“ Karel nickte mit dem Kopf und blickte über seine Schulter.

„Conraad?“

„Hat Henry besinnungslos geprügelt, soweit ich gehört habe.“

„*Conraad?* Der stille, anspruchslose Conraad?“

„Hast du denn nicht gemerkt, wie er dich anstarrt? Der mag dich."
Sinas Gesicht lief schon wieder rot an. „Mag mich? Aber nicht doch – er is 'n Freund von Kootjie ..."
„Kann schon sein", sagte Karel, „aber ohne jeden Zweifel mag er dich. Alles, was er braucht, ist 'n bißchen Ermutigung."
„Conraad und ich? Mach dich nicht lächerlich!"
„Warum denn nicht?" fragte Karel. „Du hast es vielleicht noch nicht bemerkt, aber seit wir auf dem Treck sind, hat er sich verändert. Genau wie Kootjie, wenn ich das hinzufügen darf. Sie sind dabei, zu Männern zu werden."
„Ach was, sie sind bloß Jungs."
Verneinend schüttelte Karel mit dem Kopf und sagte: „Conraad ist älter als du."
„Weiß ich. Er ist eben schon immer Kootjies Freund gewesen."
„Ich will doch nur sagen", rechtfertigte sich Karel, „daß sie alle beide zu feinen jungen Männern werden. Draußen auf Patrouille stehen sie ihren Mann. Immer wenn es brenzlig werden könnte, bin ich froh, sie bei mir zu haben. Auf die beiden kann ich mich verlassen. Und sieh dir an, wie Conraad mit dem Tod seiner Mutter fertiggeworden ist: hat sich um die Zwillinge gekümmert, als wär' er selbst die Mutter, ohne dafür seine eigenen Aufgaben zu vernachlässigen. Ich hab' 'ne Menge Respekt vor ihm."
Sina mußte sich eingestehen, daß sie von alledem nichts bemerkt hatte. Conraad war für sie immer nur Conraad gewesen. Aber jetzt, wo Karel sie auf diese Veränderungen hinwies, mußte sie zugeben, daß er sich in der Tat verändert hatte.
„Und schlecht aussehen tut er auch nicht", fuhr Karel fort, wobei seine Stimme einen neckischen Tonfall annahm, „breite Schultern, dichtes dunkelbraunes Haar, das sich im Nacken kräuselt – und dann dieses Grübchen an seinem Kinn ..."
Sina lachte auf. „Jetzt wird's aber wirklich lächerlich. Du hörst dich an wie 'n Kuppler."
Sein Gesicht wurde ernst. „Er ist 'n guter Mann – du könntest es weit schlechter treffen, das laß dir von einem Freund gesagt sein! Er mag dich. Guck dir an, was er mit Henry gemacht hat: Er hat deine Ehre verteidigt."
Sina setzte ein nichtssagendes Lächeln auf.
Karel wurde durch Reiter abgelenkt, die im Mittelpunkt des Lagers ihre Pferde bestiegen. „Scheint, wir reiten." Er stieg seinerseits auf.
„Warte! Du hast mir noch nichts von Deborah erzählt."

„Ich weiß immer noch nicht, mit wem sie sich trifft. Sie sagt, sie würd's mir ja erzählen, aber sie hat Angst vor ihrem Vater. Was ich weiß, ist, daß sie den Typen nicht leiden kann."

„Glaubst du, ihr Vater wird sie zwingen, jemanden zu heiraten, den sie gar nicht liebt?"

Das Tor der Wagenburg wurde geöffnet, und die anderen Reiter bewegten sich, Staubwolken aufwirbelnd, darauf zu.

„Ich komm' heute abend vorbei – falls du Besuch haben darfst?"

Sina nickte. „Mutter hat den Gerüchten nie geglaubt. Sie war bloß wütend, daß ich mich selbst in die Lage gebracht habe ..."

„Ich muß los", unterbrach Karel. „Wir reden heute abend weiter." In leichtem Galopp, locker im Sattel sitzend und die Füße bequem in den Steigbügeln, ritt er davon.

Sina sah ihm nach. Als er sich mit der Patrouille vereinigte, fiel ihr Blick auf Conraad Pfeffer. Er ritt neben Kootjie her, und sie staunte, wie sehr sie tatsächlich schon nach Männern aussahen. Diese Veränderung war so plötzlich gekommen, daß es einen verwirrte. Gestern waren sie doch noch Jungs gewesen!

Kerzengerade und sicher saß Conraad im Sattel. Es stimmte, seine Schultern waren wirklich breit. Und es bereitete ihr keine große Mühe, sich auszumalen, wie sein dunkles Haar sich kräuselte oder wie das Grübchen auf seinem Kinn aussah.

So, so, Conraad Pfeffer mag mich also, sinnierte sie.

* * *

Sie kamen ohne Vorwarnung. Plötzlich waren sie da, eine wogende Menge rinderhautbespannter Schilde, soweit das Auge reichte. Assagais wurden gegen die Schilde geschlagen und erzeugten Lärm wie bei einem aufziehenden Sturm.

Die Patrouille machte kehrt, um das Lager zu warnen, das noch in Sichtweite war – eine kaum notwendige Vorkehrung, füllte doch die heranrollende schwarze Flut den gesamten Horizont aus. Die Menschen im Lager brauchten niemanden, der ihnen mitteilte, daß sie angegriffen wurden. Jetzt kam es nur noch darauf an, daß sich die Patrouille in Sicherheit brachte, bevor sie von Matabele-Kriegern umzingelt war.

„Das schaffen wir nicht!" schrie der schwer mitgenommene Henry Klyn.

„Wir können es schaffen!“ rief Christiaan. „Also los!“

Die Pfeffers, Louis und Karel de Buys, Gerrit van Aardt und Kootjie folgten ihm.

„Wir reiten mitten in sie hinein!“ protestierte Henry. Sein Pferd trottete verunsichert im Kreis herum, während die erste Welle der schwarzen Krieger sich näherte.

Oloff schrie ihn an und drohte ihm, doch es gab nur einen Weg, seinen Sohn in Bewegung zu bringen: Oloff mußte ohne ihn losreiten. Allein gelassen zu werden machte Henry noch mehr angst als loszureiten, also gab er seinem Pferd die Sporen und folgte seinem Vater. Bald hatte er ihn überholt. Aber inzwischen war kostbare Zeit vertan. Christiaan und die anderen waren längst ein gutes Stück voraus.

Das Lagertor schwang weit auf, um die Patrouillen hereinzulassen. Die Torwächter standen bereit, um es sofort hinter dem letzten Trupp zu schließen – falls notwendig, auch früher.

Das Scheppern der Schilde wurde immer lauter. Es war ohrenbetäubend. Als die erste Patrouille das Lagertor erreichte, durchquerten buntbemalte schwarze Krieger spritzend den Bach und rannten über das offene Feld auf die Wagenburg zu.

Christiaan ritt durch das Tor und drehte sich um, um nach den anderen zu schauen. Van Aardt kam direkt hinter ihm und sprengte durch das Tor. Dann folgten die Pfeffers und Kootjie, schließlich Louis und Karel.

Christiaan hielt Ausschau nach den Klyns. „Was macht Henry da?“ schrie er.

Noch weit entfernt drehte Henry schon wieder nervöse Kreise. Den Kopf hielt er gesenkt. Von Oloff keine Spur.

Die Hand am Riegel des Lagertors, starrte ein bärtiger Mann mit besorgtem Gesichtsausdruck die näher kommenden Horden an. „Wir müssen dichtmachen! Bist du jetzt drinnen oder draußen?“

Kootjie und Conraad, immer noch im Sattel, ritten langsam wieder hinaus. Karel lief ihnen zu Fuß hinterher.

„Was ist los?“ fragte Kootjie, indem er dem Blick seines Vaters folgte.

„Sieht so aus, als ob Klyn gestürzt wär’.“

„Ich geh’ ihn holen!“ schrie Kootjie, gab dem Pferd die Sporen und war schon auf und davon, kaum daß er die letzte Silbe ausgesprochen hatte.

„Kootjie! Komm sofort zurück!“ schrie Christiaan ihm nach.

Doch der Junge hörte ihn nicht mehr.

„Ich helfe ihm!" verkündete Conraad. Auch er war davongestiebt, bevor Christiaan ihn aufhalten konnte.

Diesmal brüllte auch Karel aus Leibeskräften hinterher, um die Jungen zur Umkehr zu bewegen. Aber ihre Rufe gingen ins Leere.

Die Torwache schickte sich an, den Lagereingang zu schließen, aber Karel hielt die Männer auf und rief Christiaan zu: „Ich hol' mein Pferd!"

„Nein!" Ernste Augen sahen Karel an, als Christiaan sagte: „Bitte kümmere dich an meiner Stelle um Johanna und Sina!"

„Bist du jetzt drinnen oder draußen?" brüllte der Torwächter.

„Draußen", erwiderte Christiaan und ritt davon.

Der Wächter verriegelte das Lagertor. Drinnen stand Karel, während Christiaan im Galopp seinem Sohn nachsetzte.

* * *

Die Kampfreihe der Matabele kam rechter Hand rasch näher heran. Das leicht abfallende Gelände verhalf den Kriegern zu einem noch höheren Tempo. Er sah Kootjie und Conraad, die soeben Henry erreicht hatten, der immer noch wie benommen im Kreis herumritt. Von Oloff war keine Spur zu sehen. Daraus vermochte Christiaan nur einen einzigen Schluß zu ziehen: Sowohl er als auch sein Pferd mußten sich irgendwo drunten in dem ebenen Terrain befinden, wo das Gras etwa die Höhe eines Pferderückens erreichte.

Kootjie und Conraad flankierten jetzt Henry, und Kootjie rief ihm irgend etwas zu. Christiaan war nicht so weit entfernt, daß er unter normalen Umständen hätte hören können, was zwischen ihnen gesprochen wurde, aber das Stampfen seiner eigenen Pferdehufe und das Donnern des Matabele-Angriffs übertönten alle anderen Laute.

Kootjie schien bei Henry nichts ausrichten zu können. Selbst aus dem Abstand, in dem er sich befand, konnte Christiaan erkennen, daß der Klyn-Junge von Panik ergriffen war. Er sah aus, als schwitzte er Blut und Wasser.

Hinter Henry mußte es irgend etwas geben, was Kootjies Aufmerksamkeit erregte. Er ritt ein kleines Stück weiter und stieg dann ab. Als er sich hinkniete, konnte Christiaan ihn fast nicht mehr sehen. Nur Kootjies Pferd zeigte ihm noch an, wo der Junge war.

Das brachte Christiaan auf eine Idee, die der Verzweiflung entsprang, aber es war immerhin eine Idee. Wenn sie die Pferde dazu bringen könnten, sich reglos hinzulegen, würden sie sich im Gras verkriechen und vielleicht vor den Matabele versteckt bleiben können.

Zweierlei aber war es, was ihm dabei ganz und gar nicht gefiel: Erstens baute er auf die Hoffnung, die Matabele würden sich auf die Wagenburg konzentrieren und sich nicht weiter mit ein paar von der Bildfläche verschwundenen Reitern abgeben. Und zweitens würden sie ihre Beweglichkeit aufgeben. Würden die Matabele doch anrücken, so wären sie verloren.

Die einzige andere Möglichkeit jedoch, die ihnen offenstand, war, vom Lager fortzureiten und in der gewundenen Schlucht, die die Ebene begrenzte, sich zu verstecken. Das schmeckte Christiaan aber auch nicht viel besser: Vielleicht war es wirklich das Klügste für sie, aber er konnte das Gefühl nicht überwinden, er würde damit dem Kampf entfliehen, und sollte Johanna oder Sina irgend etwas zustoßen, so würde er seines Lebens nicht mehr froh werden.

In seinem Rücken hatten jetzt die Matabele das Lager erreicht. Rauchsäulen stiegen hoch, und es donnerte noch wesentlich lauter, als zuvor die Schilde des Feindes gescheppert hatten, denn jetzt feuerten die Buren ihre Kartätschen ab.

Christiaan erreichte Henry.

Conraad hatte sich die Zügel des jungen Klyn gegriffen. „Ich hab' ihn!“ rief er. „Er macht keine Schwierigkeiten. Kootjie ist da drüben. Ich glaub', *Mynheer* Klyn hat sich das Bein gebrochen!“

Soweit man aus dem verstörten Blick Henrys schließen konnte, hatte Conraad die Situation gut erkannt.

Christiaan ritt zu Kootjie hinüber.

„Es ist das Bein“, sagte dieser, tief über Oloff gebeugt.

„Mein Pferd ist in ein Erdloch getreten“, erklärte Oloff.

Ein paar Meter weiter lag Klyns Pferd auf dem Boden und krümmte sich vor Schmerzen.

„Wir brauchen 'ne Schiene“, sagte Kootjie. „Ich hab' die Umgebung schon abgesucht, kann aber nirgendwo was Geeignetes finden.“

„Was ist mit seinem Gewehr?“ schlug Christiaan vor.

„Mein Gewehr zweckentfremden, während die Heiden von den Hügeln runterfluten?“ schrie Oloff. „Dann kann ich mich ja gleich erschießen und die Sache hinter mich bringen.“

„Wenn wir dich auf 'n Pferd kriegen, glaubst du, daß du reiten kannst?“ fragte Christiaan.

Oloff verzog das Gesicht und schüttelte langsam den Kopf. „Keine

Ahnung. Ist 'n übler Bruch. Mehr als nur eine Stelle, da bin ich sicher. Der Schmerz ist ..." Er konnte den Satz nicht beenden. Aber die zusammengebissenen Zähne und die Schweißbäche, die ihm über die staubverkrusteten Wangen rannen, sagten genug.

Christiaan drehte sich um und sah nach den Matabele. Doch aus seiner knienden Stellung konnte er nur Gras sehen. „Wenn wir es schaffen, daß sich die Pferde hinlegten ...", begann er.

„Was dann? Uns im Gras verstecken?" höhnte Oloff. „Dann sollten wir lieber gleich Gott bitten, daß er 'ne Legion Engel schickt."

„Welche Wahl haben wir sonst? Wir sind nur ein paar Leute, und die anderen sind viel zu viele, als daß wir es zurück ins Lager schaffen können!"

„*Mynheer* van der Kemp! Sie kommen!" Es war Conraads Stimme.

Christiaan stand auf und sah den Jungen mit ausgestrecktem Arm Richtung Lager weisen. Dort hatte sich eine Abteilung Krieger aus dem Hauptangriff herausgelöst und bewegte sich auf sie zu.

„Helft mir auf!" rief Oloff. „Ich will es auch sehen!"

Kootjie packte ihn an der einen Seite und Christiaan an der anderen, so daß sie Oloff hochhieven konnten, bis er auf seinem gesunden Bein stand. Der alte Mann starrte auf die näher kommende Schar schwarzer Männer. „Gebt mir mein Gewehr!" verlangte er.

Es waren viel zu viele. An Henry hatten sie keine Hilfe, und solange Christiaan und Kootjie Oloff stützen mußten, konnten sie selbst keinen einzigen Schuß abgeben.

„O Herr, bitte hilf uns!" flüsterte Christiaan.

Da hörten sie hinter sich etwas poltern und kollern. Es begann schon laut, wurde aber immer stärker. Christiaans erster Gedanke war: *Jetzt sind wir umzingelt!* Er drehte sich um und erwartete ein ganzes Regiment Matabele aus der Schlucht hervorquillen.

In diesem Augenblick rief Conraad: „Griquas!"

Diesmal war es nicht das Geräusch von Keulen gewesen, die auf rinderhautbespannte Schilde schlugen, sondern es waren Pferdehufe, die aus der Schlucht heraufTönten und Gesteinsbrocken losbrachen – eine große Schar von Reitern. Ihr Anführer hatte ein vertrautes Gesicht.

„Ich hätte dich für 'n bißchen schlauer gehalten, van der Kemp", sagte Adam Durbin breit grinsend. „Weißt du denn nicht, daß es im Lager sicherer ist, wenn der Feind angreift?"

„Du bist eine leibhaftige Gebetserhörung!" rief Christiaan aus.

„Das sagt auch nicht jeden Tag jemand von mir", entgegnete er. „Ich werd' mein Bestes tun, um mich dieser Ehre würdig zu erweisen."

Mittlerweile stauten sich die Griquas in der Ebene, und immer noch kletterten weitere aus der Schlucht empor. Das entmutigte die kleine Gruppe von Matabele-Kriegern, die sich mit ihnen hatten anlegen wollen. Sie machten kehrt und gaben Fersengeld.

Durbin, Christiaan und Oloff begannen einen Plan zu entwerfen, wie sie in ihr Lager kommen würden.

„Seht ihr, wie sie angreifen?" sagte Durbin, indem er auf die Matabele zeigte. „Sie kommen immer in Wellen. Während eine Welle vorrückt, warten die anderen ab. Dann kommt die nächste Welle. Ich schlage vor, wir teilen die Wellen, indem wir die, die dem Lager am nächsten stehen, vom Rest trennen. Wir reiten mitten in sie hinein. Wenn wir hindurch sind, wenden wir und splittern die Welle noch weiter auf."

„Ich seh' nicht, wozu das gut sein soll", mäkelte Oloff.

Durbin setzte zu einer geduldigen Erklärung an: „Indem wir die Angriffswellen auseinanderreißen, verhindern wir, daß von hinten Verstärkungen zu den Linien aufrücken, die am dichtesten an der Wagenburg stehen. Ohne Verstärkungen wird die Anzahl der Matabele, die direkt vorm Lager stehen – und vorm Tor, wenn ich das hinzufügen darf –, kleiner. Nachdem wir sie ausgedünnt haben, reiten wir noch mal quer durch, und währenddessen habt ihr genug Zeit, durchzuschlüpfen und euch in Sicherheit zu bringen."

Durbin wartete auf eine Antwort Klyns.

„Für mich hört sich das sinnvoll an", sagte Christiaan.

Klyn verlagerte sein Gewicht, wobei er vor Schmerzen sein Gesicht verzerrte. „Es ist nach wie vor 'ne dumme Idee", beharrte er, „aber immer noch besser als van der Kemps erster Vorschlag. Wenn wir ihm die Sache überlassen, wird er uns dazu bringen, unsere Waffen niederzulegen, während er hingeht und mit denen rumsabbelt."

Durbin guckte etwas verständnislos.

„Das erklär' ich dir, wenn wir Zeit dazu haben", sagte Christiaan.

Mit Unterstützung zweier kräftiger Griquas luden sie Oloff auf den Rücken von Christiaans Pferd. Auch Henry mußten sie unter die Arme greifen; ihn setzten sie hinter Conraad. Sie wollten vermeiden, daß er ziellos kreuz und quer in der Gegend herumritt, wenn sie auf das Lager zustürmten.

Während die Griquas die erste Matabele-Welle durchbrachen, machten Christiaan und die anderen ihre Waffen schußbereit. Auch Oloff lud seine Flinte, obwohl es ihn fast alle Kraft kostete, sich überhaupt auf dem Pferd zu halten.

„Laufen kann ich vielleicht nicht", sagte er schmerzverzerrt, „aber am Auge, das zielt, und am Finger, der abdrückt, hab' ich nichts abbekommen."

Der erste Anritt der Griquatruppe war erfolgreich. Er versetzte die Matabele in heilloses Durcheinander, und die zwei Teile ihres Heeres wurden weit auseinandergerissen. Die vordersten Linien, von ihren Verstärkungen abgeschnitten, gerieten in Panik und wurden von den burischen Schützen, die hinter den Wagen auf sie zielten, niedergemäht. Die Matabele hinten auf dem Hügel glaubten, die Griquas würden sie angreifen, und zogen sich ein Stück zurück. Als sie sich gerade neu gruppieren wollten, setzten die Griquas zum zweiten Anritt an.

Christiaan nickte voll Genugtuung mit dem Kopf in Durbins Richtung und sagte: „Es funktioniert!"

„Noch sind wir nicht drinnen", murmelte Oloff.

Die Anzahl der Matabele im umittelbaren Umfeld des Lagers hatte sich inzwischen beträchtlich verringert.

Als die Griqua zum dritten Anritt umkehrten, gab Durbin einer besonderen Gruppe seiner Männer das Zeichen, den Buren eine Gasse freizuräumen. „Hoffen wir", sagte Durbin, „daß eure Freunde da hinter den Wagen auch kapieren, was wir hier machen, und uns das Tor öffnen." Dann gab er seinen Männern das Startsignal.

Mit ihrem dritten Anritt schnitten die Griquas die Angreifer vor der Wagenburg endgültig von ihren Hinterleuten ab. Direkt hinter der Hauptgruppe bahnte Durbins Trupp den Buren ihren Weg. Ihnen folgten Kootjie und Conraad, an den sich Henry verzweifelt klammerte. Das Schlußlicht bildete Christiaan mit Oloff.

Christiaan hatte zweierlei im Sinn, während er ritt. Zunächst war das Lager das Ziel. Aber noch wichtiger waren ihm Kootjie und Conraad.

Wie sollte er jemals Pfeffer unter die Augen treten, wenn Conraad etwas zustieße? Der Mann hatte schon seine Frau verloren. Was sollte mit ihm werden, wenn er auch noch seinen einzigen Sohn einbüßte? Deshalb setzte Christiaan alles daran, daß Conraad sicher in die Wagenburg zurückkam.

Was Kootjie betraf, stellte er zu seinem Erstaunen fest, daß er sich keinerlei Sorgen machen mußte.

Kootjie erwies sich ganz als Mann, als Bure von echtem Schrot und Korn. Er ritt, als wäre er völlig mit seinem Pferd verwachsen. In perfekter Harmonie bewegten sich Pferd und Reiter, schlugen Haken und bahnten sich ihren Weg quer über das Kampffeld. Und wie er erst schoß! In vollem Galopp lud der Junge durch, drückte ab und lud erneut, und alles, worauf er zielte, traf er. Und schließlich war es Kootjie, der die Geistesgegenwart besaß, den Männern im Lager zuzurufen: „He, wir kommen rein! Macht das Tor auf!"

Drinnen hörte man ihn. Ohne daß sie ihr Tempo verlangsamen mußten, schwangen die Torflügel vor ihnen auf.

Als Kootjie und Conraad wohlbehalten das Tor passierten, schickte Christiaan ein Dankgebet gen Himmel. Was Oloff anbetraf, war er sich nicht so sicher, ob er es schaffen würde. Offenkundig war der Schmerz doch zuviel für ihn. Schlaff hing er hinter Christiaan auf dem Pferd, und hätte Christiaan sich nicht seinen Arm um die Hüfte gelegt, wäre er längst hinuntergerutscht.

Als sie durchs Tor einritten, erscholl unter den Buren ein Jubelruf. Sofort wurde der Lagereingang wieder verschlossen. Auch die Griquas draußen, die ihren dritten Anritt mit Erfolg durchgeführt hatten, brachen in Jubel aus. Das vereinte Triumphgeschrei zermürbte die angreifenden Matabele völlig. Die wenigen, die noch dicht am Lager gestanden hatten, suchten ihr Heil in der Flucht und rannten auf die Hügelkette zu, wo die Hauptstreitmacht bereits den Rückzug antrat.

Die Buren bestiegen ihre Pferde, um ihnen nachzusetzen, Kootjie und Conraad mitten unter ihnen. Als sie aus dem Lager hinausstürmten, schloß sich ihnen die Griquatruppe an.

Christiaan blieb in der Wagenburg. Mehrere Männer hoben den völlig entkräfteten Oloff Klyn vom Pferd und trugen sowohl ihn als auch Henry zu ihren Wagen, wo sie das Bein des Alten näher untersuchen konnten.

Johanna und Sina erdrückten Christiaan beinah mit ihren Umarmungen, wobei Johanna allerdings nicht vergaß, ihrem Sohn nachzusehen und mahnend zu sagen: „Christiaan?"

„Laß ihn gehen, Baas", beschied er sie. „Er ist kein Kind mehr."

Durbin erschien, und Christiaan stellte ihm Frau und Tochter vor.

„Und das da eben war dein Sohn?" fragte Durbin.

Stolz nickte Christiaan.

„'n Prachtjunge, wirklich", befand Durbin.

„In der Tat", antwortete Christiaan. Dann wechselte er das Thema und sagte ernst: „Vielen Dank, mein Freund. Das sah böse für uns aus da draußen, bis du auftauchtest."

„Was sollte ich sonst machen?" sagte Durbin. „Wir sind doch so gut wie eine Familie!" Er lächelte – ein strahlendes Lächeln, so wie man es seinem Vorfahren, Matthew, immer nachgesagt hatte.

„Wie kam es, daß ihr genau zur richtigen Zeit auftauchtet?" wollte Christiaan wissen.

„Späher. Wir hatten gehört, daß die Matabele vorhatten, euch heute anzugreifen."

Während Durbin mit seinen Männern davonritt, legte Christiaan seinen Arm um Sinas Schultern. „Solche Männer wie er machen mir Hoffnung", sagte er. „Ist dir klar, was er heute getan hat?"

„Er hat für uns sein Leben und das Leben seiner Männer riskiert", sagte Sina.

Christiaan nickte. „Mehr als das. Er ist ein Griqua, ein Halbblut, und lebt unter einem Volk der Ausgestoßenen. Für genau die Leute, die ihn und seinesgleichen aus Kapstadt vertrieben haben, hat er sein Leben aufs Spiel gesetzt. Das erinnert mich an eine Geschichte, die mir mein Vater einst über einen unserer Vorfahren erzählte."

An diesem Abend erzählte Christiaan Sina eine Liebesgeschichte, die Geschichte Rachel van der Kemps und ihres geliebten Matthew Durbin. Doch sosehr die Opferbereitschaft Adam Durbins seine Hoffnungen angefacht hatte, so nachhaltig wurden sie zerstreut, als Kootjie von der Verfolgungsjagd zurückkehrte.

Er war erhitzt, schweißüberströmt und glühend vor Eifer. In allen Einzelheiten und triumphierend berichtete er, wie sie die flüchtenden Matabele überrannten, und beschrieb, wie sie die Krieger in die Enge getrieben und zur Strecke gebracht hatten, als wären sie Antilopen oder Zebras.

Kootjie hatte Geschmack daran gefunden, schwarze Männer zu töten.

29

Einige der alterfahrenen Trecker waren der Auffassung, im Grenzland seien Sieg und Tragödie unzertrennliche Zwillinge: Wann immer man mit dem einen zu tun bekam, war der andere auch nicht weit. Das, so erklärten sie, sei Gottes Art, die Menschen demütig zu halten.

Die Vormittagsstille wurde von den Schreien einer Frau zerrissen – Schreie, die alles durchdrangen, und zwar nicht ihrer Lautstärke wegen (obwohl sie kräftig genug waren, einen schlafenden Mann in seinem Wagen am entgegengesetzten Ende des Lagers aufzuwecken) und auch nicht aufgrund ihres Anhaltens (wiewohl sie mehr als eine halbe Stunde lang jeden Trost zurückwies). Es lag an der Intensität von Schmerz, die diesen Schreien anhaftete.

Die Schreie kamen vom Fluß. Als Christiaan sie hörte, reparierte er gerade ein Wagenrad.

Johanna war auf dem Wagen und sortierte ihre Wäsche. Blitzartig steckte sie den Kopf unter der Plane durch und fragte: „Hast du das gehört?"

„Es kam vom Fluß!" Christiaan half ihr beim Runterklettern und lief voraus.

Er war der erste, der von flußaufwärts her die Frau erreichte, während gleichzeitig mehrere Leute von der anderen Seite angerannt kamen.

Sie kniete im Uferschlamm. Ihr Kleid war lehmverkrustet und ihre Arme so dick von Schlamm bedeckt, daß es aussah, als trüge sie braune Handschuhe, die bis hinauf zu den Ellenbogen reichten. Irgend etwas umklammerte sie mit beiden Händen. Dieses Etwas war so sehr in Matsch getränkt, daß man nicht ohne weiteres sehen konnte, worum es sich handelte. Es sah aus wie ein Stoffetzen. Die Frau drückte es sich an die Brust und schaukelte mit dem Oberkörper vor, während sie eine Klagelitanei anstimmte, die nur aus drei Wörtern bestand: „Sie sind fort! Sie sind fort! Sie sind fort!"

Christiaan konnte keine unmittelbare Gefahr erkennen. Er ging zu ihr, kniete sich hin, legte ihr eine Hand auf die Schulter und fragte: „Sind Sie verletzt?"

Ohne mit dem Schaukeln aufzuhören, sah sie auf und schaute ihn mit entsetzten Augen an. „Sie sind fort! Sie sind fort! Sie sind fort!"

Johanna erreichte ihren Mann und kniete sich ebenfalls neben der Frau in den Matsch. „Es ist Gilda van Hoorst", sagte sie zu Christiaan.

Christiaan wußte zwar, wer das war, aber er hatte die Frau nicht erkannt. Ihr ganzes Gesicht und die Vorderseite ihres Körpers waren über und über mit Schlamm bedeckt, und ihr dickes schwarzes Haar, das sie hinten zusammengebunden trug, hing ihr wirr um den Kopf, stellenweise ebenfalls matschbefleckt. Sie war stets eine kultivierte, gepflegte Frau. Sie hatte keine Kinder bekommen können, was es ihr ermöglichte, sich etwas vornehm, um nicht zu sagen, abgehoben zu geben. Doch jetzt hier im Modder machte sie einen heruntergekommenen Eindruck und schien ihr seelisches Gleichgewicht vollkommen verloren zu haben.

„Gilda?" sprach Johanna sie bedächtig an. „Meine Liebe, kannst du mir sagen, was passiert ist?"

„Sie sind fort!" jammerte Gilda. Dann schien sie Johanna zu erkennen und packte sie mit schlammigen Händen an den Schultern, wobei ihre eine Hand immer noch das lehmige Etwas umklammerte, das nun als abgerissenes Stück Stoff zu erkennen war.

„Wer ist fort?"

Gilda vergrub den Kopf an Johannas Brust und weinte hemmungslos.

Inzwischen war eine ganze Anzahl Leute zusammengeströmt. Jeder, der neu hinzustieß, wollte wissen, was los sei, und jedesmal antwortete Christiaan: „Es ist Gilda van Hoorst. Sie ist außer sich vor Kummer, und wir versuchen herauszufinden, warum."

„Johanna, wie soll ich mit dem Wissen leben, daß sie fort sind?" schluchzte Gilda.

Johanna schob die bekümmerte Frau so weit von sich weg, daß sie ihr in die Augen sehen konnte. „Sieh mich an, Gilda. Wer ist fort?"

Von Weinkrämpfen geschüttelt und unfähig zu sprechen, hielt Gilda van Hoorst Johanna den Stoffetzen hin.

„Was soll das sein?" fragte Christiaan.

Johanna schüttelte den Kopf.

Doch dann durchzuckte sie ein Funke des Wiedererkennens, und sie erschrak zutiefst. In ihren Augen mischten sich Tränen und namenloses Entsetzen. „O Herr, nein – bitte nicht, lieber Herr Jesus ..." Sie hielt den Stoff in den Fluß und wusch den Matsch ab. Als sie ihn wieder herauszog, war er sauber genug, um erkennen zu können, was für ein Stoff es war und von welcher Farbe: hellgelb kariert, wie ein Schachbrett mit lauter Feldern.

„Die Zwillinge!" schrie Johanna auf, wobei ihre Stimme heiser und vor Gemütsbewegung halb erstickt klang. „Die Zwillinge haben Kleider aus solchem Stoff!"

Christiaan warf sich neben Gilda auf die Knie und zerrte sie von Johanna weg. „Die Zwillinge, Gilda – meinen Sie die Zwillinge?"

„Fort!" flüsterte sie. „Ich hab' mich nur mal umgedreht, und ..."

„Fort wohin?" rief Christiaan.

Das Geschehen schien zuviel für sie zu sein. Sie war nicht fähig, irgendeine Frage zu beantworten. Christiaan hätte nicht mal mit Sicherheit sagen können, ob sie überhaupt etwas hörte.

„Sie müssen vom Fluß weggeschwemmt worden sein", sagte Johanna.

Christiaan ließ Gilda in der Obhut seiner Frau und wies die versammelten Männer an, den Fluß in beide Richtungen nach den Zwillingen abzusuchen. „Sie tragen gelbkarierte Kleidchen", sagte er, indem er den ausgerissenen Zipfel hochhielt.

„Van der Kemp – hier drüben!"

Wie der geölte Blitz legte Christiaan die kurze Strecke bis zu dem Platz zurück, wo einer der Männer am Ufer kniete und auf Spuren im Schlamm zeigte.

„'n Krokodil", sagte der Mann leise.

Christiaan ging zu Gilda zurück und fragte sie vergeblich, ob sie Krokodile bemerkt habe. Ein leerer, starrer Blick war die ganze Antwort.

Nachdem sie das Flußufer abgegangen waren, fanden sie noch drei weitere zerfetzte Stoffreste. An den Kleidern der Kinder mußte also mit großer Gewalt gezerrt worden sein. An zweien waren Blutspuren zu sehen.

„Wer sagt es Adriaan?" fragte Johanna.

Als Adriaan Pfeffer vom Feld heimkam, warteten Christiaan und Johanna auf ihn. Er ritt Seite an Seite mit Conraad.

„Hallo, Christiaan – Johanna ...", begrüßte Adriaan sie. Seine zusammengezogenen Augenbrauen verrieten, daß er spürte, etwas stimmte nicht. Es mußte an Christiaans Gesichtsausdruck gelegen haben – Christiaan war nie gut darin gewesen, seine Gefühle zu verbergen.

„Wir haben schlechte Neuigkeiten, Adriaan", sagte er.

Vater und Sohn stiegen von den Pferden und standen Schulter an Schulter da. Zum erstenmal fiel Christiaan auf, daß Conraad schon größer war als sein Vater.

„Schlechte Neuigkeiten?" echote Adriaan.

Christiaan zauderte. Er hatte sorgfältig eingeübt, was er sagen wollte, um den Schock seines Freundes abzumildern. Aber sooft er auch geübt hatte, weiter als bis zu dieser Stelle war er nie gekommen. Wie sollte man auch einem Mann mitteilen, daß seine Zwillingstöchter tot waren, ohne ihm dabei einen brutalen Schlag zu versetzen?

Doch Adriaan begann zu ahnen, worum es ging. Er sah an Johanna und Christiaan vorbei und rief: „Naomi? Ruth?" Dann sagte er zu Johanna: „Es ist doch alles klar mit ihnen, oder? Ich hab' sie den Tag über bei *Mevrou* van Hoorst gelassen. Sie hat mich so oft angebettelt, ob sie nicht mal ..."

Er schob sich an den van der Kemps vorbei und warf einen Blick ins Innere seines Wagens. Dort war es still wie in einem Grab.

„Naomi? Ruth?" Adriaans Stimme begann zu zittern, als er zum zweitenmal ihre Namen rief.

„Pfeffer", sagte Christiaan, legte dem Mann beide Hände auf die Schultern und sah ihm in die Augen. „Tut mir leid", sagte Christiaan, „aber ich fürchte, sie sind beide fort."

Ein Rinnsal von Tränen quoll aus Pfeffers Augen. Er wischte sie mit dem Handrücken ab, mußte aber feststellen, daß sofort wieder neue kamen. „Das wird Angenitha mir niemals verzeihen!" schluchzte er. „Ich hab' ihr versprochen, daß ich gut auf sie aufpasse ... ihnen gute Ehemänner suche ... unsere Enkel von ihr küsse. Ich hab's ihr versprochen ... versprochen ..."

Mit rotgeweinten Augen, in denen ein Ausdruck von Fassungslosigkeit stand, drehte er sich zu Conraad um, der dicht hinter ihm stand, und drückte ihn mit aller Kraft. „Jetzt hab' ich nur noch dich, Junge", sagte er, „nur noch dich auf der ganzen Welt!"

Johanna schlüpfte neben ihren Mann, und Christiaan legte ihr den Arm um die Schultern. „Ich setz' mal Kaffee auf", sagte sie.

Christiaan nickte stumm.

Einige Tage darauf wurden stromab Bruchstücke menschlicher Knochen und weitere Kleiderfetzen entdeckt. Das ganze Lager zog hinaus, um das wenige zu bestatten, was von den Überresten der Zwillinge gefunden worden war.

* * *

Es war die eigenartigste Hochzeit, die die Zulus je miterlebt hatten. Unter normalen Umständen wäre die Braut zehn Jahre jünger gewesen, Verwandte hätten die Vermählung organisiert, und die Väter der

Brautleute hätten um den *Lobolo*, den Brautpreis, geschachert, der üblicherweise in Rindern entrichtet wurde. Thandis Heirat jedoch war alles andere als normal. Die Braut war ein gutes Stück älter, um die Feierlichkeiten hatte sie sich selbst gekümmert, und der Brautpreis entfiel, da Jama keine Rinder besaß. Lange lieferten die Einzelheiten dieser Vermählung Gesprächsstoff in Hülle und Fülle.

Der Brauch wollte, daß die ganze Hochzeitsgesellschaft in die Hütte des Brautvaters gebeten wurde, wo man auf frischen Matten Platz nahm und trank. Es gab keine Hochzeit, bei der Thandis Hacke, ihre Kochtöpfe, Schüsseln, Schöpfkellen, Matten, Körbe und Felldecken in die Hütte ihres Bräutigams getragen wurden. Es bedurfte keiner Treiber für die nichtvorhandenen Rinder. Der Bräutigam trat seiner Auserwählten mit leeren Händen entgegen, und es würden auch keine Geschenke zur Hochzeitsfeier geben, weil es überhaupt keine Hochzeitsfeier gab.

Was wiederum dem Brauch entsprach, war, daß Thandi und Jama jeweils in eine Hütte für sich allein geführt wurden, um dort zu warten. Normalerweise war dies die Zeit für die beiden Familien, in einer dritten Hütte zusammenzukommen und sich gegenseitig Beleidigungen, Spott und sarkastische Bemerkungen an den Kopf zu werfen, bis es dunkel wurde. Nachdem aber der einzige Familienangehörige der Braut Ndaba war und Jama überhaupt keine Verwandtschaft besaß, legte sich der alte Mann still auf seiner Matte nieder und überließ sich dem Schlaf.

Am Morgen des Hochzeitstages legten Braut und Bräutigam die Festkleider für den besonderen Anlaß an. Thandi trug einen Schleier aus gedrehten und ineinandergeschlungenen Blättern, der bis zu ihrem Mund herabfiel und ihr Gesicht verhüllte. Bekleidet war sie mit einem Gewand aus perlenbesetztem Leder, zu dem Perlenketten über der Brust getragen wurden. Jama hatte einen ledernen Schurz an. In die Haare hatte er sich Federn gesteckt, und von seinen Armen und Beinen baumelten Kuhschwänze.

Als alles vorbereitet war, wurden Braut und Bräutigam einander zugeführt.

Ndaba trat vor Jama hin und sagte: „Ich übergebe meine Tochter in deine Hand. Sei gut zu ihr! Sie ist bei guter Gesundheit. Sollte sie krank werden, so laß es mich wissen. Falls sie dir nicht gehorcht, rede zu ihr, als wäre sie dein eigenes Kind. Wenn du ihrer müde wirst, gib sie mir zurück."

Thandi zugewandt, spach der Großvater ein halb geflüstertes Gebet, in dem er darum bat, daß seine Tochter ihrem Gatten viele Kinder bescheren möge.

Dann stimmten die Gäste das Brautlied an, und alle begannen zu tanzen.

Jama und Thandi waren Mann und Frau.

* * *

Jama sah durch den Eingang der Hütte die Sonne aufgehen und den Horizont mit fahlvioletten Streifen überziehen. Thandi lag neben ihm, und er fühlte unter der Decke ihre Wärme und spürte ihre weiche Haut, die sich gegen seine eigene preßte. Es war vollkommen. Nie im Leben hatte er sich so zufrieden gefühlt: warm, geliebt und erfüllt.

„Bist du schon wach?“ wisperte Thandi.

„Ich hab' überhaupt nicht geschlafen.“

Sie drehte sich zu ihm um. „Was? Du hast die ganze Nacht nicht geschlafen? Wieso? Geht's dir nicht gut?“

Jama machte seine Hand frei und strich ihr über das kurze Haar. Er wollte sie küssen, nur um zu sehen, wie Küssen sich anfühlte. Christiaan und Johanna hatten das oft getan, und es hatte immer ausgesehen, als genössen sie es. Aber bei den Zulus war Küssen eklig. Also begnügte sich Jama damit, seine Frau zu umarmen. Sie stöhnte zufrieden. Es war herrlich.

„Du hast mir keine Antwort gegeben“, sagte Thandi.

„Mir geht's sehr gut.“

„Und wieso hast du dann nicht geschlafen?“

Jama zuckte die Schultern. „Du wirst denken, ich spinne.“

„Nein, das werde ich nicht“, sagte sie entrüstet. „Sag's mir schon! Findest du es nicht gut, mit mir zusammen zu schlafen? Ist es das?“

Jama lächelte voller Zuneigung, streichelte ihr Haar und sah ihr tief in die dunklen Augen. „Nein, ich hab' bloß so lange auf dich gewartet ... Ich will nichts anderes, als dich festhalten, dich liebkosen, mit dir reden. Ich kann mich nicht überwinden, auch nur einen einzigen unserer gemeinsamen Augenblicke mit Schlaf zu vergeuden.“

30

Nach monatelanger Suche entdeckten sie nordwärts einen Paß, auf dem sie die Drakensberge überqueren konnten. Dieser Paß würde ihr Tor zum verheißenen Land sein. Retief führte seine Gesellschaft mit ihren mehr als tausend Wagen an den Fuß des Gebirges heran, um Vorkehrungen für den Übergang zu treffen. Dann brach er selbst mit einem kleinen Vortrupp, bestehend aus vierzehn Reitern und vier Wagen, auf.

Als Johanna den ins Auge gefaßten Saumpfad über das Gebirge zum erstenmal zu Gesicht bekam, war sie mehr als skeptisch. „Das soll unser Tor zum verheißenen Land sein?“ fragte sie. „Durch ein Nadelöhr zu gehen ist 'n Kinderspiel dagegen.“

Mit dieser Einschätzung lag sie nicht fehl. Es würde nötig sein, Bäume zu fällen und Felsbrocken beiseite zu räumen, und die Steigungen, die sie bezwingen mußten, waren atemberaubend steil. Viele im Lager meinten, das würde niemals zu schaffen sein.

Als sie aber Nachricht von Retief bekamen, der den Kamm des Gebirges erreicht hatte, verflogen etliche ihrer Befürchtungen. Von dort oben blickte er auf eine lange Kette von Bergen, die im Osten in das grüne Land Natal ausliefen, das überreich an Wasser und Weidegründen war. „Ich habe dieses schöne Land gesehen“, schrieb er, „das allerschönste in ganz Afrika.“

Dadurch wurde das ganze Lager von Aufbruchsstimmung erfaßt. Jetzt galt es, diese Berge hinter sich zu bringen. Auf der anderen Seite erwartete sie ihr verheißenes Land.

* * *

Bei ihrer Ankunft sah Sina nichts weiter als ein paar abgetragene Männerstiefel, die unter dem Wagen herausragten. Darin steckten ein paar Füße.

„*Mynheer* Pfeffer?“ machte sie sich bemerkbar.

„Ist nicht – Sina?“

Die Stiefel durchfurchten den Boden beim Versuch ihres Trägers, unter dem Wagen hervorzukriechen. Die Hemdbrust mit Wagenschmiere besudelt, kam Conraad zum Vorschein. Seine Kehrseite war vom Scheitel über Rücken und Beine bis hinab zur Sohle vollkommen verstaubt und verdreckt. Während er sprach, versuchte er sich eilig den Dreck abzuklopfen.

„Vater ist nicht da – kann ich irgendwas für dich tun?"

„Ähm – nein, nichts." Sina blickte verstohlen auf das Stoffbündel, das sie in den Händen trug. Sie hielt es Conraad hin. „Hier ist Brot. Mutter war am Backen, und sie meinte, du und dein Vater, ihr würdet euch über ein paar ...", seine dunklen Augen machten sie irgendwie unsicher, „über ein paar Laibe freuen."

Das war doch nicht Conraad, überlegte sie, jedenfalls nicht der Conraad, der zeit ihres Lebens auf dem Nachbarhof gewohnt hatte. Jener Conraad war ein Junge gewesen, und dieser Conraad hier war ... na ja, ein Junge jedenfalls nicht, soviel stand mal fest.

„Vielen Dank", sagte er mit tiefer Stimme und streckte ihr große Hände, schmierig von der Arbeit am Wagen, entgegen, um das Brot an sich zu nehmen. Dann sah er, wie sehr sie von Schmutz starrten, und zog sie schnell zurück, um sie sich an den Hosenbeinen sauberzuwischen, bevor er sie nochmals ausstreckte.

Sina lächelte. Vielleicht war da doch noch etwas von einem kleinen Jungen in ihm?

Er spähte unter das Tuch und sog genießerisch den Duft des frisch gebackenen Brots ein. „Tolles Brot", sagte er. „Meins ist nicht so gut gelungen." Er brach ab und pulte mit dem Finger an einem der Laibe herum. „Wie kriegt sie es bloß so locker hin?" Meine sind immer so klumpig und flach.

„Deine?" lachte Sina.

Conraad sah sie unbeeindruckt an. „Irgendwer muß ja auch bei uns Brot backen."

„Es ist nicht so einfach, sich vorzustellen, wie du Brot backst", sagte Sina lächelnd.

Hätte sie es sich aber tatsächlich vorgestellt, so wäre sie nicht allzu überrascht gewesen. Die Pfeffers kamen so gut zurecht, wie man es nach dem Tod der Zwillinge nur irgend hatte hoffen können, und zwar weitgehend dank Conraad. Natürlich nahm der Verlust beide Männer gehörig mit. Alle beide hatten sie sich verändert. Adriaan war seinem Sohn gegenüber besitzergreifender geworden. Jederzeit wollte er wissen, wo er sich gerade aufhielt. Hundertmal hatte Conraad seinen Vater schon sagen hören: „Sohn, du bist alles, was mir geblieben ist", und tagtäglich hörte er es aufs neue.

Die ganze Treckgemeinschaft war beeindruckt von Conraad. Während des Matabele-Angriffs hatte er bewiesen, daß er kühlen Kopf bewahrte, auch wenn es heiß herging. In der Zeit nach dem Verlust seiner Mutter und seiner Schwestern hatte er gezeigt, daß er mit Tragödien fertigwerden und noch daran wachsen konnte. Sina gehörte zu denen, die seine Reifung wohl bemerkten. Und sie hatte nicht vergessen, was Karel von ihm gesagt hatte: *„Er mag dich."*

„Möchtest du dich gern setzen oder so?" fragte Conraad.

„Ich kann nur einen Augenblick bleiben."

Er bot ihr einen Stuhl unter der Zeltbahn an, die vom Wagen her ausgespannt war. Sich selbst rückte Conraad eine Sitzgelegenheit so zurecht, daß er ihr genau gegenübersaß.

„Weißt du, es ist so viel für die Fahrt über die Berge zu tun", sagte sie.

Conraad warf einen Blick auf die Drakensberge, die sie im Rücken hatte. „Ich liebe Berge", schwärmte er, während er den Blick vom Fuß der Hänge bis hinauf zu den schneebedeckten Gipfeln schweifen ließ. „Ich kann's kaum erwarten, daraufzukommen und die ganze Welt zu meinen Füßen ausgebreitet zu sehen."

Einen Augenblick blieb er stumm. Sein Blick hing an den steingemeißelten Berghängen fest.

Sina nahm die Gelegenheit wahr, ihren Blick an die feingemeißelte Linie von Conraads Kinn und Wangen zu heften. Im selben Augenblick, in dem sich seine Augen von den Bergen losrissen, wandten sich ihre von seinem Gesicht ab, und sie stand auf. „Gut, ich glaube, ich muß wohl zurück", sagte sie und strich ihr Kleid glatt.

Conraad war gleichzeitig mit ihr auf den Füßen, das Brotbündel wie ein Baby im Arm.

„Mußt du wirklich schon los?"

Sina nickte leicht mit dem Kopf.

„Immerhin hab' ich dich überhaupt mal gesehen", sagte er. „Ich freue mich, daß deine Mutter dich geschickt hat." Er lief rot an und fügte rasch hinzu: „Nicht daß es mir nicht ebenso lieb gewesen wäre, wenn sie es selbst vorbeigebracht hätte – oder dein Vater natürlich, oder Kootjie! Nicht daß du denkst, ich freu' mich, daß deine Mutter das Brot nicht selbst gebracht hat; ich freu' mich nur, daß du ..."

Sina hob die Hand, bevor er sich vollends verhaspelte. „Ich weiß schon, was du sagen wolltest", sagte sie fröhlich. Sie wandte sich zum Gehen, besann sich aber eines Besseren und drehte sich noch mal um. „Ich hab's freiwillig gebracht."

Conraad lächelte freudig. „Freiwillig?"

Sinas Lächeln glich dem seinen. „Damit ich dir danke sagen konnte."

„Danke sagen – wofür?"

„Daß du meine Ehre in Schutz genommen hast."

Einen Augenblick sah Conraad konsterniert aus.

„Du hast nicht an die Gerüchte geglaubt, die Henry über mich in die Welt setzte, und du hast sie zum Verstummen gebracht. Erinnerst du dich jetzt?"

„Ach, das! Das hatte er verdient, so wie er über dich geredet hat."

„Aber du hast was dagegen unternommen", sagte Sina, „und ich hab' mich nie dafür bedankt. Deshalb bin ich jetzt gekommen. Danke schön." Dann tat sie etwas, das sie selbst verblüffte: Sie beugte sich vor und gab Conraad einen Kuß auf die Wange.

Conraads Gesichtsausdruck nach zu schließen hatte er gegen derlei Vertraulichkeiten ihrerseits nichts einzuwenden.

Auf dem Rückweg zum elterlichen Wagen sann Sina über das nach, was soeben vorgefallen war – und darüber, was sie dabei empfand: Sie fühlte sich gut – mehr als gut! Sie fühlte eine innere Wärme, genau wie sie sie bei Henry empfunden hatte, mit dem Unterschied, daß dieses Gefühl sie jetzt nicht mehr fürchterlich nervös machte.

Je mehr sie das Gefühl in sich Raum greifen ließ, um so besser gefiel es ihr. Auf jeden Fall könnte sie sich daran gewöhnen, womöglich gar davon abhängig werden. Wenn sie nur das Bild von Conraad und Kootjie, die zusammen spielten, aus ihrem Kopf rausbekommen könnte …

* * *

Ganz allein kniete er in der Mitte der großen, gewölbten Empfangshalle, gekleidet wie ein Zulu und angesprochen vom König der Zulus.

Dingane stand aufrecht. Flackernd spiegelte sich der Feuerschein auf seiner eingeölten schwarzen Haut. Minuten vergingen, während er Jama stumm musterte. Die Halle war voller Menschen, und doch war es still genug, um das Prasseln des Feuers zu hören. „Also willst du jetzt ein Zulu werden?" fragte der König schließlich.

„Jawohl, Baba."

„Du bist aber nicht als Zulu geboren."

„Ich kam als Nguni zur Welt, Baba, und die Zulus stammen von den Nguni ab."
„Und dennoch hast du unter den Weißen gelebt – wieso?"
„Ich wurde unter den Weißen geboren. Ich kannte nichts anderes."
„Und warum hast du sie dann verlassen?"
„Ich fand unter den Weißen keine Erfüllung, Baba."
„Und hier meinst du Erfüllung zu haben?" Bei dieser Frage sah Dingane Ndaba an.
„Jawohl, Baba."
„Und du, der du kein Zulu bist, hast eine unserer Zulu-Jungfrauen geheiratet?"
„Jawohl, Baba."
Ndaba erhob sich. „Bayede, darf ich? Meine Tochter wollte keinen anderen zum Mann nehmen."
„Das habe ich gehört." Dingane bedeutete Ndaba, sich wieder zu setzen, und wandte sich aufs neue Jama zu. „Und nachdem du so lange unter den Weißen gelebt hast, verstehst du sie auch?"
„Nein, Baba. Wie kann man ein Volk verstehen, das sich selbst nicht versteht?"
Dingane lachte laut, und die Versammlung mit ihm.
„Gut gesagt!" rief Dingane. „Aber mit ihrer Lebensweise bist du doch vertraut, oder?"
„Jawohl, Baba."
Der schwergewichtige König kam von seinem Podest herunter. Ohne seine Augen auch nur eine Sekunde von dem knienden Jama abzuwenden, fragte er langsam: „Und wenn wir mit ihnen Krieg führen sollten, auf welcher Seite stündest du dann? Wem schuldest du Gefolgschaft?"
„Ich bin ein Zulu, Baba."
Dingane kehrte zu seinem Thron zurück, wo sich mehrere seiner Ratgeber um ihn versammelten und halblaut auf ihn einredeten. Dann sagte Dingane: „Dieser Mann wird mir von Nutzen sein."

* * *

Der Zug übers Gebirge begann. Die Pfeffers und die van der Kemps taten sich zusammen, um sich gegenseitig dabei zu helfen, ihre Wagen über den Bergkamm zu schaffen. Von Anfang an war klar, daß es eine lange Reise werden würde. Viele Tage vergingen, ohne daß sie nennenswert vorankamen. Monate würde es dauern, bis sie die andere Seite des Gebirges sehen und wieder auf ebenem Grund reisen konnten. Doch auf der anderen Seite lag das verheißene Land. Dieser Traum genügte, um sie vorwärtszutreiben.

Sie richteten sich darauf ein, auf einer schrägen Ebene zu leben. Es gab keine waagerechten Oberflächen mehr, auf denen man Dinge abstellen konnte. Alles, was nicht niet- und nagelfest war, rutschte den Hang hinunter. Kochen, essen, schlafen, gehen, Bäume fällen und Felsbrocken wegräumen – alles geschah in der Schräge.

Einige der Trecker beteiligten sich nicht an dem Versuch der Gebirgsüberquerung mit dem Planwagen. Sie bauten die Fuhrwerke auseinander und beförderten die Einzelteile auf von Ochsen gezogenen Gleitschlitten. Auf der anderen Seite angekommen, wollten sie die Wagen wieder zusammensetzen. Die van der Kemps und die Pfeffers indes entschieden sich dagegen für ihre Wagen.

Sechzehn Ochsen wurden vor jeden Wagen gespannt, und jedes Gespann wurde von drei erfahrenen Treibern beaufsichtigt. Manchmal ging es durch Schluchten, die so schmal waren, daß die Wagen an beiden Seiten anschrappten.

Nach der zweiten Woche des Aufstiegs taten Sina die Beine weh wie nie zuvor in ihrem Leben. Müde und voller Sand sehnte sie sich nach einem Sprung in einen kühlen, klaren Bergsee. Mit den Gedanken, wie gut sich sein Wasser wohl anfühlen würde, trottete sie hinter dem Wagen her, bereit nachzuschieben, sobald sie dazu aufgefordert wurde. Sie zogen gerade zwischen zwei gewaltigen Felstürmen hindurch, als der Wagen jäh stehenblieb – und dann langsam rückwärts zu rollen begann. Mit einem Satz zur Seite sprang sie ihm aus der Bahn.

Nachdem der Wagen einen knappen halben Meter zurückgerollt war, kam er wieder zum Stehen, und Kootjie rief ihr von vorne zu: „Tut mir leid, ich wurde abgelenkt!“

„Wovon?“

„Komm her und sieh's dir selbst an!“

Sich mit einer Hand an der Flanke des Wagens abstützend, stieg Sina mühsam den Pfad hinauf. An einer Stelle kam sie nur durch, indem sie sich seitlich zwischen Bordwand und Fels durchquetschte. Der Wagen war mitten in einer Engstelle stehengeblieben.

Vorne empfing sie ein Windhauch, der durch die Felsen peitschte und ihr um ein Haar ihr *Kappie* vom Kopf gerissen hätte. Als sie sich an den vordersten zwei Jochen Ochsen vorbeigedrückt hatte, stand sie auf dem Kamm des Gebirges.

„Komm hier rüber!“ rief sie ihr Vater.

Sinas Kleid flatterte wie verrückt im Wind, während sie sich zu ihren Eltern, Kootjie und den Pfeffers vorarbeitete. Sie alle starrten wie entrückt auf das östliche Südafrika, das sich bis zum fernen Horizont vor ihnen weitete.

Sina stellte sich neben Conraad und sagte: „Als läge einem die Erde zu Füßen.“

Conraad strahlte sie voller Zuneigung an.

So also sieht das verheißene Land aus, dachte Sina. Vor ihnen lag eine saftig grüne Landschaft, die sich bis zur Küste hinstreckte, sanft gewellt wie ein Land von tausend Hügeln. Flüsse waren zu sehen, die von den Bergen herabkamen und ausreichende Bewässerung versprachen. Zu ihrer Linken stürzte ein kleiner Wasserfall senkrecht über eine nackte Felskuppe in die Tiefe. Über Hunderte von Metern konnten sie den freien Fall des Wassers verfolgen, bis Baumkronen seinen weiteren Weg verbargen. In Sinas Augen sah der Wasserfall aus wie eine silberne Borte, die über eine Tischkante hing.

Neben ihr stand groß und kerzengerade Conraad, voll atemlosen Staunens über die Weite und Herrlichkeit des Landes. Wenn irgend jemand es im Land der Verheißung zu etwas bringen würde, dann Conraad. Er hatte so viel durchgemacht, so schlimme Verluste erlitten und war nur noch um so entschlossener, stärker und gutmütiger daraus hervorgegangen.

Wie sie so neben ihm stand, kam ihr zum erstenmal ernsthaft die Frage, ob ihr Schicksal wohl tatsächlich mit dem von Conraad verwoben sei. Wieviel mehr hatte er von einem Mann als Henry! Wie hatte sie nur so lange Zeit dermaßen blind sein können?

Als sie ihren Aussichtspunkt verließen, berührte Conraad sie leicht an der Schulter und lächelte sie an. Sina war es, als entflammte etwas in ihr.

Kootjie scherzte lauthals: „Sieht aus, als ob’s von hier aus nur noch bergab ginge!“

Alles, was in Hörweite war, stöhnte auf.

Die Bergabfahrt mit den Planwagen stellte sich als wesentlich schwieriger heraus als der Aufstieg. Um die Wagen abzubremsen, mußten sie sogar die Räder abnehmen. Es wurden jeweils nur noch acht Ochsen eingespannt. Beim Versuch zu verhindern, daß die Wagen haltlos die Hänge hinunterpolterten, bohrten sich ihre Hufe tief in den Boden. Die Sicherungsleinen, die um die Wagen herumgelegt waren, spannten sich so straff wie die Saiten eines Banjos.

Gerade als sie begonnen hatten, gut voranzukommen, streifte der Pfeffersche Wagen mit seinem Unterbau einen Felsen. Die Zügel fielen schlaff. Während Kootjie die Ochsen zum Stehen brachte, sahen Adriaan, Conraad und Christiaan nach, was passiert war.

„Ich meinte, wir würden durchkommen", sagte Christiaan.

„Ich auch", stimmte Adriaan zu, während er sich bückte, um das Fahrwerk des Wagens zu untersuchen. „Wie fest sitzt der Stein, Sohn?"

Conraad kroch auf allen vieren unter den Wagen, um das Hindernis in Augenschein zu nehmen. „Schwer zu sagen", ließ er sich vernehmen. „Könnte 'n kleiner Brocken sein, aber auch der Gipfel von dem halben Bergmassiv."

Die Peitsche in der Hand, redete Kootjie auf die Tiere ein und brachte sie dazu, sich auf ihre Aufgabe zu konzentrieren. Das letzte, was sie jetzt brauchen konnten, war, daß irgendwas Unvorhergesehenes geschah. Johanna und Sina hatten sich einen Platz etwas abseits gesucht, um nicht im Weg zu stehen, während die Männer berieten, was zu tun sei.

„Kommen wir irgendwie drumherum?" fragte Adriaan und maß im Kopf die Entfernung zwischen der Felsspitze und drei stämmigen Bäumen ab, die den Pfad an der anderen Seite begrenzten.

„Das kriegen wir nur so raus", sagte Conraad, indem er ein Seil nahm, das am Heck des Wagens gehangen hatte, und damit erst die Breite des Gefährts und dann den Freiraum bis zu den Bäumen maß.

„Mindestens dreißig Zentimeter zu schmal", stellte Adriaan fest.

An der anderen Seite des Felsens war kein Durchkommen. Nicht mal einen halben Meter jenseits davon befand sich eine steil abfallende Böschung, von deren oberem Rand es ungefähr noch einmal so weit war, bis man an einem Abgrund stand, der gut dreißig Meter tiefer an einem felsigen Gebirgsbach endete.

„Mir scheint, wir haben drei Möglichkeiten", sagte Christiaan, „entweder die Bäume fällen oder den Felsen entfernen oder den Wagen zerlegen. Es ist dein Wagen, Adriaan. Was schlägst du vor?"

Adriaan musterte den Felsen, dann die Bäume. „Laßt uns den Wagen rückwärts von dem Felsen runterwuchten und erstmal gukken, wie tief der geht. Wir können ja ein bißchen drumherum graben. Vielleicht kriegen wie ihn leicht raus."

Conraad war derselben Meinung wie sein Vater.

Kootjie machte sich mit an die Arbeit, während Adriaan und Christiaan an beiden Seiten des Wagens Seile befestigten und straffhielten. Conraad leitete die Arbeiten direkt am Felsen. Sie wollten den Wagen rückwärts vom Felsen ziehen, und sobald er los wäre, würden Christiaan und Adriaan ihre Seile um Baumstämme schlingen, um ihn am Bergabrollen zu hindern. Auf diese Weise konnten sie die Ochsen schonen, während der Stein ausgegraben wurde – sofern er denn auszugraben war.

Sina suchte sich einen Felsbrocken, der gerade Sitzhöhe hatte, nahm Platz und ruhte ihre Füße aus. Ihre Mutter gesellte sich zu ihr.

Kootjie trieb schreiend die Ochsen an, die beiden Männer zerrten an ihren Seilen, und der Wagen kam ächzend Zentimeter um Zentimeter von der Felsspitze frei. Mit einer Hand das Gefährt abstützend, beugte sich Conraad zur Seite, um nachzusehen, wie weit sie vorangekommen waren. Er hob die Hand, um anzuzeigen, daß sie das Fahrzeug schon fast frei hatten. Christiaan sah sich nach einem Baum um, der stark genug war, um den Wagen daran festzubinden.

Und dann stolperte ein Ochse.

Brüllend stürzte er seitlich hin und riß seinen Jochgenossen mit. Das Gewicht der beiden Zugochsen zuzüglich das des Wagens konnten die anderen sechs Tiere nicht halten. Kootjie mochte schreien und mit der Peitsche klatschen, soviel er wollte – es lag nicht am Gehorsam der Tiere: Ihre Kraft reichte einfach nicht aus. Der Wagen begann zu rutschen.

Christiaan sah, was geschah, und versuchte seine Leine um einen Baumstamm zu schlingen. Doch der Wagen rutschte schon so stark, daß er das Seil nicht mehr halten konnte. Es glitt ihm durch die Hand.

Auch Adriaan gab sich alle Mühe, das Fahrzeug mit seinem Seil zu verankern, doch es erging ihm genauso wie Christiaan. Zwar ließ er die Leine nicht los, aber er konnte sich nicht auf den Füßen halten und wurde vom bergab rollenden Wagen mitgeschleift.

Der Wagen schien einen Moment zu verhalten, bevor er plötzlich auf Conraad zuzurutschen begann. Der stürzte auf den Rücken, und als er sich mit den Füßen vom Wagen abzustoßen versuchte, verfing sich einer seiner Stiefel in den Speichen, und sein Bein hing darin fest.

Der Wagen legte sich schräg und schrappte erneut an den Fels. Dadurch kam er vorübergehend zum Stehen, höchstens ein paar Sekunden. Jedenfalls kam Johanna während dieser Zeitspanne nur dazu, die Hand vor den Mund zu schlagen, und Sina konnte gerade eben Conraads Namen ausrufen. Kootjie bewegte seine Peitsche nach hinten, aber zum Zuschlagen reichte es schon nicht mehr. Christiaan wollte nach dem Tau greifen, das vor ihm auf dem Boden lag, schaffte es aber nicht. Adriaan fand irgendwo Halt, und Conraad dachte noch, wieviel Glück er hatte, denn er war nicht –

Der Felsen gab nach. Es war nur ein loser Brocken. Es wäre eine Sache von Minuten gewesen, ihn auszugraben. Nur für Augenblicke hatte er den Wagen festhalten können, bevor er aufs neue abzurutschen begann.

Kootjie prügelte auf die Ochsen ein, mußte aber zur Seite springen, wenn er nicht unter ihre Hufe geraten wollte. Adriaan zog an seinem Seil, so gut er konnte, aber er hatte nur eine Hand frei, denn mit der anderen versuchte er den Wagen so zu lenken, daß er nicht über den Abgrund ging. Conraad setzte alles daran, sein Bein freizubekommen. Das Wagenrad aber drehte sich, und sein Fuß hing fest. Er kam nicht von dem abrutschenden Wagen los.

Je weiter das Fuhrwerk rollte, um so schneller wurde es. Schon hing es mit einem Hinterrad über der Böschungskante und begann zu kippen. Conraad sah kommen, daß das Gefährt ihn unter sich begraben würde.

Christiaan, Sina und Johanna sahen es, ohne etwas tun zu können. Kootjie lag im Staub und konnte die Ochsen nicht mehr halten; sie wurden vom Gewicht des Wagens mitgerissen. Adriaan hielt immer noch das Seil fest und versuchte krampfhaft Halt für seine Füße zu finden. Da krachte der Wagen auf die Seite, und begrub Conraad unter sich.

„Conraad!“ schrie Sina und sprang von ihrem Felsen auf. Ihre Mutter ebenso.

Christiaan und Kootjie rappelten sich hoch, aber sie konnten nicht mehr eingreifen. Aber das hielt sie nicht davon ab, hinter dem weiter schlitternden Wagen und dem Mann, der von ihm mitgeschleift wurde, herzurennen. Noch immer ließ Adriaan das Seil nicht los, so daß auch er mit dem Wagen und seinem Jungen den Steilhang hinuntergezogen wurde.

Das Fahrzeug begann sich zu überschlagen – wieder und wieder. Da Conraads Fuß immer noch in den Speichen verfangen war, überschlug er sich mit, leblos wie eine angebundene Stoffpuppe. Das gesamte Inventar flog in alle Richtungen davon: Geschirr, Kleidungsstücke, Werkzeuge, Pökelfleisch, eingemachte Lebensmittel – alles.

„Adriaan, laß das Seil los!“ gellte Christiaans Stimme. „Laß los!“

Der Wagen aber überschlug sich immer schneller und riß Adriaan mit sich. Entweder konnte er nicht loslassen, oder er wollte nicht. Der Wagen schleuderten ihn hin und her, so als wollte das Fahrzeug die letzte Person abschütteln. Schließlich wurde Adriaan gegen einen Baum geschleudert.

Jetzt bremste nichts mehr. Das Fuhrwerk wurde immer schneller, bis es über die Kante des Abgrunds stürzte und wie ein Stein in das Flußbett hinunterkrachte.

Gut, daß sie nicht sehen konnten, wie es dort unten gegen die Felsen prallte. Den Aufprall aber nur zu hören genügte Sina, um tränenüberströmt auf die Knie zu fallen.

Christiaan und Kootjie rannten zu Adriaan. Er war kaum bei Bewußtsein, aber immerhin genug, um Schmerzempfinden zu zeigen, als Christiaan seine Rippen abtastete. Sie waren gebrochen.

Kootjie trat an den Rand der Klippe. Sina, von ihrer Mutter am Arm geführt, ging ihm nach. Mit verschwommenem Blick, auf ein Wunder hoffend, sah sie über die Kante. Hatte sie nicht Geschichten von Männern gelesen, die über Klippen abgestürzt waren und dann an einem vorspringenden Felsen Halt gefunden hatten? Vielleicht hatte Gott auch einen Engel gesandt, um Conraads Fall zu stoppen, und sie würde ihn unversehrt da unten zwischen all dem Schrott stehen sehen.

Aber heute war kein Wunder angesagt.

Verknotet zwischen den Überresten der wenigen persönlichen Habseligkeiten, die der Familie Pfeffer geblieben waren, lag Conraads Körper – der Körper des Mannes, den sie gerade eben kennen-, womöglich liebengelernt hatte. Des Mannes, der nur Minuten zuvor groß und stark auf dem Kamm des Gebirges gestanden hatte, dem die Welt zu Füßen lag ... Des Mannes, dem sie soviel bedeutet hatte, um ihre Ehre zu verteidigen, obwohl sie damals gar keine großen Stücke auf ihn gehalten hatte.

Neben ihr ließ Kootjie, ohne sich ihrer zu schämen, seinen Tränen freien Lauf. Mit sanftem Druck zog ihre Mutter sie weg.

Noch am selben Tag bestatteten Christiaan und Kootjie Conraad unter einigen aufgeschichteten Steinen unten am Fluß. Adriaan war mit seinen gebrochenen Rippen nicht in der Lage, dort hinabzuklettern.

Sein Zustand bereitete Christiaan Sorge. Die Rippen waren nicht das Problem, sie würden heilen. Aber in Adriaan war etwas zerbrochen, was weder Verbände noch Arzneien, noch die Zeit würden heilen können.

31

Nachdem sie unter beträchtlichen Schwierigkeiten und Verlusten die Drakensberge hinter sich gebracht hatten, schlugen die Trecker ihr Lager an einem Ort auf, der Doornkop hieß. Er lag zwischen den Flüssen Blaauwkrantz und Tugela. Dort ließ Piet Retief seine Gruppe zurück und machte sich mit einer kleinen Abordnung nach Port Natal an der Küste auf. Port Natal war eine primitive Ansiedlung: ein paar Läden und Wohnhäuser auf einem gerodeten Stück Buschland, bewohnt von vielleicht dreißig Engländern.

Es gehörte zu Retiefs Strategie, freundschaftliche Beziehungen zu dem Hafenort herzustellen. Mochten die Buren auch unter der britischen Hoheit gelitten haben, so wären sie dennoch nicht gut beraten gewesen, sich den Briten gegenüber feindselig zu verhalten. Im Gegenteil: Sie hatten ein Interesse an freiem, ungehindertem Handel mit britischen Kaufleuten. Aber diese Handelsbeziehungen wollten sie als ein freies, unabhängiges Volk pflegen.

Nachdem Retief den Grund solcher Verhältnisse mit den Kaufleuten von Natal gelegt hatte, wandte er als nächstes seine Aufmerksamleit emGungundlovu und König Dingane zu. Nach wie vor ging es ihm um friedliche Koexistenz. Er wollte erreichen, daß Dingane einen Vertrag schloß, den Treckern Land zu gewähren.

* * *

„Das gefällt mir nicht“, sagte Johanna, während sie mit der Nadel einen Hosensaum bearbeitete. „Mitten in die Zuluhauptstadt reiten? Gefällt mir nicht. Gefällt mir einfach nicht!“

Mit Adriaan und Christiaan saß sie im Schatten des Wagens und freute sich an dem Sonnenuntergang. Nachdem Adriaan weder Wagen noch Familie mehr besaß, hatten Christiaan und Johanna ihn bei sich aufgenommen. Er gehörte jetzt zu ihnen. Adriaan hatte aber darauf bestanden, daß er nur bleiben werde, bis er etwas Vieh verkauft und sich wieder einen eigenen Wagen angeschafft hätte.

Soeben war ein Bote von Retief angekommen. Er überbrachte die Forderung ihres Führers, Christiaan und Karel de Buys sollten ihn in die Hauptstadt der Zulus begleiten.

„Aber Baas“, wandte Christiaan ein, „Piet Retief hat ausdrücklich nach mir und Karel verlangt! Wie kann man sich der direkten Aufforderung eines gewählten Führers widersetzen?“

„Du hast mich nach meiner Meinung gefragt, und ich hab’ sie dir gesagt“, erwiderte Johanna.

„Für mich hört sich das an“, sagte Adriaan und zog an seiner Pfeife, „als würdest du um Erlaubnis fragen, in den Hort des Teufels zu reiten.“

Als er die Pfeife neu anzündete, zitterten seine Hände. Das Zittern hatte an dem Tag begonnen, als Conraad umkam, und darüber hinaus waren Christiaan und Johanna noch weitere Veränderungen aufgefallen. Sein Blick war irgendwie anders: eigenartig. Und die Stimme ... Sie klang jetzt auf sonderbare Weise höher, nasal. Diese Wandlungen und sein ständiges Nörgeln – so untypisch für Adriaan Pfeffer wie nur irgend etwas – machten es ihnen schwer zu glauben, daß es sich um denselben Mann handelte, den sie ein Leben lang gekannt hatten.

„Was will Retief denn mit Karel? Er ist doch noch ein Junge“, bemerkte Johanna.

„Karel de Buys kann man kaum noch einen Jungen nennen, Baas“, sagte Christiaan. „Ja, und warum Retief ihn mitnehmen will – dazu kann ich nur sagen, daß er seit dem Xhosa-Angriff damals einen Narren an dem Burschen gefressen hat.“

„Und was sagt Louis dazu? Wird er Karel erlauben, mitzugehen?“

„Louis hat gesagt, die Entscheidung liege bei Karel, solange ich dabei wäre.“

„Mach, was du willst!“ sagte Johanna spitz. „Ist ja sowieso die ganze Welt verrückt, und ich kann nix dagegen machen.“

Diese Art konnte Christiaan an ihr überhaupt nicht leiden.

„Baas, dies ist unsere Chance, zu einer Vereinbarung zu kommen, durch die wir in Frieden mit unseren Nachbarn leben können. Ich dachte, es würde dir gefallen, daß man mich gebeten hat, meinen Teil dazu zu tun.“

„Ich trau’ den Zulus nicht“, sagte Johanna, während sie das Hosenbein mit ihrer Nadel traktierte. „Und du kannst sagen, was du willst – es wird meine Meinung nicht ändern.“

„Vertrauen, vertrauen!“ rief Adriaan. „Dem Teufel kannst du nur in einer Hinsicht vertrauen, nämlich daß er sich verhalten wird wie ein Teufel. Wenn du meine Meinung hören willst: Wir sollten sie aus dem Land treiben. *Dann* werden wir in Frieden leben können.“

Christiaan wandte sich Adriaan zu und erwiderte: „Jetzt redest du wie Oloff Klyn."

„Vielleicht hat Oloff ja die ganze Zeit recht gehabt", erwiderte Adriaan bitter.

* * *

Auf einer felsigen Anhöhe unweit von emGungundlovu trafen Christiaan und Karel mit Piet Retief zusammen. Die Zuluhauptstadt schien in lauter Kreisen angelegt zu sein. Sie lag inmitten einer Grassteppe, die sanft zu einem Nebenfluß des Weißen Umfolozi abfiel, und war rundum sauber mit einer Dornstrauchhecke eingefriedigt.

Ihre Annäherung wurde frühzeitig bemerkt. Zulukrieger kamen ihnen entgegen und geleiteten sie in den Kral Dinganes.

„Tut's dir leid, daß du mitgekommen bist?" fragte Christiaan Karel.

Karel sah nervös auf die beiden Krieger, die sie in die Mitte genommen hatten, und antwortete: „Fragen Sie mich das noch mal, wenn wir den Tag hinter uns haben."

Es kam selten vor, daß eine königliche Audienz sofort gewährt wurde; das entsprach nicht den protokollarischen Gepflogenheiten der Zulus. Um so größer war die Ehre, die Piet Retief und seiner Abordnung zuteil wurde: Gleich nach ihrer Ankunft wurden die Männer in die große Kuppelhalle geführt, wo sie sich einem hünenhaften Mann mit ungemein voluminösem Bauch samt passenden Gesäßbacken und Oberschenkeln gegenübersahen, dessen schwarze Haut mit Fett eingerieben worden war, bis sie glänzte. Der Mann trug ein kostbares Gewand, das von oben bis unten schwarz-rot-weiß gestreift war, und ein scharlachrotes Stirnband.

An seiner Seite saßen verdrießlich dreinschauende Militärführer. Seine Untertanen pflegten sich vor ihm zu Boden zu werfen, und zwar in einem weiten Abstand. Die restliche Strecke legten sie kriechend zurück, bis sie vor dem königlichen Thron anlangten. Dort verharrten sie schweigend; sprechen durfte man vor dem König nur, wenn man ausdrücklich dazu aufgefordert wurde. Im Saal durften keine Waffen getragen werden. In Anbetracht der Tatsache, daß Dingane seinen Halbbruder Shaka ermordet hatte, um auf den Thron zu kommen, wunderte sich Christiaan nicht über seine Vorsichtsmaßnahmen.

Retief gegenüber gab sich Dingane freundlich, ja herzlich. „Du kennst mich nicht", sagte er, „und ich kenne dich nicht. Also müssen wir uns näher bekannt machen. Du bist einen weiten Weg gereist, um mich zu sehen, also brauchst du als erstes Ruhe und Zerstreuung."

Der König gab ein Zeichen, auf das hin zahlreiche junge Krieger in die Halle stürmten, gewandet in Schurze aus Katzenfellen, Perlengehänge, Federkopfputze und aus Ochsenhaar geflochtene Manschetten an Hand- und Fußknöcheln.

Während die Krieger herumsprangen, tanzten und ihr Kampfgeheul ertönen ließen, stieß Karel Christiaan an. „Sehen Sie mal – dort drüben!" Er zeigte auf eine Gruppe älterer Männer, die etwas seitlich vom königlichen Podium saßen. „Ist das nicht Jama?"

Zuerst konnte Christiaan den Mann, den Karel meinte, nicht ausmachen, doch dann sah er ihn: Jama – oder doch nicht? In Zulugewändern sah er ganz anders aus.

In diesem Augenblick drehte der Mann den Kopf, freilich nicht weit genug, um Christiaan zu sehen, der ihn anstarrte. Es war tatsächlich Jama!

„Ich dachte, der ist bei den Amaxhosa", sagte Karel.

„Ich auch."

Ein Irrtum war ausgeschlossen: Es war Jama. Und jetzt wandte er erneut den Kopf, so als hätte er Christiaans Blick auf sich ruhen gespürt. Flüchtige Blicke wurden ausgetauscht. Äußerlich ließ Jama sich durch nichts anmerken, daß er Christiaan erkannt hatte, aber die beiden Männer hatten lange genug ihr Leben miteinander geteilt, als daß Christiaan klar war, daß Jama ihn wahrgenommen hatte.

Als ich dich zum letztenmal sah, alter Freund, überlegte Christiaan voll Bitterkeit, *da trugst du Xhosa-Gewänder und sahst zu, wie mein Haus niederbrannte. Und jetzt schließt sich also der Kreis, oder? Dieses Mal wirst du mich nicht so leicht hinters Licht führen.*

Als der Kriegstanz endlich zu Ende war, stellte Dingane sie einem Pfarrer Francis Owen vor, dem Missionar, der dem König häufig als Sekretär diente. Er lebte mit Frau und Schwägerin in emGungundlovu, und er war derjenige, der die Antwort des Königs auf Retiefs Schreiben zu Papier gebracht hatte.

Als nächstes bot Dingane seinen Gästen einen Ochsentanz dar, an dem nahezu zweihundert Tiere, allesamt ohne Hörner und von völlig einheitlichem Farbton, beteiligt waren. Die Tiere waren mit Zotteln aus Fell geschmückt, die ihnen von Kopf, Schultern und Hälsen baumelten.

Mit dieser Vorführung ging die erste Audienz zu Ende, die Dingane den Treckern gewährte. Sie waren von der Freundlichkeit des Königs beeindruckt und legten sich an jenem Abend mit hochgespannten Hoffnungen auf die Begründung einer dauerhaft gesicherten Beziehung zum Volk der Zulus schlafen. Nur einer von ihnen war nach den Ereignissen des Tages beunruhigt.

Christiaan konnte sich Jama nicht aus dem Kopf schlagen. Was machte er so weit im Norden? Wie kam es, daß er Zulu-Gewänder trug und seinen Platz unter den Ältesten hatte? Eines stand fest: Einmal hatte Jama ihn im Stich gelassen und verraten. Ein zweites Mal würde das Christiaan nicht passieren.

* * *

Am nächsten Tag ging Dinganes Unterhaltungsprogramm für seine Gäste weiter. Jetzt waren die etwas reiferen Krieger mit einer Tanzdarbietung an der Reihe, die ebenfalls zu einem beeindruckenden Schauspiel geriet. Am dritten Tag traten erneut die jüngeren Krieger auf und demonstrierten bei militärischen Übungen ihre Geschicklichkeit und Schlagkraft. Stolz wies Dingane auf die große Menge von Männerkörpern, die auf dem Schauplatz herumwirbelten, und rief aus: „Und dies ist noch das kleinste meiner Regimenter!“

Der Tag war heiß und schwül. Nach kurzer Zeit schon waren die Körper der Tänzer schweißüberströmt. Mit einem Pfeifton wurde ein Schaukampf eingeleitet, der sich zu einem mächtigen Getümmel steigerte und schließlich in einer Art Siegestanz endete, zu dem die Akteure in einem engen Halbkreis Aufstellung nahmen. Zuweilen stimmte der König selbst die Lieder an, die gesungen wurden.

Nach dieser Vorführung zeigte Dingane den Treckern seine Rinderherde mit einer Kopfzahl von 2424. Alle Tiere sahen gleich aus: Ihr Fell war rötlich mit weißen Flecken auf dem Rücken. Und wieder betonte Dingane, dies sei seine *kleinste* Ochsenherde.

Dann endlich zeigte sich der König ernsthafteren Geschäften zugänglich. Bei den Unterredungen fungierte Pfarrer Owen als königlicher Sekretär – nebst Jama, was Christiaan nicht wenig verdroß.

Retief trug seinen Antrag vor, und nach langen Debatten, in denen es um gemeinsame Feinde ging, gab der König zu erkennen, daß er willens sei, den Zuwanderern Land im Norden, Süden und Westen Port Natals zu überlassen. Mit kaum gezügelter Begeisterung erzählte daraufhin Retief dem König, warum sie die Kolonie verlassen hätten und jetzt Land brauchten, in dem sie sich niederlassen und ausbreiten konnten. Gerade das Natal-Gebiet, von dem Dingane gesprochen habe, sei ideal für ihre Bedürfnisse.

Seite an Seite mit Retief verließ Christiaan Dinganes Kral, als sich ihnen Pfarrer Owen näherte. Er riet Retief, seine Erwartungen nicht allzu hoch zu schrauben, denn der König sei außerordentlich unbeständig in seinen Entscheidungen. Dasselbe Territorium, das er heute den Buren zugesprochen habe, habe er bereits einmal der britischen Regierung übereignet, die es aber nicht in Besitz nehmen wollte.

„Verstehen Sie bitte, daß wir nicht gewillt sind, unter englischer Hoheit zu leben", sagte Retief mit Nachdruck, „aber ebensowenig werden wir dieses Land mit Gewalt einnehmen."

„Es könnte noch ein anderes Problem auf uns zukommen", sagte Christiaan zu Retief, „nämlich in Gestalt des anderen Zulu, der bei dem Gespräch anwesend war."

„Du meinst den, der stumm war wie ein Fisch?"

Christiaan nickte. „Das war Jama."

„Dein Freund? Was macht der denn hier?"

„Keine Ahnung", erwiderte Christiaan. „Aber ich bin überzeugt, daß wir von ihm nicht erwarten dürfen, daß er unserem Anliegen positiv gegenübersteht."

„Verstehe", sagte Retief. Er dachte eine Weile nach und fuhr dann fort: „Aber solange er sich uns weder direkt noch indirekt entgegenstellt, kann ich darin kein Problem erkennen. Warten wir ab und schauen, was geschieht. Und so lange erzähl bitte sonst niemandem davon."

Die Heimkehr der Abordnung ins Lager gestaltete sich triumphal; immerhin brachten die Männer eine mündliche Landzusage mit und würden nach einigen Tagen erneut Dingane aufsuchen, um sich diese schriftlich geben zu lassen. Überschwenglich berichtete Retief von ihrem Besuch, indem er mit allen Details Dinganes Pomp und Prunk, seine Freundlichkeit und Gastfreiheit schilderte. Am Abend feierte das ganze Lager ein rauschendes Fest. Nur noch ein einziger Schritt trennte die Trecker von der Erfüllung ihres Traums.

Nur Christiaan hegte nach wie vor Zweifel, was ihre Zukunft anbetraf. Er würde sich erst freuen können, wenn er in Erfahrung gebracht hatte, welche Rolle Jama bei den Zulus spielte.

* * *

Als Conraad starb, starb auch ein Teil von Sina. Auch wenn sie sich selbst nicht verstand, gab sie sich den Gefühlen hin, die sie nun einmal hatte. Nicht daß sie und Conraad einander versprochen gewesen wären. Niemals hatte er ihr offen den Hof gemacht. Und erst einige Tage bevor er starb, hatte Sina angefangen, ihn auf eine Weise zu betrachten, die man entfernt romantisch nennen konnte.

Vielleicht hing alles irgendwie mit der Tragik seines Todes zusammen. Oder damit, daß sie so viele Jahre Nachbarn gewesen waren. Jedenfalls konnte sie an nichts anderes mehr denken als an Conraad, den Conraad der letzten paar Monate: den tapferen Conraad. Den noblen Conraad. Den empfindsamen Conraad. Den Conraad, der sie gemocht und zu dem sie sich hingezogen gefühlt hatte.

Es mochte aber auch sein, daß ihre tiefe Betrübtheit gar nichts mit Conraad zu tun hatte. Vielleicht fühlte sie sich ja deshalb so, weil sie Jahre ihres Lebens damit verschwendet hatte, sich nach einem Wunschbild von Henry zu verzehren, das doch nichts anderes war als ein Produkt ihrer eigenen Gedanken. Sie fühlte sich so grenzenlos allein – als würde niemand sie wollen, als hätte sie keine Zukunft mehr. Hier waren sie nun, vor den Toren ihres verheißenen Landes, aber was sollte ihr ein Land versprechen, in dem sie niemanden hatte, mit dem sie ihr Leben teilen konnte?

Sina ertappte sich dabei, daß sie Abstand suchte von den Feiern, die die Rückkehr der Retiefschen Abordnung ausgelöst hatte. Ohne darauf zu achten, wohin sie ging, schlenderte sie mutterseelenallein auf eine Gruppe von Felsbrocken zu. Die hoch aufragenden Drakensberge im Rücken und das grüne Tiefland von Natal vor sich, bückte sie sich, pflückte sich eine Feldblume und lehnte sich dann gegen einen Felsen. Der Himmel und die Landschaft prangten in so reichen Farben, daß es ein schreiender Kontrast zu der grauen Eintönigkeit in ihrem Inneren war.

Plötzlich knackte ein Zweig, und sie schrak auf.

„Karel!“ rief sie und griff sich an die Brust. „Du hast mich erschreckt!“

Auch er machte einen Satz, nachdem er anscheinend Sinas Gegenwart überhaupt nicht bemerkt hatte, bis sie ihn ansprach. Er war mit gesenktem Kopf vor sich hin spaziert und soeben aus einem kleinen Waldstück herausgetreten.

„Warum bist du nicht bei der Feier?“ fragte er.
„Warum bist du nicht dort?“
Er kam mit langsamen Schritten zu ihr herüber und ließ sich aufseufzend neben ihr gegen den Felsen fallen. Mit gesenktem Kopf machte er mehrmals den Mund auf und wieder zu, bevor er endlich zu sprechen vermochte. „Ich hab' Deborah verloren.“
„Das klingt so endgültig“, sagte Sina. „Hat denn ihr Vater ...“
„Für mich ist es endgültig, und ihr Vater hat damit gar nichts zu tun.“ Er sah zur Seite und kämpfte gegen die Tränen.
Sina ließ ihm Zeit. Sie kannte Karel: Er würde ihr alles erzählen, sobald er dazu in der Lage war.
Gegen die Tränen kämpfend sagte Karel: „Deborah ist ...“ Er wandte sich ab, schneuzte sich und nahm einen neuen Anlauf. „Deborah ist in anderen Umständen.“
„Karel! Das kann doch nicht ... Es tut mir so leid.“ Nicht eine Sekunde dachte sie, er sei der Vater des Kindes.
Er hatte nach wie vor mit Tränen zu kämpfen. Sina hatte erwartet, es werde ihm bessergehen, nachdem er herausgebracht hatte, was zu sagen war. Und jetzt war das Schlimmste gesagt – oder etwa nicht?
„Der Vater ...“, preßte Karel mit zusammengebissenen Zähnen hervor, „der Vater ist Henry Klyn.“
Das war für Sina wie ein Fausthieb in die Magengrube. Es verschlug ihr die Worte, aber zugleich fragte sie sich, wieso sie eigentlich überrascht war. Sie dachte an eine einsame Lichtung neben einem plätschernden Bach. Sie war nicht die einzige gewesen, die Henry dorthin gelockt hatte.
„Du mußt dich scheußlich fühlen!“ flüsterte sie voller Mitleid und legte ihm tröstend die Hand auf die Schulter.
Lange Zeit schwiegen sie. Zwischen zwei Menschen, die sich so lange kannten wie sie beide, bedurfte es keiner Worte. Jeder von ihnen konnte dem anderen Raum lassen, mit seiner eigenen Trauer fertigzuwerden, und jedem war die Nähe des anteilnehmenden Freundes Trost.
„Und du?“ brachte er schließlich hervor. „Warum bist du nicht bei der Feier?“
„Ich kann Conraad nicht vergessen.“
Karel nickte verständnisvoll.
Sina drehte die Feldblume zwischen ihren Fingern.
Er sah geistesabwesend zu Boden. „Irgendwie endet's immer bei uns beiden, findest du nicht?“

Sie sah ihn von der Seite an und lächelte. „Fast wie in alten Zeiten auf dem Hügel beim Haus."

„Da haben wir auch 'ne Menge Zeit miteinander verbracht."

„Eine Menge Zeit", sagte sie mit warmer Stimme. „Eine Menge Erinnerungen."

„Und ein Kuß."

Sina lachte und stieß ihn spielerisch in die Seite. „Das mußtest du natürlich aufs Tapet bringen – wußt' ich's doch!"

Schweigend lächelten sie sich an, während sie in Gedanken noch einmal durchlebten, was damals gewesen war.

„Du warst immer für mich da", sagte Sina. „Selbst als ich mich mit Henry zur Närrin machte, warst du für mich da. Weißt du noch, beim *Nachmaal*? Wie du mich und Henry davon abgehalten hast, in den Pfirsichgarten zu gehen? Mann, war ich wütend auf dich!"

„Wütend?"

„Wir wollten doch nur reden!" ereiferte sich Sina. Dann aber zog sie in Betracht, was seither geschehen war, und fügte leise hinzu: „Jedenfalls *ich* wollte das."

Das Thema Henry und der Pfirsichhain erinnerte sie schmerzlich an die jüngsten Ereignisse um Deborah und unterdrückte die aufkommende Heiterkeit.

„Na ja, wie auch immer", sagte Sina, „danke, daß du mich beschützt hast."

Karel zuckte die Schultern. „Du hast mich ja auch nie aufgegeben, obwohl du Deborah haßt."

„Ich hasse Deborah nicht!"

Herausfordernd sah Karel sie von der Seite an.

„Ich hasse sie nicht", wiederholte Sina. „Ich kann sie nur nicht besonders gut leiden. Ich möchte sie nicht als beste Freundin haben."

„Du kannst ihre Art nicht ab."

„Stimmt."

„Und ihre Kleider."

„Auch richtig. Und die Art, wie sie dich behandelt, kann ich auch nicht ertragen", fügte Sina hinzu.

„Aber hassen tust du sie nicht."

„Richtig, das nicht."

Karel grinste gequält. „Na ja, jetzt macht das ja wohl auch keinen Unterschied mehr."

„Nee, tut es wohl nicht."

Karel wandte ihr das Gesicht zu und sagte: „Weißt du, wie sehr mich das gestört hat?"

„Was? Daß ich Deborah nicht leiden konnte?"

„Daß du sie haßtest", stellte Karel richtig. Diesen verbalen Hieb konnte er sich offenkundig nicht verkneifen.

Sina ließ ihn lächelnd an sich abprallen. „Wieso hat dich das gestört?"

„Weil ich immer hoffte, die Frau, die ich mal heirate, würde dich mögen. Ich hab' mir immer vorgestellt, daß du und sie die besten Freundinnen wären ... na ja, und daß wir vier, ich und meine Frau und du und dein Mann, häufig zusammenkommen, vielleicht sogar benachbarte Höfe betreiben würden."

„Was für eine nette Idee, Karel. Ich muß zugeben, so weit hab' ich mir das nie ausgemalt, aber eins steht fest: Mir wär's immer wichtig gewesen, daß du mit dem Mann einverstanden bist, den ich heirate."

Mit dem Rest zögerte sie, entschied dann aber, daß das übrige auch nichts mehr schaden konnte, nun, da sie einmal im Gespräch miteinander waren. „Weißt du, das war eines der Dinge, durch die ich mich zu Conraad hingezogen fühlte. Du warst von ihm eingenommen. Deshalb mußte ich überdenken, was ich von ihm hielt; und was ich dann sah, gefiel mir sehr."

Ein warmes Lächeln stand in Karels Gesicht. „Ihr zwei wärt 'n schönes Paar gewesen."

„Und jetzt sind bloß noch wir beide übrig."

„Und jetzt sind bloß noch wir beide übrig", echote Karel.

Sina wandte ihm das Gesicht zu. „Du warst immer mein engster Freund."

„Umgekehrt war's genauso."

Karel streckte die Hand aus und legte sie an ihre Wange. Sie war warm und zärtlich.

Instinktiv schloß Sina die Augen. Sie erkannte, daß sie *nicht* allein war und es nie gewesen war. Karel war immer dagewesen. Beim Angriff der Xhosa war er von seinem Zuhause herübergekommen, um nachzusehen, ob sie wohlauf sei. Karel war es gewesen, der sie gefunden hatte, als sie ausgerissen war. Er hatte sie nach Hause zurückgebracht. Immer war Karel zur Stelle gewesen.

Sie machte die Augen wieder auf und berührte ihrerseits seine Wange mit der Hand. Jederzeit waren sie beide füreinander dagewesen, und so würde es immer bleiben. Sie konnte es in seinen Augen lesen: Liebe, die tiefer reichte als Verliebtheit. Die Art Liebe, die sich nicht zurückzieht, wenn man nicht einer Meinung ist. Die Art Liebe, die das, was für den anderen gut ist, über die eigenen Belange stellt. Von jeher hatte er sie so geliebt – immer.

Zart bewegte sich Karels Hand zu ihrem Hinterkopf. Mit sanftem Druck zog er sie an sich heran, und in wortloser Übereinstimmung fanden sich ihre Blicke.

Sie waren Freunde gewesen, solange sie zurückdenken konnten. Nein, mehr als Freunde. Und jetzt waren sie viel mehr als das. Sina hatte das Gefühl, daß es so genau richtig war. Natürlich.

Er schlang die Arme um sie, und sie fürchtete sich nicht. Im tiefsten Inneren wußte sie, daß Karel niemals etwas tun würde, das sie verletzen könnte. Es kam ihr vor, als seien ihr die Schuppen von den Augen gefallen, so daß sie jetzt – erst jetzt – sehen konnte, was doch offenkundig war: Schon immer war nur Karel der Richtige gewesen.

Seine Lippen suchten die ihren – zum zweitenmal in ihrem Leben.

32

Für seine zweite Visite in emGungundlovu rief Retief Freiwillige auf, die ihn begleiten sollten, und war enttäuscht, daß sich nur sechsundsechzig Mann meldeten, denn volles Vertrauen durfte man Dingane nicht schenken.

Christiaan war unter den Freiwilligen, ebenso wie Karel und Kootjie, die Christiaan aber flugs wieder von der Liste strich. Es kam nicht oft vor, daß er eisern auf seinem Willen bestand. In diesem Fall tat er es. Solange er nicht wußte, was Jama unter den Zulus zu suchen hatte, wollte er nicht, daß seine Angehörigen – zu denen er mittlerweile auch Karel zählte – sich allzuweit vom schützenden Lager entfernten. Sowohl Karel als auch Kootjie legten ärgerlich Widerspruch ein, aber Christiaan ließ sich nicht erweichen.

Unter Salutschüssen brachen sie auf.

Die Trecker hatten sich entschlossen, anläßlich dieses Besuchs ihrerseits ein paar Unterhaltungseinlagen zu bieten. Als sie sich dem Kral näherten, kündigten sie auf traditionelle Burenweise ihre Ankunft an: mit Salutschüssen. Scharenweise strömten die Zulus aus den Toren ihrer Hauptstadt, um sie willkommen zu heißen. Die Feierlichkeiten hoben auf der Stelle an, und der König gab den Befehl, daß eine Vorführung der Buren zu Pferde den Auftakt bilden sollte.

Ein in Prunkgewänder gehüllter, lächelnder Dingane sah interessiert zu, wie die Buren einen Schaukampf auf die Bühne brachten. Reitend attackierten sie sich gegenseitig, donnernd detonierten ihre Gewehrschüsse. Die staunenden Blicke der Zulus zeigten, daß sie derartiges nie zuvor gesehen hatten. Sobald sie den Schrecken überwunden hatten, in den sie die Knallerei anfangs versetzt hatte, zeigten sich die Eingeborenen begeistert. Für den Rest des Tages wurde die Zuluhauptstadt von Gesang und Tanz bestimmt.

* * *

In der Empfangshalle war es still geworden. Alles war von gespannter Erwartung erfüllt. Umringt von seinen Ratgebern, unter ihnen Jama, saß Dingane auf seinem Thron.

Vor dem König stand Piet Retief und beantwortete dessen Fragen, dieselben Fragen, die auch schon bei der ersten Audienz gestellt worden waren: Wieso die Buren auf Treck seien; welche Absichten sie in Natal verfolgten; wieso sich sich nicht mit dem Land jenseits der Drakensberge zufriedengäben und wie und warum sie Mzilikazi geschlagen hätten.

Geduldig stand Retief Rede und Antwort. Er erinnerte den König daran, daß die Buren sich in Natal niederzulassen wünschten, weil das Land schön und fruchtbar sei, und daß der König ihnen bei ihrem vorigen Besuch Land versprochen habe.

Zur allseitigen Erleichterung nickte der König zustimmend, und ein Dokument wurde aufgesetzt.

Christiaan sah auf und bemerkte, daß Jama ihn anstarrte. Seine Augen waren weder freundlich noch unfreundlich, sondern neutral – aber sie starrten ihn an. Was sollte er davon halten – war es ein Zeichen? Eine Warnung? Eine Drohung? Christiaan wußte es nicht.

Allen Menschen sei kund, daß Dingane, König der Zulus, hierdurch versichert und erklärt, daß Er willens ist, Pieter Retief und seinen Landsleuten den Ort, so Port Natal genannt wird, samt allem umliegenden Land, als da wären die Landstriche vom Tugela bis hin zum Umzimvubuflusse, alles westwärts der See Gelegene und alles gen Norden, soweit es diese Männer als ihren Zwecken nützlich erachten, zum ewigen Besitz zu übereignen.

Wort für Wort wurde das Abkommen Dingane übersetzt, und der König erklärte seine Zustimmung und unterzeichnete unter Zeugenschaft von drei Buren. Darauf wurde das Dokument Retief überreicht, der es dankbar entgegennahm.

Christiaan konnte nicht anders – er mußte über Retiefs Freude lächeln. Es war ein großer Augenblick für den Burenführer: Ein Traum wurde wahr. Die anderen Trecker teilten seine erhabenen Gefühle.

Erneut traf Jamas Blick den von Christiaan. Und wiederum tat der Zulu nichts außer herüberzustarren. Sein Starren war beunruhigend und unnatürlich.

Den Rest des Tages verbrachten sie zur Feier des Vertragsabschlusses wiederum mit allerlei Zerstreuungen. Dingane erging sich inmitten seiner riesigen Gefolgschaft. Überall wimmelte es von Kriegern, Günstlingen, Würdenträgern, Speichelleckern und Hofnarren. Endlos zogen sich die Schaukämpfe und Kriegsspiele hin; angetreten nach den Farben ihrer Schilde präsentierte sich Schar um Schar. Unter dem rhythmischen Stampfen tausender Füße schien die Erde zu erzittern.

Von glänzenden Leibern troff der Schweiß. Farbenprächtig wirbelten Federn und Tierhäute. Diesmal waren weitaus mehr Zulu-Krieger anwesend als bei ihrem ersten Besuch. Weitaus mehr.

Zur Nachtstunde fielen die Buren in ihren Zelten vollkommen erledigt auf ihr Lager. Christiaan fand dennoch nur leichten Schlaf, in dem er fortwährend Jamas starr blickende Augen vor sich sah.

Am nächsten Morgen konnten Retiefs Leute es kaum erwarten, die Zelte abzubrechen und nach Hause zurückzukehren, aber Dingane lud sie zu einer letzten Abschiedsdarbietung ein. Inzwischen hatten sie an derlei Vorstellungen keinen großen Bedarf mehr, fügten sich jedoch, da sie sich sowieso noch vom König verabschieden mußten. Wie die vorigen Male ließen sie ihre Waffen und Pferde mit ein paar Dienern außerhalb des Krals zurück.

Sie wurden von der Menge lauthals willkommen geheißen, und Dingane begrüßte sie. Die Männer nahmen auf Sitzmatten Platz und wurden mit Milch und Sorghumbier bedient. Die Halle war erfüllt vom fröhlichen Gesang der Krieger.

Retief beugte sich zu Christiaan herüber. Er mußte rufen, um sich verständlich machen zu können. „Hast du mit Jama gesprochen?"

Christiaan schüttelte den Kopf. „Wir haben Blicke gewechselt, nicht mehr." Ihm lag auf der Zunge, etwas über das ungute Gefühl zu sagen, das diese Blicke bei ihm ausgelöst hatten, fand es aber unangebracht, im Augenblick der Feier ihres Erfolges, was den Vertrag mit Dingane anbetraf, seine Befürchtungen zur Sprache zu bringen.

„Hast du ihn heute schon gesehen?" rief Retief.

Christiaan schüttelte den Kopf.

„Wenn du ihn siehst, laß es mich wissen. Dann werd' ich Dingane bitten, ihn herbeizurufen."

Christiaan nickte zwar zustimmend, aber in Wirklichkeit gefiel es ihm nicht, in dieser Umgebung und zu diesem Zeitpunkt mit Jama zusammenzutreffen.

Allmählich schufen die aggressive Musik und das Trommeln eine fiebrige, irgendwie bedrohliche Atmosphäre, in der sich die Buren, die inmitten des Geschehens kauerten, absolut nicht wohl fühlten. Schilde schepperten, Körper wanden und drehten sich schneller und schneller, während die Musik unaufhörlich an Lautstärke zunahm.

Doch plötzlich blieb Dingane taumelnd stehen, und alle taten es ihm gleich. An die Stelle von Musik und Bewegung trat eine erwartungsvolle, unangenehme Stille.

„Babulaleni abathakathi!" befahl Dingane, „bringt die Hexer um!"

Bevor auch nur ein Mann aufspringen konnte, stürzten sich die Krieger auf Retief und seine Gefolgschaft. Unzählige Hände reckten sich Christiaan entgegen, packten ihn, rissen ihn von den Füßen und hoben ihn in die Luft. Vergeblich versuchte er sich zu wehren – sie waren zu viele.

Einer nach dem anderen wurden die Männer vor den König geschleppt.

Auch Christiaan erging es so: Hilflos, ohne daß seine Füße den Boden berührten, fand er sich vor Dingane geschleift, und die gelblichen, blutunterlaufenen Augen des Königs musterten ihn ohne Mitleid. Dann wurde er zusammen mit den anderen hinausgezerrt, dem Hügel zu, auf dem Dingane Exekutionen durchführen ließ.

Christiaan hörte die Schreie und Gebete der Buren, vermischt mit dem Brüllen und Zischen derer, die sich ihrer bemächtigt hatten. Jeder seiner Kameraden wußte, daß es mit ihm zu Ende ging.

Er dachte an Johanna, Sina und Kootjie. Betete für sie. Plötzlich überkam ihn ein Gefühl grenzenloser Dankbarkeit. Es war eine erstaunlich starke Empfindung, die er sich nur damit erklären konnte, daß ein Mann, der zu seiner Hinrichtung geführt wurde, wahrscheinlich eine Art euphorisches Finale seines Lebens durchmachte. Er war dankbar, daß er Kootjie und Karel davon abgehalten hatte, ihn zu begleiten. Und er verspürte Frieden über seiner Entscheidung, das Wohl seiner Familie in die Hände Karels zu legen, bevor er aus dem Lager geritten war. Karel war ein guter Mann. Christiaan tat nur leid, daß Karel und Sina einander immer noch nicht gefunden hatten.

Als nächstes dachte er an Jama. Oloff Klyn hatte, was ihn betraf, die ganze Zeit recht gehabt, genau wie jetzt auch Pfeffer. *Diesen Leuten kann man nicht trauen* – das hatten er und Retief viel zu spät begriffen. Vielleicht würde sein Tod Kootjie und Karel davor bewahren, denselben Fehler zu begehen.

Seine Hände wurden nach hinten gerissen und mit ledernen Riemen gefesselt. „Jetzt ist es aus mit uns – aus!" schluchzte einer der Buren.

Auf dem Hinrichtungshügel angekommen, mußte Christiaan mit ansehen, wie einer nach dem anderen seiner Freunde und Treckkameraden zu Tode geprügelt wurde.

Einen Augenaufschlag bevor es auch ihn traf, sah Piet Retief zu Christiaan herüber. Er war an den Handgelenken gefesselt, und neben ihm auf dem Boden lag in einer Lederhülle der unterzeichnete Vertrag. Ihre Augen begegneten sich – die Augen zweier Männer, die aus demselben Holz geschnitzt waren. Die Frieden wollten und dafür den Tod ernteten.

Mit einem Knacken stürzte Retief zu Boden. Man hatte ihm die Schädeldecke eingeschlagen.

„Wir sind erledigt! Wir sind erledigt!“ Dem Buren, der das immer und immer wieder rief, war es irgendwie gelungen, auf seine Füße zu kommen. Plötzlich vermochte er die Krieger, die ihn festhielten, abzuschütteln. Er rannte den Hang des Hügels hinab.

Das war die Gelegenheit! Christiaan vergeudete keine Sekunde. Jetzt mußte er sich befreien!

Paff!

Der Schlag hatte ihn vierkant auf den Kopf getroffen. Ein weißer Blitz löschte alles aus. Der Schmerz war unerträglich. Schon der Versuch, die Augen aufzuklappen, wurde von Qualen begleitet. Er sah nichts als verschwommene Bilder und fühlte, wie er rückwärts gezerrt und irgend etwas über ihn geworfen wurde. Dann wurde alles schwarz, und alle Lebenskraft floh aus seinen Gliedern. Seine Gedanken und Erinnerungen wurden düsterer und düsterer, bis er endlich in Bewußtlosigkeit versank.

Das letzte, was Christiaan sah, waren ein paar Augen. Vertraute Augen, die ihn anstarrten – dieselben Augen, die er in der Nacht im Traum gesehen hatte: Jamas Augen.

* * *

„Was ist das um Himmels willen für ein Aufruhr?“ sagte Johanna.

Sie steckte den Kopf aus dem Wagen und sah allenthalben wild umherrennende Leute. „Sina?“ rief sie. „Hast du eine Ahnung, was hier vor sich geht?“

In Sinas Hand schlenkerte ein Löffel – sie hatte einen Topf auf dem Feuer. „Ich kann nichts erkennen. Vielleicht sind sie mit dem Vertrag zurück!“

Adriaan döste in einem Stuhl unter der Zeltbahn, die vom Wagen aus gespannt war. An diesem Morgen war er noch mißgelaunter gewesen als üblich, so daß Johanna ihn auf keinen Fall aufwecken wollte. Was sie störte, war die Vielzahl der herumrennenden Leute. Wären es nur ein paar gewesen, so hätte sie in aller Ruhe Sina losgeschickt, um den Grund der Unruhe in Erfahrung zu bringen.

Kootjie kam angelaufen. „Wieso rennt hier alle Welt durch die Gegend? Werden wir angegriffen?“

„Hilf mir vom Wagen runter“, antwortete Johanna, „dann werden wir sehen. Vielleicht ist dein Vater zurückgekommen.“

Johanna, Sina und Kootjie waren ungefähr eine Wagenlänge weit gekommen, als Karel auf sie zugerannt kam. Er hielt sie mit ausgebreiteten Armen an. Seine Augen sahen gehetzt aus.

„Karel, was ist los?“ schrie Sina.

„Laßt uns alle zum Wagen zurückgehen“, sagte er mit brechender Stimme. Selbst dieser kurze Satz bereitete ihm fast übermenschliche Mühe.

Johanna sah hinter ihn, wo alles sich um einen einzigen Mann sammelte. Es war einer von Retiefs Dienern, der, der so gut mit den Pferden umzugehen verstand. Frauen wehklagten, Kinder heulten. Ihr kam eine erste Ahnung, und es lief ihr eiskalt den Rücken hinunter.

„Karel ...“, sagte sie. Sie fing an, sich die Wahrheit zusammenzureimen.

Schluckend antwortete er: „Sie sind tot – alle: Retief, *Mynheer* van der Kemp ... Alle von den Zulus umgebracht.“

33

Stechender Schmerz – pochend, unerträglich.

Tote haben keine Schmerzen. Er aber konnte sich selbst stöhnen hören, obwohl er nicht spürte, wie seine Kehle die Laute formte. Die Schmerzen in seinem Kopf löschten alle anderen Empfindungen aus.

Die Erfahrung des Todes war ganz und gar nicht so, wie er sie sich vorgestellt hatte.

Verklebte Lider rissen auf – düstere Bilder. Verschwommen. Ein Flakkern zog seine Aufmerksamkeit an: orangefarbenes Leuchten vor einem Hintergrund, der wie ein Dach aus Schilf aussah. Da – eine Bewegung, eine schwarze Gestalt: Geister! Oder war es der Tod selbst?

Ein Gesicht trat ihm vor Augen. Kurzgeschnittenes Haar, breite Nase. Weiblich. Schwarze Haut. Gütige, keineswegs aber freundlich dreinschauende Augen.

„Wer ...", versuchte Christiaan zu sagen. Seine Kehle war ausgedörrt, die Zunge lag dick und trocken im Mund. Die Anstrengung verursachte ein heftiges Pochen hinter Schläfen und Augen.

Irgend etwas berührte warm und trocken seine Lippen und hinderte ihn am Weitersprechen.

Irgendwo in der Ferne ein Laut. Das Frauengesicht über ihm wandte sich ab. Dann war es fort. Stimmen – er hielt die Geräusche für Stimmen. Sie hörten sich an, als kämen sie aus großer Entfernung oder als sprächen sie unter Wasser – oder beides.

Ein anderes Gesicht. Diese Augen ... Er kannte diese Augen.

Christiaan wollte sich aufrichten und den Hals zudrücken, der zu diesen Augen gehörte: Jamas Hals.

„Laß ihn ... nicht ... braucht Ruhe." Verwaschene Wörter, mal laut, mal leise.

Christiaan wollte sich aufsetzen, aber ein paar Hände drückten ihn nieder.

Aggressive Hände. Dieselben Hände, die ihn hochgezerrt und vor diesen schwitzenden, gelbäugigen König geschleppt hatten. Er kämpfte, aber sie ergriffen ihn. Zogen ihn davon, schleiften ihn den Hügel hinauf. Befreien – er mußte sich befreien! *Paff!!!* Schädelknochen brachen. Männer weinten, beteten, flehten ... *Paff!!!* Weg hier! Hat keinen Zweck – zu viele. Weg ... zu viele. Ich muß ...

Stechender Schmerz – und dann kein Schmerz mehr, nur noch Schwärze.

* * *

Etwas Weiches berührte seine Lippen. Wasser prickelte auf seiner Zunge und rann seine Kehle hinab. Aus einem Reflex heraus schluckte er, verschluckte sich. Hustete. Mehr Wasser kam, und diesmal ging es leichter. Er spürte, wie sein Körper wieder in eine liegende Stellung kam.

Blinzelnd öffnete er die Augen – das Frauengesicht.

„Ruhen Sie sich jetzt aus“, sagte die Frau, und er tat es.

* * *

Es roch nach Essen, irgendeinem Eintopf. Außerdem war ein freundliches Summen zu hören. Er schaffte es, den Kopf zu drehen und die Augen zu öffnen. Es war die Frau, die in einem Topf rührte.

„Wo bin ich?“ sagte Christiaan heiser.

Sie sah ihn an und legte den Rührstock aus der Hand. Dann kam sie herüber, half ihm beim Aufsetzen und gab ihm einen Schluck Wasser.

Diesmal blieben seine Augen offen, als sie ihn wieder hinlegte.

„Ich heiße Thandi“, sagte sie, „und bin Jamas Frau.“

Zuerst dachte Christiaan, sie log. Jama hatte gar keine Frau. Doch dann war er überrascht.

„Du sprichst Afrikaans?“

„Ein bißchen. Ist notwendig, wenn man mit Händlern aus Durban zu tun hat. Und natürlich hat Jama mir etwas beigebracht.“

Sie ging weg, und als sie zurückkehrte, war Jama bei ihr – Jama, der Zulu. Er kniete neben Christiaan nieder.

„Wie geht's dir, alter Freund?“

„Du bist nicht mein Freund“, murmelte Christiaan.

Jama zeigte keine Reaktion, aber Thandi machte ein finsteres Gesicht.

„Schlaf jetzt“, sagte Jama. „Später reden wir.“ Damit ging er.

Thandi blieb einen Augenblick länger stehen und warf Christiaan erboste Blicke zu. Dann ging auch sie.

Christiaan schloß die Augen und versuchte sich darauf zu konzentrieren, daß er wieder zu Kräften kam. Um zu fliehen. Dann schlief er ein.

* * *

Als er das nächstemal erwachte, fand er Thandi über sich gebeugt. Sie starrte ihn an, jetzt nicht mehr allzu gütig. Bitter sagte sie: „Er hat unser aller Leben aufs Spiel gesetzt, um Sie zu retten."

„Das entschuldigt ihn auch nicht", sagte Christiaan. Er hatte Mühe, seine ausgetrocknete Zunge die Wörter formen zu lassen.

„Entschuldigen? Wofür müßte er sich entschuldigen?"

„Dafür, daß er zwei Generationen Familienleben den Rücken gekehrt hat, ohne auch nur auf Wiedersehen zu sagen. Daß er zum Feind übergelaufen ist und die Xhosa angeführt hat, als sie uns angriffen. Für seinen Anteil an dieser schwarzen Verschwörung wider jede Chance auf Frieden zwischen unseren Völkern durch den Mordanschlag auf einen der vertrauenswürdigsten Männer, den ich jemals gekannt habe."

„Jama hatte keinen Anteil an Dinganes Verrat!" schrie Thandi. „Und er hat auch nicht die Xhosa bei deren Überfall angeführt. Er konnte sie nicht davon abhalten, Ihr Haus zu zerstören. Aber als er Sie zu den Pfeffers flüchten sah, hat er alles darangesetzt, die Krieger von Pfeffers Hof wegzuführen, um Sie und Ihre Familie zu verschonen!"

Christiaans Blick war skeptisch, obwohl er überrascht war, daß sie von den Pfeffers wußte. „Zweifellos hat Jama dir einiges aus jenen Tagen erzählt", sagte er. „Aber du warst nicht dabei. Du hast nicht gesehen, was ich sah."

„Brauchte ich auch nicht. Ich kenne meinen Mann. Er hat mir die Wahrheit gesagt. Und wenn Sie ihn wirklich so gut kennen würden, wie Sie meinen, wüßten Sie, daß Jama keine Lügenmärchen erzählt."

Christiaan war noch nicht überzeugt.

„Ich frage Sie, schließlich waren Sie ja dabei und haben alles gesehen. Wurden alle Höfe rundum zerstört?" Mit verschränkten Armen verdeutlichte sie, daß sie nicht weitersprechen würde, bevor er antwortete.

„Jawohl, alle."

„Alle mit Ausnahme von ..."

„Pfeffers Hof", fiel Christiaan ihr ins Wort. „Aber woher weißt du, daß es Jama war, der dafür sorgte, daß dieser Hof verschont blieb?"

„Sie meinen, es war Zufall?" rief Thandi aus. „Dabei war es die Sache mit dem Pfeffer-Hof, die Jama zwang, die Xhosa zu verlassen! Die Xhosa-Führer deckten sein Täuschungsmanöver auf und versuchten ihn zu töten. Bevor sie die Hinrichtung durchführen konnten, ist er entwichen und nach Norden gewandert. Hier in dieser Hütte fand seine Reise ein Ende."

Christiaan schloß die Augen. Das Nachdenken tat weh. Aber die geschlossenen Lider vermochten den leidenschaftlichen Klang von Thandis Stimme nicht auszulöschen.

„Sie haben den größten Teil Ihres Lebens mit diesem Mann verbracht", sagte sie. „Jetzt sagen Sie mir: Ist der Mann, mit dem Sie Ihr Leben geteilt haben, fähig, die Dinge zu tun, derer Sie ihn beschuldigen? Oder ist es nicht viel wahrscheinlicher, daß er so handelte, wie ich es beschrieben habe?"

Christiaan kniff die Augen noch fester zu und rieb sich die Lider. „Ich weiß es nicht", sagte er. „Er hat sich verändert."

„Nein, das hat er nicht", widersprach Thandi. „Er ist immer noch derselbe. Ich will Ihnen von meinem Jama erzählen. Mein Jama hat sein Leben riskiert, um ein Kind aus dem Rachen eines Löwen zu retten. Mein Jama hat dem König zugeraten, ein Friedensabkommen mit den Buren zu schließen. Und als Dingane, der seit jeher von einem Tag auf den anderen seine Meinung ändert, ankündigte, daß er die Buren töten lassen würde, da war es mein Jama, der – wissend, daß er nicht die ganze Gruppe retten konnte – auf einen Weg sann, wenigstens seinem Freund das Leben zu retten."

Ihre Stimme zitterte vor Erregung. „Als die Krieger über euch herfielen, hielt er sich in der Nähe, und als sie Sie auf den Hinrichtungshügel hochschleppten, war er direkt hinter Ihnen. Während die anderen abgeschlachtet wurden, wartete er und betete um die allerkleinste Ablenkung, irgend etwas, was die Aufmerksamkeit von Ihnen abziehen würde. Als dieser Moment kam, war er es, der Ihnen eins über den Kopf zog. Hätte es irgend jemand anders getan, so wäre Ihr Schädel zerschmettert worden. Dann hat er Ihnen inmitten des Tumults mit Hilfe meines Vaters eine Decke übergeworfen und Sie weggeschleppt. Die beiden haben Sie in diese Hütte gebracht."

Christiaan machte die Augen auf und sah Thandi an. In ihren Augen glitzerten Tränen – Tränen der Furcht.

„Indem er Sie rettete, hat Jama nicht nur sich selbst in Gefahr gebracht, sondern uns alle in dieser Hütte. Wenn man ihm auf die Schliche kommt, wird Dingane uns alle pfählen lassen. Und jetzt mal ehrlich, *Mynheer* van der Kemp: Was klingt mehr nach dem Jama, den Sie so viele Jahre kennen?"

Jama trat hinter sie. „Solch eine glühende Verteidigungsrede von einer so hübschen Frau", sagte er.

Thandi stand auf, und er nahm sie liebevoll in den Arm.

Christiaan hatte seine Mühe damit, Jama in Zulugewändern zu sehen, überhaupt jetzt nach dem Massaker. Doch wenn er durch den Aufzug und Zierat des Mannes hindurch ihn selbst ansah, wenn er ihm in die Augen schaute, in denen sich seine Seele spiegelte, dann erblickte er den alten Jama – den, den er viele Jahre hindurch bewundert und geliebt hatte.

Es tat ihm in der Seele weh, als er die Hand ausstreckte und sagte: „Verzeih mir, alter Freund. Ich hab' dir Unrecht getan und mich wie ein Trottel benommen."

* * *

Während Thandi sich um die Hühner kümmerte, saß Jama neben Christiaan auf dem Boden.

„Du hast noch nie so glücklich ausgesehen", sagte Christiaan.

„Ich bin noch nie so glücklich gewesen", erwiderte Jama, beeilte sich aber hinzuzufügen: „Das soll natürlich nicht heißen, daß ich nicht auch damals, wie wir zusammen ..."

Christiaan schnitt ihm mit erhobener Hand das Wort ab und sagte lächelnd: „Du mußt es nicht erklären." Die Augen zum Eingang der Hütte gewandt, fuhr er fort: „Sie liebt dich sehr."

„Und ich sie."

Christiaan gab sich Mühe, in eine sitzende Position zu kommen, besser gesagt, sich gerade so weit aufzurichten, daß er seinen Oberkörper mit den Ellenbogen abstützen konnte. Dabei wich ihm das Blut aus dem Kopf, und für einen Moment hatte er einen weißlichen Nebel vor Augen. Doch dann konnte er wieder sehen, und die Dinge gewannen ihre Farben zurück. „Ich befürchte allerdings, von mir hält sie nicht allzuviel", sagte er. „Ich hab' mich ja auch nicht gerade wie ein dankbarer Gast aufgeführt."

Diesmal war es Jama, der einen prüfenden Blick auf den Hütteneingang warf, um festzustellen, ob Thandi im Anmarsch war, bevor er sprach. „Es ist nicht so, daß sie dich als Person nicht leiden kann", sagte er, „es ist wegen des Risikos, das dein Hiersein mit sich bringt. Das hat ja nichts mit dir persönlich zu tun, aber sollte irgend jemand spitzkriegen, daß du hier gewesen bist ..."

Christiaan nickte. „Ich bin schon so gut wie weg."

Jetzt hob Jama die Hand und sagte: „Erst wenn du wirklich wiederhergestellt bist." Dann brachte er seinen vorigen Gedanken zu Ende. „Sie hat keine Angst vor dir, sondern vor den Buren insgesamt. Davor, daß der ganze Treck hierherkommt."

„Wir sind hergekommen, weil wir ein friedliches Miteinander wollten!" rief Christiaan so laut, daß es in seinem Kopf zu pochen anfing.

Jama nickte, wies auf Christiaan und sagte: „Du bist mit friedlichen Absichten gekommen, und ich glaube auch, daß *Mynheer* Retief ein Mann von gutem Charakter war, der ernsthaft Frieden wollte. Aber was ist mit *Mynheer* Klyn und seinesgleichen? Glaubst du, daß es ihm auch um Frieden zu tun ist?"

Christiaan sann über Jamas Worte nach. „Ja, und Pfeffer jetzt auch, und sogar Kootjie in gewissem Maß", dachte er laut. „Sogar ich selber war ja ..." Er brach den Satz mittendrin ab. Ihn zu vollenden war nicht nötig.

„Auch unter den Zulus gibt es Männer wie Klyn – genauso leidenschaftlich und genausosehr im Irrtum. Mach dir klar, was euer Auftauchen für Dingane bedeutet hat: Er fürchtet euch. Shaka hat ihn vor eurem Kommen gewarnt mit den Worten, es werde das Ende des Zuluvolkes einläuten. Dingane weiß, mit welcher Leichtigkeit ihr die Armee von Mzilikazi geschlagen habt. Eine Schlacht gegen Reiter und Feuerwaffen können wir nicht gewinnen! Allein eure Anwesenheit bedroht uns. Also hat Dingane den Schluß gezogen, er müsse euch töten, bevor ihr uns tötet."

Christiaan legte sich wieder flach auf seine Matte. „Es gibt nicht genug von uns, oder? Männer wie dich und Retief, meine ich."

„Es gibt mehr von uns, als du denkst. Aber der Haß ist stark, und ein einziger Mann voller Haß kann etliche um sich herum vergiften. Und was Thandi angeht", erneuter prüfender Blick Richtung Tür, „so ist sie eine gute Frau. Sie hat genauso lange auf mich gewartet, wie ich auf eine Frau wie sie gewartet habe. Und jetzt werden wir bald Eltern sein!"

Christiaan lächelte so breit, daß es ihm weh tat. „Das ist wunderbar zu hören!"

„Aber jetzt", fuhr Jama fort, „hat sie Angst, daß ihr alles, worauf sie gewartet und wonach sie sich ihr Leben lang gesehnt hat, wieder entrissen wird." Mit ernster Stimme fügte er hinzu: „Und sie ist eine Frau von Verstand, Christiaan – ich fürchte, sie hat recht."

Da war noch etwas mehr, was Jama loswerden mußte. Christiaan hatte viel zu viele Jahre mit dem Mann verbracht, um nicht zu merken, daß eine schlechte Nachricht in der Luft lag.

Jama räusperte sich. „Dingane wird morgen früh das Burenlager angreifen. Die Truppen sind schon unterwegs."

„Wir müssen sie warnen!"

„Zu spät. Zulukrieger sind sehr flink in ihrer Fortbewegung."

„Pferde! Was ist mit den Pferden?"

Jama überlegte einen Moment. „Wenn alle Krieger ausgerückt sind, wär' es vielleicht eine Möglichkeit ..."

„Nein!" rief Thandi vom Eingang her. „Es ist zu riskant!"

Jama stand auf und ging zu ihr. „Es ist die einzige Möglichkeit. Und ich werde ihn nicht allein reiten lassen."

„Nein!" schrie sie.

„Er kann eigentlich noch nicht reiten in seinem Zustand", sagte Jama. „Wenn ich nicht mitgehe, schafft er es niemals."

„Nein!" schrie Thandi noch einmal. „Wieso willst du deine Frau im Stich lassen, um einem Buren beizustehen?"

„Er ist mein Freund", sagte Jama leise. „Wenn ich's nicht tue, bin ich nicht besser als Dingane oder *Mynheer* Klyn und wie sie alle heißen mögen."

Christiaan bezwang sich aufzustehen. Es gelang nicht in einem Zug. Er mußte sich immer wieder an der Wand der Hütte festklammern. Aber er schaffte es schließlich doch, hochzukommen und zum Ausgang der Hütte zu schlurfen. In Thandis Augen blitzte der Zorn, als er an ihr vorbeikam.

„Ich warte draußen", sagte er.

Das letzte, was er von Thandi sah, war, daß sie Jama umklammerte, als würde sie ihn nie mehr wiedersehen.

34

Sina schmiegte sich an Karel. Ihr Kopf lag auf seiner Schulter. Er sah auf sie herab: auf die weiche Haut ihrer Wange, die schöne Form ihrer Nase, die wuscheligen Haarsträhnen an ihrer Schläfe. Dann wandte er seine Aufmerksamkeit wieder der welligen Landschaft zu, die sich vor dem Platz, an dem er Wache stand, ins Endlose zu erstrecken schien. Die Nacht war fast vorbei, es wurde schon hell.

Sie wußten, daß sie mit einem Angriff zu rechnen hatten. Was sie nicht wußten, war der Zeitpunkt. Karel ging davon aus, daß sie nachts anrücken würden, um die Dunkelheit zu ihrem Vorteil auszunutzen. In der vergangenen Nacht war es sehr neblig gewesen – ein Umstand, der einen Zulu-Angriff noch zusätzlich hätte begünstigen können. Doch als jetzt die Sonne über den Horizont stieg, zeigte sich, daß er verkehrt gelegen hatte. Der Angriff war nicht gekommen. Dennoch war Karel sicher, daß die Zulus irgendwo da draußen waren. Es gab hunderte Mulden, in denen sie sich verstecken konnten.

In Erwartung des Angriffs hatten die Buren ihre Fahrzeuge wieder einmal zu der nun schon gewohnten Wagenburg formiert, also die Wagen ringförmig so dicht wie möglich aneinandergeschoben, unvermeidliche Zwischenräume und den Bereich unter den Wagenböden mit Dornsträuchern abgedichtet und nur zwei Toröffnungen gelassen, die jeweils so eng waren, daß nur ein einziger Reiter zur Zeit hindurch konnte. Diesmal kam eine Neuerung hinzu: zwei Kanonen, die sie dahin ausgerichtet hatten, woher der Überfall kommen mußte. Zudem verbesserte die geographische Position des Lagers ihre Ausgangslage für den Kampf: Es war am Fuß eines Steilhangs errichtet, der ihnen den Rücken freihielt. Obendrein war eine Flanke des Lagers durch einen Flußlauf geschützt, dessen Grund man mit dem langen Griff einer Ochsenpeitsche nicht erreichen konnte. Er war also zu tief zum Durchwaten.

Und am Vorabend hatten sie einen Gottesdienst gefeiert: mit Gebeten, Psalmgesängen und einer Predigt. Sarel Cilliers, der zu Hause in der Kapkolonie Ältester einer Kirchengemeinde gewesen war, hatte ein Gelübde verfaßt, das sie einmütig nachgesprochen hatten: *„Meine Brüder und Landsleute! Zu dieser Stunde stehen wir vor dem heiligen Gott, dem Herrn des Himmels und der Erde, um zu geloben: So Er mit uns ist, uns Schutz darreicht und den Feind in unsere Hände überliefert, auf daß wir über ihn triumphieren, wollen wir den heutigen Tag Jahr um*

Jahr zu Seiner Ehre als Tag des Gedenkens und des Dankes feiern gleich einem Sabbat und wollen unsern Kindern auferlegen, es uns in diesem Stücke gleichzutun, auf daß selbst unsere Nachgeborenen des Gedenkens nicht entsagen. Mag irgendwer sich hiermit nicht einsmachen, so soll er sich von diesem Orte zurückziehen. Denn die Ehre Seines Namens möge freudig erschallen, gleichwie Ihm aller Ruhm des Sieges gebührt!"

* * *

Sina legte ihren Kopf in den Nacken und sah lächelnd zu Karel hoch.

„Mmm, ist das schön", sagte sie und kuschelte sich noch enger an ihn.

Karel legte den Arm um sie.

Sie veränderte ihre Position, so daß sie Wange an Wange saßen.

Der Himmel wurde immer lichter. Es versprach ein klarer, heller Tag zu werden.

„Ich wollte, es könnte immer so bleiben", sagte Sina.

„Mir wär' ein Haus lieber", antwortete Karel.

Sie lächelte und küßte ihn auf die Wange.

„Mit 'ner Küche, damit du mir 'n anständiges Frühstück machen kannst."

„O Mann!" Sie piekste ihn mit dem Finger in die Seite.

„Hör auf, Sina!"

Sie reagierte sofort. Seine Stimme hatte jeden spielerischen Unterton verloren. Seine Augen fixierten den Horizont. Sie schaute in dieselbe Richtung wie er und erkannte, was er sah: Zulu-Krieger, jede Schar durch andersfarbige Schilde gekennzeichnet. Eine Abteilung nach der anderen kam in Sicht und marschierte auf das Lager zu.

„Es sind Tausende!" rief Sina.

Karel zählte sechsunddreißig – eine beängstigend hohe Zahl.

* * *

Christiaan kam sich vor wie ein hilfloses Kind. Für einen Buren war Reiten wie Gehen – etwas, das man ohne Nachdenken tat. Aber heute nicht. Ihm war schwindelig, ja übel, und er mußte seine ganze Kraft zusammenzunehmen, um nicht vom Pferd zu fallen. Trotzdem befürchtete er, daß sie zu spät kommen würden.

Zweimal zwang Jama ihn zu rasten, beide Male, nachdem Christiaan so schwach geworden war, daß Jama ihn festhalten mußte, damit er nicht vom Pferd rutschte.

Sie hatten zwei Zulus überfallen müssen, um an die Pferde zu kommen. Aber nachdem sie sich einmal aus dem Staub gemacht hatten, bestand kaum die Gefahr, daß man sie schnappen würde. Die Zulus besaßen keinerlei Erfahrung im Reiten.

„Ob wir nicht 'n seltsamen Anblick bieten?" bemerkte Christiaan. „Jeder, der uns sieht, müßte lachen: ein betrunkener Bure neben einem Zulu, und beide zu Pferde."

„Du hast ja Humor", sagte Jama. „Entweder geht's dir allmählich besser, oder du bist nach meinem Schlag nicht mehr ganz richtig im Kopf."

Mit gnadenlos pochendem Schädel sagte Christiaan: „Das ist immerhin besser als ..."

Jama hielt abrupt an. „Da sind sie. Wir kommen zu spät."

Weit vor sich sah er von hinten die langen Reihen der Zulukrieger und jenseits davon eine hohe Staubwolke. Gedämpft waren Gewehrschüsse zu hören.

„Du mußt nicht weiter mitkommen, mein Freund", sagte Christiaan. „Geh zurück zu deiner Frau und deinem Kind."

„Und was soll dann wohl aus dir werden? Willst du etwa zu den Zuluführern sagen: ‚Entschuldigung, aber ich muß hier mal eben durch, damit ich zum Lager komme, meine Knarre greifen und euch abschießen kann'?"

„Glaubst du denn, die würden mich durchlassen?" fragte Christiaan und versuchte ein Grinsen.

„Du bist kränker, als ich dachte", sagte Jama.

Christiaan verschaffte sich einen Überblick über das Gelände und sagte dann: „Da drüben – ich schleich' mich im Rücken der Truppen da rüber und such' mir 'ne Schlucht, in der ich mich verstecken kann."

„Und dann? Du hast keine Waffe und hältst dich kaum auf dem Pferd."

„Wenn alles gut läuft", sagte Christiaan, „und die Zulus sich zurückziehen müssen, werden ihnen berittene Kommandos nachsetzen. Dann kann ich aus meinem Versteck rauskommen."

„Und wenn die Zulus siegen?"

Christiaan sah ihn tiefernst an. „Dann werden Johanna, Sina und

Kootjie tot sein, und für mich wird es keinen Grund geben, weiterzuleben."

„Ich begleite dich bis zu deiner Schlucht", sagte Jama.

„Nein. Geh nach Hause zu Thandi."

„Wenn ich dir nicht beistehe, schaffst du es keine halbe Meile."

„Geh nach Hause."

„Erst wenn du sicher in der Schlucht bist."

Christiaan konnte Jama nicht zum Aufbruch zwingen. Also ritten die beiden Männer gemeinsam weiter. Christiaan sagte es zwar nicht, mochte es nicht einmal sich selbst eingestehen, weil es so egoistisch schien – aber er war froh, daß Jama bei ihm blieb.

Indem sie sich einen Pfad durch verschiedene Schluchten und Mulden suchten, schafften sie es, im Rücken der Zulu voranzukommen, ohne entdeckt zu werden. Doch dann ging es nicht weiter, weil ihnen der Fluß den Weg versperrte. Sie fanden eine Senke, in der niemand war und die es ihnen erlaubte, sich näher ans Lager und das Kampfgeschehen heranzupirschen.

„Weiter können wir uns nicht vorwagen", sagte Christiaan.

Sie hatten jetzt ungehinderten Ausblick aufs Lager. Christiaan freute sich, daß es an einem Platz errichtet war, der sich gut verteidigen ließ. Sie sahen, wie eine Welle von Zulus auf die Wagen zustürmte, aber sogleich von heftigem Gewehrfeuer zurückgeworfen wurde. Dichter, beißender Pulverrauch hing wie eine Wolke über der Wagenburg. Direkt vor den Wagen war der Boden von gefallenen Zulus übersät.

* * *

Karel feuerte, und zwei Zulukrieger stürzten taumelnd zu Boden. Ohne den Kopf zu drehen reichte er die Flinte nach hinten, und Sina gab ihm eine nachgeladene zurück. Er schoß aufs neue. Die Gewehre waren vom vielen Feuern schon so heiß, daß man sie kaum noch anfassen konnte.

Sein Nebenmann war Kootjie. Er kämpfte mit demselben Eifer. Bitterer Haß ließ ihn die Lippen aufeinanderpressen. Jedesmal, wenn er einen Zulu niedergestreckt hatte, nickte er voller Genugtuung. Je mehr er tötete, um so mehr schien sein Haß angeheizt zu werden.

Irgendwer rief: „Sie ziehen sich zurück!"

„Zu den Pferden!"

Karel und Kootjie packten ihre Waffen, Pulver- und Schrotbeutel und verließen ihre Verteidigungsstellungen, um ihre Pferde zu besteigen.

Sina hielt Karel am Arm fest.

Er umarmte und küßte sie.

„Du kommst zu mir zurück!" sagte sie, mehr feststellend als fordernd.

„Jawohl, Baas!" sagte er. „Ich will ja nicht, daß du böse auf mich bist."

Als sie aus dem Lager ritten, gesellte sich Adriaan Pfeffer zu ihnen. Wie Kootjie ritt und feuerte er gleich einem Besessenen – so, als reagierte sich die Wut, die in seinem Inneren tobte, durch seine Arme, den Gewehrlauf und die Mündung ab: Bitterkeit, Zorn und Tod ausspeiend.

* * *

„Auf Wiedersehen, mein Freund", sagte Christiaan zu Jama. „Beeil dich!"

Die beiden Männer hatten sich ein Versteck an der Seite der Schlucht gesucht. Die Pferde hatten sie ein gutes Stück weiter hinten festgebunden, wo der Grund noch tiefer abfiel.

Jetzt zögerte Jama seinen Aufbruch nicht länger hinaus. „Gott mit dir!" sagte er.

Christiaan sah ihn erstaunt an. Er wunderte sich, daß Jama von Gott redete. Bezog er sich bloß auf Christiaans Gott, oder hatte Jama sich endlich ...

Er konnte den Gedanken nicht zu Ende bringen. Die berittenen Kommandos kamen. Jama wandte sich ab und ging auf seiner eigenen Spur durch die Schlucht zurück.

Christiaan sah den reitenden Buren entgegen. Schutzlos, wie er war, wollte er sich nicht zu früh zeigen.

In diesem Moment erblickte er Kootjie: wild reitend, anlegend, feuernd, nachladend.

Mit aller Kraft verbiß er sich den Schmerz und kletterte über die Kante der Schlucht empor. Über dem Kopf winkend rief er nach seinem Sohn. „Kootjie – hier bin ich! Kootjie!"

Kootjie mußte die Bewegung aus dem Augenwinkel gesehen haben.

Der Lauf seines Gewehrs schwang herum und richtete sich direkt auf ihn.

„Ich bin's, Kootjie! Nicht schießen!"

Der Junge stoppte sein Pferd aus vollem Lauf. Restlos verblüfft, konnte er nicht glauben, was er sah. Er starrte seinen Vater an, als hätte er eine Erscheinung.

Plötzlich tauchte neben dem Jungen ein Zulu-Krieger auf, packte ihn und riß ihn zu Boden.

„Nein!" gellte Christiaans Stimme. Instinktiv hob er die Hände, als wollte er eine Flinte abfeuern, aber er hatte keine. Mit einem Kopf, der bei jedem Schritt zu zerspringen drohte, rannte er auf seinen Sohn zu. Doch er war zu weit entfernt, um es rechtzeitig bis zu Kootjie zu schaffen.

Da erschien ein weiterer Zulu auf der Bildfläche, und Christiaan wußte, daß er seinen Sohn verlieren würde.

Während der erste Zulu Kootjie auf den Boden drückte, hob der zweite seinen Assagai – und stieß ihn mit aller Gewalt dem Krieger in die Seite! Der hatte einen überaus verdatterten Ausdruck im Gesicht, als er über dem Körper des Jungen zusammenbrach.

Jama!

Kootjie kämpfte sich frei, packte seine Waffe und richtete sie auf Jama.

„Nein, Junge!" schrie Christiaan. „Das ist doch Jama! Nicht schießen – es ist Jama!"

Kootjie starrte den Zulu an, der vor ihm stand.

„Ich bin es, Kootjie – Jama."

Peng!

Jamas Rücken bog sich wie ein Flitzbogen, und er stürzte rückwärts in den Fluß. Sein Blut vermischte sich mit dem anderer Krieger und färbte das Wasser rot.

Adriaan Pfeffer ritt vorbei. „Keine Ursache, Junge!" rief er fröhlich, während er nachlud und einen weiteren Zulu-Krieger erschoß, dann noch einen. Und noch einen.

35

Es war neun Tage vor Weihnachten, als die Buren emGungundlovu erreichten. Sie fanden den Ort verlassen. Dingane hatte seinen Palast in Brand gesetzt und war fortgezogen.

Karel und Kootjie an seiner Seite, führte Christiaan seine Leute zum Hinrichtungshügel, wo immer noch die sterblichen Überreste Piet Retiefs und der anderen herumlagen. Er bückte sich und hob Retiefs ledernen Tornister auf. Darin befand sich das Dokument mit der Unterschrift Dinganes, des Königs der Zulus, das den Buren das Recht einräumte, im Land Natal zu siedeln.

Alle packten mit an, die Leichname ihrer toten Kameraden zu beerdigen.

Später suchte Christiaan allein die Hütte auf, die einmal Thandi, ihrem Vater und Jama gehört hatte. Er trat ein und ging zu dem Platz, wo sie ihn umsorgt hatten. Er fragte sich, wie lange Thandi wohl auf Jamas Heimkehr gewartet haben mochte, bevor sie sich eingestehen mußte, daß ihre größte Furcht sich bewahrheitet hatte. Wo sie jetzt wohl sein mochte und was sie machen würde, nachdem das Baby auf der Welt war. Was würde sie ihrem Kind über seinen Vater erzählen – und was über die Buren und über ihn, Christiaan?

Als er aus der Hütte kam, traf er Kootjie und Karel. „Kommt, reiten wir nach Hause!“ sagte er.

* * *

Die zerklüfteten Drakensberge warfen vorabendliche Schatten über das Haus und die beiden Frauen. Johanna und Sina saßen Seite an Seite, in ihren Händen die Nadeln: Die Mutter stopfte, die Tochter strickte. Johanna unterbrach ihre Arbeit für einen kurzen Moment, um sich eine Jacke über die Schultern zu legen und einen Blick hinaus auf den Teil des Landes zu werfen, der noch von der Sonne beschienen war.

„Ich liebe diese Zeit des Tages“, sagte sie. „Die satten Farben und die dunklen Schatten, die immer länger werden.“

Sina blickte auf, und tatsächlich: Die Ebene, die sich vor dem Haus der van der Kemps ausdehnte, sah noch grüner aus als sonst im Licht des Nachmittags. Im Osten war der Himmel tiefblau, und man konnte schon die hellsten der Abendsterne sehen.

„Manchmal ist es so schön, daß es einen richtig täuschen kann", sagte Johanna.

„Wie meinst du das?"

„Das Land sieht atemberaubend aus, aber es ist immer noch Wildnis."

Wie zur Bestätigung ihrer Feststellung brach sich in der Ferne der Schrei eines Elefanten an den Felswänden.

„Die Männer müssen bald kommen", sagte Johanna. „Sie werden hungrig sein."

„Da sind sie schon." Sina wies mit ausgestrecktem Arm auf den Horizont.

Unter den Strahlen der sinkenden Sonne sah man drei Reiter: Christiaan, Kootjie und Karel.

„Was hatten sie heute so Besonderes vor, als sie ausritten?" fragte Johanna.

Sina lächelte etwas gequält. Die Frage war ihr peinlich. „Karel kann es nicht mehr abwarten. Er will so bald wie möglich mit dem Bauen anfangen."

„Er will so bald wie möglich heiraten, willst du sagen", versetzte ihre Mutter mit einem wissenden, leicht spöttischen Lächeln.

Sina versuchte, nicht rot zu werden. „Ich kann's gar nicht erwarten, daß du endlich den Platz siehst, den wir uns ausgesucht haben, Mutter. Es ist wunderschön dort: eine malerische Lichtung nicht weit vom Fluß, und seitlich vom Haus – also von dort, wo das Haus stehen soll – gibt's eine Hügelkuppe, genau wie damals zu Hause. Als er die Kuppe sah, wußte Karel, daß genau das unser Platz werden sollte."

Mit liebevollem Blick wandte Johanna sich ihrer Tochter zu. „Ich wüßte nicht, womit du deinen Vater und mich glücklicher hättest machen können. Wie viele Jahre haben wir gebetet, daß du und Karel zu Verstand kommt und erkennt, wie sehr ihr euch liebt! Ihr habt keine Ahnung, wie viele Abende wir im Gebet für euch verbracht haben, während mal der eine und dann wieder der andere von euch von der falschen Person hinters Licht geführt wurde."

„Wieso wart ihr euch so sicher, daß wir füreinander bestimmt waren, wenn wir es doch selber noch gar nicht wußten?"

„Das kam von der vielen Zeit, die ihr beide flüsternd und tuschelnd da oben auf dem Hügel verbracht habt."

„Ihr habt uns gehört?" rief Sina entrüstet.

„Natürlich haben wir euch gehört. Und auch gesehen. Eines Abends hat Karel dich sogar geküßt. Das war uns zuerst nicht so ganz geheuer, aber dann sahen wir ja, daß es nicht zur regelmäßigen Gewohnheit wurde."

„Ihr habt uns beim Küssen zugeguckt!?" rief Sina noch lauter.

„Wir sind vielleicht alt, aber blind sind wir nicht. So, und jetzt komm und hilf mir mit dem Essen." Damit stand ihre Mutter auf, legte ihre Stopfarbeit auf dem Stuhl ab und ging ins Haus.

Sina folgte ihr auf dem Fuß. „Ihr habt uns beim Küssen zugeguckt!" empörte sie sich. „Ich kann's nicht glauben, daß ihr uns beobachtet habt!"

Johanna lächelte. „Dafür sind Eltern doch da."

Kennen Sie schon Band 1 der »Südafrika-Saga«?

Und niemand kennt das Morgen
ISBN 3-86122-349-X
388 Seiten, Paperback

Die Waise Margot de Campion, eine Hugennottin, hübsch, geduldig und doch couragiert, wird von einem widrigen Schicksal nach Kapstadt verschlagen. Dort begegnet ihr Jan van der Kemp, der älteste Sohn eines südafrikanischen Großgrundbesitzers, stolz, voller Selbstvertrauen und ein ungezügelter Charakter.

Jans und Margots Wege kreuzen sich immer wieder, ihre unterschiedlichen Wesensarten geraten aneinander. Doch die auf einer unbewältigten Vergangenheit beruhenden Spannungen auf der Farm der van der Kemps lassen auch ihre Liebe zueinander aufbrechen.

Eine bewegende historische Erzählung, die das Leben in Südafrika zu Beginn des 18. Jahrhunderts schildert.

Eine weitere spannende Erzählung unserer Reihe »Francke-Lesereise« liegt außerdem vor:

Beverly Lewis
Was auch geschehen mag
ISBN 3-86122-382-1
228 Seiten, fester Einband

In der ruhigen Amisch-Gemeinde von Hickory Hollow im US-Bundesstaat Pennsylvania ist die Zeit stehengeblieben. In dieser Umgebung gedeihen liebgewonnene Traditionen und ein tiefer Glaube. Aber die Idylle wird unsanft zerstört, als ein lange gehütetes Geheimnis ans Licht kommt.

Durch Zufall entdeckt die junge Katie Lapp auf dem Dachboden ihrer Eltern in einer alten Truhe ein Säuglingskleid aus Satin. Sofort ist ihr klar: Dieses Kleid will eine Geschichte erzählen. Am Abend vor ihrer Heirat mit dem verwitweten Bischof Johannes erfährt sie aus dem Mund ihrer Eltern die bestürzende Wahrheit. Katie ist auf die verheerende Entwurzelung nicht vorbereitet, die dieses Geständnis für ihr Leben bedeutet. Sie fühlt sich verraten und muß mitansehen, wie ihr Leben als junge Amisch in seine Einzelteile zerfällt.

Wird sie den Mut aufbringen, Gott ihr Leben ganz anzuvertrauen, damit sie einer hoffnungsvollen Zukunft entgegengehen kann?

Ein mitreißendes Geschehen in reizvollem Milieu.

FRANCKE
Verlag der Francke-Buchhandlung GmbH